KB172576

樂人列傳

국립중앙도서관 출판사 도서목록(CIP)

악인열전/ 허경진 편역. -- 파주 : 한길사, 2005
    P. ;   cm

ISBN 89-356-5630-5 03810 : ₩25000

670. 99-KDC4
780. 92-DDC21   CIP2005000528

악인열전

풍류가무를 즐긴 역사 속의 예인들

허경진 편역

한길사

악인열전

엮은이 · 허경진
펴낸이 · 김언호
펴낸곳 · (주)도서출판 한길사

등록 · 1976년 12월 24일 제74호
주소 · 413-832 경기도 파주시 교하읍 문발리 520-11
www.hangilsa.co.kr
E-mail: hangilsa@hangilsa.co.kr
전화 · 031-955-2000~3　　팩스 · 031-955-2005

상무이사 · 박관순 | 영업이사 · 곽명호 | 편집주간 · 강옥순
편집 · 이현화 주상아 | 전산 · 김현정
마케팅 및 제작 · 이경호 | 관리 · 이중환 문주상 양미숙 장비연

출력 · DiCS | 인쇄 · 만리문화사 | 제본 · 경일제책

제1판 제1쇄 2005년 2월 28일

값 25,000원
ISBN 89-356-5630-5　03810

이경윤, 「월하탄금도」月下彈琴圖

작가 미상, 「후원유연」後園遊宴, 18세기 후반

김홍도, 「군현도」群賢圖

작가 미상, 「담와 홍계희 평생도」淡窩洪啓禧平生圖 중 '벼슬에서 물러남'致仕

우리 옛 선비들의 풍류문화는 직접 음악을 연주하는 데에까지 미쳐 있었다.
많은 선비들의 공부방에는 거문고가 있었고, 실제로 옛 선비들이
등장하는 그림에는 악기를 연주하는 모습들이 많이 나타나 있다. 음악의
정신은 동양 통치 질서의 근간을 이루는 예악의 정신과 맞닿아 있었다.
그러다보니 음악은 심미적 대상 이전에 철학적 사색의 대상이 되고,
그 영향은 정치와 제도에까지 미쳤다. 이들에게 음악은 심미적 쾌락을
동반하는 감각의 대상이라기보다는 시대를 고민하는 지식인의 문제인
동시에 정치가 포섭해야 할 영역이었다.

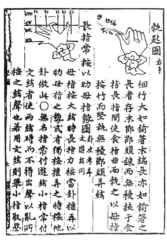

執匙圖 右手

細竹大如筒箸末端亦如筒箸挾于食
指指間使食指曲而執之以母指
按竹而堅執無稜指頭弄絃

長指常按以
助母指
母指按之勢式有
助母指熱時長指力
卦做此○無名指遊絃小指付
文絃者使兩絃磚而不得出聲而亂兩
卦之絃聲也若用文絃則要小指取聲

平調常用卦次圖

平調慢大葉

『금합자보』의 내용

『양금신보』의 중대엽

박효관과 안민영, 『가곡원류』歌曲源流

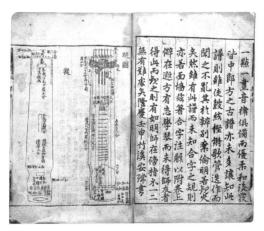

안상, 『금합자보』

가집과 악보는 우리 음악의 변천사를 이해하는 아주 중요한 자료이다.
조선시대 악보로는 안상의 서문이 실려 있어 『안상금보』라고도 불리는
『금합자보』, 만대엽慢大葉 · 북전北殿 · 중대엽中大葉 조음調音 · 감군은感君恩 등
9곡의 거문고 악곡이 수록된 양덕수의 『양금신보』梁琴新譜, 향악의 악보를 기록
한 『시용향악보』時用鄕樂譜, 박효관과 안민영이 편찬한 『가곡원류』등
약 100여 종의 문헌이 전해지고 있다.

「진찬도」, '기사진표리진찬의궤' 己巳進表裏進饌儀軌

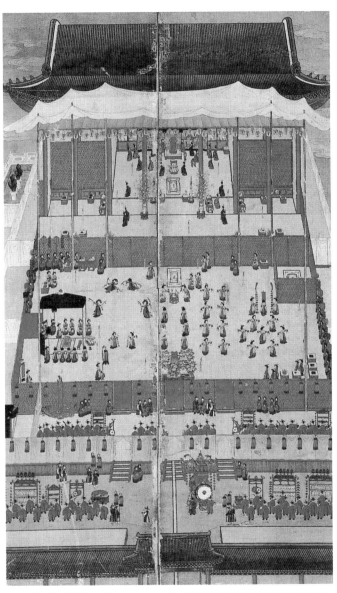

작가 미상, 「무신년진찬도병」戊申年進饌圖屛 중 '통명전에서 밤에 열린 진찬' 通明殿夜進饌

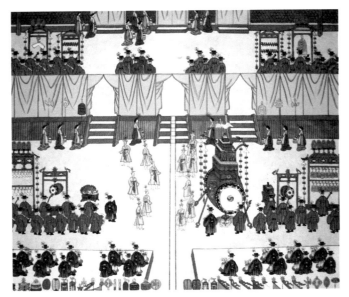

작가 미상, 「신축(1901)진연도병」辛丑進宴圖屛

잔칫자리에 춤과 음악이 빠지지 않는 것은 예나 지금이나 같다.
궁중도 마찬가지였다. 잔칫자리에서는 권위적이고 무거운 악기보다는 피리,
대금, 해금 등 가락악기와 리듬악기로 이루어진 삼현육각 위주로 연주하였다.
그렇지만 이 자리에서 연주하던 많은 악사들에게는 여전히 어렵고
부담스러운 자리였을 법하다. 실제로 노래를 하거나 연주를 할 때
표정이 밝지 못하다거나 내전의 치마를 밟아서 잔치 후에 처벌을 받았다는
내용이 전해진다. 반면에 난리 중에도 악기 보관을 잘한 것을 공으로
인정을 받아 상을 받은 경우도 있다.

「당악정재 포구락」, 『원행을묘정리의궤』園幸乙卯整理儀軌

「평양감사부임도」 가운데 '모흥갑판소리도'

무용총 벽화의 거문고 연주도

김홍도, 「무동」

악인은 음악으로 사람의 마음을 움직여, 조화의 정신이 정치와
제도에 스며들도록 조율하는 역할을 담당했다. 악인은 예인인 동시에
한 나라의 문화 정책을 최일선에서 구현하는 일꾼이기도 했다.
따라서 이들이 다루던 악기, 이들이 부르던 노래의 조와 가락,
이들이 고민하던 음률의 문제는 곧 그 시대의 문화적 동향과도 무관하지 않다.

악인열전

풍류가무를 즐긴 역사 속의 예인들

허경진 편역

음악을 즐기고 지켰던 우리 예인藝人들을 만나다

• 머리말

서양 사람들이 조선 땅에 처음 들어오면서 여러 가지 문화적인 충격을 받는데, 그 가운데 하나가 바로 음악이다. 에드워드 벨처가 1845년에 지은 『사마랑호 항해기』를 예로 들어보자.

"제주도 관리와 그 수행원들, 그리고 악대樂隊로 이루어진 한 무리를 태운 큰 배가 이윽고 우리 함선 가까이 도착했다. 악대는 관악기에서 음악이라고 연주되는 최고 불협화음을 내고 있었다."

우리의 음악을 그들은 최고의 불협화음이라고 표현했다. 그러나 어디 벨처뿐이었겠는가? 우리도 조선시대 음악, 특히 아악을 즐기기는 정말 힘들다. 그런데 21세기를 살아가는 우리뿐만 아니라, 당대의 선비까지도 그러했다. 19세기 문인 이옥은 장악원 악사들의 연주 연습을 들으면서 그 느낌을 이렇게 기록했다.

"나도 여러 사람들과 함께 이원에 가서 아악을 들었는데, 맑고 완만하며 예스러운 뜻이 있었다. 그러나 단면端冕을 쓴 자가 지겨워서 눕고 싶을 뿐 아니라, 곧장 졸 것 같았다. 강태공의 묘악廟樂은 씩씩하고 웅장한 기운이 있었지만, 사람들이 오래 들으면 번잡해 견딜 수 없게 하였다."

졸립고 번잡한 것이 당대 음악의 한 면이었지만, 장악원 연주

에는 구경꾼이 많이 모였다. 이옥은 그 이유를 이렇게 설명했다.

"그런데도 구경꾼이 뜰을 가득 메워 어깨가 부딪쳐 지나갈 수 없을 정도였으니, 대개는 마을의 한량들로 귀를 위해서가 아니라 눈을 위해서 온 자들이다."

악사들의 연주가 졸렬하고 번잡해 들을 게 없는데도 구경꾼들이 가득 모여든 까닭은 악사들의 복장이 화려하고, 악기들이 다양했으며, 아름다운 기생들이 많았기 때문이다. 그래서 '귀를 위해서가 아니라 눈을 위해서 온 자들'이라고 표현했다. '남녀칠세부동석'의 시대에 음악 연주는 남성들이 여성을 구경할 수 있는 드문 기회였다. 기생들은 내외하지 않았다.

원래 궁중 음악은 남성 악사나 악공들이 연주했다. 궁중에서는 음악을 즐기기 위해서 듣는 것이 아니라, 예禮를 갖추기 위해서 연주하고 들었다. 그래서 예악禮樂이라고 했으니, 통치수단의 하나였던 것이다. 그랬기에 왕조가 바뀌면 음악부터 바꿨다. 세종대왕이 '훈민정음'을 창제하면서 가장 먼저 『용비어천가』를 지었는데, '훈민정음'을 실제로 사용해보려는 의도도 있었지만, 왕실의 조상들에게 제사지낼 때 연주하는 음악을 바꾸기 위한 의도도 있었다. 조선왕조의 조상들에게 제사드리면서

고려왕실의 악장을 들려드릴 수는 없었던 것이다.

그러나 왕실에서 음악을 즐기는 경우도 있었다. 임금과 신하들이 술잔치를 벌일 때 음악 연주가 흥을 돋워주었던 것이다. 이러한 잔치에서 음악은 당연히 남성 악사와 악공 들이 연주하였다. 그런데 왕비나 대비를 위해서 잔치를 베푸는 경우에 문제가 생겼다. 남성 악사나 악공 들이 여성들만 있는 후궁에 들어가 연주할 수는 없었기 때문이다. 그래서 내연內宴의 음악을 담당하는 여성 연주자들이 필요했는데, 여성 악공을 따로 육성하지 않고 기생들에게 그 임무를 맡겼다. 내외를 했던 조선시대에 안팎을 드나들 수 있는 여성이 바로 기생이었기 때문이다. 궁중에 여성 연주자들을 불러들이는 문제를 가지고 임금과 신하들 사이에 오랫동안 논쟁이 벌어지기도 했다.

기생들은 원칙적으로 남편이 없었지만, 실제로는 살림을 하는 기생들이 많았다. 일정한 수입이 없다보니, 경제적인 필요성 때문에 살림을 차렸던 것이다. 살림을 하다보니 궁중에서 연주에 참여하라고 부름을 받고도 참석하지 못하는 경우가 생겼다. 연산군이 궁중 연주에 참여하지 않은 기생과 그의 남편을 처벌한 까닭은 커다란 원칙을 어겼기 때문이기도 하지만, 마음에 든

여성을 다른 남성에게 빼앗겼다는 질투심 때문이기도 했다.

여성 연주자들이 기생이나 여종이었기 때문에 경우에 따라서는 성적인 노리개로 전락하기도 했으며, 조선 후기에는 음악이 상업화의 길을 걷게 되었다. 음악 연주를 듣기보다는 보러 온 구경꾼들이 많아진 것도 그 때문이다.

예전 악인들도 요즘 음악가나 연예인같이 전문직이었지만, 경제적으로는 하늘과 땅 차이였다. 요즘이야 연예인 한 사람이 중소기업 매출액보다 많은 수입을 올리는 경우가 흔하지만, 조선시대 악공이나 기생 들은 기본적으로 천한 신분의 종이었기 때문에, 최저 생활을 해야 했다. 온갖 예술이 돈과 관련된 요즘 세상에 조선시대 악인들의 생활을 돌아보는 것은 색다른 의미가 있다.

악공이나 악사 들은 가장 낮고 천한 신분이었지만, 사대부 가운데에도 음악에 조예가 깊은 이들이 많았다. 물론 그들은 예악이나 풍류의 차원에서 음악을 즐긴 것이지만, 악공이나 악사보다도 더 잘 연주하거나, 음악의 이론에 정통한 이들을 이 책에서 함께 소개했다. 조선시대에는 그만큼 음악의 폭이 넓었기 때문이다. '악인'樂人이라는 용어가 듣기에 좀 이상하다는 이야기도 있었지만, 악공이나 악사에서 기생과 사대부까지 포함할 수

있는 용어가 따로 없기에 할 수 없이 '악인'이라는 용어를 썼다.

삼국시대와 고려시대는 시대별로 소개하고, 조선시대는 악기별로 소개했다. 가능하면 사진자료들을 많이 소개했는데, 악기라든가 연주 장면을 글로 설명하는 것보다 직접 보여주는 것이 더 이해하기 쉽기 때문이다. 이 방면에 전문가인 송방송 선생의 글에서 많은 도움을 받았으며, 악기 사진들은 대부분 장사훈 선생의 『한국악기대관』에서 빌려왔다.

악인들은 대부분 천한 신분이었기 때문에 그들 자신이 남긴 글은 거의 없으며, 다른 문인들이 남겨준 기록도 별로 많지 않았다. 19세기 위항문인들이 지은 전傳을 중심으로, 왕조실록과 문집에서 몇 줄의 기록까지도 찾아냈다. 책 제목을 '열전'이라고는 했지만, 단편적인 기록이 더 많은 것도 그 때문이다. 그나마 이 책에서 처음 소개된 악인들이 많다는 것은 그분들을 위해서나 독자들을 위해서 다행스런 일이다. 다른 분들에 의해서 앞으로 좀더 많은 악인들이 소개되었으면 좋겠다.

2005년 2월

허경진

· 머리말 | 음악을 즐기고 지켰던 우리 예인들을 만나다 17

· 해설 | 세월을 건너 살아오는 악인樂人의 향기 590

· 찾아보기 603

삼국시대

여옥 麗玉 31

물계자 勿稽子 36

왕산악 王山岳 40

백결 百結 44

미마지 味摩之 46

우륵 于勒 48

원효 元曉 54

차득공 車得公 61

옥보고 玉寶高 65

월명사 月明師 69

영재 永才 75

처용 處容 78

고려시대

진경 眞卿 · 초영 楚英 85

김여영 金呂英 · 김득우 金得雨 88

예성강 부부 90

조윤통 曺允通 92

적선 謫仙 · 김원상 金元祥 94

정서 鄭敍 96

오잠 吳潛 99

채홍철 蔡洪哲 102

악부에 불려 가는 어느 기생 106

임천석 林千石 108

조선시대_ 노래

동구리 同仇里 111

김보 金輔 112

소춘풍 笑春風 114

구종직 丘從直 118

장녹수 張綠水 120

벽도 碧桃 123

소홍립 笑紅粒 124

함평월 咸平月 126

월하매 月下梅 128

황진이 黃眞伊 130

민희안 閔希顔의 첩 139

이언방 李彦邦 140

석개 石介 142

은개 銀介 144

이동진 李東鎭 146

박남 朴南 152

우평숙 禹平淑 157

숙정 淑正 160

이세춘 李世春 162

향랑 香娘 164

장우벽 張友璧 179

손봉사 孫奉師 182

송실솔 宋蟋蟀 184

남학 南鶴 188

김시경 金時卿 191

계섬 桂纖 194

유송년 柳松年 202

추월 秋月 205

왕석중 王錫中 210

금향선 錦香仙 212

심수경 沈守慶 234

상림춘 上林春 236

금랑 琴娘 239

매창 梅窓 244

이보만 李保晩 250

윤선도 尹善道 252

박종현 朴宗賢 257

권해 權海 260

이종악 李宗岳 262

황윤석 黃胤錫 269

홍순석 洪純錫 272

성대중 成大中 275

이금사 李琴師 278

김성기 金聖基 280

영산옥 寗山玉 286

이원영 李元永 288

조선시대 _거문고

김일손 金馹孫 217

이마지 李亇知 224

무풍정 茂豊正 이총 李摠 226

강장손 姜長孫 231

최보비 崔寶非 232

조선시대 _ 피리

세조 世祖 · 허오 許吾 299

맹사성 孟思誠 302

송회녕 宋會寧 · 석을산 石乙山 304

단산수 丹山守 이수 李穗 308

옥금 玉金 310

이숭경의 종 311

하윤침 河允沈 312

장천주 張天柱 314

윤신동 尹信東 317

이한진 李漢鎭 321

장천용 張天慵 325

황세대 黃世大 332

임희지 林熙之 335

조선시대 _ 비파

송태평 宋太平 · 송전수 宋田守 361

적선아 謫仙兒 365

수천정 秀泉正 이정은 李貞恩 369

유종선 柳從善 372

송경운 宋慶雲 374

굴씨 屈氏 384

백성휘 白成輝 390

조선시대 _ 해금

광한선 廣寒仙 341

해금수 嵇琴叟 346

유우춘 柳遇春 348

조선시대 _ 가무

가희아 可喜兒 395

행 杏 · 도 桃 · 매 梅 · 계 桂 404

굿판의 북소리 416

가련 可憐 420

손원달 孫元達 424

춘절 春節 426

조선시대_음률

박연 朴堧 431

장영실 蔣英實 442

이승련 李勝連 · 서익성 徐益成 445

황효성 黃孝誠 447

박곤 朴棍 453

윤사흔 尹士昕 459

성현 成俔 464

옥지화 玉池花 466

정렴 鄭磏 470

윤춘년 尹春年 472

황상근 黃尙謹 474

허의 許檥 476

정윤박 丁潤璞 482

임씨 林氏 484

이정보 李鼎輔 486

이패두 李牌頭 489

조선시대_악보

안상 安瑺 497

양덕수 梁德壽 500

신성 申晟 503

김천택 金天澤 506

윤동형 尹東亨 508

한립 韓笠 511

박효관 朴孝寬 516

안민영 安玟英 520

조선시대_기타

김운란 金雲鸞 | 아쟁 535

김도치 金都致 | 아쟁 538

정옥경 鄭玉京 | 북 539

장생 蔣生 | 각설이 543

함북간 咸北間 · 대모지 大毛知 548

불만 佛萬 | 소리 흉내

임현석 任玄石 | 북 550

홍석해 洪錫海 | 관현맹인 552

김억 金檍 | 양금 555

김몽술 金夢述 | 악생 558

김중립 金中立 | 악공 560

심용 沈鏞 | 풍류 564

홍대용 洪大容 | 양금 · 풍금 574

박지원 朴趾源 | 철현금 584

허억봉 許億鳳 · 이용수 李龍壽

이한 李漢 · 임환 林桓 | 기타 586

곽린 郭璘의 어머니 | 기타 588

■ 일러두기

1. 책 제목은 '열전'이라고 했지만, 원고 자체가 열전으로 되어 있지는 않았다. 실록의 한 구절, 한시 한 수에서도 악인 이야기라면 자료를 찾아냈다. 그래서 체제가 통일되어 있지는 않다.

2. 원문을 직역하면서도 풀어썼다. 한문은 함축이 많은데다 주어나 목적어가 생략된 경우도 많아서, 그런 부분에는 문맥상 들어가야 할 단어나 구절을 보완해넣고 괄호로 표시하였다. 그러나 괄호가 들어가면 독자의 흐름이 끊어지기 때문에 좋지 않다는 편집자의 의견을 받아들여, 3교 과정에서 괄호를 거의 다 없앴다.

3. 실록에는 악인 이야기가 다른 기사와 함께 섞여 있는 부분이 많기 때문에, 악인과 관계없는 부분은 삭제하고 줄임표시를 하였다. 그러나 이 역시 독자의 흐름이 끊어진다는 견해를 받아들여, 3교 과정에서 줄임표시를 삭제하였다.

4. 색인은 주요 본문과 제목에서 악인의 이름이나 자, 호, 악기 이름이나 책 이름, 그밖에 음악과 관계되는 용어 중심으로 작성하였다. 악인의 이름 경우에는 작은 제목이 실린 첫 페이지만 뽑았으며, 악기 이름 경우에도 그 악기가 중간 제목으로 소개된 부분에서는 뽑지 않았다. 그 부분에는 이 이름들이 워낙 많이 나오기 때문이다.

여옥麗玉

「공후인」箜篌引이라는 노래는 조선 진졸津卒 곽리자고霍里子高의 아내 여옥이 지은 것이다. 자고가 어느 날 아침에 일어나 배를 끌어내어 닦고 있는데, 한 미친 남자가 흰머리를 아무렇게나 풀어헤친 채로 술병을 들고서 어지럽게 흐르는 강물을 건너려고 했다. 아내가 따라가면서 그를 멈추게 하려고 소리소리 질렀지만, 그에게는 들리지 않았다. 드디어 그는 강물에 빠져죽었다. 그러자 그 아내가 공후를 가져다 타면서 '공무도하'公無渡河의 노래를 지었는데, 그 소리가 매우 구슬펐다. 노래를 끝내고, 그 아내도 스스로 강물에 몸을 던져 죽었다.

곽리자고가 돌아와서 그 소리를 아내 여옥에게 들려주었더니, 여옥이 슬퍼하면서 이내 공후를 끌어다가 그 소리를 옮겼다. 노래를 듣는 사람마다 눈물을 흘리면서 울지 않는 사람이 없었다. 여옥은 그 노래를 이웃집 여인 여용麗容에게 전하면서, 이름을 「공후인」이라고 하였다.

— 최표崔豹『고금주』古今注「음악」

妻隨呼止之不及遂墮河水死於是援箜篌而鼓之

作公無渡河之歌聲甚悽愴曲終自投河而死霍里

子高還以其聲語妻麗玉玉傷之乃引箜篌而寫其

聲聞者莫不墮淚飲泣焉麗玉以其聲傳鄰女麗容

名曰箜篌引焉

平陵東翟義門人所作也王莽殺義義門人作歌以

怨之

薤露蒿里並喪歌也出田橫門人橫自殺門人傷之

爲之悲歌言人命如薤上之露易晞滅也亦謂人死

魂魄歸乎蒿里故有二章一章曰薤上朝露何易晞

露晞明朝還復滋人死一去何時歸其二曰蒿里誰

家地聚斂魂魄無賢愚鬼伯一何相催促人命不得

少踟蹰至孝武時李延年乃分爲二曲薤露送王公

山谷之下有天馬夜降圍其室而鳴夜覺聞其聲以
爲吏追乃犇而亡去明視之馬跡也乃惕然大悟曰
豈吾所居之處將危乎遂荷衣糧而去入於沂澤援
琴鼓之爲天馬之聲號曰走馬引焉

淮南王淮南小山之所作也淮南服食求仙遍禮方
士遂與八公相攜俱去莫知所在小山之徒思戀不
已乃作淮南王之曲焉

武溪深乃馬援南征之所作也援門生爰寄生善吹
笛援作歌以和之名曰武溪深其曲曰滔滔武溪一
何深鳥飛不度獸不能臨嗟哉武溪多毒淫

吳趨曲吳人以歌其地也

箜篌引朝鮮津卒霍里子高妻麗玉所作也子高晨
起刺船而濯有一白首狂夫被髮提壺亂流而渡其

최표의 『고금주』에 실린 「공후인」의 기록

님이여! 강물을 건너지 말랬는데도

님께선 그예 건너셨구려.

물 속에 빠져 죽으셨으니

님이여! 이제 나는 어쩌랍니까.

公無渡河 公竟渡河

墮河而死 當奈公何

— 채옹『금조』琴操「구인九引 공후인箜篌引」

상원사 범종에 새겨진 공후 타는 모습

■ 「공후인」에 관한 기록은 한漢나라 채옹蔡邕의 「금조」에서 비롯되었는데, 곽리자고가 지었다고 했다. 백수광부白首狂夫의 아내가 공후를 뜯어 「공무도하가」를 부르자, 그 소리를 들은 곽리자고가 금琴을 뜯어 「공후인」을 지었다는 것이다. 그 뒤에 최표가 『고금주』에서 「공후인」은 여옥이 지었다고 단정했다.

물계자 勿稽子

제10대 내해왕 즉위 17년 임진(212)에 보라국保羅國[1]과 사물국史勿國[2] 등 여덟 나라가 힘을 합쳐서 변경에 쳐들어왔다. 왕이 태자 날음㮈音과 장군 일벌一伐 등에게 명해 군사를 거느리고 이들을 막게 하니, 여덟 나라가 모두 항복했다. 그때 물계자의 공이 으뜸이었지만, 태자가 그를 미워해 상을 주지 않았다. 어떤 사람이 물계자에게 말했다.

"이번 전쟁의 공은 오직 그대가 세운 것인데, 그대에게 상을 주지 않았소. 태자가 미워하는데도 원망스럽지 않소?"

물계자가 말했다.

"임금이 위에 계신데 어찌 태자를 원망하겠소?"

어떤 사람이 또 말했다.

"그렇다면 임금께 아뢰는 것이 좋지 않겠소?"

물계자가 말했다.

"공을 자랑하고 이름을 다투며, 나를 나타내기 위해서 남을 가리는 것은 뜻있는 선비가 할 일이 아니오. 오직 힘써서 때를 기다릴 뿐

중국 퉁거우通溝에 있는 무용총 벽화. 벽화 속 사람이 거문고 비슷한 악기를 연주하고 있다.

이오."

20년[3] 을미(215)에 골포국骨浦國[4] 등의 세 나라 왕들이 각기 군사를 거느리고 갈화竭火[5]에 쳐들어오자, 왕이 친히 군사를 거느리고 막아 세 나라가 모두 패했다. 물계자가 죽인 적군이 수십 명이나 되었지만, 사람들이 그의 공을 말하지 않았다. 물계자가 자기 아내에게 말했다.

"내가 들으니 임금을 섬기는 도리는 위태로운 일을 당했을 때에 목숨을 바치고, 어려운 일을 당했을 때에 자기 몸을 잊으며, 절개와 의

미추왕릉지구 계림로 30호분에서 발견된 토우장식 항아리.
역시 거문고 비슷한 악기를 타고 있다.

리를 지켜 죽고 사는 것을 돌보지 않아야 충忠이라 한다고 했소. 보라국[6]과 갈화의 싸움은 참으로 나라의 어려운 일이었고 임금에게도 위태로운 때였는데, 내가 일찍이 몸을 잊고 목숨을 바칠 용맹이 없었으니 이는 심히 불충스런 짓이오. 이미 불충으로써 임금을 섬기고 누를 조상에게 미치게 했으니, 어찌 효孝라고 하겠소? 내 이미 충과 효를 다 잃었으니, 무슨 낯으로 다시 조정과 저자에 노닐 수 있겠소?"

그는 곧 머리를 풀고 거문고를 멘 채 사체산師彘山[7]으로 들어갔다. 그는 대나무의 곧은 성품을 슬피 여기며 그에 뜻을 붙여 노래를 짓고, 흐느껴 우는 듯한 시냇물 소리에 비겨 곡조를 지어 거문고를 타며 숨어 살았다. 다시는 세상에 나타나지 않았다.

　—『삼국유사』 제8 피은 「물계자」

■ 왕산악이 진나라에서 들어온 금琴을 고쳐서 거문고를 처음 만들었다고 했지만, 그 이전에도 거문고와 비슷한 악기가 있었던 듯하다. 고구려 무용총 벽화에 거문고 비슷한 악기를 연주하는 모습이 보이고, 신라 무덤에서 발견된 토기에도 역시 거문고 비슷한 악기를 연주하는 모습이 남아 있다. 이 글에서는 '거문고'라고 번역했다.

1) (원주) 지금의 고성固城이다.

2) (원주) 지금의 사주泗州다. (지금의 사천이다.)

3) 원문에는 10년이라고 했지만, 잘못이다.

4) (원주) 지금의 합포合浦다.

5) (원주) 굴불屈弗인 듯하다. 지금의 울주蔚州다.

6) (원주) 발라發羅인 듯하다. 지금의 나주다.

7) (원주) 확실치 않다.

왕산악 王山岳

거문고玄琴는 중국 악부樂部의 금琴[1]을 본받아 만들었다. 『금조』琴操[2]를 살펴보니,

"복희伏羲씨가 금을 만들어 심신을 닦고 본성을 다스려서 그 천진함을 되찾게 하였다."

라고 하였으며, 또 다음과 같이 기록했다.

"금의 길이 3자 6치 6푼은 366일을 상징한 것이고, 너비 6치는 천지 사방六合을 상징한 것이다. 문文[3]의 위를 지池라 하고 (池는 물이니 그 평평함을 가리킨다)[4] 아래를 빈濱이라 하였으니 (濱은 服이다)[5], 앞이 넓고 뒤가 좁은 것은 존귀함과 비천함을 상징한 것이다. 위가 둥글고 아래가 네모난 것은 하늘과 땅을 본받은 것이다. 다섯 줄은 오행五行을 상징하고, 큰 줄은 임금이며, 작은 줄은 신하인데, 문왕文王과 무왕武王이 두 줄을 더하였다."

또 『풍속통』風俗通[6]에는 다음과 같이 기록했다.

"금의 길이 4자 5치는 사시四時와 오행五行을 본받은 것이고,

황해도 안악 제3호분 벽화. 회랑 행렬도 가운데 고구려 보행악대와 기마악대가 보인다.

일곱 줄은 북두칠성을 본받은 것이다."

거문고의 제작에 대해 『신라고기』新羅古記에는 다음과 같이 기록했다.

"처음에 진晉나라 사람이 칠현금七絃琴을 고구려에 보냈는데, 고구려 사람들은 그것이 악기인 줄은 알았지만 그 악보와 타는 법을 몰랐다. 그래서 나라 사람 가운데 그 음을 알아서 탈 수 있는 자를 찾으며, 많은 상을 걸었다. 그때에 제2상第二相 왕산악이 그 본래 모양을 보전하면서 그 법제를 좀 고쳐서 새 악기를 만들고, 아울러 100여 곡을 만들어 연주하였다. 이때 검은 학玄鶴[7]이 와서 춤추었으므로 드디어 현학금이라고 이름 지었는데,

칠현금

그 뒤에는 다만 현금玄琴(거문고)이라고 하였다."

— 『삼국사기』권32 「악」樂

1) 중국 고대의 현악기인데, 보통 칠현금七絃琴을 가리킨다. 우리나라에서는 휘금徽琴, 또는 당금唐琴이라 불렸으며, 조선 후기에 금琴이라고 하면 흔히 거문고玄琴를 가리켰다. 슬瑟과 함께 연주되어, "금슬이 좋다"는 말이 생겼다.

2) 한나라 채옹(133~192), 또는 진晉나라 공연孔衍이 지었다고 전하는 책인데, 중국 고대의 금곡琴曲이 실려 있다. 악보는 없고, 악곡의 이름과 작가에 관한 기록, 작곡의 동기 등을 간략하게 서술하였다.

3) 뜻이 분명치 않은데, 위판에 그린 무늬가 아닌가 생각된다. 중국의 금琴은 전면에 검은 칠을 하고 위판의 검은 복판 한 편으로 흰 자개 13개를 줄지어 박아 손가락 짚는 위치를 표시한다(장사훈, 『한국악기대관』88~89쪽)고 했으므로, 원문의 '문상'文上은 그 무늬가 있는 위판으로 볼 수도 있다.

4) 지池는 금琴의 위판을 가리키는데, 물처럼 평평한 모습을 표현한 말이다. 『이아』爾雅에 "금琴의 위를 지池라고 하니 그 평평한 모습을 말하고, 아래를 빈濱이라고 하니 그 떠받치는 모습을 말한다"고 했다.

5) 빈濱은 금의 뒤판을 가리킨다. 『금조』에 "빈濱은 빈賓(손님)이니, 그 떠받치는 모습을 표현한 말이다濱 賓也 言其服也"라고 하였다.

6) 응소應邵가 지은 책인데 본명은 『풍속통의』風俗通義이며, 후한後漢 때까지 전래되던 여러 가지 일을 항목에 따라 기록한 유서類書이다.

7) 학이 천 년을 살면 푸른 색으로 변하고, 또 천 년을 살면 검은 색으로 변한다. 그것을

현학玄鶴이라고 한다.— 최표『고금주』

사광師曠이 부득이 금琴을 잡고서 연주하자 첫 번 연주할 때 16마리 현학玄鶴이 나타나서 회랑의 문에 내려앉았고, 두 번째 연주할 때 학이 목을 빼고 울면서 날개를 펴고 춤을 추었다.—『사기』권24「악서」樂書

백결百結

백결선생百結先生은 어떤 사람인지 내력을 알 수 없다. 낭산狼山[1] 아래에 살았는데, 집이 몹시 가난해서 옷을 백 번이나 기워 입었다. 마치 메추리를 거꾸로 매단 것처럼 너덜너덜했다. 그래서 당시 사람들이 동리東里의 백결선생이라 불렀다. 그는 일찍이 영계기榮啓期[2]의 사람됨을 사모하여 거문고를 가지고 다니면서 기쁨과 노여움, 슬픔과 즐거움, 그리고 마음에 편치 않은 일들을 모두 거문고로 폈다.

어느 해 세밑에 이웃 동네에서 곡식을 방아로 찧고 있는데, 그의 아내가 절구 찧는 소리를 들으며 말했다.

"다른 사람들은 모두 곡식이 있어 방아를 찧는데 우리만 곡식이 없으니, 어떻게 해를 넘길까요?"

그러자 선생이 하늘을 우러러 탄식하며 말했다.

"사람이 살고 죽는 것은 명이 있고, 부귀는 하늘에 달린 것이오. 오는 것은 막을 수 없고, 가는 것은 따라잡을 수 없는 법인데,[3] 그대는 어찌 마음 아파하시오? 내 그대를 위해 절구 찧는

일본 나라奈良 쇼소인正倉院에 소장된 신라금

소리를 내어 위로해주리다."

　이에 거문고를 뜯어 절구 찧는 소리를 내었다. (이 곡조가) 세
상에 전해져서, 그 이름을 「방아타령」碓樂이라고 하였다.

　　　　─『삼국사기』 열전 제8 「백결선생」

---

1) 경주시 보문동·구황동·배반동 일대에 걸쳐 있는 야산인데, 115·102·100미터에
　 달하는 3개 봉우리를 따라 중요한 유적들이 펼쳐져 있다. 총 25만 423평인데, 사적 제
　 163호이다. 대표적인 유적으로는 사천왕사 터·망덕사 터·황복사 터·능지탑·선덕
　 여왕릉 등이 있다.
2) 공자가 태산에 놀러갔다가, 영계기가 성읍의 들판을 거니는 것을 보았다. 그는 사슴 갖
　 옷을 입고 새끼 띠를 띠었는데, 거문고를 타며 노래를 부르고 있었다. 공자가 그에게
　 물었다.
　 "선생은 무슨 까닭으로 즐거워합니까?"
　 "내게는 즐거움이 아주 많다오. 하늘이 만물을 내셨는데 오직 사람이 가장 존귀하니, 내
　 가 사람으로 태어날 수 있었다는 것이 첫째 즐거움이지요." ─『열자』 「천서편」天瑞篇
3) 선생님은 글을 가르치면서 "가는 자를 쫓지 않고, 오는 자를 막지 않는다"고 하셨습니
　 다. 오직 배우겠다는 마음으로 오기만 하면, 누구든지 받아들이셨습니다. ─『맹자』
　 「진심 하」

미마지 味摩之

스이코 천황推古天皇 20년(612, 백제 무왕 13년)에 백제 사람 미마지가 귀화歸化했다. 이 사람은 (남중국)오吳나라의 기악무 伎樂舞[1]를 배웠다고 하므로 사쿠라이櫻井에 살게 하고, 소년들을 모아서 기악무伎樂舞[2]를 가르치게 하였다.[3] 이때 마노 오비토데시眞野首弟子와 이마키노아야 히토사이몬新漢濟文 두 사람에게 그 춤을 배워서 전하도록 하였다. 이것이 지금 오치노 오비토大市首·사키타노 오비토辟田首의 조상이다.

— 『일본서기』日本書記 권22

---

1) 고대의 종교적 예능인데, 부처를 공경하기 위한 가무歌舞이다. 미마지가 일본에 전해준 가무 기악이 후세에 기가쿠伎樂라는 고유명사로 바뀌었다.

2) 1234년에 편찬된 『교훈초』敎訓抄에 의하면, 기악무는 가로잡고 부는 적笛, 작은 장고처럼 생긴 삼고三鼓, 심벌즈cymbals 모양의 동박자銅拍子 같은 악기의 반주에 맞추어 가면극假面劇을 추었다고 한다. — 송방송, 「한국고대음악의 일본전파」

3) 그 당시 기악무에서 쓰던 가면假面이 지금 도다이사東大寺를 비롯한 여러 절에 보관되어 있다.

기악에 쓰이는 사자 가면(일본 쇼소인 소장)

오공 가면(일본 도쿄 국립박물관 소장)

우륵 于勒

[1]

　가야금加耶琴[1]도 중국 악부의 쟁箏을 본받아 만들었다. 『풍속
통』에

　"쟁은 진秦나라 음악이다."

라고 하였다. 『석명』釋名에는

　"쟁은 줄을 높이 매어 소리가 쟁쟁하며, 병주幷州·양주梁州
두 주의 쟁은 모습이 슬瑟과 같다."

고 하였다. 부현傅玄[2]이 이렇게 말했다.

　"위가 둥근 것은 하늘을 상징하고, 아래가 평평한 것은 땅을
상징한다. 가운데가 빈 것은 천지와 사방六合을 본받고, 줄과 기
둥은 12달에 비겼으니, 이는 곧 인仁과 지智의 악기이다."

　완우阮瑀[3]는 이렇게 말했다.

　"쟁은 길이가 6자이니, 음률의 수[4]에 응한 것이다. 줄이 12개
가 있는 것은 사철을 상징하고, 기둥의 높이가 3치인 것은 하
늘·땅·사람三才[5]을 상징한다."

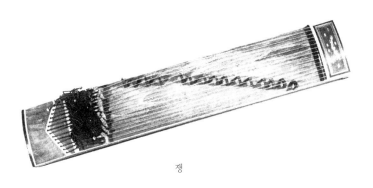

쟁

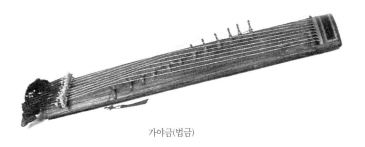

가야금(법금)

　가야금은 비록 쟁과 제도가 조금 다르지만 대개 그와 비슷
하다.

　『신라고기』에는 다음과 같이 기록했다.

　"(가야금은) 가야국加耶國 가실왕嘉實王[6]이 당나라[7]의 악기를
보고 만들었다. 왕이 '여러 나라의 방언이 각기 다르니, 음악이
어찌 한가지로 같을 수 있으랴?' 하고는, 성열현省熱縣[8] 사람
악사樂師 우륵에게 명하여 12곡을 짓게 하였다.

　그 뒤에 우륵은 그 나라가 장차 어지러워질 것이라고 생각하
여, 악기를 가지고 신라 진흥왕에게 투항하였다.[9] 왕은 그를 받

아 국원國原[10]에 살게 하고, 대나마 주지注知·계고階古와 대사 만덕萬德을 보내 그 업을 전수받게 하였다.[11]

세 사람이 12곡을 전수받고 서로 말하길, '이것은 번잡하고 음란하니, 우아하고 바른 것이라고 할 수 없다' 하고는 드디어 줄여서 5곡으로 만들었다. 우륵이 처음에 제멋대로 줄였다는 말을 듣고 노했지만, 그 다섯 가지의 곡을 듣고나서는 눈물을 흘리고 탄식하면서 말했다. '즐거우면서도 무절제하지 않고 슬프면서도 비통하지 않으니 바르다고 할 만하구나. 너희는 그것을 왕의 앞에서 연주하라.'

왕이 이를 듣고 몹시 기뻐했는데, 간언하는 신하가 의논하여 아뢰었다. '가야에서 나라를 망친 음악이니, 이는 취할 것이 못 됩니다.'

왕이 말했다. '가야 왕이 음란하여 스스로 망한 것이지, 음악이야 무슨 죄가 있겠느냐. 대개 성인聖人이 음악을 제정한 것은 인정에 연유하여 법도를 따르도록 한 것이니, 나라가 잘 다스려지고 어지러운 것은 음악 곡조 때문이 아니다.'

드디어 그를 행하게 하여 대악大樂으로 삼았다."

가야금에는 두 조調가 있다. 첫째는 하림조河臨調[12], 둘째는 눈죽조嫩竹調인데, 모두 185곡이다.

우륵이 지은 12곡[13]은 첫째 「하가라도」下加羅都, 둘째 「상가라도」上加羅都, 셋째 「보기」寶伎[14], 넷째 「달이」達已, 다섯째 「사물」思勿, 여섯째 「물혜」勿慧, 일곱째 「하기물」下奇物, 여덟째 「사자기」師子伎[15], 아홉째 「거열」居烈, 열째 「사팔혜」沙八兮, 열한째 「이사」

爾攽(攽자는 알 수 없다), 열두째 「상기물」上奇物이다. 이문泥文[16]이 지은 3곡은 첫째 「오」鳥, 둘째 「서」鼠, 셋째 「순」鶉이다.

　　—『삼국사기』권32 「악」樂

　[2]

　가야국 가실왕의 악사 우륵이 중국 진나라의 쟁을 본떠 금琴을 만들어 가야금이라 불렀다. 고령현의 북쪽 3리에 있는 땅 이름이 금곡琴谷인데, 세상에 전하기를 "우륵이 공인工人을 거느리고 가야금을 익힌 곳이다"라고 한다. '이 가야금은 김해의 가야국에서 나왔다'고도 하지만, 김해 가야의 역대 왕 가운데는 가실왕이라고 불린 왕이 없다. 그러니 아마 여기에서 나왔다는 말이 옳을 것이다.

　　—『신증 동국여지승람』제29권 「고령현」

　[3]

　탄금대彈琴臺는 견문산犬門山에 있다. 낭떠러지 푸른 벽이 높이가 스무 길 남짓인데, 그 위에 소나무·참나무가 울창하다. 양진명소楊津溟所에 굽어 임하고 있는데, 우륵이 거문고를 타던 곳이다.

　　—『신증 동국여지승람』제14권 「충주목」

1) 신라 삼현三絃의 하나인 12줄의 현악기이다. 『삼국지』 권30 위서魏書 「동이전」東夷傳 진변한辰弁韓조에 "이 나라에 슬瑟이 있는데 그 형태는 축筑과 비슷하며, 이것을 타는 음곡이 있다"고 한 것을 보면, 이미 2~3세기 변진(가야) 지역에 가야금과 비슷한 악기 '고'가 있었던 듯하다.

2) 진晉(265~316)나라 문신인데, 홍농 태수를 지냈다. 문학과 음악에 밝았으므로 진나라 종묘의 악장樂章을 지었다.

3) 위魏(220~265)나라의 문신이며, 채옹의 제자이다.

4) 12율 가운데 양陽의 소리에 드는 여섯 음이다.

5) 역易이 기록하는 바는 광대한 것을 모두 갖추었다. 하늘의 도天道가 있고, 사람의 도人道 가 있으며, 땅의 도地道가 있으니, 삼재三才를 아울러 짝하게 한다. ―『주역』 계사繫辭

6) 우륵의 전설이 『신증 동국여지승람』 제29권 「고령현」 고적古跡조에 보이는 것을 보면, 우륵이 살았던 가야는 대가야大加耶였던 듯하다. 대가야에는 가실왕이 없었으며, 중국 과 교역하여 악기를 받아들일 정도라면 가야연맹의 맹주였던 하지왕荷知王일 가능성 이 있다.

7) 여기서 말한 당唐나라는 618년부터 907년까지 존재했던 당나라가 아니라, 일반적으 로 '중국'이라는 뜻이다. 대가야는 그 이전에 멸망했기 때문이다.

8) 현재의 경상남도 의령군 부림면에 있던 신라시대 행정구역이다.

9) 진흥왕 12년(551) 3월에 왕이 순행하다가 낭성娘城에 이르러, 우륵과 그의 제자 니문尼 文이 음악을 잘한다는 말을 듣고, 그들을 특별히 불렀다. 왕이 하림궁河臨宮에 머물면 서 음악을 연주하게 하자, 두 사람이 각기 새로운 노래를 지어 연주하였다.
이보다 앞서 가야국 가실왕이 십이현금十二弦琴을 만들었는데, 그것은 12달의 음률을 본뜬 것이다. 이에 우륵에게 명하여 곡을 만들게 했는데, 나라가 어지러워지자 우륵이 악기를 가지고 우리에게 귀의하였다. 그 악기의 이름은 가야금이다. ―『삼국사기』 권4 「신라본기」

10) 현재 충청북도 충주시에 있던 옛 지명인데, 원래는 고구려의 국원성이었다. 신라 진 흥왕 12년(551)에 국원소경國原小京으로 정해졌다. 충주시 칠금동에 우륵이 가야금 을 탔다는 탄금대彈琴臺가 있다.

11) 진흥왕 13년(552) 왕이 계고階古·법지法知·만덕萬德 세 사람에게 명하여 우륵에 게 음악을 배우도록 하였다. 우륵은 그들의 재능을 헤아려 계고에게는 가야금을, 법 지에게는 노래를, 만덕에게는 춤을 가르쳤다. 학업이 끝나자 왕이 그들에게 연주하 게 하고는, "예전 낭성娘城에서 들었던 음과 다르지 않다" 하면서 상을 후하게 주었 다. ―『삼국사기』 권4 「신라본기」

12) 하림궁은 충청북도 충주시 남한강 가에 있던 별궁인 듯한데, 확실치 않다. 우륵이 진

흥왕 12년에 하림궁에서 새로 지어 연주했던 곡과 하림조가 관계가 있는 듯하다.

13) 중국 남조南朝에서 전해진 것으로 보이는 기악伎樂인 「사자기」師子伎와 「보기」寶伎 두 곡을 제외하면 모두 당시의 지명들이다. 가야연맹의 노래들을 우륵이 정리한 것이라고 한다.

14) 금색金色 공을 가지고 노는 곡예에 쓰인 음악이다. 가야의 보기는 신라의 금환金丸과 같은 놀이인데, 서역西域에서 중국 남제南齊를 거쳐 가야에 전수된 듯하다. 최치원이 금환 놀이를 보고 「금환」 시를 지었다.

15) 사자 가면을 쓰고 노는 탈춤에 쓰였던 음악이다. 가야의 사자춤은 신라의 산예狻猊와 같은 놀이였을 텐데, 중국 남제의 놀이가 가야에 전수된 듯하다. 최치원이 산예 놀이를 보고 「산예」 시를 지었다.

16) 진흥왕이 12년(551) 3월 낭성에서 우륵과 함께 불렀던 제자인데, 「신라본기」에는 니문尼文이라고 하였다.

원효元曉

 성사聖師 원효의 속성은 설씨薛氏다. 할아버지는 잉피공仍皮公인데, 또는 적대공赤大公이라고도 한다. 지금 적대연赤大淵 옆에 잉피공의 사당이 있다. 아버지는 담날談捺 내말乃末[1]이다.

 그는 처음에 압량군 남부[2] 불지촌 북쪽에 있는 율곡의 사라수娑羅樹 아래에서 태어났다. 불지촌佛地村이라는 마을 이름은 발지촌發智村[3]이라고도한다. 사라수에 대해서는 이런 이야기가 전한다.

 "그의 집은 본래 율곡의 서남쪽에 있었다. 그의 어머니가 그를 임신해서 만삭이 되었을 때 마침 이 골짜기 밤나무 아래를 지나다가 갑자기 해산하게 되었다. 너무 다급해서 집으로 돌아가지도 못하고, 남편의 옷을 그 나무에다 걸어놓은 채 그 안에 누웠다. 그래서 이 밤나무를 사라수라고 부르게 되었다."

 그 나무의 열매가 또한 보통 것들과 달라서, 지금도 그것을 사라밤娑羅栗이라고 부른다. 예부터 이런 이야기도 전한다.

 "옛날 어떤 절의 주지가 사노寺奴 한 사람마다 하루 저녁거리로 밤 두 알씩 나눠줬더니, 그 종들이 관가에 송사를 일으켰다. 관리가 이상히 여겨 그 밤을 가져다 조사해보니, 한 알이 바리때 하나에 가득 찼다. 그래서 도리어 한 알씩만 주라고 판결내렸다. 그러므로 이 골짜기 이름을 율곡이라 했다."

대사는 출가한 뒤에 자기 집을 희사해 절을 만들고, 이름을 초개사初開寺라고 했다. 그리고 자기가 태어난 밤나무 옆에도 절을 세우고 사라사라고 했다.

대사의 「행장」에는 그가 서울 사람이라고 했는데, 이는 할아버지가 살던 곳을 따른 것이다. 당나라 『승전』에는 그가 본래 하상주下湘州 사람이라고 했다. 상고해보면 인덕 2년(665)에 문무왕이 상주上州와 하주下州의 땅을 떼어서 삽량주歃良州를 설치했으니, 하주는 지금의 창녕군이고, 압량군은 본래 하주의 속현이었다. 또 상주는 지금의 상주尙州인데, 또한 상주湘州라고도 했다. 불지촌은 지금 자인현慈仁縣에 속해 있는데, 압량군에서 나뉜 곳이다.

대사의 아명은 서당誓幢이고, 제명第名은 신당新幢[1]이다. 그의 어머니가 유성이 품 속으로 들어오는 꿈을 꾸고 곧 태기가 있었는데, 해산하려고 할 때에는 오색 구름이 땅을 덮었다. 진평왕 39년, 대업 13년 정축(617)이었다. 그는 태어나면서부터 남달리 영특해서 스승을 따라 배우지 않았다. 그가 사방으로 다니며 노닐던 시말始末과 불교를 널리 편 업적은 당나라 『승전』과 「행장」에 자세히 실려 있으니, 여기에 다 실을 수는 없다. 다만 향전鄕傳에 기록된 한두 가지의 특이한 일만 기록한다.

대사가 어느 날 바람이 나서 거리를 돌아다니며 노래를 불렀다.

> 누가 내게 자루 없는 도끼를 주려나
> 하늘 버틸 기둥을 다듬으려네.[5]

여느 사람들은 모두 그 뜻을 깨닫지 못했지만, 태종무열왕이 그 노래를 듣고 말했다.

"이 대사가 아마도 귀부인을 얻어 훌륭한 아들을 낳고 싶어하는 게다. 나라에 훌륭한 인물이 태어나면 그보다 더 큰 이익이 어디 있겠는가."

그때 요석궁瑤石宮[6]에 과부가 된 공주가 있었는데, 왕이 궁의 관리를 시켜 원효를 찾아 요석궁으로 맞아들이게 했다. 궁의 관리들이 왕명을 받들고 그를 찾아다니다, 이미 남산에서 내려와 문천교蚊川橋[7]를 지나던 그를 만났다. 원효가 일부러 물 속에 떨어져 옷을 젖게 하자, 관리들이 대사를 요석궁으로 데려가 옷을 갈아입고 말리게 했다. 그래서 대사는 요석궁에 머물러 자게 되었다.

공주는 과연 임신해 설총薛聰을 낳았다. 설총은 나면서부터 영민해 경서와 역사에 널리 통달했고, 신라 10현十賢[8] 가운데 한 사람이 되었다. 그는 방언[9]으로 중국과 우리나라의 지방 풍속과 물건 이름에 통달해서, 육경六經과 문학을 모두 훈해訓解했다. 지금까지도 우리나라에서 명경明經[10]을 업으로 닦는 자들이 이를 전수해 끊어지지 않고 있다.

원효 초상

　원효는 이미 파계해 설총을 낳자, 그 뒤에 세속의 옷으로 갈아 입고 스스로 소성거사小性居士라고 이름했다. 그가 우연히 광대 들이 춤추며 희롱할 때 쓰는 큰 박을 얻었는데, 그 모습이 진기 했다. 그래서 그 모양을 본떠 도구를 만들고는, 『화엄경』에서 "일체 무애인無㝵人[11]은 한 길로 생사에서 벗어난다"라는 구절 을 따다가 무애無㝵[12]라 이름하고는, 노래를 지어 세상에 퍼뜨 렸다. 그가 일찍부터 이 무애를 가지고 마을마다 돌아다니면서 노래 부르고 춤을 추며, 교화를 펼치고 돌아왔다. 그래서 오두 막집의 어리석은 무리들까지도 모두 부처의 이름을 알고 나무 아미타불을 부르게 되었으니, 원효의 교화가 참으로 컸다. 그가 태어난 마을 이름을 불지촌이라 하고, 절 이름을 초개사라 한다. 스스로 원효元曉라고 일컬은 것들은 모두 "불일佛日을 처음으로 빛나게 했다"는 뜻이다. '원효'도 역시 우리말인데, 당시 사람들이 모두 우리말로 '새벽'이라고 불렀다.

그는 일찍이 분황사에 머물면서 『화엄경소』華嚴經疏를 지었는데, 제4 십회향품十廻向品13)에 이르러 끝맺고 절필했다. 또 언젠가는 송사 때문에 몸을 백송百松으로 나눈 적이 있었다. 그래서 모두들 위계位階의 초지初地14)라고 했다. 그는 또 바다 용의 권유에 따라 길에서 조서를 받고 『삼매경소』三昧經疏를 지었다. 그 글을 지을 때에 붓과 벼루를 소의 두 뿔 위에 놓고 지었으므로, 그 글을 각승角乘이라고 불렀다. 이 이름은 본각本覺과 시각視覺15)의 오묘한 뜻을 나타낸 것이기도 하다. 이때 대안법사가 와서 종이를 붙였으니, 역시 지음知音16)으로서 화답한 것이다.

그가 입적하자, 설총이 그의 유해를 부숴 진용眞容을 만들었다. 분황사에 모셔두고 돌아가신 아버지에 대한 존경과 흠모의 뜻을 표했다. 설총이 때때로 그 곁에서 절하면 원효의 소상塑像이 문득 돌아보았다. 지금도 여전히 돌아보는 모습으로 있다. 원효가 일찍이 머물던 혈사穴寺 옆에 설총의 집터가 있다고 한다. 이에 찬한다.

각승을 지어 『삼매경』의 뜻을 처음으로 열어 보이고
표주박을 희롱하며 거리마다 교화를 베풀었네.
달 밝은 요석궁에 봄잠이 깊더니

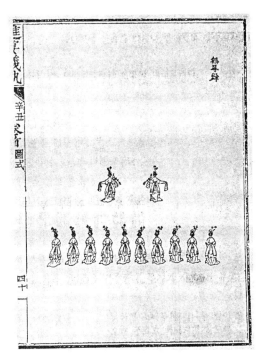

『진연의궤』進宴儀軌에 나오는 무애무無㝵舞

문 닫힌 분황사엔 돌아보는 모습만 남았네.

—『삼국사기』제5의해義解「원효불기」元曉不羈

---

1) 내말은 나마奈麻인데, 신라 17관등 가운데 제11위이다.

2) (원주) 지금의 장산군이다.

3) (원주) 시골말로는 불등을촌弗等乙村이라고 한다.

4) (원주) 당幢을 우리말로는 털毛이라고 한다.

5) 자루 없는 도끼는 과부이고, 하늘을 버틸 기둥은 나라의 기둥이 될 인재다.

6) (원주) 지금의 학원學院이 바로 이곳이다.

7) (원주) 사천沙川인데, 민간에서는 모천牟川, 또는 문천이라고도 한다. 또 다리 이름을 유교榆橋라고도 한다.

8) 『삼국사기』 권46 열전에 신라의 대표적인 문장가였던 강수·최치원·설총의 열전이 실려 있으며, 「설총」조 끝부분에 보면 최승우·최언위·김대문·박인범·원걸·왕거인·김운경·김수훈의 이름과 간단한 생애가 덧붙어 있다.

9) 우리말인데 여기서는 이두吏讀나 향찰식 언어체계를 가리킨다.

10) 강경講經을 말한다. 과거의 강경과(명경과)에 응시하기 위해 경서 가운데 몇 가지를 특별히 강하고 외우는 것이다.

11) 무애無㝵는 장애가 없다는 뜻인데, 모든 외부의 장애를 받지 않고 자유로운 것을 말한다. 부처가 열반의 무애無㝵한 도를 증명했으므로, 부처를 무애인이라고도 부른다.

12) 무애는 고려를 거쳐 조선시대까지 전승되었는데, 노래의 내용이 불교에 관계된다고 하여 세종 16년(1434) 이후에 금지되었다가, 왕의 장수를 비는 내용으로 가사가 고쳐져, 순조 29년(1829) 이후에 다시 공연되었다. 물론 원효 때의 모습은 찾아볼 수가 없을 것이다. 정재呈才 무애무無㝵舞에서는 호리병을 들고 춤추는 사람을 무애無㝵라고 한다.

13) 보살이 수행하는 계위인 52위 가운데 제31위에서 제40위까지의 10행위를 이른다. 지금까지 닦은 자리自利 이타利他의 여러 가지 행行을 모든 중생을 위해서 돌려주는 동시에, 이 공덕으로 불과佛果를 향해 나아가 깨닫는 경지에 도달하려는 지위이다.

14) 보살이 수행하는 계위인 52위 가운데 10지위의 첫 계단, 즉 환락지歡樂地를 말한다.

15) 본각은 온갖 유정有情 무정無情한 것들에 통한 자성自性의 본체로서 갖춰져 있는 여래장如來藏 진여眞如, 즉 우주 법계의 근본 본체인 진여의 이체理體를 말한다. 시각은 그 본각이 수행한 공력에 의해 각증覺證한 각이다. 본각과 시각의 각체는 다르지 않지만, 지위가 같지 않으므로 따로 이름을 붙였다.

16) 백아伯牙가 거문고를 타면 그의 친구인 종자기鍾子期가 그 가락을 듣고서 그의 마음 속을 알았다고 한다. 자기의 마음을 알아주는 친구를 지음이라고 한다.

차득공 車得公

문무왕(661~681 재위)이 어느 날 서제庶弟 차득공을 불러 말했다.

"너를 재상으로 삼을 테니, 백관을 고르게 다스리고 사해를 태평케 하라."

공이 말했다.

"만일 폐하께서 소신을 재상으로 삼으신다면, 신은 가만히 나라 안을 돌아다니면서 민간 부역의 과중과, 세금의 경중, 그리고 관리의 청탁 여부를 살핀 뒤에 벼슬에 나아가고자 합니다."

왕이 윤허했다. 차득공이 검은 빛깔의 승복을 입고 비파를 멘 거사 차림을 하고서 서울을 떠났다. 아슬라주阿瑟羅州[1]·우수주牛首州[2]·북원경北原京[3]을 거쳐 무진주武珍州[4]까지 이르며 동네 거리를 순행했는데, 그 고을 아전 안길安吉이 이인異人임을 알아보고 자기 집으로 맞이하여 정성껏 음식을 대접했다. 밤이 되자 안길이 자기의 처와 첩 세 사람을 불러 말했다.

"오늘밤 저 거사 손님을 모시고 자는 사람은 나와 종신토록 해로하리라.”

두 아내는 이렇게 말했다.

“차라리 당신과 함께 살지 못할지언정 어찌 다른 남자와 같이 자겠습니까?”

그러나 한 아내는

“공께서 만약 종신토록 함께 살겠다고 허락하신다면 명령을 받들겠습니다.”

하고는 그대로 따랐다. 이튿날 아침에 거사가 떠나면서 말했다.

“나는 서울 사람입니다. 우리 집은 황룡사와 황성사 두 절 사이에 있고, 내 이름은 단오端午[5]입니다. 주인께서 만약 서울에 오거든 우리 집을 찾아주시면 고맙겠습니다.”

차득공은 곧 서울로 돌아와 재상 자리에 올랐다. 나라제도에 바깥 고을 아전 한 사람을 불러올려 서울의 여러 부서를 지키게 했는데,[6] 안길이 마침 올라와서 지킬 차례가 되었다. 서울에 와서 황룡사와 황성사 사이에 있다는 단오거사의 집을 물어보았지만, 아무도 아는 사람이 없었다. 안길이 길 왼편에 오래 서 있었는데, 한 늙은이가 지나가다가 그의 말을 듣고 한참 생각하다가 말했다.

“두 절 사이에 있는 집이라면 아마도 대궐일 테고, ‘단오’라면 차득공일 거요. 그가 혹시 바깥 고을들을 몰래 돌아다닐 때에 그대와 인연이 있었던가 보구려.”

안길이 사실대로 말하자, 노인이 말했다.

“궁성 서쪽에 있는 귀정문歸正門으로 가서 드나드는 궁녀를

비파를 뜯는 신라시대 토우

기다렸다가 알려주시오."

안길이 늙은이의 말에 따라,

"무진주의 안길이 문 밖에 이르렀다."

고 알렸다. 차득공이 듣고서 달려나와, 그의 손을 끌고 궁으로 들어갔다. 공의 부인을 불러내어 안길과 함께 잔치를 베풀었는데, 음식을 쉰 가지나 차렸다. 왕에게 아뢰어 성부산[7] 아래에 있는 땅을 무진주 상수리上守吏의 소목전燒木田[8]으로 하사하고, 사람들이 벌채하지 못하게 하였다. 사람들이 그 땅에 감히 가까이 하지 못하고, 궁 안팎 사람들이 모두 부러워했다. 이 산 아래 밭 서른 이랑이 있어 종자를 3석이나 뿌리는데, 이 밭에 풍년이 들면 무진주에도 역시 풍년이 들고, 그렇지 않으면 무진주에도 역시 흉년이 든다고 했다.

　—『삼국유사』

---

1) (원주) 지금의 명주(강릉)다.

2) (원주) 지금의 춘주(춘천)다.

3) (원주) 지금의 충주다.

4) (원주) 지금의 해양海陽이다. (지금의 광주 방면이다)

5) (원주) 민속에 '단오'를 '차의(車衣: 수릿·수레)'라고 한다.

6) (원주) 지금의 기인其人제도다.

　이 원주는 일연 이전에 어느 편집자가 붙인 주석이다. 고려와 조선의 기인제도는 신라의 상수리上守吏제도에서 비롯되었는데, 인질이라는 방법으로 지방 세력을 중앙에 얽어매는 제도이다. 고려와 조선시대에는 향리나 토호의 자제를 서울로 불러올렸지만, 신라시대에는 향리 자신이 서울로 올라와 임무를 맡았다.

7) (원주) '성손호산星損乎山'이라고 된 곳도 있다.

8) 궁중이나 여러 관청에 연료를 공출하는 밭이다.

옥보고 玉寶高

[1]

　신라 사람 사찬沙湌 공영恭永의 아들 옥보고가 지리산 운상원雲上院에 들어가 거문고¹⁾를 배운 지 50년에 스스로 새로운 곡조 30곡을 만들어 속명득續命得에게 전하였다.

　속명득이 이를 귀금선생貴金先生에게 전하니, 선생 또한 지리산에 들어가 나오지 않았다. 신라 임금이 거문고의 이치와 타는 법이 단절될까 걱정하여, 이찬 윤흥允興²⁾에게 명하여,

　"방편을 써서라도 그 음을 전할 수 있게 하라."

하고, 남원南原의 공사公事를 맡겼다. 윤흥이 관아에 이르러 총명한 소년 두 사람을 뽑으니, 안장安長과 청장淸長이었다. 윤흥이 그들에게 산속에 들어가 전수받아 배우게 하였다. 선생이 그들을 가르쳤지만, 그 가운데 미묘한 것은 숨기고 전하지 않았다. 윤흥이 아내와 함께 나아가 말했다.

　"우리 임금께서 저를 남원에 보내신 까닭은 다름 아니라 선생의 기술을 전수하고자 한 것입니다. 그런데 지금까지 3년이 되

8세기 중엽(통일신라)의 거문고를 든 토우(국립중앙박물관 소장)

었지만 선생께서 숨기고 전하지 않는 것이 있으니, 저는 임금에게 돌아가 아뢸 수가 없습니다."

그러고는 윤흥이 두 손으로 술을 받들고 그의 아내는 잔을 받들어, 무릎으로 기면서 예절과 성의를 다하였다. 그런 뒤에야 그가 숨기던 「표풍」飄風 등 세 곡을 전수받았다. 안장이 그의 아들 극상克相과 극종克宗에게 전하고, 극종이 일곱 곡을 지었다. 극종 이후에는 거문고를 자신의 업으로 삼는 자가 하나둘이 아니었다.

지은 음곡에는 두 조調가 있으니, 첫째는 평조平調, 둘째는 우조羽調인데 모두 187곡이다. 그 남겨진 음곡 가운데 널리 전파

되어 기록할 수 있는 것은 얼마 되지 않고, 나머지는 모두 흩어져서 갖추어 기재할 수가 없다.

옥보고가 지은 30곡은 「상원곡」上院曲 하나, 「중원곡」中院曲 하나, 「하원곡」下院曲 하나, 「남해곡」南海曲 둘, 「의암곡」倚嵒曲 하나, 「노인곡」老人曲 일곱, 「죽암곡」竹庵曲 둘, 「현합곡」玄合曲 하나, 「춘조곡」春朝曲 하나, 「추석곡」秋夕曲 하나, 「오사식곡」吾沙息曲 하나, 「원앙곡」鴛鴦曲 하나, 「원호곡」遠岵曲 여섯, 「비목곡」比目曲 하나, 「입실상곡」入實相曲[3] 하나, 「유곡청성곡」幽谷淸聲曲 하나, 「강천성곡」降天聲曲 하나였다. 극종이 지은 일곱 곡은 지금(고려) 없어졌다.

― 『삼국사기』 권32 「악」樂

[2]

금송정琴松亭은 금오산金鰲山 마루턱에 있었는데[4], 옥보고가 노닐며 즐기던 곳이다.

옥보고는 신라 사찬沙粲 공영恭永의 아들인데, 경덕왕(742~764 재위) 때 사람이다. 그는 지리산 운상원에 들어가 거문고를 50년 동안 배웠다. 스스로 새로운 곡조 30곡을 만들어 타자 검은 학이 와서 춤을 추었으므로, 드디어 현학금玄鶴琴이라고 이름하였다. 줄여서 현금玄琴이라고도 한다.

세상에 전하기를 "옥보고는 신선의 도道를 얻었다"고 한다.

― 『신증 동국여지승람』 제21권 「경주부」

1) 신라시대 삼현三絃의 하나인 여섯 줄의 현악기이다. 『삼국유사』 제4 탑상편塔像篇「백률사」栢栗寺조에서 효소왕 2년(693)에 거문고가 신적 神笛과 함께 내고內庫, 天尊庫에 있어 보물로 간직했다고 하니, 거문고가 그 이전에 신라에 전래되었음을 알 수 있다. 그러다가 경덕왕(742~764 재위) 때에 옥보고에 의해 거문고 곡조가 본격적으로 정리되고 널리 전파된 듯하다.

2) 『삼국사기』 권11 경문왕 6년(866) 10월에 "이찬 윤흥이 아우 숙흥叔興 · 계흥季興과 함께 역모를 꾀하다가 발각되어 대산군으로 달아났다. 왕이 명을 내려 뒤쫓아가서 붙잡아 목베어 죽이고, 일족을 멸하였다"는 기록이 있다.

3) 실상實相이란 불교에서 생멸계生滅界를 떠난 만유萬有의 진상, 즉 진여眞如의 본체를 뜻하는 말인데, 『열반경』이나 『법화경』에 많이 나온다. 이 노래는 거문고 반주로 불려진 불교음악인 듯하다.

4) 경주 남산 기암골碁嚴谷은 신선들이 바둑을 두며 놀았다는 전설 때문에 붙여진 이름인데, 산봉우리의 바둑바위 부근에 사방 5미터 되는 금송정 터가 있다. 기왓장과 주춧돌이 흩어져 있으며, 동쪽으로는 천연의 돌난간도 있다.

월명사 月明師

경덕왕 19년 경자(760) 4월 1일에 두 태양이 나란히 나타나 열흘 동안이나 없어지지 않았다. 그러자 일관日官이 아뢰었다.

"인연이 있는 중을 청해 산화散花 공덕을 드리면 그 재앙을 물리칠 수 있습니다."

그래서 조원전朝元殿에 깨끗한 불단을 차리고, 왕이 친히 청양루靑陽樓에 나가 인연이 있는 중이 오기를 기다렸다. 이때 월명사가 긴 밭두둑[1] 남쪽 길을 걸어가고 있었는데, 왕이 사람을 보내 그를 불러왔다. 그에게 단을 열고 기도문을 짓게 하자, 월명이 아뢰었다.

"신은 원래 국선國仙의 무리에 속해 있으므로 향가鄕歌만 알 뿐이지, 범패梵唄에는 익숙지 못합니다."

왕이 말했다.

"이미 인연이 있는 중으로 뽑혔으니, 비록 향가를 불러도 좋다."

월명이 이에 「도솔가」兜率歌를 지어 바쳤는데, 그 사詞는 이러하다.

함경북도 옹기군 서포항에서 출토된 새의 다리뼈로 만든 피리

오늘 이에 산화散花 불러

솟아나게 한 꽃아 너는,

곧은 마음의 명命에 부리워져

미륵좌주彌勒座主 뫼셔 나립羅立하라.

이 노래를 풀이하면 이렇다.

오늘 용루에서 산화가를 불러

신라시대 옥적玉笛(경주박물관 소장)

푸른 구름에 한 조각 꽃을 뿌려 보내네.
은근하고도 정중한 곧은 마음이 시킨 일이니
멀리 도솔천의 부처를 맞으리라.

　지금 세상에서는 이 노래를 「산화가」라고 하지만 잘못이다.
「도솔가」라고 해야 마땅하다. 「산화가」는 따로 있지만, 글이 길
어 싣지 않는다.
　「도솔가」를 지어 바친 뒤에 얼마 안 되어 태양의 괴변이 사라

경주 황남총에서 출토된 피리를 부는 토우

졌으므로, 왕이 이를 가상히 여겨 좋은 차 한 봉과 수정염주 108개를 주었다. 이때 갑자기 깨끗한 모습의 동자 하나가 차와 구슬을 꿇어앉아 받들고 궁전 서쪽에 있는 작은 문으로 나왔다. 월명은 이 동자가 궐내의 사자인 줄로 알았고, 왕은 월명사의 종자라고 생각했다. 그러나 신의 징표가 나타나고 보니, 둘 다 아니었다. 왕이 매우 이상히 여겨 사람을 시켜 뒤를 쫓게 했더니, 동자는 내원탑 속으로 들어가 숨어버리고, 차와 염주만 남쪽 벽화 미륵상 앞에 있었다. 이 일로 해서 월명의 지극한 덕과 정성이 미륵보살을 이같이 감동시켰음을 알게 되었다. 조정과 민간에서 그를 모르는 사람이 없게 되자, 왕이 더욱 그를 공경했다. 다시 비단 100필을 주어 큰 정성을 표시했다.

안압지에서 출토된 8세기의 금동화불로, 부처가 피리를 불고 있다.

　월명이 또 일찍이 죽은 누이를 위해서 재를 올리고, 향가를 지어 제사했는데, 갑자기 모진 바람이 불어 지전紙錢[2]을 날려 서쪽으로 없어지게 했다. 그 노래는 이러했다.

　생사生死 길은
　예 있으매 머뭇거리고
　나는 간다는 말도
　못 다 이르고 어찌 갑니까
　어느 가을 이른 바람에
　이에 저에 떨어질 잎처럼,
　한 가지에 나고

가는 곳 모르온저.

아아, 미타찰彌陀刹에서 만날 나

도道 닦아 기다리겠노라.

월명은 늘 사천왕사四天王寺에 살면서 피리를 잘 불었다. 일찍이 달밤에 피리를 불며 문 앞의 한길을 지나가자, 달이 그를 위해 그 자리에 멈췄다. 그래서 그 길 이름을 월명리月明里라고 했다. 월명사도 역시 이 때문에 이름나게 되었다. 월명사는 능준대사能俊大師의 문인이다. 신라 사람들이 향가를 숭상한 지는 오래 되었으니, 향가는 대개 『시경』의 송頌 같은 종류였다. 그러므로 이따금 천지와 귀신을 감동시킨 일이 한두 가지가 아니었다. 이에 찬한다.

바람이 지전을 날려 세상 떠나는 누이의 노잣돈으로 쓰게 하고

피리 소리가 밝은 달을 흔들어 항아가 발길을 멈췄네.

도솔천이 하늘 멀리 있다고 말하지 마오.

만덕화도 한 곡조에 맞아들였다오.

— 『삼국유사』 제7 감통 「월명도솔」

---

1) 이 부분의 원문은 '행우천맥시지남로'行于阡陌時之南路인데, '시'時자를 번역하기가 어색하다. '사'寺자로 보면, '천맥사의 남쪽 길을 걸어가고 있었다'고 자연스럽게 번역되지만, 그런 절이 있었는지는 알 수 없다. '밭두둑을 걸어가고 있었는데, 절의 남쪽 길이었다'라고 하면 자연스럽다.

2) 옛날에는 신주神主 대신에 지전을 만들어 붙이고 제사지냈다.

영재 永才

중 영재는 성품이 익살스럽고 사물에 얽매이지 않았으며, 향가를 잘 지었다. 만년에 남악南岳에 숨어 살려고 가다가 대현령大峴嶺에 이르렀는데, 도적 60여 명을 만났다. 그들이 해치려는데도 영재는 칼날 앞에서 두려운 빛이 없었다. 화평한 얼굴로 대하자 도적들이 괴이히 여겨 그의 이름을 물었다. 그가 '영재'라고 대답하자, 도적들이 평소에 그의 이름을 들었으므로 그에게[1] 명해 노래를 짓게 했다. 그 가사는 이렇다.

제 마음의
모습이 볼 수 없는 것인데,
일원조일日遠鳥逸 달이 난 것을 알고
지금은 수풀을 가고 있습니다.
다만 잘못된 것은 강호強豪님,
머물게 하신들 놀라겠습니까.
병기兵器를 마다하고

경건하게 노래를 부르는 신라시대 토우

즐길 법法을랑 듣고 있는데,
아아, 조만한 선업善業은
아직 턱도 없습니다.

도적들이 그 노래의 뜻에 감동되어 비단 두 필을 주자, 영재가
웃으면서 앞으로 나와 사례하고 말했다.

"재물이 지옥을 가는 근본임을 알고 장차 깊은 산으로 숨어
일생을 보내려 하는데, 이를 어찌 감히 받겠는가."

그 비단을 땅에 던지자 도적들이 또 그 말에 감복해, 모두들

칼과 창을 던져버렸다. 머리를 깎고 영재의 무리가 되어, 함께 지리산에 숨은 뒤 다시는 속세를 밟지 않았다. 그때 영재의 나이가 거의 90세였는데, 원성대왕(785~798 재위) 때의 일이었다. 이에 찬한다.

지팡이 짚고 산으로 돌아가니 그 뜻이 더욱 깊어
비단이나 구슬로 어찌 마음을 달래랴.
녹림의 군자들이여 그런 물건을 주지 말라
한 치의 황금도 지옥의 근본이라네.

—『삼국유사』제8 피은避隱「영재우적」永才遇賊

---

1) 원본이 마멸되어 이 뒤에 나오는 세 글자를 읽을 수가 없다.

처용處容

제49대 헌강대왕憲康大王(875~886 재위) 때에는 서울부터 해
내海內에 이르기까지 가옥이 즐비하고 담장이 잇따랐으며, 초가
집이 하나도 없었다. 피리와 노랫소리가 한길에 끊어지지 않았
고, 비바람이 사철 순조로웠다. 어느 날 대왕이 개운포[1]에서 놀
다가 장차 돌아오려고, 낮에 물가에서 쉬고 있었다. 그때 갑자
기 구름과 안개가 자욱해지며 길을 잃게 되었다. 괴상히 여겨
좌우에게 물었더니, 일관이 아뢰었다.

"이것은 동해 용의 조화입니다. 뭔가 좋은 일을 베풀어 풀어
주어야겠습니다."

그래서 유사有司에게 명해 용을 위해 그 근처에 절을 지어주
게 했다. 명령이 내리자 구름이 열리고 안개가 흩어졌으므로,
그곳을 개운포開雲浦라고 했다. 동해 용이 기뻐하여 곧 일곱 아
들을 데리고 임금 앞에 나타나[2] 덕을 찬양하고 춤추고 노래했
다. 그 중 한 아들이 왕의 행차를 따라 서울에 들어와 왕의 정치
를 보좌했는데, 그 이름을 처용[3]이라 했다. 왕이 미녀를 아내로

경주 황남총에서 출토된 노래를 부르고 춤을 추는 모습의 토우

삼아주어 그의 마음을 잡아두려 했다. 또 급간 벼슬도 주었다.

그의 아내가 몹시 아름다웠으므로 역신疫神이 그를 흠모해, 사람으로 변신해서 밤중에 그의 집에 갔다.[4] 남몰래 그의 아내와 잠자리를 같이했다.[5] 처용이 밖에서 집에 돌아왔다가 잠자리에 두 사람이 있는 것을 보고는, 노래를 부르고 춤을 추면서 물러났다.[6] 그 노래는 이렇다.

동경東京 밝은 달에
밤들이 노니다가
들어 자리를 보니
다리가 넷이러라.

조선시대 처용무에서 썼던 처용 가면

둘은 내해였고

둘은 누구핸고.

본디 내해다마는

빼앗은 것을 어찌하리오.[7]

그때 역신이 모습을 나타내어 그의 앞에 무릎을 꿇고 말했다.

"제가 공의 아내를 사모해오다가 오늘 범했습니다. 그런데도
공이 성낸 기색을 보이지 않으니, 감동하면서 아름답게 여겼습
니다. 맹세코 이제부터는 공의 화상畵像만 보아도 그 문에 들어
가지 않겠습니다."

『사궤장연회도첩』에 나오는 조선시대 처용무와 악대

　이런 까닭으로 나라 사람들이 문 위에 처용의 얼굴을 그려 붙여 사귀를 물리치고 경사를 맞이했다. 왕이 돌아온 뒤에 영취산 동쪽 기슭에 좋은 터를 잡아 절을 세우고, 망해사望海寺라고 했다. 또는 신방사新房寺라고도 했으니, 용을 위해 세운 것이다.

　—『삼국유사』 제2 기이 하「처용랑 · 망해사」

1) (원주) 학성鶴城 서남쪽에 있으니, 지금의 울주蔚州(울산)이다.

2) 『삼국사기』 권11 신라본기 「헌강왕」 5년조에도 이와 비슷한 기록이 있다. "왕이 3월에 나라 동쪽의 고을들을 순행하는데, 어디서 왔는지 알 수 없는 네 사람이 나타나 수레 앞에 와서 노래 부르고 춤췄다. 모습이 이상하고 옷차림도 남달랐는데, 당시 사람들이 산해정령山海精靈이라고 했다. 옛 기록에는 왕이 즉위한 원년의 일이라고 기록되었다." 이들이 노래 부르고 춤췄다는 행위는 굿을 했다는 뜻이고, 이 가운데 한 사람인 처용이 서울에 들어가 왕의 정치를 보좌했다는 것도 굿을 해서 재앙을 물리치고 나라를 편안하게 했다는 뜻일 것이다.

3) 강신항 교수는 「처용의 어의語義」에서 처용이란 1. "자충慈充과 같은 말이며 후대의 중僧侶이다." 2. "곳얼굴이다." 3. "용을 뜻하던 말 치용이며 후대에 제용으로 변했다"는 견해를 들고, 이 가운데 3이 타당할 것이라고 했다.

4) 이 부분의 원문인 "변무인야지기가"變無人夜至其家를 직역하면 "변하여 아무도 없는 밤에 그의 집에 갔다"가 된다. 그러나 무無자는 위爲자가 잘못되었다고 보아, 위와 같이 번역하는 것이 자연스럽다.

5) 역신은 전염병을 옮기는 귀신(병균)이니, 귀신이 붙어(병균에 감염되어) 병에 걸렸다는 생각을 구체적으로 표현한 것이다.

6) "춤을 추면서 물리쳤다"고 번역하기도 하지만, 그렇게 하려면 원문이 퇴지退之라고 되어야 한다. 처용이 굿을 마치고 스스로 물러선 것이다.

7) 이 노래와 춤이 고려시대까지도 전승되었는데, 이 향가 앞뒷부분에 처용의 모습과 열병 귀신을 물리치려는 주술이 덧붙어 있다. 조선시대 『악학궤범』에 의하면, 섣달 그믐 하루 전날 궁중에서 나례를 행하면서 구나驅儺 뒤에 처용무를 두 번 춘다고 한다.

진경眞卿 · 초영楚英

원구단圓丘壇 · 사직단社稷壇에 제사할 때와 태묘太廟 · 선농단先農壇 · 문선왕묘文宣王廟에 제향할 때에 아헌亞獻 · 종헌終獻 · 송신送新에 모두 향악鄕樂을 연주한다.

왕비 · 왕태자 · 왕자 · 왕녀를 책봉할 때와 왕태자에게 관례를 치르는 의식에서 손님이 휴게실로 나가서 휴식할 때와 빈주賓主를 인도하여 신과 홀笏을 제거하고 나와서 정한 위치에 섰을 때에는 모두 영선악迎仙樂을 연주한다.

문종 27년(1073) 2월 을해일에 교방教坊에서 아뢰었다.

"여제자女弟子 진경 등 13명에게 전습시킨「답사행」踏沙行 가무를 연등회燃燈會에서 쓰기를 청합니다."

왕이 그 의견대로 따르게 했다.

그해 11월 신해일에 팔관회八關會[1]를 베풀고 왕이 신봉루神鳳樓에 거둥하여 교방악을 보았는데, 교방의 여제자 초영이 새로 전래한「포구락」拋毬樂[2]과「구장기」九張機 별기別伎를 연주하였다.「포구락」은 제자 13명이,「구장기」는 제자 10명이 연주했다.

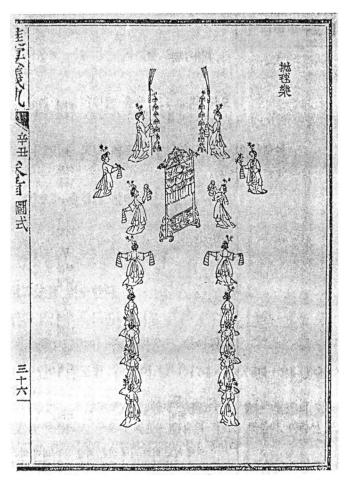

조선시대 포구락을 연주하는 모습

문종 31년(1077) 2월 을미일 연등회 때에 왕이 중광전에 거둥하여 교방악을 보았는데, 교방의 여제자 초영이 「왕모대가무」王母隊歌舞를 연주했다. 이 가무는 1대隊가 55명으로 춤을 추며 네 글자를 만드는데, '군왕만세'君王萬歲 또는 '천하태평' 天下太平이 된다.

　　──『고려사』 권71 「악지 속악」

---

1) 우리 민족의 고유한 신도神道 의식과 불교가 결부되어 신라와 고려시대에 국가적으로 행했던 의식이다. 신라에서는 진흥왕 12년(551)에 거칠부가 혜량법사를 고구려에서 모시고 오자, 왕이 혜량을 승통으로 삼고 처음으로 백좌강회와 팔관회법을 설치하였다. 고려의 팔관회는 고려가 건국된 918년부터 시작되었는데, 궁예가 해마다 겨울에 팔관회를 베풀어 복을 빈 것을 전승한 것이다. 「태조십훈요」에 "내가 지극히 원한 것은 연등과 팔관이었다. 팔관은 천령天靈과 오악五嶽 명산대천과 용신龍神을 섬기기 때문이다."라고 한 이래 고려말까지 계승되었다. 하늘과 부처에게 기도하는 국가 최고의식으로 삼아, 가무 백희를 꾸준히 발전시켰다.

2) 붉게 칠한 나무로 구문毬門을 만들고, 문 위에 구멍 하나를 만들어 그 안으로 채색공을 던져 들어가게 하던 놀이이다. 포구문에는 용과 봉황을 그리고, 무늬 있는 비단으로 장식했다. 그림에 소개된 정재呈才는 신축년(1901) 『진연의궤』에 실렸는데, 옥희·난주·봉심·산월 등 의녀 26명과 초운·행화라는 상방 2명이 연주하였다.

김여영金呂英 · 김득우金得雨

아악雅樂을 정하자, 예조에서 아뢰었다.

"전조前朝에 광종光宗이 중국에 사신을 보내어 당나라 악기와 악공을 청하여 그 자손이 대대로 그 업을 지키게 하였습니다. 충렬왕忠烈王 때는 김여영이 맡았고, 충숙왕忠肅王 때는 그 손자 김득우가 맡았습니다. 또 송나라 악서樂書를 상고하면, '원풍元豊[1] 연간에 고려高麗가 악공을 구하여 가르쳤다'하였습니다. 그렇다면, 우리 동방東方의 악樂이 실상은 중국에서 나온 것인데, 전해 들어온 지 오래 되어 혹 잘못된 것이 있을까 두렵습니다. 바라건대 관습도감慣習都監과 함께 자세히 살펴서 그 예전 악보樂譜를 찾아 당 · 송唐宋의 남은 음音을 좇아서 성조盛朝의 정악正樂을 정하소서."

임금이 그대로 따랐다.

―『태종실록』11년 12월 15일

■ 광종이 당나라 악기와 악공을 청했다는 기록에서 당나라는 글자 그대로 당나라가 아니라 중국이라는 뜻이다. 당나라는 907년에 망했으며, 광종은 950년부터 975년까지 왕위에 있었다. 광종이 사신을 보냈다는 당나라는 당나라가 멸망된 뒤에 건국된 남당南唐일 수도 있지만, 960년에 건국된 송나라라고 보는 게 무난하다. 김여영과 김득우는 물론 송나라에서 고려에 파견했던 악관의 후손들이다.

1) 송나라 신종神宗의 연호인데, 1078년부터 1085년까지 8년간 사용하였다.

예성강 부부

옛날에 하두강賀頭綱이라는 중국 상인이 있었는데 바둑을 잘 두었다. 일찍이 예성강에 이르렀다가 한 아름다운 부인을 만났다. 그래서 바둑으로 내기를 해서 빼앗으려고, 그 부인의 남편과 돈내기 바둑을 시작하였다. 거짓으로 바둑을 지고 곱으로 돈을 주자, 그 남편이 입맛을 붙이고 자기 아내를 걸었다. 그러자 두강이 단판에 바둑을 이기고 그의 아내를 배에 싣고 갔다. 그래서 그 남편이 후회하고 한탄하면서 이 노래 「예성강」을 지었다고 한다.

세상에 전하기를 그 부인이 끌려갈 때에 옷매무새를 아주 단단하게 하였으므로, 하두강이 그 부인의 몸을 다치려다가 뜻을 이루지 못했다고 한다. 배가 바다로 들어설 무렵에 뱃머리가 돌고 가지 않았다. 그래서 점을 쳐보니

"정절 있는 부녀가 신명을 감동시킨 탓이다. 그 부인을 돌려보내지 않으면 반드시 파선되리라."

라는 점사占辭가 나왔다. 뱃사람들이 두려워하며, 하두강에게

권고하여 돌려보냈다. 그의 아내도 또한 노래를 지었으니, 「예
성강」 후편이 바로 그것이라 한다.

  —『고려사』 권71 「악지 · 예성강禮成江」

조윤통 曹允通

조윤통(?~1306)은 탐진현耽津縣 사람이다. 바둑으로 유명했으며, 또 거문고를 잘 타서 그가 창작한 별조別調가 세상에 유행하였다. 원나라 세조가 그를 불러다가 중국 남방의 바둑 잘 두는 사람과 시합을 시켰더니 조윤통은 둘 적마다 이겼으므로 황제가 그에게 역마를 타고 마음대로 내왕하도록 허락하였다.

충렬왕 때에 황제가 사신을 보내 조윤통을 불렀다. 조윤통이 집안 식구를 데리고 조정에 들어가니 황제가 그에게 물었다.

"세상에 전하기를 너의 나라 인삼이 좋다고 하는데 너는 나를 위해 인삼을 가져올 수 있느냐?"

그러자 조윤통이 대답하기를,

"만약 제가 그 일을 주관한다면 해마다 수백 근을 바칠 수 있습니다."

라고 하였으므로 황제가 역마를 주어 돌아가게 하였다. 이때로부터 조윤통은 해마다 주·군을 순회하면서 백성을 동원시켜 인삼을 캐게 하였다. 조금만 흠집이 있거나 썩었거나 혹은 그

지방 산삼이 아니거나 혹은 연수를 채우지 못한 것이 있으면 무턱대고 은銀을 벌금으로 징수하여 사복을 채웠으므로 백성들이 몹시 괴로워하였다. 그래서 고려 왕이 장순룡을 황제에게 보내 아뢰었다.

"조윤통이 황제의 명령을 받들고 인삼을 채집하는데, 인삼은 오직 동북 지방에서만 납니다. 그런데도 조윤통은 각 도 백성들을 인삼 산지로 강제 동원시켜 채납시키고 있습니다. 바라건대 인삼 산지에 따라 때를 맞춰 채집하여 공납하도록 해주십시오."

황제가 또 조윤통에게 동계東界 함경도 응방鷹坊을 관리할 것을 명령했으며, 왕도 또한 붉은 혁대를 주었다. 그는 벼슬이 찬성사贊成事에 이르러 벼슬을 내놓고 물러났다가 죽었다.

─『고려사』 권123「열전 조윤통」

적선謫仙 · 김원상金元祥

김원상(?~1339)은 충렬왕 때에 급제하고 조금 올라서 주부注簿 벼슬을 하고 있었다.

이때 적선이란 기녀妓女가 와서 충렬왕의 사랑을 받는데, 김원상과 내시 박윤재朴允材가 모두 적선과 한동네 사람이어서 서로 왕래하고 있었다. 김원상이 「신조 태평곡」新調太平曲을 지어서 적선에게 가르쳤는데, 어느 날 궁내 연회에서 그것을 불렀다. 그러자 왕이 듣고 질투가 나서, 낯빛이 달라지며 말했다.

"이 노래는 글을 잘 아는 사람이 아니면 짓지 못한다. 누가 지은 것이냐?"

적선이 대답했다.

"저의 오라비 김원상과 박윤재가 지은 것입니다."

그러자 왕이 즐거워하며 말했다.

"이 같은 인재가 있으니 쓰지 않을 수 없다."

김원상을 통례문 지후通禮門祗候로, 박윤재를 권무관權務官으

거창 둔마리 고분벽화의 피리 부는 고려 여인

로 임명하였다.

　　—『고려사』 권125 「열전 김원상」

정서鄭敍

[1]

「정과정」鄭瓜亭이란 노래는 내시낭중內侍郎中 정서가 지은 것이다.

정서는 스스로 과정瓜亭이라고 호號를 지었는데, 왕의 외가와 혼인하여 인종仁宗의 사랑을 받았다. 의종毅宗이 왕의 자리에 오르자 고향 동래東萊로 돌려보내면서 말했다.

"오늘의 걸음은 조정의 공론에 밀려서 하는 일이니 얼마 되지 않아 불러들일 것이다."

정서가 동래에 가 있은 지 오래 되었으나 소환 명령이 오지 않았다. 그래서 거문고를 어루만지며 노래를 불렀는데 그 가사가 몹시 처량하였다. 이제현이 다음과 같이 시를 지어 한문으로 번역하였다.

님 생각하면서
옷깃 적시지 않은 날이 없었네.

봄밤 깊은 산 속의 두견새야!

내 신세가 꼭 너 같구나!

옳은지 그른지

사람들아 묻지 마소.

오직 저 조각달과

새벽 별만이 알아주리라.

—『고려사』권71「악지樂志 정과정」

[2]

정항의 아들 정서는 벼슬이 내시낭중에 이르렀는데 그는 공예태후恭睿太后 언니의 남편이었으므로 동서인 인종에게 사랑을 받았다. 그는 성품이 비록 경박하였지만 재능과 기예가 있었으며, 대녕후 왕경大寧侯王景과 친밀하여 날마다 그와 함께 놀았다. 정함과 김존중金存中 등이 정서의 죄상을 허구 날조하여 왕에게 고했으므로 의종이 그들을 의심하게 되었는데, 또 대간臺諫에서

"정서는 은근히 종실들과 친교를 맺어 밤마다 모여서 술놀음을 한다."

라고 탄핵하자 왕이 정서를 동래로 귀양 보냈다. 그 전말은 대녕후의 전기에 수록되었다. 정서가 유배지로 떠날 때에 왕이 그에게 위로하며 말했다.

"이번 일은 조정의 공론으로 어쩔 수 없었으니, 가 있으면 곧

소환하게 될 것이다."

귀양 간 뒤에 오래 되도록 소환 명령이 오지 않자 정서가 거문고를 타며 서글픈 노래를 불렀는데, 가사가 몹시 서글펐다. 정서는 스스로 과정 瓜亭이라 호를 지었으므로, 후세 사람들이 그가 지은 곡조를 「정과정」이라고 불렀다.

　 ―『고려사』 권97 「열전 정항」

오잠 吳潛

오잠의 첫 이름은 오기吳祁인데, 동복현同福縣 사람이다. 그의 아비 오선吳璿은 벼슬이 찬성사에 이르렀었다.

오잠은 충렬왕 때에 과거에 급제하여 여러 관직을 거쳐 승지까지 되었다. 왕이 소인의 무리와 친하게 지내며 음주와 유흥을 즐기자, 오잠이 김원상金元祥·내료內僚 석천보石天補·석천경石天卿 등과 함께 왕에게 총애를 받아 소리와 색으로 왕의 뜻을 맞추었다. 관현방 대악管絃坊大樂에 재인才人이 부족하다고 해서 각 도로 총신들을 파견하여 얼굴이 곱고 기예가 있는 기생을 뽑았으며, 또 서울의 무당과 관비官婢 가운데 노래와 춤에 능한 자를 뽑아서 궁중에 두고 비단 의상을 입히고 말총으로 만든 갓을 씌워서 따로 남장대男粧隊라는 패를 꾸몄다. 그들에게 새로운 노래를 가르쳤는데 그 가사는 이렇다.

삼장사三藏寺로 등불 켜러 갔더니
사주社主님이 내 손목을 덥석 잡았네.

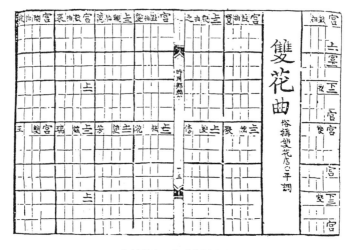

『시용향악보』에 실린 「쌍화점」

만약 이 말이 절 밖으로 나간다면
상좌야! 네가 소문낸 것이라 하리라.

또 이런 노래도 불렀다.

이무기 굴에 용의 꼬리가 태산 둔덕을 지나간다던가.
만 사람이 한 마디씩 말해도 짐작은 둘의 맘속에 있지.

그 고저 장단이 다 악률樂律에 맞았다.

왕이 수강궁壽康宮에 가면 석천보 등이 수강궁 곁에 막을 치고, 각기 이름난 기생을 골라잡고 밤낮으로 노래하며 춤추었다. 음탕하고 난잡하여서 임금과 신하 사이의 예의는 도무지 찾아

볼 수 없었다. 공급된 물자와 왕이 상으로 내려준 물자도 이루다 기록할 수가 없다.

오잠은 지신사知申事로 전임되었다가 지밀직사사로 승진되었고, 감찰대부를 거쳐서 지도첨의사사가 되었다.

— 『고려사』 권125 「열전 오잠」

채홍철 蔡洪哲

　채홍철(1262~1340)의 자는 무민 無閔인데, 평강平康 사람이다. 충렬왕 때에 과거에 급제하여 응선부 녹사膺善府錄事로 임명되고 통례문 지후通禮門祗候로 옮겼다가, 외직으로 나가 장흥부사로서 은혜로운 정치를 하였다. 얼마 뒤에 벼슬을 그만두고 14년 동안 한가하게 지내면서 중암거사中菴居士라 자칭하고, 선禪·거문고·글씨와 약 짓는 것을 일삼았다.

　충선왕이 본래부터 그의 이름을 듣고 있었는데, 즉위하자 그를 중용할 생각으로 조정에 나오도록 굳이 권하여 사의부정司醫副正으로 임명한 후, 자주 승진시켜 밀직부사密直副使에 이르게 하였다. 지후祗候로부터 여덟 번 승급시켜 재상이 되었으므로 사람들이 그를 영예롭게 여겼다. 다음에 또 지밀직사사知密直司事를 겸임하였다.

　충숙왕 원년(1314)에 비로소 농지의 경계를 확정하고 그 면적을 측량하며 전부田賦를 결정하는 토지조사를 실시하게 되자, 왕이 그를 5도 순방계정사五道 巡訪計定使로 임명하였다. 이듬해에 첨의평리僉議評理로 승진되고 삼사사三司事를 거쳐 찬성사贊成事가 되었다. 1년 동안에 5개 도를 순회하여 전적田籍 작성을 대략 마쳤다. 그러나 공부貢賦가 예전의 것과 새 것이 서로 고르지 못하여 백성들은 살 수 없게 되었다. 뿐만 아니라 그는 성질이 또 탐욕스러워 사복을 채우기 좋아하였으므로 백성의 전지를 빼앗아 드디어 큰 부자가 되었다. 왕은 그가 한 짓이 부정한 줄 알았지만, 그가 충선왕의 총애를 받는 자일 뿐만 아니라 권한공, 최성지와의 사이도 좋았으므로 감히 적발하지 못하였다. 5년에 이르러 사실을 조사하기 위하여 어사대御史臺 관원들을 여러 곳에 파견하였으나 아무도 적발하는 자가 없었다.

7년에 중대광重大匡을 받고 평강군平康君의 봉호를 받았다. 아들 채하중蔡河中이 원나라에서 5품 벼슬을 지내므로, 그에게 봉의대부奉議大夫, 태상 예의원 판관太常禮儀院判官, 교기위驍騎尉, 대흥현자大興縣子의 관직을 주었다.

충숙왕이 복위하여 다시 그를 찬성사贊成事로 등용하였다. 그때 양부兩府에서는 북경 왕저王邸의 용도가 부족하다 하여 문무 관원에게서 피륙을 거두고, 부유한 사람들에게서 재물을 내라 하였다. 이때 이문랑중 장백상蔣伯祥이 채홍철에게 물었다.

"그대는 늙은 재상으로서 백성의 재물을 강제로 취렴하니 어찌 된 일인가?"

채홍철이 대답하였다.

"그것은 내 허물이 아니다. 왕이 북경 왕저에서 써야 할 것이 많아서 돈을 보내라고 요구해왔는데 국고가 비어 지출할 수 없으니, 취렴하지 않으면 어떻게 하겠는가?"

그 후에 다시 순천군順天君의 봉호를 받고 삼중대광三重大匡으로 진급하여 순성 보익 찬화공신純誠輔翊贊化功臣 칭호를 받았다.

채홍철과 안규에게 명령하여 과거 시험을 맡으라 하였다. 그 때에 양재라는 자가 있었는데 그는 왕의 총애를 받아 정권을 농락하였으므로, 사대부가 그 문하에서 많이 나오고 있었다. 양재가 이윤을 채홍철에게 부탁하면서 말하기를

"말을 달려 비단을 찬찬히 보지 않으면 5색 빛깔을 흐리게 할 우려가 있다."

라고 하였는데 채홍철이 과연 그를 선발하였다. 왕이 채홍철에게 저포苧布 50필을 주고, 안규에게 옥대玉帶와 5종포五綜布 600필을 주었다. 그가 충혜왕(후) 원년(1340)에 죽으니 나이 79세였다.

채홍철은 문장에 정교하고 기예도 극치에 달하였으며, 불교를 더욱 좋아하여 집 뒤에다 전단원旃檀園을 짓고 언제나 선승禪僧을 붙여두었다. 또 약을 지어 널리 나라 사람들에게 나누어주어서 사람들이 그의 혜택을 많이 입었으므로, 그의 집을 가리켜 활인당活人堂이라고 불렀다. 일찍이 충선왕이 전단원을 찾아와서 은 30근을 주었다. 그는 집 남쪽에 초당을 지어 중화당中和堂이라 하고, 때때로 영가군 권부 이하 나라의 원로 8인과 함께 기영회耆英會를 모았다. 그때에 「자하동 신곡」紫霞洞 新曲을 지었는데 지금 악부樂府에 그 악보가 있다.

처음에 김방경이 북방 국경 지방을 수비하고 있을 때에 용강龍岡

고을 관비官婢와 관계하여 딸 하나를 낳았는데, 채홍철이 그에게 장가들어 채하중蔡河中, 채하로蔡河老 두 아들을 낳았다. 채하중은 따로 전기가 있다.

　—『고려사』권108「열전 채홍철」

악부에 불려 가는 어느 기생

우는 소리가 슬프고도 원망스러워 천문에 들리니
모녀가 헤어진다고 밝은 해도 어두워지네.
성색聲色이 옛부터 한갓 즐거움에 이바지하니
태평시대 기상이 이 가운데 있을 건가.

哭聲哀怨至天門 母女分離白日昏
聲色古來供一豫 昇平氣像此中存

— 원천석 『운곡시사』

원천석이 지은 이 시의 원제목이 무척 길다. 제목이 「西隣有
一婆無他息惟一女爲娼妓婆老且病矣其女乞諸隣而養之卽爲樂府
之所招逼迫上道婆失其手足哭之甚哀聞其聲而作之」으로, 우리
말로 풀면 「서쪽 이웃집에 한 노파가 살았는데, 다른 자식은 없
고 딸 하나만 있다가 창기가 되었다. 노파가 늙고 병까지 들자

그 딸이 이웃들에게 빌어 부양했는데, 악부樂府에 부름받고 곧 길을 떠나게 되었다. 노파가 수족을 잃고 매우 슬피 통곡하므로, 그 소리를 듣고 이 시를 짓는다」이다.

■ 집이 가난해서 몸을 팔아 기생이 된 이웃집 여인이 악부樂府의 부름을 받고 음악을 배우러 집을 떠나가자, 살 길이 끊어진 노파가 통곡을 했다. 고려 말기의 어지러운 현실을 보는대로 기록해 시사詩史를 썼다고 평가받은 시인 원천석이 이 모습을 보고 시로 지었다. 이름이 밝혀지지 않은 기생이지만, 당시 음악의 위상을 보여주기에 소개한다.

임천석 林千石

전 지평 김광우金光遇가 상소하였다.

"고려의 악공樂工 임천석은 고려 말에 거문고를 안고 상주尙州의 화산華山으로 들어가, 날마다 높은 바위에 올라 북쪽을 바라보고 거문고를 뜯으며 탄식했습니다. 그러다가 태조가 혁명革命한 소식을 듣고는 거문고를 버리고 바위 아래로 떨어져 죽었습니다. 그곳이 지금까지도 임천석대林千石臺라고 전해지고 있습니다.

김철현을 포함한 이 두 사람이 성취하고 수립한 것이 우주 사이에 빛났으나, 명성과 지위가 없어 현양顯揚할 수가 없습니다. 그러니 본관本官으로 하여금 돌을 깎아 사실을 기록하여 그 충렬을 드러내게 해야 하겠습니다."

왕이 묘당廟堂에 명하여 처리하게 하였다.

─『정조실록』 21년 2월 13일

조선시대 _ 노래

동구리 同仇里

    농민 가운데 농가農歌를 잘 부르는 자를 모아서 장막帳幕 안에서 노래하도록 명했는데, 강원도 양양襄陽의 관노官奴 동구리가 가장 노래를 잘 불렀다. 명하여 아침저녁으로 먹이고, 악공樂工의 예例로 왕의 행차를 따르게 했으며, 또 유의襦衣 1령領을 내려주었다.

    ─『세조실록』 12년 3월 14일

김보 金輔

[1]

이날 명나라에서 보낸 정사 강옥姜玉과 부사 김보가 가평관嘉平館에 도착하자, 별선위사別宣慰使 우부승지 성윤문成允文이 행신行贐[1]할 물건을 가지고 가서 주었다. 강옥과 김보가 "전하의 두터운 뜻을 갚을 길이 없습니다"라고 사례하였다.

두목頭目의 처소에도 또한 행신을 주었더니, 모두가 두 번 절하고 은혜에 감사하였다. 김보가 개인적으로 성윤문에게 말했다.

"신臣은 전하가 즉위한 뒤에 중국 조정에 뽑혀 갔는데, 전하가 임하여 계신 태평스런 해에 사신의 명을 받들고 동쪽으로 돌아와 천안天顏을 뵙게 되었습니다. 이는 바로 천의 하나 다행스런 일이니, 모름지기 이 뜻으로 돌아가 전하에게 아뢰겠습니다."

강옥과 김보가 안주安州에 도착하자, 처음으로 여악女樂을 썼다. 선위사 윤필상尹弼商이 병들어 원접사遠接使 윤자운尹子雲이 선위례宣慰禮를 대신 행하였는데, 강옥과 김보가 아침저녁으로 식사와 선위宣慰한 뒤 늘 이렇게 말했다.

"우리는 본국 사람인데 전하께서 곡진하게 사랑하여 위로하고 접대하심이 이에 이르렀으니, 천지가 감동할 것입니다."

—『세조실록』14년 3월 27일

[2]

이날 강옥 등이 황주에 이르자, 선위사 성임成任이 선위례를 행하였다. 여악女樂을 쓰자, 김보가 말했다.

"내가 본국에 있을 때에 기생 옥생향玉生香의 집에서 자라며 「한림별곡」翰林別曲과 「등남산곡」螢南山曲을 배웠습니다. 그랬기에 명나라에 환관으로 들어간 뒤에 경태황제景泰皇帝의 앞에서 그 노래들을 불렀습니다."

그러고는 곧 기생 서너 명을 불러다 그 노래들을 부르게 하고, 다 들은 뒤에 말했다.

"이 곡은 내가 예전에 들었던 것과 다르다."

—『세조실록』14년 4월 1일

■ 김보는 경기도 장단長湍에 살다가 명나라에 환관宦官으로 뽑혀 갔다. 아버지가 다른 여자와 살았으므로, 기생 옥생향의 집에서 노래를 배우며 자랐다. 역시 조선에서 명나라에 환관으로 뽑혀 갔던 강옥과 함께 고국 조선에 사신으로 돌아왔다가 가족들을 만났다. 그의 가족들은 김보 덕분에 모두 벼슬하고 집과 논밭을 얻었다. 김보의 아비 김순복金純福은 명나라까지 다녀와서 부호군副護軍 벼슬을 얻었고, 형 김동金同은 부사과副司果 벼슬을 얻었다.

---

1) 먼 길을 떠나는 사람에게 노자나 물건을 주는 것. 또는 그 노자나 물건.

소춘풍 笑春風

성종이 술을 장만하여 여러 신하에게 잔치를 베풀 때마다 꼭 여악女樂을 벌였다. 어느 날 영흥의 이름난 기생 소춘풍에게 술을 따르라 명하니 술동이가 있는 곳에 나아가 금잔에 술을 따랐지만, 감히 지존至尊 앞에 나아가 드릴 수는 없었다. 그래서 영의정 앞에 가서 잔을 들고 노래 불렀다.

순舜임금도 계시건만 척언斥言할 수 없으니
요堯임금이 바로 내 님인가 하노라.

그때 무신으로 병조판서가 된 자가 있었는데, 이미 상신相臣에게 술을 권했으니 이번에는 마땅히 장신將臣에게 술을 권하리라 생각했다. 그러니 다음은 꼭 자기 차례라고 마음먹었다. 예조판서로 문형文衡을 맡은 자가 앉아 있었는데, 소춘풍이 술을 부어가지고 그 앞에 가서 노래했다.

통금박고通今博古한 명철군자明哲君子를 어찌하여 버려두고
저 무지한 무부武夫께 갈 수가 있으랴.

병권兵權을 주관하는 자가 바야흐로 노기를 품자, 소춘풍이
또 잔을 부어 권하였다.

앞서 말은 농담입니다. 제 말이 잘못되었습니다.
규규赳赳 무부를 어찌 아니 좇으랴.

이 세 노래는 모두 속요俗謠(시조)인데, 뜻에 따라 이같이 번
역하였다. 그러자 성종이 크게 기뻐하여 소춘풍에게 많은 비
단·명주·호랑이 가죽과 후추를 상으로 내렸다. 소춘풍의 힘
으로는 혼자 다 운반할 수가 없어 모시고 섰던 장사들이 모두
날라주었다. 이 일로 해서 소춘풍의 이름이 온 나라에 퍼졌다.
　— 차천로『오산설림초고』

[2]
　사헌부에서 아뢰었다.
　"선전관宣傳官 김윤손金胤孫이 영천군永川君 이정李定의 집에
서 데리고 사는 기생 소춘풍을 불러다가 대낮에 간통했습니다.
그 죄는 결장決杖 100대에 고신告身을 모두 빼앗고, 먼 지방에
부처付處해야 합니다."
　왕이 명하여 의정부 및 영돈녕領敦寧 이상에게 보이도록 하였

다. 이파李坡는 이렇게 의논하였다.

"정말 김윤손의 공사供辭와 같다면, 소춘풍과 정을 통한 것은 김윤손이 먼저가 되고, 영천군은 나중이 됩니다. 그러나 심문하는 관원이 김윤손의 말을 사실로 여겨서 그 선후를 조사해 밝히지 않았으니, 애매한 듯합니다. 또 창기娼妓는 본래 일정한 지아비가 없는데, 어찌 선후先後를 논하겠습니까? 소춘풍이 이미 종친宗親의 집안에 들어가 소속되었는데, 김윤손이 조정의 관원으로 감히 종친의 첩을 끌어들여 간통하였으니, 법으로 조치하는 것이 마땅합니다. 그러나 조간刁奸[1]의 율律은 무거운 것 같습니다."

정괄은 이렇게 의논하였다.

"김윤손은 진실로 죄가 있습니다. 그러나 이정은 외방에서 새로운 기생이 올라왔다는 소식을 들으면 반드시 집안에 불러들였으며, 오래 머물러 두지 않고 곧 보냈습니다. 그러니 지금 소춘풍을 이정의 집에서 데리고 살았다는 것을 가지고 논하는 것은 적당치 못합니다. 다만 본율本律대로 하는 것도 잘못 나온 것은 아닙니다."

왕이 전교하였다.

"영천군이 여러 번 창기를 바꾸었으니, 오랫동안 집안에 머물게는 하지 않았다. 그런데 김윤손이 어찌 이 기생이 오래 머물지 않았음을 알 수 있었겠는가? 종친의 첩을 대낮에 간통한 죄는 용서할 수 없으며, 결장을 하여도 무방하다. 다만 지금은 추위가 대단하니 장형杖刑을 속贖 바치게 하고, 고신을 빼앗아 외방에 부처하는 게 어떻겠는가?"

　　—『성종실록』16년 11월 16일

■ 두 기록에 나오는 소춘풍이 같은 시대이지만, 같은 기생인지는 확실치 않다. 『교주 해동가요』에는 소춘풍의 시조가 이렇게 실렸다.

　　당우唐虞를 어제 본 듯 한당송漢唐宋을 오늘 본 듯
　　통고금通古今 달사리達事理하는 명철사明哲士를 어떠타고
　　저 설 데 역력히 모르는 무부武夫를 어이 좇으리.

<hr />

1) 성삼문이 명나라 사신에게 물었다.
　　"율문律文에 조간刁姦이란 말은 어떤 뜻입니까?"
　　명나라 사신 사마순이 말했다.
　　"간부奸夫가 간부奸婦를 다른 사람의 집에 이끌고 가서 간통한 것을 조간이라 합니다."
　　이어서 말했다.
　　"율문에 지아비 없는 계집이 화간和姦하면 장杖 80대를 치는데, 남자에게는 아내가 있거나 없거나를 막론합니다. 지금 조정에서는 남자가 아내가 있으면서 다른 여자를 간통하면 장杖 90대를 치고, 조관朝官이 간통하면 그 계집이 지아비가 있고 없음을 묻지 않고 모두 장 100대를 칩니다." —『세종실록』32년 1월 9일

구종직 丘從直

구종직(1404~77)이 문과에 급제하여 교서관校書館에 배치받고 숙직하는데, 경회루 경치가 뛰어나다는 소문을 듣고 보고 싶은 마음이 생겼다. 그래서 그날 밤에 관복을 벗고 편복 차림으로 문을 몇 차례 지나 경회루 아래에 이르렀다. 연못가를 거니는데 갑자기 성종成宗이 편여便輿를 타고 환관 몇 명과 함께 후원에서 이르렀다. 종직이 어쩔 줄 모르다가 연輦이 다니는 길 아래 엎드리자, 임금이 물었다.

"누구냐?"

"교서관 정자正字 구종직이옵니다."

"어인 일로 여기 왔느냐?"

"신이 일찍이 경회루는 옥계요지玉桂瑤池이니, 바로 천상선계天上仙界라는 말을 들었습니다. 오늘 밤 다행히 예각藝閣에 숙직을 하게 되었는데, 예각이 경회루와 그리 멀지 않은 까닭으로 초야草野의 신이 감히 몰래 찾아와 보고 있었습니다."

"네가 편복 차림으로는 나를 볼 수 없다. 의관을 갖추고 오라."

종직이 곧 옷을 갈아입고 대령하였다. 임금이 교의를 누 아래 놓게 하고, 종직에게 앞으로 오게 하여 물었다.

"네가 노래를 잘 하느냐?"

"신이 젊었을 때에 노래를 배웠습니다만, 농사꾼의 노래擊壤之歌입니다. 어찌 성률聲律에 맞으오리까?"

임금이 "어디 불러보라" 하자, 종직이 아름다운 소리로 길게 불렀다. 임금이 "잘한다" 하고 또 명하자, 목을 젖혀 높이 불렀다. 소리가 들보를 흔들자, 임금이 크게 기뻐하며 또 물었다.

"경전을 외느냐?"

"신이 『춘추』를 잘 기억하옵니다."

"소리내어 외워보라."

말이 떨어지기 무섭게 받아서 외는데, 흐르는 물같이 막히지 않고 한 권을 다 마쳤다. 임금이 크게 기뻐하며 술을 내리고 파했다. 이튿날 임금이 특별히 구종직을 대사간으로 삼았다.

— 차천로『오산설림초고』

장녹수 張綠水

[1]

김효손金孝孫을 사정司正으로 삼았다.

김효손은 왕이 사랑하는 장녹수(?~1506)의 형부인데, 장녹수
는 제안대군齊安大君의 가비家婢였다. 성품이 영리하여 사람의
뜻을 잘 맞췄는데, 처음에는 집이 몹시 가난하여 몸을 팔아서
생활을 했으므로 시집을 여러 번 갔다. 그러다가 제안대군 가노
家奴의 아내가 되었다.

아들을 하나 낳은 뒤에 노래와 춤을 배워 창기娼妓가 되었는
데, 노래를 잘 불렀다. 입술을 움직이지 않아도 소리가 맑아서
들을 만했으며, 나이가 서른이 되었는데도 얼굴은 16세 아이와
같았다. 왕이 듣고 기뻐하여 드디어 궁중으로 맞아들였는데, 이
로부터 총애가 나날이 두터워졌다. 녹수가 말하는 것은 왕이 모
두 들어주었으며, 숙원淑媛(종4품)으로 봉했다.

얼굴은 특별히 예쁘지 않지만 남모르는 교사巧詐와 요사스
러운 아양은 견줄 사람이 없으므로, 왕이 혹하여 상으로 내린

것이 수만이었다. 궁중 창고의 재물을 기울여 모두 그의 집으로 보냈고, 금은金銀 주옥珠玉을 다 주어 그의 마음을 기쁘게 했다. 노비·전답·가옥도 또한 이루 헤아릴 수가 없었다.

　녹수가 왕을 어린아이같이 조롱하고, 노예같이 욕하였다. 왕이 비록 몹시 노했다가도 녹수만 보면 반드시 기뻐하여 웃었으므로, 상 주고 벌 주는 일이 모두 그의 입에 달렸다. 김효손은 그의 형부였으므로, 높은 관직에 이를 수 있었다.

　—『연산군일기』 8년 11월 25일

[2]
　궁중 안에서 거둥이 있었는데, 왕이 후정後庭 나인들을 거느리고 후원에서 잔치하며, 스스로 초금草笒 두어 곡조를 불고 탄식하였다.

　　인생은 초로와 같아서
　　만날 때가 많지 않구나!

　읊기를 마치고 두어 줄기 눈물을 흘렸는데, 여러 여인들이 몰래 서로 비웃었다. 유달리 전비田非와 장녹수 두 계집만 슬피 흐느끼며 눈물을 머금으니, 왕이 그들의 등을 어루만지며 말했다.

　"지금 태평한 지가 오래 되었으니 어찌 뜻밖의 변이 있겠느냐만, 만약 변고가 있게 되면 너희들은 반드시 죽음을 면치 못하리라."

그러고는 각각 물건을 하사하였다.

―『연산군일기』12년 8월 23일

■ 며칠 뒤에 중종반정이 일어나 연산군은 폐위되었으며, 장녹수는 재산을 모두
빼앗긴 채 참형斬刑을 당했다.

벽도 碧桃

차가운 강의 연기와 물결이 아름다운 기약을 막아버리고
살랑살랑 가을바람만 저녁 내내 불어오네.
그대가 벽도를 보내 몇 곡조를 부르게 해주었으니
벽도의 새로운 창唱이 모두 내 가사일세.

寒江煙浪阻佳期　嫋嫋秋風一夕吹

試遣碧桃歌數曲　碧桃新唱摠吾詞

■ 율곡 이이가 1580년에 지은 시인데, 제목이 길다. 「대중大仲이 소리꾼 벽도
를 시켜 배웅하는 자리의 흥을 돋우게 해주었는데, 그가 돌아간다기에 시를
지어주었다.」

소홍립 笑紅粒

왕이 종친들과 옛 성균관成均館 하연대下輦臺에서 활쏘기를 하며, 기생 풍악을 베풀어 아주 즐겁게 놀았다. 사복시司僕寺의 말 13필을 가져다 사관射官들로 하여금 승부를 겨루도록 하고, 전교하였다.

"기생 소홍립은 이항李㤚의 첩이었으니, 항을 통하여 혹 금내禁內의 일을 들었을 것이다. 항이 서인庶人이 되어 먼 지방에 있으니, 이 기생은 반드시 원한을 품고 궁중의 일을 누설하였을 것이다. 그를 형신刑訊하라.

창기를 혹은 노류장화路柳墻花라 하고, 혹은 동가식 서가숙東家食西家宿한다 하였다. 그런데 이 기생은 노래 부를 때에 언제나 수심에 찬 얼굴을 하고, 노래도 부드러운 음성이 없다. 풍악은 화기를 통창通暢하는 것인데, 마음에 걱정이 있으면 울적하여 통창하지 못하는 법이다. 공자孔子께서 열흘 만에야 비로소 성음成音하고, 백아伯牙는 마음이 산수山水에 있었다는 것이 모두 이 때문이다. 음식에 비하면, 걱정이 있는 사람은 온갖 음식이

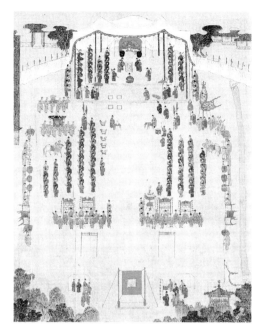

「대사례도」大射禮圖의, 왕이 성균관에서 활을 쏠 때 음악을 연주하는 모습

앞에 있다 할지라도 먹는 것이 달지 않은 법이다. 옛시에

　　얼굴을 들면 나는 새를 보고
　　머리를 돌려 잘못 사람을 대한다.

하였으니, 이 기생의 마음에 걱정이 있어 그런 노래를 하면서도
이렇게 울적하여 통창하지 못한 것이 아닌가? 이 기생은 서울에
둘 수 없으니, 형신한 뒤에 먼 변방으로 보내라."
　—『연산군일기』10년 8월 17일

함평월咸平月

[1]

왕이 전교하였다.

"운평악運平樂 화류춘花柳春 · 함평월 · 애애愛愛 등을 평소에 단속하여 가르치지 않았기 때문에, 궐내에 들어왔을 때에 엉망으로 노래를 불렀다. 장악원 관원 및 총률摠律 들을 국문하라."

— 『연산군일기』 11년 7월 20일

▦ 이 기생들은 실록에 더 이상 나타나지 않는다. 연산군의 마음에 들게 노래를 부르지 못했으므로, 벌을 받고 쫓겨난 듯하다. 노래를 못한 기생들에게는 그들뿐만 아니라 그들을 가르친 선생들에게도 책임을 추궁한 예로 이 기사를 뽑았다. 다음의 기록도 마찬가지이다.

[2]

왕이 전교하였다.

"흥청興淸을 두고 음악을 연주하는 까닭은 화청과 회협을 주로 하기 때문이다. 지난번에 이미 주악하는 사람에게 한 가지 노래만 거듭 부르지 못하게 하고, 이를 어긴 자는 죄를 물으라고 하였다. 그런데 아직까지도 시행되지 않고 있다.

임금이 명하는 것은 죽어도 피하지 않는 법이거늘, 하물며 노래를 부르는 자는 노래와 춤으로 업을 삼는데 이같이 늑장을 부리느냐? 이는 나의 법이 가벼워서 사람들이 두려워하지 않는 까닭이다. 노래를 부르는데 잘못한 것이 비록 조그만 일 같지만, 위의 명을 좇지 않는 것은 그 죄가 크다.

이를 범하는 자는 기훼제서율棄毁制書律로 그 부모와 형제를 장杖 100대에 처하고 온 집안을 변방으로 옮겨, 완만함을 징계하여 후세 사람을 경계케 하라."

— 『연산군일기』 11년 12월 11일

월하매 月下梅

왕이 전교하였다.

"가흥청假興淸의 이접소移接所에 죽은 나인內人이 있다. 염빈
殮殯의 모든 일을 승지가 가서 살피라. 그 일에 관계되는 각 관
청의 제조提調는 모두 다 친히 그 일을 담당하라. 만약 소홀하거
나 빠뜨리는 일이 있으면, 비록 제조의 높은 신분일지라도 매를
면치 못하리라."

나인은 원주原州 기생 월하매이다. 음률音律을 알고 우스갯소
리를 잘하여 왕의 마음에 들었으므로, 왕이 늘 호방하다고 칭찬
하며 몹시 사랑했다. 병이 나서 별원別院에 옮겨 있자, 왕이 늘
가서 문병하였다. 죽은 뒤에는 왕이 애도하여 여완麗婉이라는
칭호를 주고, 봉상시奉常寺에 명하여 제전祭奠을 베풀게 했다.
지제교知製敎에게 제문을 짓게 하였는데 그 글이 마음에 들지
않자, 곧 강혼姜渾을 시켜 고쳐 짓게 하였다.

왕이 친히 두세 번 전奠을 올리고는 문득 통곡하였으며, 그 부
모와 형제를 불러서 만나보았다. 또 후원에서 야제野祭를 베풀

었으며, 왕이 비妃·빈嬪·흥청興淸 들을 거느리고 친히 무당의 말을 들으며 더욱 비통해하였다.

　장사지낼 즈음에는 이런 제사를 한두 번 베푼 것이 아니었다. 재상들로 하여금 제사하는 곳에 와 모이게 하였으며, 추혜서追惠署와 영혜실永惠室을 설치한 것도 다 여완에게서 시작되었다.

　── 『연산군일기』 11년 9월 15일

황진이 黃眞伊

[1]

가정嘉靖 초년(1522, 3년) 송도에 진이眞伊라는 이름난 기생이 있었다. 그는 여인들 가운데 남에게 매이기를 싫어하고 의협심이 있는 사람이었다.

일찍이 '화담처사 서경덕이 뜻이 높아서 벼슬하지 않을 뿐더러 학문이 정하고도 깊다'는 말을 듣고는, 그의 심지를 시험해보려고 실띠를 띠고 『대학』을 옆에 끼고 찾아가 절했다.

"제가 들은즉 『예기』에서 '사내는 가죽띠를 띠고 계집은 실띠를 띤다' 했기에, 저도 또한 배움의 뜻을 두고 실띠를 띠고 왔습니다."

화담 선생이 웃으며 받아들여 글을 가르쳤다. 진이는 밤을 타서 화담 선생에게 가까이 하기를 마치 마등摩登의 음녀가 아난阿難[1]을 어루만지듯 했다. 여러 날이나 그렇게 했지만, 화담 선생은 끝내 조금도 흔들리지 않았다.

진이는 '금강산이 천하에 으뜸가는 명산이다'는 말을 들었다.

한번 가서 놀기를 바랐지만, 같이 갈 사람이 없었다. 그때 마침 이생李生이란 자가 있었는데, 그는 재상의 아들이었다. 사람됨이 호탕하고 물욕이 적어서, 세상을 벗어난 놀이를 함께할 만했다. 그는 조용히 이생에게 말했다.

"제가 들으니, '중국 사람은 고려에 태어나서 금강산을 한번 보기 원한다'고 하던데, 하물며 우리나라 사람으로서 이곳에 태어나 자라났으니 선산仙山이 멀지 않은 곳에 있는데도 그 참된 경치를 구경하지 못해서야 되겠습니까? 이제 제가 우연히 선랑仙郎의 짝이 되었으니, 함께 신선놀이를 가시지요. 산사람과 들사람의 옷차림으로 그 그윽하고 아름다운 곳을 구경하고 돌아온다면 또한 즐겁지 않겠습니까?"

그래서 종들을 데리고 가지 않고, 이생에게 베옷에 초립을 쓰고 쌀보따리와 옷보따리를 메게 했다. 진이는 스스로 송낙을 쓰고 칡베적삼을 입었다. 베치마에 짚신을 끌며, 대지팡이를 짚고 금강산으로 따라 들어갔다. 아무리 깊은 곳이라도 못 가본 데가 없었다.

그는 여러 집에서 밥을 빌어먹었으며, 때로는 제 몸을 스스로 팔아서 양식을 얻었다. 그러나 이생은 그를 나무라지 않았다. 두 사람이 멀리 숲속으로 걸어다니느라고 배고프고 목마른데다 아주 지쳤다. 그래서 옛날의 얼굴이 아니었다.

어느 날 길을 가다가 한 곳에 이르니, 시골 선비 열댓 명이 시냇가 솔숲에 모여 잔치를 벌이고 있었다. 진이가 지나가다가 그들에게 절했다. 한 선비가,

"여사장女舍長도 술을 마실 줄 아시오?"

라며 술을 권했다. 그는 사양하지 않았다. 드디어 술잔을 받고 노래를 불렀다. 노랫소리가 맑아서 그 소리가 숲과 골짜기를 울렸다. 여러 선비들이 마음속으로 기이하게 여기며 술잔과 안주를 주었다. 진이가,

"저에게 남종 하나가 있는데, 몹시 굶주렸습니다. 남은 음식을 먹게 해주시길 청합니다."

라고 말하곤, 이생을 불러 술과 고기를 주었다.

이때 이생과 진이네 두 집에선 그들이 간 곳을 알지 못하여, 그들의 그림자조차 찾을 수가 없었다. 한 해가 넘어서야 그들은 다 떨어진 옷에 검게 탄 얼굴을 하고 집으로 돌아왔다. 이웃 사람들이 그 꼴을 보고 깜짝 놀랐다.

선전관宣傳官 이사종李士宗은 노래를 잘 불렀다. 한번은 사신으로 나가며 송도를 지나게 되었다. 천수원天壽院 시냇가에 말 안장을 풀고서, 갓을 벗어 배 위에 얹고 누웠다. 노래 두세 가락을 드높이 불렀다. 때마침 진이도 길을 가다가 역시 천수원에서 말을 쉬게 하고 있었다. 귀를 기울여 그 노래를 듣더니,

"이 노래의 곡조가 몹시 기이한 걸 보니, 반드시 보통 촌사람의 속된 가락이 아닐 게다. 내 듣기에, '서울에 사는 풍류객 이사종이 당대의 절창이라' 하던데, 반드시 이 사람이다."

라고 말하며, 종을 시켜 가서 알아보게 했다. 그랬더니 과연 사종이었다. 이에 자리를 옮겨 서로 가까이 했다. 자기의 마음속을 다 털어놓고, 사종을 자기 집으로 이끌어 며칠 머문 뒤 말했다.

"당신과 함께 여섯 해를 살아야 하겠습니다."

이튿날이 되자 자기 살림살이 가운데 3년 지낼 것을 사종의 집으로 옮겼다. 그 부모를 섬기고 처자를 돌보는 모든 비용을 진이가 자기 집에서 마련해왔다. 일하기 편한 옷을 입고 첩며느리의 예를 극진히 차렸다. 그러나 사종의 집에선 조금도 돕지 못하게 했다.

그런 지 3년이 지나자, 사종이 진이의 한 집안을 먹여 살렸다. 진이가 사종에게 한 것과 똑같이 갚았다. 그렇게 또 3년이 지나자 진이가,

"이제는 벌써 약속이 다 이루어졌습니다. 기한이 찼군요."

하고는, 하직하고 떠나갔다.

그 뒤에 진이가 병들어 죽게 되자 집안 사람들에게 말했다.

"내가 살았을 때에 성품이 번화한 것을 좋아했으니, 죽은 뒤에도 나를 산골짜기에 묻지 말고 한길가에다 묻어주오."

지금도 송도 큰길가에 진이의 무덤이 있다. 임제林悌가 평안 도사가 되어 송도를 지나가다가 글을 지어[2] 그의 무덤 앞에서 제사지냈다. 그 때문에 그는 마침내 조정에서 탄핵받았다.

― 유몽인『어우야담』

[2]

진이는 개성 장님의 딸이다. 성품이 남에게 얽매이지 않아서 남자 같았다. 거문고를 잘 타고 노래도 잘 불렀다.

한번은 산수를 유람하면서, 금강산에서 태백산과 지리산을

거쳐 나주까지 왔다. 고을 사또가 절도사와 함께 한창 잔치를 벌이는데, 풍악과 기생이 자리에 가득하였다. 진이는 다 떨어진 옷에다 때묻은 얼굴로 그 자리에 끼여 앉았다. 태연스레 이를 잡으며 노래하고 거문고를 탔지만, 조금도 부끄러운 빛이 없었다. 여러 기생들이 기가 죽었다.

그는 평생 화담 선생의 사람됨을 사모하였다. 거문고와 술을 가지고 화담의 농막에 가서 한껏 즐긴 다음에야 떠나갔다. 진이는 늘 말했다.

"지족선사知足禪師가 30년이나 벽을 바라보고 수양했지만, 내가 그의 지조를 꺾었다. 오직 화담 선생만은 여러 해를 가깝게 지냈지만 끝내 관계하지 않았으니, 참으로 성인이다."

그는 죽을 무렵 집사람에게 부탁하였다.

"상여가 나갈 때에 부디 곡하지 말고, 풍악을 잡혀서 인도하라."

아직까지도 노래하는 사람들이 그가 지은 노래를 부르고 있으니, 또한 기이한 인물이다.

진이가 일찍이 화담 선생께 가서 말했다.

"송도에 삼절三絶이 있습니다."

선생이 물었다.

"무엇이냐?"

"박연폭포와 선생과 쇤네입니다."

하니 선생이 웃었다. 비록 농담이긴 하지만, 또한 그럴듯한 말이다.

황진이 · 화담 선생과 함께 송도 삼절로 꼽히던 박연폭포

　송도가 산수가 웅장하고 구불구불 돌아서 많은 인물이 나왔
다. 화담의 이학理學은 우리나라에서 으뜸이고, 석봉의 필법은
나라 안팎에 이름을 떨쳤다. 요즘은 차씨 형제[3]가 또한 글로 이
름이 났다. 진이도 또한 여자 가운데 빼어났으니, 이것으로써
그의 말이 망녕되지 않음을 알 수가 있다.

　─ 허균 『성소부부고』 권24 「성옹지소록」

[3]

　진이는 송도松都의 창녀인데, 일찍이 송도의 옛 활터에서 살았다. 어느 날 밤에 달빛이 어렴풋이 비치고 행인도 없어 고요한데, 백마를 탄 어떤 장군이 말을 멈추고 머뭇거리면서 소매로 눈물을 닦더니, 노래를 불렀다.

　　500년 도읍지를 필마로 돌아오니
　　산천은 의구한데 인걸은 어디로 갔나.
　　말지어다. 고국의 흥망을 물어 무엇하랴.

　노래를 마치자 말채찍을 휘두르며 갔는데, 그가 간 곳을 알 수 없었다. 그제서야 비로소 그가 사람이 아니라는 사실을 알았다. 그 노래는 비장하여 아녀자가 지을 수 있는 것이 아닌데도, 요즘 사람들이 잘못 전하여 '진이가 지은 것'이라고도 한다. 위의 이야기는 송도 사람이 말한 것이다.

　── 유몽인 『어우야담』

[4]

　양곡陽谷 소세양蘇世讓(1486~1562)은 젊은 시절에 배짱이 두둑하다고 자부하였다. 그래서 날마다

　"여색에 빠진 자는 사내가 아니다."

라고 말했다. 송도의 기생 진이의 재색이 세상에 뛰어나다는 말을 듣고, 친구들과 약속하였다.

"내가 이 계집과 30일 동안 함께 살고는 곧바로 헤어지고, 다시는 조금이라도 마음에 두지 않겠다. 만약에 이 기한을 넘겨 하루라도 더 머물게 되면, 너희들이 나를 '사람도 아니라' 고 생각하라."

송도에 가서 진이를 만나보았더니 과연 이름난 미인이었다. 그와 더불어 기쁨을 나누며 한 달을 기약하고 살았다. 내일이면 장차 떠나게 되었는데, 진이와 함께 남루南樓에 올라 술자리를 베풀었다. 진이는 이별을 서글퍼하는 빛이 조금도 없었다.

"상공과 더불어 헤어지는데, 어찌 시 한 구절이 없을 수 있겠습니까? 시원찮은 시나마 바쳐도 되겠습니까?"
라고 청할 뿐이었다. 소공이 허락하자, 곧바로 율시 한 수를 써서 바쳤다.

달빛 아래 오동잎은 다 떨어지고
서리 속에 들국화는 시들었네.
다락은 높아 하늘에 솟았는데
사람은 석 잔 술에 그만 취했구나.
흐르는 물은 가야금 소리에 어울려 차갑고
매화는 피리 소리에 스며들어 향그러워라.
날이 밝으면 서로 헤어져 길 떠날 테지만
그리운 정은 푸른 물결처럼 끝이 없겠지.

月下梧桐盡　霜中野菊黃

樓高天一尺　人醉酒三觴

流水和琴冷　梅花入笛香

明朝相別後　情與碧波長

소공이 읊고 나더니 탄식하며 말했다.

"나는 참으로 사람이 아니구나."

그러고는 진이를 위해 다시 머물렀다.

— 임방 「수촌만록」

---

1) 옛날 인도에서 마등가 종족의 한 음녀가 아난을 음실淫室로 유혹했을 때에, 석가
　가 구출하여 불계佛界로 돌아오게 했다.

2) 청초 우거진 골에 자느냐 누웠느냐.
　홍안을 어디 두고 백골만 묻혔느냐.
　잔 잡아 권할 이 없으니 그를 슬퍼하노라.

3) 차식 車軾의 아들인 천로 天輅 운로 雲輅 형제.

138

민희안閔希顔의 첩

변방의 곡이라 소리 아주 장하고

오랑캐 계집이라 모습 더욱 기이하구나.

맑은 목소리는 달을 흔들어 괴롭히고

울림도 빼어나 구름을 넘나드네.

처절할사! 「사미인곡」의 가락이여.

서글플손! 「장진주사」의 가사일세.

그대를 붙잡아 두어 새벽까지 노래했지만

시름겨운 눈썹을 감추지 말게.

— 허균 「청인백희구」聽仁伯姬謳

인백仁伯은 민희안이다. 그의 첩은 함경도 창성昌城 사람인데, 송강松江 가사를 가장 잘 불렀다. (원주)

■ 허균(1569~1618)이 1604년에 황해도 수안군수로 부임했다가, 민희안의 첩이 부르는 송강가사를 듣고 지은 시. 창성은 중국과 닿아 있던 평안도 고을인데, 고려초까지도 여진족의 근거지였기 때문에 오랑캐 여인이라고 표현한 것이다.

이언방 李彥邦

명종 때에 이언방이란 선비가 노래를 잘했다. 가락이 맑고도 높아서, 그와 감히 솜씨를 겨루는 사람이 없었다. 일찍이 「최득비여자가」崔得霏女子歌를 불렀는데, 자리에 있던 사람들이 모두 감동해서 눈물을 흘렸다.

그가 평양에 놀러가보니, 교방의 기생이 거의 200명이나 되었다. 관찰사가 줄을 지어서 앉힌 다음, 노래를 잘하거나 못하거나를 가리지 않고 도상都上에서 동기童妓까지 한 사람이 창하면 언방이 곧 화답했는데, 소리가 모두 비슷했으며 막힘이 없었다.

송도 기생 진이가 언방이 창을 잘한다는 말을 듣고서 그의 집을 찾아갔다. 언방은 자기가 언방의 아우인 것처럼 속이면서,

"형님은 없지만, 나도 노래를 제법 한다오."

하고는 곧 한 곡조 불렀다. 진이가 그의 손을 잡으면서 말했다.

"나를 속이지 마시오. 세상에 이런 소리가 어찌 또 있겠소? 당신이 바로 정말 그 사람이오. 모르긴 하겠지만, 면구綿駒와 진청秦青[1]

인들 이보다 더 잘하겠소?"

　　― 허균 『성소부부고』 권24 「성옹지소록」

---

1) 면구는 춘추시대 제나라 사람인데 노래를 잘 불렀다. 진청도 또한 노래를 잘하여
　설담薛譚에게 가르쳤다.

석개石介

　석개는 여성위礪城尉 송인宋寅(1516~84)의 계집종인데, 얼굴은 늙은 원숭이 같고 눈은 좀대추나무로 만든 살같이 작았다. 아이 때에 외방에서 송인의 집으로 들어와 몸종 노릇을 했다. 송인의 집은 권세 있는 부자였고 친척들도 모두 대단했으므로 화려하게 꾸민 계집아이들이 좌우에서 응대하고 있었는데, 그 수를 이루 다 헤아릴 수가 없었다.

　석개에게는 나무통을 지고 물을 길어오는 일을 시켰는데, 석개는 우물에 가서 물통을 우물 난간에 걸어놓고 종일 노래만 불렀다. 석개의 노래는 곡조를 이룬 것이 아니라, 나무꾼 아이나 나물 캐는 여인들이 부르는 노래 따위였다. 그러다가 날이 저물면 빈 물통을 지고 돌아왔다. 매를 맞아도 그 버릇이 고쳐지지 않아, 그 다음날도 또 그와 같았다.

　이번에는 약초를 캐어오라고 시키면서 광주리를 들려 들판으로 내보냈더니, 광주리를 들판 가운데 놓아두고 작은 돌멩이를 많이 주워서 노래 한 곡을 부를 때마다 돌멩이 하나를 광주리에

집어넣었다. 이렇게 해서 광주리가 돌로 가득 차면, 이번에는 노래 한 곡이 끝날 때마다 광주리 속에 있는 돌을 하나씩 들판에 내던졌다. 돌을 가득 채웠다가 다시 쏟아내는 것을 하루면 두세 차례씩 반복하다가, 날이 저물면 역시 빈 광주리를 가지고 돌아왔다. 매를 맞아도 그 버릇이 고쳐지지 않고, 다음날도 또 마찬가지였다.

여성위가 석개 이야기를 듣고 기이하게 여겨 노래를 배우게 하였다. 석개는 장안에서 제일가는 명창이 되어 근래 100여 년 동안 석개만한 명창이 없게 되었다. 아로새긴 안장에 수놓은 비단옷을 입고, 날마다 권세 있고 귀한 사람들의 잔치자리에 불려갔다. 그곳에서 전두纏頭로 받은 금이나 비단이 날마다 집 안에 쌓여, 마침내 부자가 되었다.

아! 천하의 일은 열심히 한 뒤에 이루어지는 것이다. 어찌 석개의 노래만 그러겠는가? 겁을 내며 굳은 마음을 세우지 못하면 무슨 일을 성취할 수 있으랴!

난리 뒤에 석개가 해주海州 행재行在에 갔는데, 세력 있는 집안의 종이 복종하지 않았다. 그래서 그 종을 관가에 아뢰어 죄를 다스리려다가, 오히려 살해당했다. 석개의 딸인 옥생玉生도 창唱을 잘해, 지금 제일가는 명창이 되었다.

— 유몽인 『어우야담』

은개 銀介

이조참판 유몽인柳夢寅이 아뢰었다.

"이달 4일에 신의 처사촌 정회鄭晦가 술병을 들고 신의 집 위에 있는 남산 기슭에서 봄경치를 즐기자고 찾아왔습니다. 신의 동네에 사는 은개라는 소녀가 가사歌詞를 잘 부르기에 불러다 노래를 시켰더니, 그 아이가 처음에는 모시毛詩 가운데 공강共姜의 「백주」栢舟를 부르고, 또 「녹명」鹿鳴 등 여러 편을 불렀습니다. 모두 대지大旨를 합쳐 부른 것이지, 그날 그 자리에서 새로 만들어 부른 것은 아니었습니다.

신들이 한참 듣고 있을 때에 하인이 달려와서, '추국推鞫에 참석할 시간이 임박했다'고 알렸습니다. 신은 웃으면서 '이같이 좋은 시절에 어떤 도깨비 같은 자가 감히 익명匿名으로 고변告變하여 내가 이 즐거움을 맘껏 누리지 못하게 한단 말인가?' 하고는, 즉시 가마를 재촉하여 허둥지둥 그 자리를 떠났습니다. 길 가는 도중에 입 속으로 절구絶句 한 수를 중얼거리다가 국청鞫廳에 들어가서는 종이와 붓을 찾아 옮겨 썼는데, 그 시는 다음과 같습니다.

성 안의 가득한 꽃과 버들에 봄놀이 즐기는데
미인이 잔을 놓고 「백주장」栢舟章을 부르누나.
장사가 홀연히 장검을 짚고 서서
취중에 늙은 간신의 머리를 찍으려 하네.

이 시가 취중에 나온 것이기는 하지만, 어찌 의도적으로 지은
것이겠습니까? 「백주」는 그 아이가 늘 부르는 것입니다. 그 집
에 이런 시편들과 고금의 가사를 모아 한 권으로 만든 책이 있
습니다. 이것을 모두 주인 이승형李升亨이 5~6년 전부터 은개에
게 가르쳐왔으니, 그 책을 조사해보면 알 수 있을 것입니다."
— 『광해군일기』 10년 4월 8일

이동진 李東鎭

술을 사서 평원군 무덤에 따르고
거문고 펼쳐 옹문의 혼을 부르네.
운산교 남쪽 주막에 말을 매니
푸르던 단풍 흰 서리에 가을 강이 저무네.
호희胡姬는 부뚜막에서 느리게 돈을 세고
설거지하는 이는 누구신가. 아마도 문원文園이겠지.
흰머리에 술 한 말 마시고 나자
반쯤 취해 긴 노래 문득 나오네.
그 옛날 그대를 끌고 방외方外에 노닐 적엔
나 또한 젊은이라 기운이 넘쳤었지.
달 밝고 바람 맑은 뇌씨원雷氏園이나[1]
꽃 피고 물 흐르던 구년촌龜年村이었지.[2]
그 시절엔 태평해서 즐거움도 많았기에
해마다 노래와 춤으로 임금 은혜 자랑했지.
만사는 귀거래라 썰렁하게 되었으니

146

서호지방 몇 군데에 술자국을 남겼던가.

누덕누덕한 잠뱅이로 허리도 채 못 가렸지만

풍신이 헌칠해서 큰 키는 남았구나.

서글피 마주보며 옛 가락 불러보려니

앞소리 더듬거리고 뒷소리는 울먹이네.

「죽지사」 가운데 이원보梨園譜 대목에선

들보에 먼지 날리고 술집 깃발도 펄럭여,

오랑吳郎과 초객楚客은 서글피 말이 없고

들으면 들을수록 눈물이 술잔에 차네.

그대는 보지 못했던가. 늙어서 장사꾼 아내가 되어

문앞에 수레와 말이 다시는 찾아오지 않았던 것을.

이 머리털 빠져서 스님이 되지 말진저

거문고로 신선 되어 거친 들에 노닐리라.

호서지방 경치는 인간세상 경치라서

모래밭 기러기 슬피 울고 잠방이에 서리 내려,

노래는 끝났건만 차마 울음으로 화답할 수 없어

흙벽에 이 시를 써서 원통함을 달래네.

―「운산교 주막에서 가객 이동진을 만나 옛노래를 듣고 느
　 낌이 있다」

賣酒欲酹平原墓　披琴欲招雍門魂

繫馬雲橋南畔店　靑楓白第秋江暮

胡姬當壚慵數錢　滌器者誰疑文園

宿酒無處聽之移時淚垂橫君為見人妻方知殊商人婦也
前車馬不復喧毋亏此鬢五僧尼琴呪坡少俱盡原湖
中之昜人中景沙雁呼殿霜摄禪訶鏜来盡笑相和貌
詩士鮮為傷宛

東鎮善歌名於湖右余少時學焉後始知弥詭謂
北而先聞从前行過雲山橋善闖不馬入店則東鎮在
耳膾首醉褐非没窗容盖依家直以腹資於吾
泊身無舟為之一歡送之倒一厄似色非必不豕豕
人和不調唑不成辞相悖愧恭持義溪豈嵩罕
秦之問人事至愛於不次记其為何此人其為微玩昊
但東鎮之晋雾遊雲陛行以先率揮罷此
作於店鮮使後來說者知東鎮之初非常人而詩則
從呈高蕐阿觖貟也

畫橋酒店遇歌者李東鎮聽康衢曲有感

衰遲欲弔平原墓　接琴欲招雄門魂　擊馬雲橋南畔店

青楓白茅妹江秋　胡姬當壚惆數錢　滌器者誰鄭子文

圍白頭一飲畫一斗醉生　報弟死丞言憶昔笑君遊
晗首

方外秋崇年氣軒昂　月明風清雷院花開水流龜率

村是時冬平多行樂束三躍舞　萬事崢嶸來凤漢
短衣縣懸不掩腰風神幻脫長春

旆西湖幾處留戀痕相對愁肚揮寫曲看聲初澁渡

衚香竹枝訶中梨園諸時塵飄榛靖笫歎芝郎楚

가객 이동진의 이야기가 실린 필사본

皓首一飮盡一斗　醉半輒發欲永言

憶昔携君遊方外　我亦小年氣軒軒

月明風淸雷氏院　花開水流龜年村

是時太平多行樂　年年歌舞誇君恩

萬事歸來同濩落　西湖幾處留酒痕

知衣懸鶉不掩腰　風神幻脫長身存

相對愀然理舊曲　前聲初澁後聲呑

竹枝詞中梨園譜　暗塵飄樑晴帘飜

吳郎楚客俏無語　聽之移時淚盈樽

君不見老大嫁作商人婦　門前車馬不復喧

毋寫此髮爲僧尼　琴兒披仙俱荒原

湖中之景人中景　沙雁叫酸霜撲褌

詞終未忍哭相和　題詩土壁爲鳴寃

──「雲橋酒店遇歌者李東鎭聽舊曲有感」

　이동진은 노래를 잘 불러 호서지방에 이름을 날렸는데, 나도 젊은 시절 그에게 노래를 배웠다. 그 뒤에는 어찌 되었는지 알 수가 없었으며, 소식도 듣지 못해 죽었나 했다. 며칠 전에 운산교雲山橋를 지나다가 목이 몹시 말라 말에서 내려 주막에 들렀더니, 동진이 마침 있었다. 흰머리에 다 떨어진 옷을 입었는데, 옛 얼굴만은 그대로였다. 남의 집에 의탁하여 먹고살기 위해 술을 파는 신세였다. 너무나 가련해서 한 차례 탄식하였다.

　술 한 잔을 함께 기울이며 노래를 불러보게 했더니, 가락을 이루지 못했다. 나 또한 한 곡조 화답하려 했지만, 목이 메어 소리가 나지 않았다. 서로 마주보며 서글퍼져서 눈물을 떨어뜨릴 뻔했다. 40년 동안 인간세상 일이 이같이 바뀔 줄이야 어찌 생각이나 했으랴.

그가 어찌 이렇게 되었는지 글로 쓸 수가 없어 탄식만 나왔다. 동진은 옛날에 호탕했건만, 지금은 고달프게 살 뿐이다. 헤어지는 마당에 몽당붓으로 주막 벽에다 이 글을 써서 뒤에 와 보는 사람들이 '동진이 초년에는 비상한 사람이었다'는 사실을 알게 하고자 한다. 시는 예전 투대로 썼으니 귀할 게 없다.

■ 서산을 비롯한 내포지방에는 내포제內浦制가 성립될 정도로 예부터 가객들이 많이 배출되었다. 이동진이라는 가객도 그 가운데 한 사람인데, 한창 시절에는 사대부들도 그에게 노래를 배울 정도였지만 늙어가면서 영락하여 주막집 중노미로 연명하는 처지가 되었다. 이 시를 지어 가객 이동진의 존재를 알려준 시인도 젊은 시절에는 그에게 노래를 배웠는데, 아쉽게도 그의 이름이 알려져 있지 않다. 따라서 이동진의 생존 연대도 확실치 않다. 운산교가 서산에 있던 다리인지도 확실치 않다.

이 시는 표지가 없는 필사본 시고詩稿에 실려 있는데, 『향토연구』 제18집에 8장 분량의 시고 전체가 영인되어 있다. 이 글을 소개한 김영한 선생은 시고 가운데 나오는 사강士剛이 김집金集(1574~1656)의 자字라는 점을 들어, 이 시를 지은 시인은 김집의 5촌처남인 유수증兪守曾(1578~1656)일 것이라고 추정했다. 그러나 이 시인이 유수증인 것을 확인하려면 더 많은 자료가 필요하다.

---

1) 뇌해청雷海靑은 당나라 현종 때의 연주자인데, 안록산이 반란을 일으키자 악기를 던져 항거하였다.
2) 이구년李龜年은 당나라 현종 시대의 명창인데, 안록산의 난을 만나 강남을 떠돌다가 시인 두보를 만났다. 두보가 그를 위해 「강남봉이구년」江南逢李龜年이라는 시를 지어 주었다.

박남 朴南

[1]

　한천寒泉[1] 이공李公이 혼자 앉아 있는데, 낯선 손님이 명함도 들이지 않고 불쑥 나타났다. 의관을 아주 산뜻하게 차린 사람이었다. 한천은 그가 누구인지 알 수 없었지만 맞아들여, 주객 간의 예를 차렸다. 그 사람은 다른 말 없이 다만

　"문자간에 의문이 있어 감히 여쭈러 왔습니다."

라고 하였다. 한천이 무슨 일인가 묻자, 그가 물었다.

　"『논어』 「무우장」舞雩章의 관동冠童의 수가 몇 명인지요?"

　"관자 5~6인, 동자 6~7인[2] 외에 무슨 딴 뜻이 있겠소?"

　"제 소견으로는 그렇게 볼 것이 아닌 것 같습니다."

　한천은 무슨 특별한 견해가 있는가 싶었다.

　"고견을 듣고 싶소."

　"관자는 30명이고, 동자는 42명이 아닌가요?"

　한천은 말이 비록 해괴했지만, 초면인 까닭에 심히 책망하지 않았다.

"손님께선 사시는 곳이 어디신지요?"

"호남 사람 박남이올시다. 이번 걸음이 선생을 뵈러온 것이 아니고, 관동의 수를 물으려는 것인데, 답하신 것이 그리 밝지 못하시군요. 선생의 학문을 짐작하겠습니다."

그는 곧 작별을 고하고 일어섰다. 한천도 읍하고 보내면서, 마음속으로 몹시 괴이하게 여겼다.

한천이 뒷날 호남 사람을 만난 김에 물어보았다.

"귀도貴道 유생 가운데 박남이라는 사람이 있소? 얼굴 모양은 이러이러한데 내게 해괴한 질문을 합디다. 대체 어떤 사람이오?"

그가 한참 생각하다가 대답했다.

"유생 가운데는 박남이란 이가 없고, 명창名唱에 박남이란 자가 있지요."

한천은 그제야 속임을 당한 줄 알았다.

박남은 창을 잘하여 온 나라에 으뜸으로 손꼽혔다. 사람을 능히 웃기고 울렸다. 그때 마침 과거 철이 되어 한천寒泉 주막에 이르렀는데, 주막은 한천이 사는 앞마을에 있었다. 과거를 보러 가는 선비 너댓 명이 함께 들어오면서 한천의 경학經學에 대해 서로 칭송했다.

"선생을 뵈오면 저절로 존경하는 마음이 없을 수 없지."

그러자 박남이 말참견했다.

"제가 한천 어른을 찾아가 뵙고 만약 말장난으로 골려드리지 못하면 소인이 서방님들께 벌을 받겠습니다. 만약 말장난으로 골려드리고 오면 서방님들이 소인에게 술을 받아주시기로 내기를 하십시다."

그런 뒤에 한천의 집에 가서 그런 장난을 했던 것이다. 사람들은 듣고 모두 배를 움켜잡았다.

한번은 한 동네에 사는 상번군사上番軍士[3)의 아낙네가 서울서 온 제 서방의 편지를 가지고 와서 박남에게 부탁했다.

"무슨 말이 적혔는지 좀 자세히 보아주세요."

박남이 편지를 받아서 한참 펼쳐들고 있더니, 말없이 눈물만 비오듯 흘렸다. 그 여인은 남의 편지를 보고 이같이 슬퍼하다니 틀림없이 편지에 몹시 기막힌 사연이 적혔다고 생각했다. 갑자기 마음이 아득해져서 그만 닭똥 같은 눈물을 뚝뚝 떨어뜨리며 편지 사연을 재촉해 물었다.

"속이지 말고 어서 말해주세요."

"내가 슬퍼한 건 편지를 보고 운 게 아니라오. 나이 환갑이 다 된 놈이 언문도 읽지 못해, 편지 사연을 하나도 모르겠소. 그래서 나도 모르게 눈물이 나온 거라오."

그 여인은 성을 내며 편지를 빼앗아 들고 가버렸다.

어느 날 박남이 길을 가다가 한 마을에 사는 존위尊位[4)를 만났다. 그 존위는 말을 타고 있었고, 박남도 말을 탔는데, 말에서 내리지 않고 말 위에서 허리를 굽신거렸다.

"소인 문안드리오."

존위가 크게 노해서, 박남을 당장 잡아다가 야단을 쳤다. 그러자 박남이 아뢰었다.

"존위 어른께서 생각해보십시오. 만약 어르신이 걸어가시고 박남도 걸어가다가 길에서 만났다면, 형편상 길에서 뵙지 않겠습니까? 이제 존위 어른과 소인이 다 같이 말을 탔으니, 이로 미뤄본다면 걸어가는 것이나 말을 타고가는 것이나 다 한가지지요. 만약 어르신 분부대로 시행한다면, 걸어가다가 만났을 때에는 박남은 땅을 파고 들어가서 절해야 옳겠습니다. 소인은 일찍이 한천 대감과도 서로 읍을 하였습니다. 화음령華陰令을 겁내지 않은 지가 옛날입니다."

존위도 크게 웃고 말았다.

— 구수훈「이순록」二旬錄

[2]

청음淸陰[5]은 평생토록 말수가 적었고, 잘 웃지도 않았다. 창우倡優들의 여러 가지 놀이를 보고 다른 사람들이 모두 배를 잡고 웃어도, 공은 한번도 이를 드러내보이지 않았다.

어떤 집에 과거 급제자가 있어 문희연聞喜宴을 베풀었다. 당시에 박남이란 우인優人이 놀음을 바치는 것으로 세상에 이름났는데, 그 집에서 박남에게 말했다.

"오늘 청음 상공께서 반드시 이 잔치에 오실 것이다. 네가 아주 우스운 짓을 해서 상공을 한번이라도 웃게 할 수 있다면, 마땅히 큰 상을 주겠다."

청음이 잔치에 참석하자 박남이 여러 가지 놀이를 펼쳤는데, 청음은 전혀 돌아보지 않았다. 그러자 박남이 종이 한 장을 상소문같이 둘둘 말아서 두 손으로 받들고, 천천히 걸어나가 말했다.

"생원生員 이귀李貴가 상소를 바쳤습니다."

그리고는 꿇어앉아 종이를 펼치고 읽었다.

"생원 신臣 이귀는 성황성공誠惶誠恐 돈수돈수頓首頓首……"

자리에 있던 사람들이 모두 배를 잡고 웃었으며, 청음 또한 자기도 모르는 사이에 웃고 말았다.

— 이이명 「만록」漫錄

■ 5~6명을 구구법으로 셈하면 30명이고, 6~7명은 42명이다. 판소리의 명창은 말재간과 해학도 뛰어나야 청중을 모을 수 있다. 박남은 명창일 뿐만 아니라, 말재간도 뛰어났다. 그의 잡희雜戲 가운데 청중들을 웃고 울리던 재담도 들어 있었던 것이다. 당시에 생원 이귀가 상소문을 자주 올린다고 이름났는데, 그는 이귀의 흉내를 내어 큰 상을 받기까지 했다. 전라도 김제 의방재 출신인 박남은 서울로 진출하여 이름난 배우로 활동하였다.

1) 도학자 도암陶庵 이재李縡(1680~1746)의 또 다른 호이다.
2) 원문은 "관자 오륙인 동자 육칠인冠者五六人 童子六七人"인데, 관자는 관례冠禮를 치른 어른을 뜻한다.
3) 지방에서 교대로 서울에 올라가서 번番을 서는 군사이다.
4) 좌수座首나 별감別監같이 향촌에서 말단 직무를 맡은 사람이다.
5) 좌의정 김상헌金尙憲(1570~1652)의 호이다.

우평숙 禹平淑

우평숙의 자는 이형而衡이다. 단양 사람인데, 얼굴이 아주 못생겼다. 소년 시절에 여러 벗들과 기생집에서 술을 마시는데, 다른 소년들은 모두 노래를 불렀지만 평숙만은 부르지 못했다. 기생이 놀렸다.

"얼굴도 잘생긴데다 재주까지도 또한 많으니, 어찌 쟁기나 잡으시겠어요?"

평숙이 몹시 부끄러워하며, 발분하여 노래를 배웠다. 날마다 송악산 골짜기로 들어가 바람과 물소리 속에 맘껏 소리를 질러 댔다. 오래 하다 보니 목구멍에서 핏덩이가 튀어나오고 소리가 터져나오는데 아주 묘했다. 그러자 평숙이 생각했다.

"내 이젠 조금 시험해볼 만하구나."

평양은 사람들이 요사스럽고도 아름답다고 말했는데, 노래와 춤에 뛰어났다. 그는 다 떨어진 베옷에다 짚신을 신고는 걸어가서, 노래를 부르며 노닐었다. 며칠 안 되어 평양성 사람들이 모두 그에게 귀를 기울였다.

그때 평양감사가 사랑하던 기생이 있었는데, 그 기생이 평숙의 노래를 듣고는 좋아하여, 남몰래 그와 정을 통하게 되었다. 자주 병을 핑계하며 들어가 모시지 않자, 감사가 그 사실을 염탐하여 알게 되었다. 매우 노하여 평숙을 잡아가 감옥에 묶어두곤, 장차 죽이려고 하였다. 평숙이 감옥 벽 위에「황룡도」黃龍圖 한 축이 걸려 있는 것을 보고 비분강개하여, 자기의 심정을 노래에 실었다.

하우씨가 강을 건넘이여,
저 배를 지고 가는 자는 황룡이로다.
북해와 천지도
맘껏 놀기엔 족하지 않음이여,
뜻대로 안 되어 비늘도 꺾이고
껍질도 흙먼지 속에 헐어졌구나.
아아! 오늘 비늘이 꺾이고
껍질도 흙먼지 속에 헐어졌으니,
죽었구나 너와 나는
끝내 죽고야 말겠구나.

감옥이 선화당宣化堂에서 매우 멀리 떨어져 있었건만, 그날 밤 달이 밝아서 감사가 그 소리를 들었다. 노랫소리가 날아와 지붕과 대들보를 휘감는데, 그 가락이 매우 맑고도 씩씩했다. 사람을 보내어 그 목소리의 주인을 찾아보곤,

"천하의 명창이로다."

탄식하면서 내어보냈다.

평숙은 숙종 때 사람이다. 송악산 쌍폭동雙瀑洞에 평숙이 노래를 배우던 곳이 있다.

평숙이 자기의 솜씨를 스스로 시험하고파서 박연폭포 범사정에서 노래를 부르고 사람을 시켜 성거관聖居關 위에 앉아 듣게 했다. 노랫소리가 폭포 위로 들렸다고 한다.

— 장지연『일사유사』권2

숙정 淑正

몇 년 전인 계해년(1683) 3월 13일은 인조반정仁祖反正이 회갑을 맞는 날이라, 정명공주貞明公主의 집에서 잔치를 베풀었다. 조정 대신 이하의 관원들이 모두 공주의 집에 모였으며, 기녀들도 많이 모아 그들로 하여금 술을 따르고 가무歌舞를 하게 하였다. 그 가운데 숙정이라는 이름을 가진 여인이 노래를 잘한다고 이름이 났다.

술을 마신 뒤에 손님 가운데 어떤 사람이 숙정과 더불어 희롱하려는데, 숙정의 남편이 바로 장희빈의 오라버니인 장희재張希載(?~1701)였다. 장희재는 이때 포도부장捕盜部將이었는데, '대궐문 밖에서 기다리고 있다'고 몰래 숙정을 불러내어 달아나 버렸다. 그러자 어떤 사람이 그 사실을 여러 대신들에게 고하였다. 좌의정 민정중閔鼎重이,

"조정의 큰 연회가 끝나기도 전에 술 따르는 기녀가 먼저 달아났으니, 사체事體가 놀랄 만하다."

하고, 비국備局의 낭관으로 하여금 기녀를 불러내어 데리고 간

그 남편을 곤장으로 엄하게 다스리게 했다. 장희재는 이 일 때문에 독을 품은 것이 뼈에 사무쳤다.

—『숙종실록』 12년 12월 10일

이세춘 李世春

[1]

한 시대 가호歌豪 이세춘이

10년 동안 한양 사람들을 쏠리게 했네.

청루의 협객들이 그 노래 전하고

흰머리 강호객들은 정신이 나갔지.

구일이라 노란 국화를 신륵사에서 보고는

외로운 배에 옥피리로 섬진蟾津에 오르세.

동쪽 지방 노닐며 내 시가 넉넉해져

이번 걸음에 내 이름도 또한 널리 퍼지겠지.

— 신광수 「증가자이응태」贈歌者李應泰

[2]

처음 부르는 창은 모두 양귀비 노래

지금도 마외역의 한을 슬퍼하는 듯.

일반 시조를 장단에 맞춰 부르니

그는 장안에서 온 이세춘일세.

初唱聞皆說太眞　至今如恨馬嵬塵
一般時調排長短　來自長安李世春

— 신광수 「관서악부」關西樂府 15

■ 채제공이 평양감사로 내려가 있으면서 신광수에게 평양에 관한 시를 지어달라고 부탁했다. 그가 평양의 풍속을 칠언절구 108수로 짓고 「관서악부」라 했는데, 그 가운데 이 시에서 가객 이세춘이 시조 부르는 모습을 묘사했다. 이세춘 일행이 평양에 갔던 사실은 「심용」에도 실려 있다.

향랑 香娘

[1]

「산유화곡」山有花曲은 민간의 노래이다. 단구자丹丘子 이평자
李平子(이안중, 1752~91)가 산유화를 부른 향랑을 위해 전기를
지었는데, 그 대략은 이렇다.

"향랑은 선산善山의 열부烈婦이다. 성격이 맑고 깨끗하며, 모
습도 아름다웠다. 집안도 또한 넉넉하여 여러 자 되는 산호수가
있었는데, 같은 고을의 부자 상인에게 시집갔다. 그 시어머니가
음탕하였는데, 향랑이 그 사실을 알고 간절하게 충간하는 것을
미워하였다. 그래서 향랑에게도 함께 음탕한 짓 하기를 강요하
였다. 향랑이 거절하자 집 밖으로 쫓아냈다. 그 남편도 또한 향
랑을 좋아하지 않았으므로, 처가로 찾아가지 않았다. 향랑은 친
구와 함께 낙동강 주변을 헤매면서 노래를 지어 불렀다.

산에 꽃이 피었으나
나는 홀로 집이 없다네.

164

그래 집 없는 이 몸이란

　꽃보다도 못하다오.

또 이렇게 지어 불렀다.

　산에 꽃이 피었네.

　그 꽃은 복사와 오얏이라네.

　복사와 오얏은 섞여 피었다지만

　복사나무엔 결코 오얏이 피지 않으리라.

　그러고는 친구에게 부탁하였다. '길선생 지주비砥柱碑 아래에서 향랑이 빠져죽었다고, 나를 위해 부모님께 말을 전해주면 고맙겠다.' 그러고는 곧 강물에 몸을 던졌다."

　평자가 또 고절古絶을 짓자, 우리 집안 사람들이 그 시에 화답하였다.

　── 이노원 「산유화곡」 소서小序

[2]

　선산의 여자 이름이 향랑인데

　농가에서 자랐지만 품성이 단정했네.

　어려서부터 장난치지 않고 혼자 노닐며

　사내애들 곁에는 가까이하지 않았네.

　어머니 일찍 여의고 계모가 사나워서

향랑에게 매질하고 포악하게 굴었건만,
그럴수록 공손하게 낯빛도 변치 않고
물레질 나물캐기로 늘 바구니가 가득했네.
열일곱에 임씨 아들에게 시집갔더니
신랑 나이 열네 살에 성질도 불량해,
어리석고 둔해서 예의도 모르는데다
머리채 꺼들고 옷자락 찢기 일쑤였네.
어려서 철이 덜 나 그러려니 여겼지만
나이 들수록 행패가 더욱 심해져,
향랑을 미워하며 매가 손에서 떠나지 않고
범처럼 날뛰니 누가 감히 말리랴.
시부모가 불쌍히 여겨 친정으로 돌려보내니
향랑은 보퉁이 들고 들어와 얼굴도 들지 못했네.
계모가 마룻장 두들기며 크게 꾸짖었지.
"너를 남에게 시집보냈는데 왜 돌아왔느냐?
아마도 네 행실이 바르지 못했겠지.
우리 살림도 넉넉지 않은데 널 거두겠느냐?"
문까지 닫아버려 개와 같이 밥을 먹었네.
아버지는 늙어서 눌려 지내니 어쩌지 못했네.
짐 꾸려 외가로 보내니
외가 식구들이 가엾게 여기며 탄식했네.
"너는 농사꾼 자식으로 태어났으니
소박당했으면 다른 데로 시집가야지.

사방 사람들이 네 죄 없는 것을 다 아니

꽃다운 얼굴로 어찌 헛되게 늙어가랴."

향랑이 대답했네.

"그 말은 온당치 않아요.

저는 외삼촌께 의탁할 뿐이지요.

여자가 시집갔는데 다시 갈 수 있나요.

제 마음을 진작 정했으니

쫓겨난 것도 제 팔자 기박하기 때문이지요.

죽어도 제 몸을 더럽히지 않겠어요."

아무리 타일러도 듣지 않자 화내며

여자들 으레 하는 말이거니 여겼네.

알맞은 사람 구해서 택일하고 시집보내는 날

술 거르고 양 잡아 온갖 음식 차렸네.

문 앞엔 청사굴레 말 한 필 매여 있고

붉은 소반엔 금젓가락 쌍으로 놓여 있네.

향랑이 의심나서 가만히 엿보니

외삼촌들이 바로 자기를 개가시키려 하네.

"아아. 기박한 내 운명이여.

여기 있다간 끝내 욕을 보겠구나."

몸을 빼내 옛 남편 집으로 돌아가니

사나운 성질이 변치 않아 미치광이 되었네.

시아버님 말씀

"내 자식이 경우 없으니

네가 돌아온들 무슨 소용 있으랴.

달리 좋은 신랑 만나서

추우면 입고 배고프면 먹으며 편히 사는 게 낫겠구나.

내 자식이 이미 너와 인연을 끊었으니

네가 어디로 간들 상관 않으련다."

향랑이 눈물 흘리며 시아버지께 여쭈었네.

"아버님 말씀은 뜻밖이네요.

제가 배우지 못했고 몸가짐도 모르지만

제 마음은 개가 않기로 다짐했답니다.

아버님께서 가엾게 여겨 땅 한 뙈기 주시면

움집에서 나물 먹으며 한평생 마치겠어요."

의로운 말이 처절하건만 시아버지 머리도 돌리지 않고

"우리 집안 시끄럽게 하지 말아라."

연약한 여자의 몸을 천지에 받아줄 곳이 없어

사방을 둘러보아도 갈 길이 아득해라.

치욕을 참다보면 무엇을 덮어쓸지

생각하니 도리어 시아버님 미움만 샀네.

하늘을 바라보고 탄식하며 가슴 치노라니

구슬 같은 눈물이 비오듯 떨어지네.

며느리로 보지 않고 아내로 여기지 않는데

공연히 돌아왔다가 시아버님 미움만 샀네.

삼종지도[1] 인륜도 내게는 끊겼으니

얼굴을 어찌 들고 이 세상에 붙어 있으랴.

아아. 이 한 몸 돌아갈 곳이 없는데

눈앞의 푸른 물결은 만고에 흐르는구나.

차라리 깨끗한 몸으로 맑은 물에 나아가

어머닐 만나 슬픈 마음을 내뱉으리라.

머리를 흐트리고 흐느끼며 강가로 내려가는데

단풍잎은 가을바람에 울고 갈대꽃은 조네.

강머리에서 계집아이가 나무하고 있어

데리고 와서 이름 물었더니 열두 살이라네.

모래밭에 서서 마음속의 말을 다했네.

"네 집이 다행히도 우리 집과 가깝구나.

나는 원통하게도 돌아갈 곳이 없단다.

이제 목숨을 버리고 맑은 물 따라가려는데

죽은 뒤에도 명백해지지 않을까 그게 걱정이구나.

세상 사람들이야 다른 무엇이 있었다고 의심할 테지.

이제 너를 만났으니 참으로 천행이다.

너는 어려도 내 죽은 일을 말할 수 있고

너는 어려서 내 죽음을 말릴 수 없으니,

내가 조용히 죽을 수 있겠구나."

덧머리 풀고 치마 벗어서 가지런히 묶어놓고

우리 집에 전해달라고 은근히 부탁했네.

아버지 늙으셔서 기력도 없으신데

내 죽은 모습을 어찌 차마 보시게 하랴.

아버지 오셔도 내 몸 떠오르지 않고

황천으로 내려가서 어머니를 만나리라.

슬픈 노래 불러서 아이의 마음에 새겼네.

천지가 넓다 한들 몸 붙일 곳이 없네.

뒷날 네가 와서 이 노래 부를 적에

강물결 일어나거든 내가 듣는 줄 알거라.

뛰어들려다 멈추고서 돌아보며 웃었네.

죽기로 작정했으니 돌아볼 것이야 없지만

강물을 굽어보니 무서운 생각이 나네.

애닯다. 인생이 이 길을 겁내는구나.

소매로 얼굴 가리고 몸을 솟구쳐 뛰어내리자

지는 해는 아득한데 강물결이 성내네.

이곳 가까이 죽림사가[2) 있고

강가에 높은 비석 지주비라네.[3)

야은선생 그 옛날에 수양산에서 굶으시어[4)

만고의 맑은 바람이 이 땅에 전하네.

향랑은 미천한데도 의리를 알아

이곳을 골라 몸 버렸으니 어찌 그리 기특한가.

나무하던 아이가 옷가지를 향랑 아비에게 전하자

아비가 열흘이나 통곡하며 강가를 맴돌았네.

물결 일어 흐느끼고 물새도 울건만

강가에서 불러봐도 향랑의 혼은 아는지.

아비가 떠난 뒤에야 시신이 떠올랐는데

소매로 가린 얼굴이 생전 모습 그대로일세.

야은 길재를 모신 금산 청풍사의 지주중류비

사람들이 혀 차며 영이하다고 말하네.
향랑같이 갸륵한 여인이 끝내 호소할 곳 없었네.
자랄 때엔 계모가 못되고 시집가선 남편이 흉폭했으니
이런 일을 그 누가 보고 들었으랴.
지극한 행실과 단정한 품성으로도
끝내 용납되지 못하고 죽어야만 했는가.
의열義烈은 사람을 궁하게 만든다고도 하지만
궁해진 뒤에야 의열이 드러난다고 생각하네.

하늘이 의로운 사람 내시어 유풍을 백세에 끼쳤으니

생전에 요행으로 굴러들기를 바라지 말게나.

금오산 낙동강은 절의의 근원이니

우뚝하고 빼어난 자취가 역사에 쓰여 있네.

사신의 수레는 북으로 갔다가 돌아오지 않았고⁵⁾

대밭이 푸르른 곳은 오류선생의 터일세.

아직도 마을 계집아이들은 밤이면 안방문을 꼭 닫고

소와 개까지도 주인을 지킨다네.

정기가 충만해 스러지지 않고

인물을 내실 적에 차별을 두지 않았네.

요즘 듣자하니 성주의 두 낭자가

맨손으로 무덤을 파서 아비 원수를 갚았다네.⁶⁾

사람 살 곳을 찾으려면 이런 곳이 어디 있으랴

내 장차 필마로 돌아가 농사나 지으리라.

　　── 이광정 「향랑요」薌娘謠

■ 이광정李光庭(1674~1756)은 이 시와 별도로 「임열부향랑전」林烈婦薌娘傳
　을 지었다.

[3]

　전傳에 이르기를,

　"충신은 두 임금을 섬기지 않고, 열녀는 두 지아비를 바꾸지
않는다."⁷⁾

고 하였다. 옛날 위衛나라 공백共伯의 아내 강씨姜氏가 일찍 과부가 되었는데, 그 어머니가 다시 시집보내려 하였다. 그러자 강씨가 「백주시」柏舟詩를 지어 다시는 시집가지 않겠다고 스스로 맹세하였다. 그 시는 이렇다.

저 잣나무 배 두둥실
황하 가운데 떠 있네.
더펄머리 양쪽 늘어진 그이가
정말 내 남편,
죽어도 다른 마음 안 가지리라.
어머니는 하늘이건만
어찌 내 마음을 몰라주나요.

저 잣나무 배 두둥실
황하 가녘에 떠 있네.
더펄머리 양쪽 늘어진 그이가
정말 내 남편,
죽어도 나쁜 마음 안 가지리라.
어머니는 하늘이건만
어찌 내 마음 몰라주나요.[8]

공자가 노나라로 돌아와 『시경』을 편집할 때에 이 시를 가져다 패풍邶風의 가장 앞머리에다 두었다.

청화외사靑華外史는 이렇게 생각한다.

"역사에서 '조선은 예의를 숭상하고 그 풍속이 정결貞潔을 좋아하여, 절개를 지키다 죽는 여자들이 많다' 고 하는데, 영남의 상랑尙娘 박씨 같은 자가 바로 그 사람이 아니겠는가."

상랑 박씨 열녀는 영남의 상주 사람이다. 시집갈 나이가 되자 선산 최씨 집안으로 시집갔다. 최씨의 아들은 어리고도 포악해서, 상랑을 받아들이지 못했다. 상랑은 현명해서 곧 친정으로 돌아갔는데, 계모가 형제들과 의논해서 절개를 지키려는 그의 뜻을 빼앗으려 하였다. 상랑이 그 음모를 깨닫고 지름길로 해서 남편 최씨에게 돌아갔는데, 최씨는 아직까지도 뉘우치지 않았다. 오히려 시부모와 함께 문앞을 막아섰다. 자기를 받아줄 곳이 없는 것을 알고, 강물에 빠져죽을 생각으로 낙동강에 갔다. 최씨의 이웃에 아직 시집가지 않은 처녀가 있었는데, 나무하러 가다가 상랑을 만났다. 그가 물었다.

"최씨네 새댁이 어찌 이곳에 오셨나요?"

상랑이 그 사연을 모두 말하고는, 울면서 말했다.

"네가 여기 온 것도 하늘이 시킨 일이니, 내 죽은 사연을 분명히 전해주면 고맙겠다."

덧머리를 풀고 신을 벗어 증거를 삼고는, 「산유화」[9] 한 가락을 부른 뒤에 탄식하였다.

    하늘은 높고
    땅은 넓건만,

슬픈 내 한 몸은
갈 곳이 없구나.

天乎高　地乎廣

哀我一身　莫乎往耶

한참이나 한숨을 쉬고는 다시 일어나 탄식하였다.

지아비가 나를 받아주지 않고
어머님께서도 다른 생각이시니,
내 마음이 슬프구나
죽지 않고 어찌하랴.

夫子不子　母氏有他

余心之悲　無死而何

　그러고는 치마를 뒤집어 머리에 쓰고, 강물에 뛰어내렸다. 최씨네 이웃 여자가 최씨에게 가서 상랑이 강물에 몸을 던져 죽었다고 알리면서 그가 남긴 말을 전했다. 그러자 최씨가 크게 놀랐다. 박씨(상랑)의 어머니와 형제들도 그제서야 슬퍼하며 모두 그를 가엾게 여겼다. 낙동강 가에 가서 그의 시체를 찾았는데, 강가에는 고려 충신비가 있었다.
　청화외사는 이렇게 생각한다.

"『곡례』曲禮[10]에서는 '자식을 가르침에 있어서 말할 줄 알게 되면 여자는 네俞라고 하게 가르치며, 여자는 비단주머니를 차게 한다.[11] 일곱 살이 되면 남녀가 자리를 같이하지 않는다.[12] 열 살이 되면 밖에 나가지 않고, 여선생이 말씨를 상냥하게 쓰고 용모를 유순하게 하며 어른의 말에 따르도록 가르친다[13]'고 하였다. 사마씨司馬氏의 예禮에서는 '여자가 일곱 살이 되면 『효경』孝經이나 『논어』『열녀전』列女傳을 가르친다'고 하였다. 모두 일찍부터 잘 가르쳐서 단정하고도 정숙한 여인이 되도록 했던 것이다. 그러나 세속의 여인 가운데는 이따금 예법을 따르지 않는 여인도 있었다. 저 상랑이라는 여인은 사대부 집안의 딸들처럼 교육받지도 못한 비천한 사람이다. 말씨를 상냥하게 하고 용모를 유순하게 하라는 가르침을 받은 적도 없었고, 『효경』이나 『논어』『열녀전』을 배운 적도 없었다. 그러나 그가 이룬 정절은 끝내 저와 같이 뛰어났으니, 바탕이 순전한 자는 꾸미지 않고도 아름다운 것인가? 『시경』에서 '옥과 같은 여인有女如玉'이라[14] 했는데, 박씨의 딸이 바로 그런 사람이었다."

　　　—『담정총서』권10 이옥 「문무자문초」文無子文鈔

---

1) 부인에게는 세 가지 따라야 할 의리가 있으니, 부인만 혼자서 지키는 도리는 없다. 그러므로 시집가기 전에는 아버지를 따르고, 시집간 뒤에는 지아비를 따르며, 지아비가 죽은 뒤에는 아들을 따른다. —『의례』儀禮「상복전」喪服傳

2) 야은冶隱 길재吉再(1353~1419)가 고려왕조에 충절을 지켜 고향땅 선산에 은거하면서, 조선왕조에서 불러도 나가지 않았다. 1570년에 관찰사 남재가 선산군 무릎면 원리에 금오서원을 세우고 그와 김종직을 모셨으며, 1575년 선조에게서 사액賜額받았다. 이 서원은 대원군이 전국의 서원들을 철폐할 때에도 존속되었는데, 현재 경상북도 지

정 기념문화재 제60호이다. 『신증 대동여지승람』 권29 「선산도호부」조에 의하면 금오
산 아래 구머리에 남재가 세운 '길재사' 吉再祠가 있는데, 광해군 때에 '야은묘' 冶隱廟
로 이름을 바꿨다고 한다.

3) 낙동강 가에다 길재를 기리는 비석을 세웠는데, '지주' 砥柱라고 새겼다.(사진 참조)

4) 무왕이 문왕의 3년상도 지내지 않고 은나라를 치려고 나서자, 백이 숙제가 말고삐를
잡고 충간하며 말렸다. 은나라가 망하자 백이와 숙제는 주나라 곡식을 먹지 않겠다고
수양산에 들어가 고사리를 캐어먹다 굶어죽었다. 여기서는 길재가 고려왕조에 충절을
지켜 금오산에 들어가 은거한 것을 백이 숙제가 수양산에 들어간 데다 비유한 것이다.

5) 김주金澍가 고려의 왕명을 받들고 중국에 사신으로 갔다가 돌아오는데, 압록강에 이르
러 고려가 망한 소식을 들었다. 그러자 그는 "내 나라가 망했는데 어찌 들어가겠는가?"
하면서 그 길로 중국에 망명하였다.

6) 성주 선비 박수화朴守華가 묘소를 세력가에게 빼앗겼는데, 이 문제를 가지고 다투다가
관가에 잡혀가서 억울하게 죽었다. 그러자 그의 딸인 효랑孝娘과 문랑文娘이 아버지의
원수를 갚기 위해 세력가의 무덤을 파헤쳤다. 세력가의 집안에서 효랑을 죽이자, 문랑
이 서울에 올라와서 신문고를 울려 억울함을 호소하였다. 이 사실을 기록한 것이 「박효
랑실기」이며, 이광정은 이 이야기를 가지고 장편시를 지었다.

7) 『소학』에 실려 있는데, 제나라 충신 왕촉王蠋이 한 말이다. 연나라가 제나라를 쳤을
때에 악의樂毅가 그를 회유하려고 예를 갖춰 불렀지만 그는 가지 않았다. 연나라 군
사들이 협박하자, 그는 이 말을 남기고 자살하였다. 그러자 제나라 사대부들이 분발
하여 다시 임금을 세우고 나라를 회복하였다. 악의는 그의 무덤에다 비석을 세우고
물러갔다. 왕촉의 이야기는 『사기』나 『한서』에도 나온다.

8) 이 시는 『시경』 용풍鄘風에 실려 있다. 주나라 성왕 때에 주공이 무경과 관숙·채숙
의 난을 평정한 뒤에, 아우인 강숙을 위나라에 봉하여 패·용의 땅까지 다스리게 하
였다. 강숙은 조가에 도읍하여 은나라 유민들을 다스렸는데, 그의 자손 때에 이르러
패·용의 국경은 없어지고 통틀어 위나라라고 부르게 되었다. 그렇기 때문에 패·
용·위의 세 나라 풍은 모두 위풍衛風이라고 부를 수도 있다. 이 시도 위나라 공백의
아내 강씨가 지었다고 하지만 용풍에 실려 있으며, 패풍邶風에도 같은 제목의 다른
시가 실려 있다.
　　이옥의 「상랑전」에는 위의 「백주시」 가운데 두 번째 절만 실렸으며, 끝의 두 줄이 빠
져 있다.

9) 「산유화」는 민요의 하나이다. 원래는 백제의 옛노래였는데, 소리만 있고 가사는 전하지
않았다고 한다. 이 「산유화」 곡에다 향랑이 가사를 붙여서 불러 이 노래가 유행되었다.

10) 『예기』 가운데 제1편과 제2편 제목이지만, 『예기』를 일반적으로 『곡례』라고도 한다.
이 구절도 「곡례」에 있는 것이 아니라, 제12편 「내칙」內則에 있다.

11) 이 구절은 원래 아들과 딸을 키우고 가르치는 법이 달라야 한다고 설명하는 부분인
데, 딸에 대한 내용만 뽑아서 옮긴 것이다. 원래 『예기』 「내칙」의 설명은 이렇다. "자
식이 먹을 줄 알게 되면 오른손으로 먹도록 가르치고, 말할 줄 알게 되면 남자는 유
唯, 여자는 유兪라고 대답하게 가르친다. 남자는 가죽주머니를 차고, 여자는 비단주
머니를 차게 가르친다."

유唯나 유兪나 모두 '네'라는 대답인데다 소리도 비슷하지만, 유唯는 발음이 곧고,
유兪는 발음이 완곡하다.

12) 「내칙」 원문에는 "일곱 살이 되면 남녀가 자리를 같이하지 않고, 밥도 같이 먹지 않는
다"고 하였다. 여기서 "남녀칠세부동석男女七歲不同席"이란 말이 나왔다

13) 열 살까지는 남자와 여자에 대한 가르침이 함께 설명되다가, 열 살부터는 남자만 먼
저 설명된다. 남자가 일흔이 되어 벼슬에서 은퇴할 때까지의 몸가짐을 가르친 뒤에
여자가 열 살 때부터 배울 것을 설명하는데, 남자의 경우는 첫 구절부터가 여자와 다
르다. "남자는 열 살이 되면 집 밖으로 나가서 스승에게 찾아간다"고 하여, 집 밖에 나
가지 못하고 집안에서 살림이나 배우게 했던 여자의 경우와는 전혀 다르게 가르쳤던
것이다.

14) 숲 속의 잔 나무 베고

들판에서 사슴을 잡아,

흰 띠풀로 싸매주니

아가씨 옥처럼 아름다워라.

林有樸樕　野有死鹿

白茅純束　有女如玉

—『시경』 소남 「야유사균」野有死麕

장우벽 張友璧

장우벽의 자는 명중明仲이고 호는 죽헌竹軒인데, 고려 태사 정필貞弼의 후손이다.

남달리 뛰어났으며, 효성과 우애로 이름났다. 읽고 외우기를 일삼지는 않았지만, 이따금 글을 지으면 뛰어나고도 아담해서 읊을 만했다. 일찍이 아들에게 훈계하였다.

"비록 반고班固[1]와 양웅揚雄[2]의 재주가 있고 조정 고관의 귀함이 있더라도, 명분의 가르침에 모자람이 있으면 세상에 설 수가 없다."

음덕陰德[3]으로 통례관通禮官[4]이 되었지만, 채 1년도 못 되어서,

"어버이가 안 계시는데 녹봉은 받아서 무엇하겠느냐?"

라며 벼슬을 내버리고 떠나갔다. 산수간에 마음을 쏟아, 언덕 하나 골짜기 하나까지도 지나다녔다고 한다.

음률에도 밝아서 스스로 가요 박자를 맞추는 매화점梅花點[5]을 만들었으니, 관현管絃을 다루는 옥척玉尺이다. 날마다 인왕산에 올라가 맘껏 노래를 부르다가는 돌아왔는데, 사람들이 그

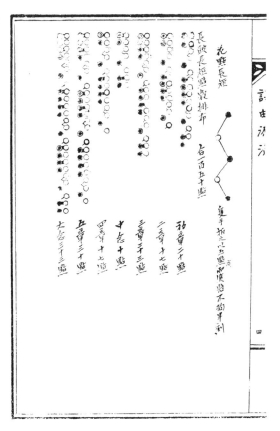

『가곡원류』에 설명된 매화점 장단

곳을 가리켜 가대歌臺라고 불렀다.

　나이 여든이 되어 집에서 죽었다. 서벽정栖碧亭 서쪽에 단풍나무 한 그루가 있는데 드리운 그늘이 몇 이랑이나 되었다. 서울 안에서도 구경거리로 이름난 단풍숲이었는데, 우벽이 어렸을 때 손수 심은 것이다.

그의 손자 창昶이 나에게 시를 지어달라고 부탁해서 바위에 새겼다.

이에 찬을 붙인다.

"금金 · 석石 · 사絲 · 죽竹 · 포匏 · 토土 · 혁革 · 목木[6]이 매화 오점五點으로 모여들었네. 귀신의 생각으로 이룬 게 아니라면, 이처럼 지극할 수가 없네. 소화昭華[7] 피리에 견줄 만하니, 그 쓰임이 넓기도 해라. 수레와 수풀까지도 다만 장난거리였을 뿐이네."

— 조희룡 『호산외기』

---

1) 한나라의 역사가. 20년에 걸쳐 『한서』漢書를 지었는데, 다 못 마치고 옥에서 죽자, 그 누이 반소班昭가 이를 마무리했다.

2) 한나라 학자인데, 『태현경』太玄經과 『양자법언』揚子法言을 지었다.

3) 공신 또는 당상관의 자손을 과거에 의하지 않고 낮은 관리로 채용하기도 했다. 음덕에 의해 벼슬을 얻으면 그 아들도 간단한 시험에 의해 관리가 되거나 녹사綠事가 되었다.

4) 통례원은 나라의 의식을 맡아보던 관청이다. 그 직원은 의식의 순서를 적은 글인 홀기 笏記를 잘 불러야 하므로, 목청이 좋은 자를 뽑았다.

5) 가곡 장단의 기본이 되는 장단 점수點數이다. 가곡의 반 장단을 북편을 의미하는 음점 陰點 셋, 채편을 의미하는 양점陽點 둘로 표시한 특수한 형태의 장단이다. 점 다섯 개를 벌려놓은 모습이 마치 매화 다섯 잎을 닮았다고 하여 '매화점'이라 했다. 『가곡원류』, 『해동악장』, 『시조유취』 등의 가집에 나온다.

6) 여덟 가지 재료로 만든 여덟 가지 악기인데, 종鐘 · 경磬 · 거문고絃 · 피리管 · 생황 · 훈壎 · 북 · 축어柷敔이다.

7) 순임금 때 서왕모西王母가 옥으로 만든 소화의 옥피리를 바쳤다. 옥피리의 길이는 두 자 세 치였고, 구멍은 스물여섯이었다. 피리를 불면 수레와 말, 숲이 차례로 보였다가, 불기를 쉬면 보이지 않았다. '소화지관 昭華之管'이라고 새겼다.

손봉사 孫瞽師

손봉사는 점 치는 데는 손방이면서 가곡歌曲은 잘했다. 우리나라의 우조羽調[1]나 계면조界面調[2] 장단長短 고저高低 24성聲에 두루 통달하였다.

날마다 길거리에 앉아서 큰 소리 가느다란 소리로 노래를 불렀는데, 바야흐로 절정에 이르면 청중이 담같이 두르고 던지는 엽전이 비 같았다. 손으로 쓸어보아 100전쯤 되면 곧 일어나 가면서 말했다.

"이 정도면 한 번 취할 밑천은 되겠군."

역사에 나오는 사광[3]같이 눈 찔러 봉사인가.
동방 가곡 24성에 통달하였네.
가득 모여 백전 되면 술에 취하여 가니
점쟁이 엄군평[4]을 어찌 부러워하랴.

史傳師曠刺爲盲　歌曲東方卄四聲

滿得百錢扶醉去　從容何必羨君平

— 조수삼 『추재집』 기이 紀異 「손고사」孫瞽師

---

1) 우羽는 우리말 '웃上'을 음차한 용어이니, '높은 조調'라는 뜻이다. 가곡이나 풍류와
   비슷한 선율을 우조라 부르고, 육자배기 · 남도무가南道巫歌 · 시나위와 비슷한 선율을
   계면조라 불렀다. 판소리나 산조의 우조는 가곡의 우조와 비슷하여, 장중하고 꿋꿋한
   느낌을 준다. 판소리에서 예를 들면 「춘향가」의 적성가 첫대목, 신년맞이 대목, 「적벽
   가」에서 삼고초려 첫대목 등이다.
2) 향악에 널리 쓰이는 선법旋法의 하나인데, 슬프고 처절한 곡조이다. 이익은 『성호사
   설』에서 "계면이라는 것은 듣는 자가 눈물을 흘려 그 눈물이 얼굴에 금을 긋기 때문에
   붙여진 이름이다"라고 설명했다. 『해동가요』에서는 "서글프게 흐느낀다"고 설명했으
   며, 『가곡원류』에서도 "애원처창哀怨悽愴하다"고 설명했다.
3) 춘추시대 진晉나라 음악가인데, 귀를 예민하게 하기 위해서 스스로 눈을 찔렀다고 한다.
4) 한漢나라 때 이름난 점쟁이였는데, 복채가 100전만 생기면 곧 술을 마셨다.

송실솔宋蟋蟀

송실솔은 서울의 가객歌客이다. 노래를 잘 불렀는데, 특히 「실솔곡」을 잘 불러서 '실솔'蟋蟀[1]이라는 이름으로 날렸다.

실솔은 젊을 때부터 노래를 배웠다. 소리가 트인 뒤에는 급한 폭포가 쏟아져 웅장하고 시끄러운 곳에 가서 날마다 노래를 불렀다. 그렇게 한 해가 지나자, 노랫소리만 남고 폭포 쏟아지는 소리는 들리지 않았다. 또 북악산 꼭대기에 가서 까마득히 높은 곳에 기대어 정신없이 노래를 불렀는데, 처음에는 소리가 갈라져서 모아지지 않았다. 그러다가 한 해가 지나자 회오리바람도 그의 소리를 흐트러뜨리지 못했다.

이때부터 실솔이 방에서 노래하면 소리가 들보에서 울리고, 마루에서 노래하면 소리가 대문에서 울렸다. 배에서 노래하면 소리가 돛대에서 울리고, 시냇가나 산속에서 노래하면 소리가 구름 사이에서 울렸다. 징을 치듯 굳세고 구슬같이 맑았으며, 연기가 날리듯 가냘프고 구름이 가로걸리듯 머물렀다. 철 맞은 꾀꼬리같이 자지러졌다가, 용이 울듯 떨쳤다.

그의 소리는 거문고에도 알맞고, 생황에도 알맞았으며, 퉁소에도 알맞고, 쟁筝에도 알맞았다. 그 묘함을 극치에 이르게 하여 남김이 없었다. 그가 옷깃을 여미고 갓을 바로 쓴 모습으로 사람 많은 자리에 가서 노래를 부르면, 듣는 이들은 모두 귀를 기울이고 허공을 바라보며 노래를 부르는 사람이 누구인지 알지 못했다.

당시에 서평군西平君 공자 표標[2]는 부유하고 협객인데다 천성이 음악을 좋아했는데, 실솔의 노래를 듣고 기뻐하여 날마다 함께 놀았다. 실솔이 노래할 때마다 공자는 반드시 거문고를 뜯으며 스스로 어울렸다. 공자의 거문고 또한 한 시대의 묘한 솜씨였으므로, 서로 만난 것은 매우 즐거운 일이었다.

공자가 한번은 실솔에게 이렇게 말했다.

"너는 내가 거문고로 따라가지 못해, 반주할 수 없게 만들 수 있느냐?"

실솔이 곧 소리를 길게 빼며 「후정화」後庭花 곡조로 「취승곡」醉僧曲[3]을 불렀다. 그 노래는 이렇다.

장삼을 잘라내어 미인의 속옷 짓고
염주를 끊어내어 나귀 고삐 만들었네.
10년 공부 나무아미타불
어디 가서 살까. 저리로 가자.

노래가 3장으로 막 바뀌자, 갑자기 '땅!' 하고 중의 바라 소리를 냈다. 공자가 급히 술대를 빼서 거문고의 배를 두들겨 노래에 맞췄다. 실솔은 또 낙시조樂時調[4]로 바꿔 노래하며「황계곡」黃鷄曲을 불렀다.

> 벽에 그린 황계 수탉이
> 긴 목을 늘어뜨리고
> 두 나래 탁탁 치며
> 꼬끼오 울 때까지 놀아보세.

라는 아랫장에 이르자, 곧바로 꼬리 끄는 소리를 내고는 한바탕 껄껄 웃었다. 공자는 한참 궁성宮聲을 뜯다 각성角聲을 울다 정신없이 여음餘音을 고르다, 뚱땅뚱땅 미처 응하지 못해, 자기도 모르게 손에서 술대가 떨어졌다. 공자가 물었다.

"내가 정말 따라가지 못하겠다. 그런데 네가 처음에 바라 소리를 내고는 또 한바탕 껄껄 웃었으니, 무슨 까닭이냐?"

실솔이 대답했다.

"중이 염불을 마치면 반드시 바라로 끝을 맺고, 닭 울음이 끝나면 꼭 웃는 것 같지요. 그래서 그랬답니다."

공자와 여러 사람이 모두 크게 웃었다. 그의 우스갯소리가 또한 이러했다.

공자가 음악을 좋아했으므로, 이세춘李世春·조욱자趙煜子·지봉서池鳳瑞·박세첨朴世瞻 같은 당대의 가객들이 모두 날마다 공자의 문하에서 노닐며 실솔과 사이좋게 지냈다. 세춘이 모친

상을 당하자 실솔이 무리들과 함께 가서 조문했는데, 문에 들어서면서 상주의 곡소리를 듣고 말했다.

"이건 계면조界面調일세. 평우조平羽調[5]로 받는 게 마땅하지."

영전에 나아가 곡을 하니, 곡이 노래 같았다. 들은 사람들이 모두 서로 전하며 웃었다.

공자는 집에 악기를 다루는 종 열댓 명을 길렀으며, 희첩姬妾들도 모두 노래와 춤을 잘했다. 악기를 다루며 즐거움을 20여 년 맘껏 누리고 세상을 마쳤다. 실솔의 무리도 또한 모두 몰락해 죽었다. 박세첨만이 아내 매월梅月과 함께 지금까지도 북악산 아래 살고 있다. 이따금 술에 취하면 노래를 그치고 사람들에게 공자와 예전에 놀던 이야기를 하면서, 흐느끼고 탄식하기를 마지 않았다.

— 이옥 「가자송실솔전」歌者宋蟋蟀傳

1) 우리말로는 귀뚜라미이다.
2) 서평군은 『영조실록』에 자주 나오는 영조의 근친인데, 이름이 요橈로 실려 있다.
3) 술 취한 중을 희화한 노래인데, 『진본 청구영언』에 실린 노래는 이렇다.
   "장삼 뜯어 중의 적삼 짓고, 염주 뜯어 당나귀 밀밀치고, 석왕세계 극락세계 관세음보살 남무아미타불 10년공부도 네 갈 데로 니거스라. 밤중만 암거사 품에 드니 염불 경 없어라."
4) 원래 '낮은 시조'라는 뜻이었지만, 영·정조시대에는 주로 사설시조를 얹어 부르는 선법으로 바뀌었다.
5) 평조에다 우조를 합한 선법 같은데, 확실치 않다.

남학南鶴

남학은 서호西湖[1] 막수촌莫愁村[2]에 사는 사람인데, 노래를 잘 불렀다. 그런데 남학의 노래는 벽을 사이에 두고 들어야지, 그의 얼굴을 보면서 들으면 안 된다. 남학이 비록 노래는 잘 불렀지만, 생김새가 몹시 추했기 때문이다. 얼굴은 방상方相[3] 같고, 눈은 난장이 같았으며, 코는 사자 코 같고, 수염은 늙은 양의 수염 같았다. 눈은 미친 개의 눈 같고, 손은 엎드려 있는 닭의 발 같아서, 그가 마을에 나타날 때마다 갑자기 아이들이 모두 울며 자빠지곤 했다.

그러나 그의 노래는 아주 맑고도 곱고 부드러웠으며, 여자 목소리를 잘 내는 것이 장기였다. 부채를 들어 세 번 치고 변조變調로 신성新聲을 뽑아내면, 마치 밝은 달이 떠 있는 높은 다락에서 벽옥소碧玉簫를 불어 암봉새의 울음소리를 닮은 듯하였다. 미풍이 부는 화창한 날에 어린 꾀꼬리가 살구나무 꽃가지 위에서 지저귀는 듯했고, 열여섯 살 낭자가 수양버들 늘어진 다리 어귀에서 나그네를 전송하는데, 술은 다 떨어지고 사람이 떠나려 하자

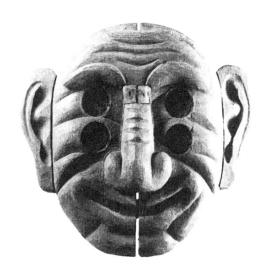

방상시탈. 중요민속자료 제16호이다.(국립민속박물관 소장)

치마를 잡고 우는 듯하였다. 한밤중 술에서 깨어나 미풍이 처마 끝 유리로 된 풍경을 두드리는 소리를 듣는 것 같기도 했다. 벽 너머에서 들으면 사람들로 하여금 혼이 흔들리고 마음에 격동하여, 마치 세상에 보기 드문 미인을 만나 그 아름다운 모습을 보는 것 같게 하였다. 그런데 마주하고 들으면, 참으로 이 사람이 어떻게 이런 소리를 낼 수 있는지 알지 못하게 된다.

남학이 스스로 말했다.

"언젠가 다방골[4] 김씨와 노닐었는데, 김씨가 나를 여자로 변장시켜 어두운 방에 놓아두고, 촛불을 켜지 않은 채 기생들을 속였다. 기생들이 내 목소리를 사모하여 모두 무릎을 가까이 대고 둘러앉아 내게 손수건을 건네주면서, 친자매같이 아주 은근히 대하였다. 계면조界面調「후정화」後庭花 20여 곡을 부르고 나서, 김씨가 갑자기 마루에 가득한 촛불을 내게 비췄다. 그러자 모두 깜짝 놀라서 소리치며 기막혀 했고, 반 시간이나 멍하니 앉았다가 일어나 우는 자도 있었다."

그래서 많은 사람들이 크게 웃었다.

남학과 같은 시대에 귀엽貴葉이라는 기생도 또한 남자의 목소리를 잘 냈다고 한다.

— 이옥李鈺「청남학가소기」聽南鶴歌小記

---

1) 조선시대 한강의 이름이 지역별로 달리 불렸는데, 상류부터 동호東湖·한강漢江·용강龍江·서강西江(또는 西湖)·양천강陽川江·조강祖江 등으로 나뉘어 불렸다. 서호西湖는 한강의 서쪽 지역이니, 지금의 마포 일대이다.

2) 막수는 중국 남조南朝 시대에 노래를 잘 불렀던 여인의 이름이다. 석성石城(지금의 호북성 종상현) 서쪽에 막수촌이 있었다고 하니, 혹시 서강 일대에 모여 살았던 예인藝人들의 마을을 가리키는 듯도 하지만 확실치 않다. 석성이나 막수는 악부의 제목으로도 많이 쓰였다.

3) 고대 중국에서 역귀疫鬼를 쫓을 때에 사용했던 귀신상인데, 우리나라에서도 나례儺禮 때에 사용하였다.

4) 한성부 남부南部에 속한 광통방廣通坊 일대인데, 지금의 다동과 무교동에 걸쳐 있던 마을이다. 장사하는 사람이나 부자들이 살아, 기생들이 많이 드나들었다.

김시경 金時卿

올해 9월 14일날 갑자기 한 종놈이 와서 말했다.

"시한재是閑齋 주인옹께서 와주십사고 청하였습니다."

나는 '그러마' 대답하고 곧 지팡이를 짚고 시한재를 찾아갔다. 시한재 뜨락 가에 소나무와 대나무가 서로 비추고, 땅에 가득한 노란 국화 향기가 사람들의 옷에 스며들었다.

주인옹(김순간)은 왼쪽에 그림, 오른쪽에 글씨를 걸고 중당에 앉았는데, 맛있는 안주와 술을 차리고 손님들에게 권하며 이야기를 나누었다. 내가 마루에 올라 안부 인사를 마친 뒤에 술잔을 잡고 좌우를 살펴보니, 대나무 침상 부들자리 위에 두 사람이 앉아서 바둑을 두는데, 바둑돌을 놓는 소리가 똑똑 들렸다. 왼쪽에 용모가 단정한 사람은 사형詞兄 이효원李孝源이고, 오른쪽에 점잖게 차려입은 사람은 원외員外 최윤창崔潤昌이었다.

술동이 앞에 한 사람이 있었는데, 떠도는 분위기로 걱정스럽게 앉아서 춤추는 듯한 손으로 거문고를 탔다. 거문고 소리가 고요하고도 맑았는데, 은연중에 높은 하늘 신선들의 패옥 소리가 들렸다. 이 사람이 바로 세상에 이름난 금객琴客 이휘선李輝先이었다.

그 곁에 한 소년이 또한 거문고를 껴안고 마주앉아, 그 곡조와 어울리게 함께 연주하였다. 소리소리 가락가락이 손 가는 대로 서로 어울렸다. 길고 짧고 높고 낮은 가락이 마치 둘로 쪼갠 대쪽이 하나로 합치듯 하였으니, 묘한 솜씨가 아니라면 어찌 이와 같이 할 수 있으랴. 이 사람이 바로 전 사알司謁 지대원池大源이었다.

두 거문고 사이에 한 사람이 의젓하게 앉아서 신나게 무릎을 치며 노래를 불렀다. 노랫소리가 두 거문고 소리와 어울려서 그 소리가 구름 끝까지 꿰뚫었으니, 듣는 사람으로 하여금 자기도 모르게 손발이 춤추게 하였다. 노래를 부르는 이 사람은 누구던가? 당시에 노래를 가장 잘 부르던 김시경(이름은 묵수默壽)이었다. 창가에서는 한 사람이 호탕하게 노숙한 자세로 술에 몹시 취하여 상에 기대어 앉았는데, 거문고 가락과 가곡을 평론하던 이 사람은 전회典會 유천수劉天受였다.

책상 위에 붓과 벼루를 마련하고, 그 곁에다 한 폭의 커다란 종이를 펼친 채, 하얀 얼굴의 소년이 베옷에 가죽띠 차림으로 붓을 쥐었다. 이 자리의 모습을 그리는 이 사람은 윤숙관(尹叔貫)[1]이었다.

— 마성린 「시한재청유설문」是閑齋淸遊說文

■ 마성린馬聖麟(1727~98 이후)은 서울에서 대대로 호조와 내수사의 아전을 해오던 집안에 태어나, 인왕산 일대에서 서사西社·백사白社·구로회九老會 같은 평민시인들의 모임을 후원했다. 그의 문집인 『안화당사집』安和堂私集 뒷부분에 그 자신이 엮은 「평생우락총록」平生憂樂總錄이 실려 있어, 당대 평민 예술가들의 생장지와 교육관계 및 모임터를 보여준다. 그는 16세에 여러 친구들과 함께 유괴정사柳槐精舍에서 글씨 공부를 했다. 유괴정사는 인왕산 필운대 아래 적취대積翠臺 동쪽에 있었는데, 첨지 박영이 살던 곳이다. 서울의 예술가들이 이곳에 모여 예술활동을 했는데, 마성린은 어린 나이에 선배들과 함께 어울리던 기억을 이렇게 기록했다.

"매번 꽃이 피고 꾀꼴새가 우는 날이거나 국화가 피는 중양절에 일대의 시인·묵객·금우琴友·가옹歌翁이 이곳(유괴정사)에 모여 거문고를 뜯고 피리를 불거나, 시를 짓고 글씨를 썼다."

위의 『청유첩』은 그가 52세 되는 1778년 9월 14일에 평민시인 김순간金順侃의 집인 시한재是閒齋에 모여 국화꽃을 구경하며 시를 지으려고 찾아갔더니, 뜻밖에 금사琴師·가객·화원 등이 약속도 없이 찾아왔기에 밤새도록 촛불을 밝혀놓고 시와 노래, 글씨와 그림을 즐겼던 기록이다. 이듬해인 1779년 3월에도 필운대 아래에 있는 오씨의 화원花園에서 이러한 모임이 열려, 마성린은 그날의 모임도 『청유첩』으로 엮었다.

---

1) 이 글의 서문에는 숙叔자가 숙淑자로 쓰여 있다.

계섬 桂纖

계섬은 서울의 이름난 기생이다. 본디 황해도 송화현松禾縣의 계집종으로 대대로 고을 아전을 지낸 집안 출신이었다. 사람됨이 넉넉하고 눈은 초롱초롱 빛났다. 일곱 살에 아버지가 죽고 열두 살에 어머니마저 죽자, 열여섯 살에 주인집 구사丘史[1]로 예속되었는데, 창唱을 배워 제법 이름이 났다. 그리하여 권세가의 잔치마당이나 한량들의 술판에 계섬이 없으면 부끄럽게 되었다.

시랑侍郎 원의손元義孫(1726~81)[2]이 그 명성을 듣고 자기 집에 두었다. 10년을 함께 지냈는데, 계섬은 말 한 마디에 의가 상해 바로 인사하고 떠났다.

대제학 이정보李鼎輔(1693~1766)가 늙어 관직을 그만두고 음악과 기예로써 스스로 즐겼는데, 공은 음악을 깊이 이해하여 남녀 명창들이 그 문하에서 많이 배출되었다. 공이 그 가운데 계섬을 가장 사랑하여 늘 곁에 두었는데, 그의 재능을 기특하게 여긴 것이지 사사롭게 좋아한 것은 아니었다.

악보를 보며 교습하여 여러 해 과정을 거치자, 계섬의 노래가 더욱 나아졌다. 창을 할 때에는 마음은 입을 잊고 입은 소리를 잊어, 소리가 짜랑짜랑하게 집안에 울려퍼졌다. 이에 그 이름이 온 나라에 떨쳐져, 지방의 기생들이 서울에 와서 노래를 배울 때 모두 계섬에게 몰려들었다. 학사 대부들이 노래와 시로 계섬을 칭찬한 것이 많았다.

계섬이 이공의 집에 있을 때 원시랑이 매번 이공께 문안을 드리러 와서는 공에게 '계섬이 자기에게 돌아오도록 권해달라' 고 부탁했다. 누차 강요했지만, 계섬은 따르지 않았다. 이공이 죽자 계섬은 마치 아버지의 상을 당한 것같이 곡을 하였다.

그때 궁궐에 큰 잔치가 있어 국局을 설치하고, 여러 기생들이 날마다 국에 모여 연습하였다. 계섬은 국에 오가며, 아침저녁으로 공의 상식喪食을 살폈다. 국이 공의 집에서 멀었기에, 관원들이 계섬의 노고를 가엾게 여겨 말을 빌려 국까지 타고 오게 하였다. 또 계섬이 곡을 하다 목소리를 상할까 걱정하니, 곡도 못하고 훌쩍이기만 하였다.

장례를 마치자 음식을 마련해 공의 무덤에 성묘를 다녔는데, 종일토록 술과 노래와 통곡을 반복하다가 돌아오곤 하였다. 공의 자제들이 그 이야기를 듣고 묘지기를 꾸짖자, 계섬이 크게 한탄하고 그때부터 다시는 가지 않았다. 한량들과 노닐면서 술이 좀 들어가 노래를 하고 나면 눈물을 그치지 못했다.

뒤에 서울의 부자 상인 한상찬韓尙贊과 살았는데, 그의 재산은 엄청났다. 쓰고 싶은 대로 대어주었지만, 계섬은 답답해하며 즐거워하지 않다가 끝내 떠나고 말았다.

나이 마흔 남짓에 문득 부처를 사모하여 산에 들어갈 생각을 하였다. 관동지방에 아름다운 산수가 많다는 이야기를 듣고 비녀와 가락지, 옷을 팔아 정선군旌善郡 산속에 밭을 사서 집을 지었다. 장차 떠나려 하자 예전에 함께 노닐던 서울의 자제들이 다 붙잡았다. 계섬이 술자리를 마련해 즐거움을 함께하며 부드러운 말로 각자에게 이별을 고하다가, 탄식하며 말했다.

"공들께서 제가 떠나는 것을 만류하시는 뜻이 아주 크지만, 생각해보셔요. 제가 아직은 늙지 않아 공들께서 어여삐 여겨주시지만, 늙어 죽게 되면 공들께서도 반드시 저를 버릴 테니, 그때 가서는 후회한들 돌이킬 수가 없습니다. 그러니 제가 지금 늙지 않았을 때에 공들을 버려, 늙어서 공들에게 버림받지 않으려는 것뿐이랍니다."

계섬은 그날로 필마로 떠났다. 산에 들어가 짧은 베치마를 걷어올리고 짚신을 신었으며, 손에 작은 광주리를 들고 나물과 버섯을 캐러 산과 강을 오갔다. 밤낮 불경을 외우며 조용히 살았다.

그때 역적 홍국영洪國榮(1748~80)이 막 권력을 놓고 집에 있으면서 마음껏 놀았는데, 구사丘史를 하사받을 때에 계섬도 거기 끼여 있었다. 문서를 보내 계섬을 오라고 재촉하니, 계섬이 부득이 올 수밖에 없었다. 국영을 따라 잔치에 노니는데, 경대부들이 자리에 가득했다. 계섬이 한 곡을 부르면 그들이 다투어 비단과 돈을 내렸다. 계섬은 지금도 이렇게 말한다.

"그 자들이 어찌 재주를 사랑하고 소리를 감상할 줄 알아서 그랬겠어요. 주인에게 아첨하려는 마음뿐이니, 세상만사가 다 한바탕 꿈이랍니다. 국영의 그때 일은 참으로 가소로워, 지금도 꿈속에서 손뼉을 치며 한바탕 웃는답니다."

국영이 쫓겨나자 계섬도 기적妓籍에서 벗어나, 산속으로 돌아가려 했다. 그때 심용沈鏞(1711~88)이 풍류를 즐겨 계섬의 노래 듣기를 좋아했으므로, 계섬이 따라 노닌 지 또한 오래되었다. 그의 시골집이 경기 서쪽 파주에 있어, 계섬이 드디어 그를 따라 살기로 했다.

그가 살았던 시곡촌柴谷村은 우리 집이 있는 미륵산에서 5리 밖에 떨어져 있지 않았다. 내가 한번 가보았더니, 그는 집 뒷산에 나무를 엮어 울타리를 삼고, 바위를 깎아 섬돌을 만들었다. 대여섯 칸 초가에 창과 방 안이 그윽했으며, 병풍·책상·술동이·그릇 등이 차례로 놓여 있는데 화사하고 깔끔해 볼 만했다. 집 앞에는 조그만 밭을 가꾸어 푸성귀를 심었으며, 마을에 논 몇 마지기를 머슴에게 갈게 해서 그것으로 먹고살았다. 마늘과 고기를 끊고 날마다 방 안에서 불경을 외우며 지내니, 마을 사람들이 보살이라 일컬었다. 스스로도 보살로 살아갔다.

정사년(1797) 여름 내가 우상정雨床亭[3]에서 병을 다스리고 있는데, 하루는 계섬이 나귀를 타고 찾아왔다. 나이가 62세였는데도 머리가 세지 않고, 말이 유창한데다 기운도 씩씩했다. 자신의 평생을 이야기하다, 문득 슬픈 표정을 지으며 말했다.

"제가 50평생을 살면서 세상 물정을 많이 알게 되었습니다. 인간 세상에 즐거움이 한두 가지가 아니지만, 부귀는 거기에 들지 않습니다. 가장 얻을 수 없었던 것은 즐거운 만남이지요. 제가 젊어서부터 이름이 나라에 알려져, 저와 더불어 노닌 이들이 다 한때의 현인과 호걸 들이었습니다. 저들은 호화스런 집과 찬란한 비단으로 제 마음을 맞추려 했지만, 그럴수록 제 마음은 더욱 맞지 않게 되었습니다. 한번 떠나고 나자 결국은 길에 지나가는 사람 같았습니다. 이공께서 일찍이 '지금 세상에는 너만한 남자가 없으니, 너는 끝내 참다운 만남을 이루지 못한 채 죽을 것이다'라고 하셨지요. 이는 그 재주와 현명함이 저만한 이가 없음을 말씀하신 것이 아니라, 만나기 어려움을 말씀하신 것입니다. 그때 저 또한 공의 말씀이 꼭 맞을 거라고 여기지 않았습니다. 그러나 지금 생각해보니, 맞지 않은 게 없습니다.

아! 공은 참으로 신통한 분이십니다. 그러니 제가 무슨 말을 할 수 있겠습니까? 지난 역사를 살펴보더라도, 제대로 만난 이가 몇이나 되던가요? 저는 비록 만나지 못했지만 그래도 떠나서 스스로 즐길 수 있었으니, 그나마 만나지 못하고도 떠나지 못해 끝내 버림까지 받은 자는 어떤 마음이겠습니까? 불교에 삼생육도三生六途[4]의 설이 있으니, 제가 계율대로 수행하면 내세에는 만날 수 있을 것입니다. 그렇지 못하더라도 여래如來에 귀의한 것만으로 족합니다."

계섬은 감정에 복받쳐 울먹울먹하였다. 나 또한 크게 탄식하였다.

아! 옛날의 호걸들이 스스로 그 임금을 만났다 생각하여 부귀 누리기를 그치지 않더니, 끝내 명예는 없어지고 일신은 욕을 당해 천하의 비웃음거리가 되었다. 저들은 이른바 '만났다'는 것이 반드시 '참 만남'이 아니라는 것은 알지 못하고, 결국엔 스스로 죽음을 면치 못하는 데까지 이르렀다. 그러면서도 오히려 배회하고 돌아보면서 차마 부귀를 버리지 못하고, 그것을 잃지 않으려 몸으로 버티면서 두려워했다.

어떤 이는 거의 보전할 듯했지만, 그 몸이 떠나지 않으면 부귀 또한 따라서 잃게 될 것을 전혀 알지 못했으니, 어찌 한탄하지 않으랴! 오직 부귀에 부림당하지 않아야만 그 몸이 자립할 수 있으니, 만나지 못하면 그치고, 만나면 행할 뿐이다. 그러나 만난다 하더라도 참으로 오래 행할 수 없다면, 비록 만나지 못한들 무엇을 근심하랴! 이에 권한은 내게 있는 것이니 왕같이 높은 이일지라도 그것을 빼앗을 수는 없다. 계섬이 "내가 남을 버리지, 남에게 버림받기는 원치 않는다"라고 한 말은 능히 자기를 중히 여기고 남을 가볍게 여기며, 그 이목구비를 가볍게 여기고 그 심지心志를 중히 여겨 가볍게 제어당하는 바가 없으니, 그 또한 어려운 일이라 할 만하다. 그러나 유독 만나지 못한 것에는 한이 없을 수 없어 지금 늙어 백발이 된 뒤에도 잊지 못해 돌아다보니, 만약 계섬에게 참다운 만남이 있었더라면 꼭 그렇게 떠나지는 않았을 것이다.

계섬은 자식이 없었다. 밭을 사서 조카에게 맡겨 그 부모의 제사를 지내게 하고, 자신이 죽으면 화장시켜달라고 하였다. 내가 "함흥 기생 가련이 죽자 그의 무덤에 '관북명기가련지묘'關北名妓可憐之墓[5]라고 표시해준 이가 있어, 지금도 사람들이 길을 가다가 그곳을 가리키며 알아본다."

라고 이야기하자, 계섬이 듣고 기뻐했다. 그러나 잠시 뒤에 탄식하며 말하였다.

"그 일이야말로 참다운 만남이군요."

내가 계섬의 전傳을 지어 우리말로 번역해서 그에게 들려주고는,

"내가 네게는 만남이 아니겠느냐?"

라고 말하며 서로 크게 웃었다.

지난해에 제주도 기생 만덕萬德이 곡식을 내어 굶주림에 빠진 제주도 백성들을 구제하자, 조정에서는 그를 예국隸局의 우두머리 종으로 삼고[6] 금강산 유람까지 시켜주면서[7] 말과 음식을 제공하였다. 그의 전傳을 짓도록 명하여,[8] 규장각의 여러 학사들을 시험하였다.[9] 지난날 내가 제주도에 있을 때[10] 만덕의 이야기를 자세히 들었다.

만덕은 성품이 음흉하고 인색해, 돈을 보고 따랐다가 돈이 떨어지면 떠나는데, 그 남자가 입었던 바지저고리까지 빼앗았다. 이렇게 해서 남자의 바지저고리를 쟁여놓은 것이 수백 벌이나 되었다. 쭉 늘어놓고 햇볕에 말릴 때마다, 고을의 기생들까지도 그에게 침을 뱉고 욕했다. 육지에서 온 상인이 만덕 때문에 패가망신하는 이가 잇따랐다.

만덕은 제주도 최고의 부자가 되었지만, 형제 가운데 음식을 구걸하는 이가 있어도 돌아보지 않았다. 그러다가 섬에 기근이 들자 곡식을 바치고는 서울에 이르러 금강산 구경을 원한 것이

다. 그런데도 그의 말이 뛰어나 볼 만하다고, 여러 학사들이 전을 지어 많이 칭송하였다.

내가 「계섬전」을 짓고 나서 다시 만덕의 일을 이같이 덧붙였다. 무릇 세상의 명名과 실實이 어긋나는 것이 이같이 많음을 혼자 슬퍼하니, 계섬이 말한 '만나고 만나지 못하는 것'이야 말해 무엇하겠는가?

　　— 심노숭 「계섬전」

---

1) 종친이나 공신, 당상관 등에게 배당된 하인인데, 관노비 가운데서 뽑았다.

2) 원의손의 자는 자방子方이고, 호는 모와慕窩인데, 1757년 문과에 급제하여 대사헌·전라감사 등을 지냈다.

3) 심노숭의 아버지 심낙수가 1786년 파주에 마련한 집이다. '우상' 雨床이란 이름은 소동파의 시에서 따왔으며, 표암 강세황·배와 김상숙에게 글씨를 받아 편액했다고 한다.

4) 삼생은 전생·현세·내세이고, 육도는 중생이 윤회하는 지옥도·아귀도·축생도·아수라도·인간도·천상도이다.

5) 함흥 기생 가련의 이야기는 『청구야담』에 실렸고, 이건창이 전傳을 지어주었다. 무덤에 비석을 세워준 사람은 암행어사 박문수라고 한다.

6) 채제공이 지은 전에 의하면 1796년 가을에 만덕을 내의원內醫院 의녀醫女로 삼아, 모든 의녀의 우두머리가 되게 했다고 한다.

7) 『정조실록』 권45, 20년 12월 병인조에 이 기사가 나온다.

8) 채제공이 지은 전傳이 남아 있는데, 만덕의 성은 김씨金氏이며, 1795년에 굶주린 백성을 구제하고, 1796년에 서울에 들어왔다. 1797년에 금강산 유람을 떠나고, 그해 하지에 채제공이 만덕의 전을 지었다.

9) 이가환·박제가 등이 그를 전송하는 시를 지었다.

10) 심노숭은 1794년에 제주목사로 있던 아버지를 찾아가 넉 달 동안 그곳에 머물렀다.

유송년 柳松年

유송년의 자는 기경蓍卿인데, 노래를 잘 부른다고 장안에 이름이 났다.

송년이 밤에 노래를 부르며 종로 거리를 지나가는데, 한 거지가 거적 속에 누워서 물었다.

"당신이 지물전 나행수羅行首 어른이슈?"

"아닐세."

"그럼, 중부中部 조부장趙部將님 아니슈?"

"아니야."

"그러면 반송방盤松坊 유수재柳秀才시군."

송년의 노래는 대개 서울에서 셋째로 꼽혔으니, 그 거지도 또한 노래를 잘하는 자였다.

송년의 집안은 대대로 유학儒學에 힘썼고, 여러 종형제들도 문학으로 세상에 이름났다. 송년만 한량으로 놀이판에서 놀았으므로, 형제들이 모두 천하게 여겨 버린 놈으로 쳤다. 송년은 그럴수록 경박하게 놀기를 좋아해, 집이 원래 부유했지만 나날이 몰락해갔다.

성천成川의 기악妓樂은 관서關西에서도 으뜸이었다. 그곳 기생의 법에, 쌀 40석을 내면 마음대로 기생 한 명을 골라서 놀게했는데, 아무리 오래 놀아도 관계없었다.

송년은 재령載寧에 값이 천여 냥 되는 땅이 있었는데, 그것을 팔아서 기생 법대로 쌀을 보내고 날짜를 잡아 성천으로 갔다. 여러 기생들이 술과 풍악을 벌여 손님을 맞았다. 늙은 기생이 주인이었는데, 젊은 기생들이 곱게 꾸미고서 손님을 모셨다. 대청에 투호投壺를 설치하고, 좌우에는 의자를 벌여놓았다.

송년이 가벼운 옷차림으로 여러 손님들을 따라 들어가자, 기생들이 저마다 추파를 보내며 마음을 끌었다. 송년이 곧바로 오른편 의자에 앉아서 붉은 화살을 손에 쥐고 좌우를 둘러보며 흐뭇해하다가, 마음에 드는 기생 하나를 가리켰다. 그러자 그 기생이 스스로 몸을 일으켜 송년과 함께 투호 놀이를 했다.

술이 반쯤 오르자, 송년이 소매를 떨치고 노래를 불렀다. 성조聲調가 높아지자 여러 기생들이 풍악을 멈추고 경탄하였다. 처음 듣는 절창이라면서, 송년이 지목한 기생 보기를 마치 하늘에 오른 선녀만큼 여겼다. 송년이 그 기생의 치장에 수백 냥을 들였고, 말과 하인, 길에서 술값과 밥값으로 쓴 돈도 또한 수백 냥이었다.

선천宣川의 가객 계함장桂含章도 노래의 명인이었는데, 송년이 그를 끼고 관서 일대를 유람하였다. 산수 좋은 곳에 이를 때마다 기생이 거문고를 뜯고, 송년과 함장은 어울려 노래를 불렀다. 몇 년 사이에 송년의 노래가 크게 이루어져 스스로 무적이라 자부하였고, 관서의 젊은이들이 모두 흠모해 마지않았다.

이윽고 돈이 떨어지자 기생과 가객 들도 모두 흩어져, 그제서야 집으로 돌아왔다. 집은 이미 주인이 바뀌었으며, 아내와 자식들은 모두 굶주리고 있었다. 송년이 술김에 사람을 다치게 해, 어머니와 아내를 이끌고 포천抱川으로 달아났다. 그곳에서 풍수風水를 팔아 먹고살았다. 포천에는 글 짓는 선비가 많아, 그의 노래를 좋아하는 선비들이 가끔 술자리를 마련해 그를 불렀다.

송년이 이미 가난하고 늙어 몸 붙일 곳조차 잃게 되자 노래가 더욱 비장해져, 늦가을 깊은 밤마다 목을 놓아 노래를 불렀다. 사람들이 모두 한숨을 쉬었으며, 눈물을 흘리기도 했다.

　　―『해총』海叢 제4책 성대중成大中 「유송년전」

추월 秋月

추월은 공주 기생이다. 가무歌舞와 자색姿色으로 뽑혀 상방尙方[1]에 들어갔는데, 이름이 가장 높았다. 풍류객들이 다투어 흠모했으며, 수십 년 동안 번화한 곳에서 이름을 날렸다. 그가 늙은 뒤에, 자기 평생에 세 가지 우스운 일이 있었다고 말하곤 했다.

[1]

이 판서 댁에서 피리와 노랫소리가 요란했다. 잡가를 부르는데 가야금 줄은 급히 구르고 소리가 한참 고조될 무렵 한 재상이 들어왔다. 용모가 단정한데다 눈도 옆으로 굴리지 않아, 정인군자正人君子인 줄 알 수 있었다. 그가 주인 대감과 인사를 나누더니, 이어 노래를 시켰다. 실컷 마시고 자리가 끝났는데, 금객琴客 김철석金哲石 · 가객 이세춘李世春 · 기생 계섬桂蟾과 매월梅月 등이 함께 있었다.[2]

며칠 뒤에 한 하인이 와서 "아무개 대감이 여러분을 부르니,

급히 오라"고 하여, 가객·금객과 여러 기생 들이 따라갔다. 가보니 전날 이 판서 댁에서 보았던 그 대감이었다.

대감은 자리를 벌이고 단정히 앉아 있었다. 일행이 문안을 마치자 대청으로 올라오게 하더니, 좋은 낯빛으로 아랫사람을 대하려는 게 아니라 곧바로 명령했다.

"노래를 불러라."

비록 흥이 나지 않았지만 마지못해 노래를 불렀다. 초장初章에서 다음 장으로 넘어가 곡이 미처 끝나지 않았는데, 대감이 잔뜩 노한 기색이었다. 모두 아래로 끌어내리게 하더니, 거친 음성으로 꾸짖었다.

"너희들이 전날 이 판서 댁 자리에선 풍악이며 노래가 시원해서 들을 만하더니, 지금은 소리가 낮고 가는데다 느즈러졌으니 싫어하는 빛이 완연하구나. 흥취가 하나도 없으니, 내가 음률을 모른다고 해서 그러는 것이냐?"

추월이 영리해서 얼른 눈치를 채고 변명했다.

"자리가 처음 시작된 참이라서 소리가 우연히 낮게 나왔습니다. 죄송, 죄송합니다. 다시 기회를 주시면 구름을 뚫고 들보를 흔드는 소리가 금방 울리도록 해보겠습니다."

대감이 특별히 너그럽게 용서를 베풀어 다시 부르게 했다. 가생과 가객·금객 들이 서로 눈짓하고 자리에 들어가, 대뜸 우조羽調로 잡사雜詞를 시작했다. 큰 소리로 높이 불렀는데, 어지럽게 부르고 잡스럽게 화답해 도무지 곡조가 아니었다. 대감이 몹시 좋아하여, 부채로 책상을 치며 외쳤다.

"좋구나! 좋아. 노래란 마땅히 이래야 할 게 아니냐?"

노랫소리가 조금 주춤해져 잠시 숨을 돌리자, 술과 안주를 내어 대접했다. 시원찮은 술에 마른 포脯뿐이었다. 술을 다 마시자 곧바로 "그만 가보라"고 했다. 그래서 하직하고 돌아왔다.

[2]

한 하인이 찾아와서 성화를 댔다.

"우리 집 나으리께서 불러오랍신다."

그래서 추월도 금객·가객 들과 함께 따라나섰다. 동대문 밖 연미동3)에 초가집이 있었는데, 사립문에 들어서자 단칸방에 마루도 없이 토방 위에 초석草席 한 닢이 깔렸을 뿐이었다. 그 위에 앉게 하더니, 거문고를 타고 노래를 부르게 했다.

주인은 다 떨어진 도포에 찌그러진 차림인데, 생김새마저 밉살스럽게 보였다. 탕건을 쓰고 시골 손님 몇 사람과 방 안에 마주앉아 있었는데, 벼슬도 음관蔭官4)이었다. 노래 몇 곡을 부르자 주인이 손을 내저으며 그만두게 하였다.

"별로 들을 게 없구나."

막걸리 한 잔씩 돌리고는, 다 마시자 "그만 가보라"고 했다. 그래서 하직하고 돌아왔다.

[3]

여름날 세검정 잔치에 갔는데, 재자才子와 명사 들이 구름같이 모여들었다. 맑은 시냇물에 닦인 돌 사이에 술상이 차려 있었다.

노래와 춤판이 펼쳐지고, 구경꾼들이 담같이 둘러섰다. 옷차림이 초라하고 생김새도 삐쩍 마른 한 촌사람이 있었는데, 마치 거지의 행색 같았다.

그가 멀찍이 연융대錬戎坮 아래서 추월을 뚫어지게 바라보았다. 추월이 이상하게 여기자, 그 사람이 손짓해 불렀다. 추월이 가서 보자, 그 사람이 말했다.

"나는 창원昌原의 상납上納 아전일세. 자네의 향기로운 이름을 익히 들었는데, 지금 만나보니 과연 명불허전名不虛傳일세."

그러더니 뒤춤을 더듬어 돈 한 꿰미를 꺼내어 건네주었다. 추월이 마음속으로는

"천하의 바보 사내가 너로구나."

하고 비웃었지만, 겉으로는 부드러운 얼굴로 거절했다.

"명분없는 물건을 어찌 받겠습니까? 특별히 주시는 뜻은 감사하오나, 받지 않아도 받은 것과 다름없습니다."

그 사람은 기어이 주려고 했지만, 받지 않았다. 그러고는 입을 가리며 돌아섰다.

재상의 몰풍류沒風流와 음관蔭官의 무취미, 시골 아전의 어리석음, 이것이 내 평생 잊지 못할 일이라고 했다.

　　―『청구야담』권2「추기임로설고사」秋妓臨老說故事(버클리 대학 극동도서관 소장본)

1) 임금의 의복을 지어바치고 대궐 안의 재물과 보물을 맡아보던 상의원尙衣院의 별칭인 데, 대한제국 광무 9년(1905)에 상방사尙方司로 고쳤다.

2) 임형택 교수는 김철석의 친구인 광문廣文이 영조 40년(1764)에 역모에 연루되었던 사 실을 들어, 추월의 활동시기도 그즈음으로 보고 있다. 『실사구시의 한국학』(창작과비 평사, 2000년) 239쪽.

3) 연미정동燕尾亭洞이라고도 하는데, 서울 동대문 밖 관왕묘關王廟 부근 동망봉東望峰 밑에 있던 마을이다.

4) 과거를 거치지 않고 부조父祖의 공으로 얻은 벼슬. 남행南行이라고도 한다.

왕석중 王錫中

왕석중의 자는 잊었는데, 헌종 때 사람이다. 고려 왕실의 먼 자손으로, 성균 생원 윤각允愙의 아들이다. 젊어서 여러 유생들을 따라 산속 절간을 찾아다녔는데, 어찌 그가 노래를 잘 부르는 것을 알았으랴?

하루는 그가 헌의軒衣[1]를 입고 소매를 떨치며 얼굴을 매만지고 나아가, 스스로 박자를 맞추며 스스로 노래를 불렀다. 그러자 여러 유생들이 모두들 연참鉛槧[2]을 손에서 놓았다. 오랫동안 귀 기울여 듣느라고 학업을 놓치는 적도 많아, 종종 서로 경계하며 이끌고 갔다.

석중은 천성적으로 음에 밝고 소리 또한 몹시 맑아, 남의 노래를 한번 들으면 물러나 곧장 전수받았다. 일찍이 스승을 통해 배운 적은 없었다. 한번은 어떤 가객이 개성을 지나다가 석중의 노래를 듣고,

"잘한다!"

하더니, 잠시 뒤에

"아쉽구나! 천부적인 소질이 있건만 인공人工에 이르지 못한 게 있구나."

하였다. 그러고는 그를 대신해 노래 부르며, 그더러 살펴 들으라고 했다. 그러자 반도 채 부르기 전에 석중이 말하였다.

"이제 알았습니다."

그 가객의 노래에 맞춰 퉁소로 반주했는데, 눈물이 떨어지며 옷을 적신 게 비가 오는 것 같았다.

— 김택영 「가자 왕석중전」歌者 王錫中傳

■ 갑신년(1884)에 지은 글이다.

---

1) 헌상軒裳이라고도 하는데, 선비나 대부의 옷차림이다.

2) 글씨를 연습할 때에 종이 대신에 쓰던 나무판을 참槧이라 했고, 그 위에 글을 쓰거나 지우던 호분胡粉을 연鉛이라 했다. 나중에는 붓과 종이, 또는 문필업까지 연참이라 했다.

금향선 錦香仙

내가 시골집에 있을 때 이천利川 오위장五衛將 이기풍李基豊이 퉁소 「신방곡」神方曲 명창인 김군식金君植으로 하여금 한 가기歌妓를 데려오게 하였다. 그의 이름을 물으니 금향선이라 하였는데, 겉모습이 곱지 않아 상대하고 싶지 않았다. 그러나 당대의 풍류가 지목하여 보냈으므로, 받아들이지 않을 수 없었다.

그래서 아무개 아무개 친구들을 불러 산속 절에 올랐는데, 모두 이 여인을 보고는 얼굴을 가리고 웃었다. 그러나 이미 벌어진 춤판이라 그만두게 할 수 없었다. 그 여인에게 시조時調를 부르게 하자, 그 여인이 단정히 앉아 '창오산붕상수절'蒼梧山崩湘水絕[1] 구절을 불렀다. 그 소리가 애원哀怨하고도 처절悽切해서 구름을 멈추게 하고 들보의 티끌을 날렸다. 자리에 있던 사람 가운데 눈물을 흘리지 않은 이가 없었다. 시조 3장을 부른 뒤에 잇따라 우조와 계면조 1편編을 부르고, 또 잡가雜歌를 불렀는데, 모흥갑牟興甲이나 송흥록宋興祿 같은 명창들의 조격調格보다 못하지 않

「평양성도」 가운데 모흥갑이 판소리 하는 모습

앉다. 참으로 절세명인絕世名人이라 할 만하였다.

자리에서 눈을 씻고 다시 보니 잠시 전의 추악한 모습이 이제는 갑자기 예쁜 얼굴이 되어, 모두 눈길을 모으고 정을 보냈다. 나 또한 춘정을 금하기 어려워, 남보다 먼저 눈길을 보냈다. 외모로 사람을 취하는 것이 아님을 이제야 비로소 깨달았다.

— 안민영『금옥총부』金玉叢部 157번

---

1) 창오산은 호남성 영원현 동쪽에 있는 산인데, 순舜임금이 남쪽을 순행하다가 죽은 곳이다. 순임금의 두 아내 아황과 여영이 남편의 시신을 찾으러 갔다가 끝내 찾지 못하자 몸을 던져 죽은 곳이 상수이다. 이 시조 3장을 현대식으로 고치면 이렇다. "창오산 무너지고 상수 끊어져야 이내 시름이 없을 것을 / 구의봉 구름이 갈수록 새로워라 / 밤중만 월출우동령月出于東嶺하니 님 뵈온 듯하여라."

김일손 金馹孫

[1]

옛사람이 금琴을 많이 지녔던 것은 금이 사람의 성정性情을 다스린다고 생각했기 때문이다. 순임금은 5현絃이었고, 문왕은 7현이었으니, 6현은 옛것이 아니다. 내가 일찍이 들으니

"진晉나라가 칠현금을 고구려에 보내자 국상國相 왕산악王山岳이 그 제도를 더하고 덜어내 육현금을 만들었는데, 지금도 쓰고 있다. 그 거문고를 신라에 전하자 극종克宗이란 자가 곡을 만들어, 평조平調와 우조羽調를 육현금으로 연주했다."

고 한다. 지금도 역시 사용하고 있으니, 육현금은 우리나라에서 또한 오래된 것이다.

계축년(1493) 겨울에 나는 신개지申漑之·강사호姜士浩·김자헌金子獻·이과지李顆之·이사성李師聖 등과 차례로 독서당讀書堂에 있었는데, 책을 읽고 틈이 나면 거문고를 배웠다. 권향지權嚮之도 또한 옥당玉堂에서 이따금 오가며 거문고를 배웠는데, 이렇게 말했다.

"그대들은 옛것을 좋아하면서 어찌 오현금이나 칠현금을 마련해두지 않았는가?"

그래서 내가 말했다.

"지금의 음악도 옛 음악에서 나왔네. 송나라 성리학자 소강절邵康節이 옛날 학자의 옷인 심의深衣를 입지 않으면서 '지금 사람은 마땅히 지금 옷을 입어야 한다'고 말했으니, 나도 그 생각을 따른 것일세."

"왕산악이 처음 육현금을 연주할 때에 검은 학玄鶴이 춤을 추어 현학금玄鶴琴이라고 했는데, 나중에 학鶴이라는 글자를 줄이고 거문고玄琴라고 했네. 거문고 한 장에 학 한 마리가 짝인데, 이 거문고는 외짝일세."

"학은 먹을 것을 생각하지만, 거문고는 먹지 않으며, 학은 욕심이 있지만, 거문고는 욕심이 없으니, 나는 욕심이 없는 쪽을 따르겠네. 그러나 그린 학은 욕심이 없을 테니, 나는 거문고에 학을 그려서 욕심 없는 무리를 따르겠네."

그러고는 용헌慵軒 이거사李居士에게 부탁하여 거문고에 학을 그렸다.

처음에 거문고를 가지고 싶었는데, 그 목재를 구하기 어려웠다. 그러다가 어느 날 동화문東華門 밖에 있는 한 할미의 집에서 적당한 목재를 찾아냈는데, 그 집의 문짝이었다. 그 할미에게 "그 문짝이 얼마나 오래 되었느냐?"고 물었더니, 이렇게 대답했다.

"거의 100년 되었는데, 그 한 짝과 지도리는 부서져 이미 땔감으로 썼습니다."

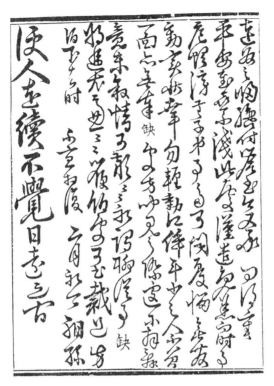

김일손의 글씨

　그 문짝으로 거문고를 만들어 타보았더니 맑게 울렸는데, 그 밑바닥賓池에는 여전히 사립문으로 썼을 때의 못구멍 세 개가 있었다. 이 거문고를 가지고 소리를 들어보았더니, 초미금焦尾琴[1]과 다름이 없었다. 그래서 밑바닥 구멍越 오른쪽에다 명銘을 새겼다.

　만물은 외롭지 않으니

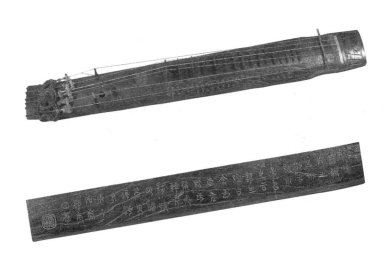

명이 새겨져 있는, 김일손이 타던 거문고

마땅히 짝을 만날진저.
백세에 드물게
혹 꼭 만나기 어렵겠건만,
아아! 이 오동판은
나를 저버리지 않았으니,
서로 기다린 게 아니었다면
누구를 위해 났으랴.

物不孤　當遇匹
曠百世　或難必

噫此桐　不我失

非相待　爲誰出

— 김일손 「서육현배」書六絃背

[2]

　나는 이미 육현금이 서당에 있었지만, 집 안에 또 오현금을 두
었다. 길이는 3척이고, 너비는 6촌이니, 지금의 자를 사용하여
옛 모양을 취한 것이다. 6현에서 1현을 빼어 5현으로 한 까닭은
복잡함을 덜자는 뜻이다. 16괘卦에서 4괘를 빼 12괘로 한 것도
또한 복잡함을 덜어서 12율만 남긴 것이다. 줄을 5현으로 하니,
3현은 괘 위에 있고, 2현은 괘 옆에 있게 되었다. 괘는 오동나무
가운데 위치하여, 한쪽으로 기울거나 너무 바르게 하는 잘못을
저지르지 않게 하였다.

　괘卦는 방언이다. 비록 옛 제도를 다 맞게 하지는 못했지만,
옛것과 그리 틀리지도 않게 하였다. 「남풍」南風[2]을 타자 절절히
태곳적의 소리가 났다. 어떤 손님이,

　"육현금은 서당에 내놓고 오현금은 집 안에 숨겨놓았으니, 무
슨 까닭이 있습니까?"
라고 묻기에, 대답했다.

　"요즘 것은 밖에다 놓아두고, 옛것은 안에다 놓아두려고 한
것입니다."

　— 김일손 「서오현배」書五絃背

[3]

거문고는 나의 나쁜 마음을 금해주니

시렁에 높이 둔 것은 소리를 내기 위해서가 아니다.

琴者禁吾心也　架以尊非爲音也

— 김일손 「금가명」琴架銘

[4]

재목도 아름답고

장인 솜씨도 훌륭해,

줄을 얹어서

내 서당에 올려놓았네.

「남풍가」3)를 퉁기니

순임금 옛소리가 남아 있네.

材之美　匠之良

被以絲　登我堂

撫南薰　有遺響

— 김일손 「오현금명」五絃琴銘

222

[5]

임금이 김일손馹孫에게 전교하였다.

"네가 또 악가樂歌에 대한 이야기를 썼는데, 어느 곳에서 들었느냐?"

그러자 일손이 아뢰었다.

"비록 동요童謠라 할지라도 옛사람이 또한 역사에 모두 썼으므로, 신도 또한 이것까지 사초에 아울러 실었습니다. 「후전곡」後殿曲은 슬프고 촉박한 소리인데 나라 사람들이 좋아하여, 길거리 아이나 골목의 아낙네까지도 또한 모두 노래했습니다. 신은 나라를 걱정하고 임금을 사랑하는 마음에서 항상 염려하였는데, 휴가를 받아 독서당에 있을 적에 성종께서 술과 안주를 내려주셨습니다. 신이 그 남은 음식을 가지고 배를 띄워 양화도楊花渡에 이르렀다가 거문고 소리를 듣고 싶기에, 무풍정 총摠을 불렀습니다. 그러자 총摠이 거문고를 안고 와서 「후전곡」을 연주했습니다. 신이 총에게 '무엇 때문에 이 곡을 좋아하느냐?' 묻고는, 그 뒤에 사초를 편찬하면서 신이 참으로 임금을 사랑하는 마음에서 이 이야기를 썼습니다. 확실히 다른 이유는 없습니다."

— 『연산군일기』 4년 7월 12일

---

1) 오나라 사람이 오동나무로 불을 피워 밥을 짓는데, 채옹蔡邕이 불타는 소리를 듣고 좋은 재목인 줄 알았다. 그 나무를 얻어 금琴을 만들자 과연 아름다운 소리가 났는데, 그 나무 끝에 탄 흔적이 있으므로 이름을 초미금焦尾琴이라 하였다.

2) 옛날에 순임금이 오현금을 만들어, 「남풍」을 노래하였다. — 『예기』 「악기」樂記

3) 순임금이 지은 「남풍가」에 "남풍지훈혜"南風之薰兮라는 구절이 있어, 원문에서 '남훈'南薰이라 하였다.

이마지 李亇知

    악樂 가운데 거문고는 가장 좋은 것이며, 악을 배우는 문호門戶이다. 이반李班이라는 장님이 있었는데, 세종에게 알려져 궁중에 드나들었다. 김자려金自麗라는 자도 또한 거문고를 잘 탔는데, 내가 어렸을 적에 그 소리를 듣고 흠모하였지만 지법指法을 배우지는 못했다. 지금 영인들의 악에 비하면 고태古態를 면치 못했다.

    영인伶人 김대정金大丁 · 이마지 · 권미權美[1] · 장춘張春은 모두 한 시대의 사람들인데, 당시에 논하는 사람이 말했다.

    "김대정의 간엄簡嚴한 것과 이마지의 오묘한 것이 각각 극에 이르렀다."

하였다. 그러나 김대정은 일찍이 주살誅殺당하여[2] 그 소리를 듣지 못하였다. 권미와 장춘은 모두 평범한 솜씨였고, 이마지만이 사림士林의 사랑을 받았으며, 임금의 사랑을 입어 두 번이나 전악典樂이 되었다.

    내가 일찍이 정희량鄭希亮 · 백인伯仁 · 자안子安 · 허침許琛

(1444~1505)·진珍·이의而毅·채수蔡壽(1449~1515)와 함께 마지에게 가서 거문고를 배웠으므로 날마다 만나고, 어떤 때는 같이 자기도 하여 매우 익숙히 들었다. 그 소리는 채를 퉁긴 자국이 없이 거문고 밑바닥에서 나온 것 같아, 줄을 퉁기는 자취가 없어도 심신心神이 경송驚悚하여지니 참으로 뛰어난 솜씨였다.

이마지가 죽은 뒤에도 음만은 세상에 널리 퍼져, 지금은 사대부 집의 계집종까지도 거문고에 능한 자가 있다. 모두 이마지가 남긴 법을 배웠으니, 맹인악사의 누습은 없다.

— 성현『용재총화』

---

1) 악공 권미가 대마도경차관對馬島敬差官 원효연元孝然을 따라 대마도까지 다녀온 공으로 가자加資하여 벼슬을 얻은 기록이『단종실록』3년 5월 5일에 실려 있다.
2) (왕이) 의금부에 전지하였다.
　"황보인·김종서·김승규(김종서의 아들)·이징옥·김대정·하석 등의 친아들로 나이 16세 이상은 교수형에 처하고, 15세 이하는 이미 종이 된 어미를 따라 자라게 하였다가 성년이 된 뒤에 거제도·제주도·남해도·진도의 관노官奴로 영속시키라." —『단종실록』1년 11월 11일
　김대정은 수양대군이 계유정난을 일으켰을 때에 김종서·황보인 등의 재상과 함께 처형당했다.

무풍정茂豊正 이총李摠

[1]

무풍정 이총이 공초하였다.

"일손이 독서당에서 사람을 시켜 신을 불렀으므로, 신이 작은 배를 타고 거문고와 술을 가지고 가서 만났습니다. 그러나 일손이 기록한 곡조와 같이 온 사람은 기억이 나지 않습니다."

—『연산군일기』4년 7월 12일

[2]

김일손이 공초하였다.

"신이 이총에게 물었습니다. '요즘 사람들이 모두 「후전곡」後殿曲을 좋아하는데, 너는 이미 악樂을 잘 알고 있으니 이 노래를 어떻게 생각하느냐?' 그러자 총이 대답하기를 '이 음이 슬프고 촉급하여 나는 그 종말이 어찌될지 몰라 항상 염려한다'고 했습니다. 그래서 이 사초史草에 '무풍정도 혼자서 근심하며, 필경 어찌될지 모른다고 했다'고 썼습니다."

―『연산군일기』 4년 7월 15일

[3]

왕이 승지와 정승 들에게 전교하였다.

"어제 국상國喪 때 놀면서 잔치하던 자들을 잡아가두게 했는데, 이 역시 임금을 업신여겨 한 짓이다. 지금 풍속을 고쳐 바로잡는 때인데, 이런 자들을 남겨두어 무엇에 쓰랴. 그때 함께 갔던 악공이나 기생 들도 마찬가지이다. 그러나 기생은 아녀자라 혹 남자에게 끌려서 간 자도 있을 것이니, 깊이 논할 것은 없다. 그러나 이 자들이 풍악을 연주하는 일로 궁중에 드나들었으므로, 놀며 잔치할 때에 궁중 일을 전하여 말한 적이 없지는 않을 것이다. 형장刑杖 100대를 때려서 관비官婢로 정속定屬하라. 악공은 음악을 잘하지만, 이들을 죽인다고 어찌 다른 사람이 없겠느냐? 남겨두어도 역시 소용이 없다.

무풍정 이총은 종친宗親으로서 제 신분을 헤아리지 않고 조정의 사대부들과 사귀어 결탁하였는데, 모두 남겨두어도 쓸 데가 없다. 의금부에 명하여 총摠의 머리를 베어오고, 가산을 몰수하게 하라. 그의 아내는 관비官婢로 정하여 멀찌감치 부치고, 아비와 아우는 형장 100대를 때려 먼 외방에 안치安置하게 하라."

승지들이 아뢰었다.

"성상의 하교가 지당하십니다."

사신史臣은 논한다. 총은 풍의風儀가 준수하고 명랑하며, 시

『독서당계회도』. 김일손이 무풍정을 불러 거문
고를 연주케 했던 독서당의 모습이다.

를 배워 문장에 아취雅趣가 있었다. 거문고를 잘 타서, 당시 명사들과 사귀어 놀았다. 집을 한강 양화도楊花渡 가에 짓고 세상일을 접하지 않았으며, 날마다 고기 잡고 낚시질하는 것을 즐거움으로 삼았다. 언제나 작은 배 하나를 탔는데, 거문고와 술을 싣고 가서 종일토록 돌아오기를 잊었다. 취하면 거문고를 타고 시를 읊어, 아무데도 얽매이지 않고 세속을 벗어나려는 생각을 가졌다.

뒤에 무오사화에 죄를 입고 떠돌아다니면서도 거문고를 가지고 다녔으며, 유배지를 여기저기 옮기면서 거의 죽게 되었지만 걱정하거나 슬퍼하는 모습을 보이지 않았다.

— 『연산군일기』 10년 5월 30일

[4]

왕이 전교하였다.

"이총의 뼈를 바순 가루를 강 건너에 날려버리라."

— 『연산군일기』 11년 1월 26일

■ 이총(?~1504)의 자는 백원百源이고, 호는 서호주인西湖主人이다. 태종의 증손자로, 우산군牛山君 종種의 아들이며, 생육신의 한 사람인 추강秋江 남효온南孝溫의 사위이다. 김종직의 문인으로 김일손과 사귀었다가 연산군 4년 무오사화에 얽혀 유배되었고, 연산군 10년 갑자사화에 얽혀 아버지와 형제까지 7부자가 처형되었다.

강장손姜長孫

노래와 시를 관현管絃에 올리는 것은 수법이 신묘한 자라야 할 수 있다. 우리나라의 소리가 중국과 달라서, 전해오는 속악俗樂이 반드시 모두 절주節奏에 어울리지는 않는다. 정덕正德[1] 연간에 강장손이라는 악공이 거문고를 잘 탄다고 한때 이름났다. 그가 「귀거래사」歸去來辭를 창작해서 연주하자, 항간에서 음악을 배우는 자들이 꽤 많이 그 악보를 퍼뜨렸다.

찬성贊成 이장곤李長坤이 음률을 알아, 장악원掌樂院 제조提調가 되었다. 하루는 장악원에 앉아서 장손을 시켜 「귀거래사」를 타게 하였는데, 겨우 한두 줄을 타자 호령하며 잡아 내렸다. 곧장 80대를 때리고는, "네 어찌 감히 제멋대로 거짓 음악을 만들어 여러 사람을 미혹시키느냐?" 하였다. 그가 죽자 「귀거래사」가 드디어 끊어졌다.

— 어숙권 「패관잡기」

---

1) 명나라 무종武宗의 연호인데, 1506년부터 21까지이다.

최보비 崔寶非

[1]

　기생 최보비의 남편인 생원 황윤헌黃允獻을 밀위청密威廳에 잡아가두라고 명했다. 상전尙傳 김새金璽가 승지 강혼과 귓속말을 속삭이더니, 또 비밀편지를 주며 '사관史官을 모두 물리치라'고 말했다. 자신이 직접 황윤헌의 초사招辭를 써서 아뢰었는데, 갑자기 석방하라고 명했다.

　윤헌의 첩 보비는 성이 최崔가이다. 얼굴과 몸맵시가 곱고 아름다우며 가야금도 잘 탔는데, 구수영具壽永이 바쳤다. 왕이 귀여워하고 매우 사랑하여 숙원淑媛을 봉했다. 얼굴과 재주가 모두 뛰어나 그보다 나은 후궁이 없었지만, 성질이 매우 사납고 괴팍하여 말하고 웃기를 좋아하지 않았다.

　왕이 늘 취홍원聚紅院에 들어가 술에 취해 노래하고 희롱하며 춤추어, 흥청들과 해학諧謔하는 것을 즐거움으로 삼았다. 그런데 보비만은 홀로 얼굴을 가다듬고 있으므로, 왕은 보비가 옛 지아비를 사모하기 때문이라고 생각하여 윤헌을 죽이려 하였다.

—『연산군일기』11년 10월 6일

[2]

사헌부에서 아뢰었다.

"구수영은 후비后妃의 지친으로서, 임사홍·신수근과 더불어 사돈을 맺고 궁중에 드나들면서 폐주廢主(연산군)에게 총애를 받는가 하면, 사비私婢인 사랑思郞과 보비를 바쳐 임금의 마음을 고혹시켰습니다. 국사가 이미 글러지자 자기에게까지 화가 미칠까 걱정하여 그 아들 구문경으로 하여금 혼인을 끊게 하였으니, 이보다 더 큰 죄가 없습니다. 청컨대 그 죄를 다스리소서."

아울러 윤허하지 않았다.

—『중종실록』1년 10월 30일

심수경 沈守慶

  상국相國 심수경(1516~99)[1]은 젊었을 때 풍채와 몸가짐이 아름다웠으며, 음악을 알았다. 청원군淸原君의 집 사랑에 피해 머물렀던 적이 있는데, 가을밤에 달이 높이 뜨자 연못가에서 거문고를 탔다. 그러자 나이 젊고 어여쁜 궁녀가 안에서 나와 절했다. 상국이 그 궁녀를 맞아 올라와 앉게 하자, 궁녀가 말했다.

  "첩이 홀로 빈 궁을 지키며 안채에서 그대의 맑은 자태를 바라보고는 마음으로 늘 사모했습니다. 오늘 아름다운 거문고 가락을 들으니 몹시 고상하기에, 감히 나와서 절을 올립니다. 한 곡조만 더 듣게 해주십시오."

  상국이 몇 곡조를 탄 뒤에 거문고를 안고 나왔다. 그 뒤부터 다시는 그 방에 머물지 않았다. 그 궁녀는 상사병으로 애를 태우다가 마침내 병들어 죽었다.

  ─ 유몽인 『어우야담』

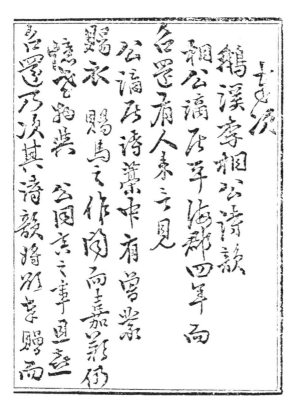

심수경의 글씨

---

1) 자는 희안希安, 호는 청천당聽天堂이다. 1546년 문과에 장원급제하고, 대사헌과 팔도 관찰사를 역임하였다. 우의정까지 올랐으며, 임진왜란이 일어나자 삼도체찰사가 되어 의병을 모집했다.

상림춘上林春

옛날에 천한 여인이 시인을 만나 불후不朽의 이름을 남긴 경우가 많이 있다. 황사랑黃四娘은 두자미杜子美에게, 유기柳妓는 의산義山[1]에게, 상부商婦는 낙천樂天[2]에게, 국향國香은 노직魯直[3]에게 인정을 받아 이름을 남겼다. 이 어찌 풍류의 기이한 일이 아니며, 네 여인에게 큰 다행이 아니겠는가?

근세 서울에 상림춘이란 기생이 있는데, 거문고 잘 타기로 한때 이름을 날렸다. 일찍이 참판 신종호申從濩의 사랑을 받았는데, 신종호가 시를 지어주었다.

다섯째 다리 머리에 버들은 늘어지고
느지막이 바람 불어 날씨 화창해졌네.
아황빛 주렴 열두 난간에 사람은 옥 같은데
임금의 글 짓는 신하가 말 가는 대로 따라가네.

第五橋頭楊柳斜　晚來風日轉淸和

緗簾十二人如玉　靑鎖詞臣信馬過

　가정嘉靖[4] 연간에 이르러 기생의 나이 이미 70이 넘었는데, 이상좌李上佐의 손을 빌려 그 일을 그리고, 신공의 시를 그 위에 써서 사대부들에게 시를 구하였다. 호음湖陰 정사룡鄭士龍이 율시律詩 한 수를 써주었는데, 짧은 서문을 덧붙였다.

　"거문고를 잘 타는 기생 상림춘의 나이가 72세인데, 그 솜씨는 쇠하지 않았다. 옛일을 느끼고 슬퍼하여 문득 거문고 채를 놓고 눈물을 떨어뜨리니, 소리와 곡조에 원망하는 것이 많다. 나를 찾아와서 시를 구하여 이름을 죽은 뒤에 남기고자 하니, 그 간절한 청을 가엾게 여겨 율시 한 수를 지어준다."

　그가 지은 율시는 이렇다.

　열세 살에 「의란조」를 배워
　법부法部의 총중叢中에서 기예가 이루어졌네.
　귀족들 두루 노는 사람과 사귀어 친밀한 자리가 이어졌고
　궁중 기적妓籍에 통하여 새로운 소리를 아뢰었네.
　아름다운 꾀꼬리 노래가 비 지난 뒤에 꽃 사이 미끄럽고
　가는 흐름 소리가 밤 들어 시내 바닥에서 우네.
　재주는 마침내 백사마白司馬에게 부끄러우니
　상인의 아내가 아름다운 이름을 어찌 길이 전하랴.[5]

　모재慕齋 김안국金安國도 절구 한 수를 지어주었다.

얼굴은 시들었어도 나라를 기울이는 솜씨는 지니고 있어
애절한 거문고 줄이 「야심사」夜深詞를 퉁겨내네.
소리소리가 연광年光 저무는 것을 원망하는 듯
너의 부생浮生이 늙음과의 약속을 어이하랴.

　여러분들이 그 운에 많이 화답하여 커다란 시축詩軸이 되었다. 아아! 슬프다. 이 기생의 기이한 만남이 황사랑黃四娘[6]보다 못하지 않을 것이다.
　── 어숙권 「패관잡기」

1) 의산은 당나라 시인 이상은李商隱의 자이다.
2) 낙천은 당나라 시인 백거이白居易의 자인데, 이름보다도 백낙천으로 더 알려져 있다.
3) 송나라 시인 황정견의 자가 노직이다.
4) 명나라 세종의 연호인데, 1522년부터 1566년까지 45년간이다.
5) 당나라 시인 백낙천이 강주江州 사마司馬로 좌천되어 있을 때에 심양강에서 상인의 아내가 비파 타는 소리를 듣고 「비파행」琵琶行이라는 시를 지었다. 상인의 아내는 백낙천 덕분에 그 이름을 후세에 남겼지만, 정사룡 자신은 백낙천보다 못하므로 상림춘의 이름을 후세에 남길 수 있을지 모르겠다는 뜻이다.
6) 두보의 시에 "황사랑의 집에 꽃 피기 시작하네" 黃四娘家花發初라는 구절이 있으므로 황사랑의 이름이 후세에 전해졌다.

금랑 琴娘

상공 윤자신尹自新은 윤장원尹長源[1] 공의 재종질이다. 임인년 (1542)에 상공의 나이 14세이고 장원공은 27세였는데, 사마시에 합격한 지가 벌써 6년이나 되었다. 윤공이 어느 날 『시경』의 「국풍」國風과 『초사』의 「이소」離騷를 끼고 와서 장원에게 글을 배웠다. 장원은 침모寢帽를 쓰고 작은 마루에 나와 앉아 손으로 거문고를 뜯으며, 입으로는 시를 가르쳐주고 있었다. 그런데 갑작스레 문이 열리면서 고운 옷을 입은 종 하나가 나타나 명함을 내어놓았다. 문으로 가서 맞이하자 관원 한 사람이 따라 들어왔는데, 의관과 용모가 매우 바르고 깨끗하였다. 장원이 말했다.

"무언가 반드시 잘못 되었습니다. 어찌 관원이 우리 집에 올 리가 있겠습니까? 그만 돌아가셔서 다른 집을 찾으시면 다행이 겠습니다."

그러자 관원이 말했다.

"꼭 윤진사님을 뵙고 싶습니다."

윤공이 그때 어린 나이로 장원을 모시고 앉아 있다가 여쭈었다.

"남이 몸을 깨끗이 하고 찾아왔는데, 거절하시면 안 됩니다."

장원이 이 말을 듣고 갓과 옷을 가져오게 하더니, 손님을 들어 오게 했다. 그 사람은 허리를 굽혀 절했는데, 장원은 길게 읍揖 만 할 뿐이었다. 주인과 손님이 자리를 잡은 뒤에도 장원은 여 전히 시를 가르쳤다. '손님이 오셨으니 그만두시라'고 윤공이 아뢰었지만, 장원은 조금도 개의치 않고 계속 가르쳤다. 얼마 지나자 관원이 자리를 옮겨 꿇어앉고 말했다.

"제가 한 가지 부탁드릴 게 있어서 좌우를 더럽혔습니다만, 말이 나오지 않아서 감히 아뢰지 못하고 있었습니다. 고명하신 어른께서 어찌 생각하실는지 모르겠습니다."

장원이 물었다.

"공의 모습을 보니 높으신 관원 같은데, 무슨 일이 있기에 이 름도 없는 저를 찾아오셨습니까?"

관원이 정색하고 말했다.

"장옥견張玉見 선생이 남양부사가 되었는데, 거문고와 노래를 잘하는 계집종 다섯 명을 곁에 두고 달마다 한 사람씩 서울로 올려보내, 한 달 동안 마음대로 놀고오게 하였습니다. 기일이 다해 돌아오면 또 다른 사람을 그렇게 서울로 보냈습니다. 지난 달에 거문고 잘 타는 여인이 서울에 왔는데, 제가 우연히 그를 만났다가 정이 함빡 들었습니다. 이제는 차마 떨어질 수가 없게 되었습니다. 장공에게 너그럽게 풀어주기를 청했지만 허락하지 않았습니다. 이름난 어른들의 글을 얻어다가 청을 넣어보았지 만, 그래도 허락하지 않았습니다. '만일 윤진사의 시를 얻어온다면, 내가 그 종을 1년 동안 빌려주겠다'고 했습니다. 그래서 제가 감히 찾아와 청하는 것입니다."

이어서 술과 돈과 홍화전紅花牋 한 폭을 꺼내어 무릎을 꿇고 바쳤다.

"바라건대 명공께서 한번 글 짓는 노고를 아끼지 마시어, 이 주리고 목마른 사람의 소망을 풀게 해주십시오. 그러신다면 죽은 제 목숨을 살려주고, 뼈만 남은 곳에 살을 붙여줄 뿐만 아니라, 풍류장風流場의 좋은 일이라 생각됩니다."

장원이 웃으면서 말했다.

"왜 다른 사람의 시를 구해다가 내가 지은 것처럼 해서 이 문제를 해결하지 않았습니까?"

"고명한 선생의 시가 온 세상 사람들을 엎드리게 하기 때문에 장공께서 꼭 얻으려 하는 것입니다. 다른 사람의 시야 어디 말할 게 있겠습니까?"

그러자 장원이 윤공에게 명하여 붓과 벼루를 가져오게 하였다. 벼루는 성천화연成川畵硯에 붉은 갑匣으로 꾸미고, 금과 주석으로 단장한 것이었다. 낭미필狼尾筆(붓) 한 자루와 영해선단瀛海仙丹(먹) 한 자루도 가져왔다. 장원은 본래 훤하게 생겼는데, 시를 읊을 때에는 어깨를 으쓱거리며 신나 했다. 손수 먹을 갈고 윤공에게 종이를 펴게 하더니, 마침내 율시 한 수를 내리썼다. 그 시는 이렇다.

오리 향로에 향불 잦아지고

아름다운 방에는 연기 흩어지는데,
등잔불 식어 작은 병풍이 어둑해지니
달 떠올라 발 사이로 빛 새어드네.
혀 내밀면 모두 시샘하고
맹세하면 또 헛될까 두렵네.
낭군의 정이 나와 같다면
어찌 100년 된 옥인들 아끼랴.

寶鴨香銷罷　蘭堂烟散初
燈寒小屛暗　月上半簾疎
吐舌皆成妬　申盟更怕虛
郞君情似妾　何惜百年碌

다 써서 주자, 관원이 고맙다 절하고 돌아갔다. 얼마 뒤에 그
가 찾아와 사례하며 말했다.

"장사또께서 선생의 시를 얻자 크게 기뻐해, 마침내 거문고
타는 아가씨를 돌려보내라고 하지 않게 되었습니다. 그리고 사
또께서 그 운자韻字를 써서 편지를 선생께 보내고, 맛있는 생선
도 보냈습니다."

이에 장원이 또 배율排律을 지어 답례하자, 왕래가 끊이지 않
게 되었다. 어느 날 그 관원이 찾아와 윤공에게 청했다.

"제가 다행히도 변변치 못한 음식을 장만했습니다. 또 성악聲
樂도 얻게 되었으니, 공께서 부디 오셔서 자리를 빛내주십시오.

윤수재尹秀才도 함께 왔으면 합니다."

장원이 승낙하였다. 이튿날 함께 그 집에 가보았더니 집이 백악산白岳山 밑 장의동藏義洞에 있는데, 동산과 연못의 경치가 매우 아름다웠다. 음식도 잔뜩 차려놓았다. 술이 반쯤 취하자, 금랑琴娘을 나오라 하여 술을 권하게 했다. 그때 참석한 사람이 교리校理 민기문閔起文이었는데, 관원과 친구였다. 이날 맘껏 즐기다가, 밤 되어 흩어졌다. 그 관원은 왕손王孫이었는데, 이름은 옥천수沃川守였다. 윤상공이 일찍이 내게 이같이 들려주었다.

— 차천로『오산설림초고』

■ 금랑琴娘은 '거문고 타는 아가씨'라는 뜻이니 실제 이름은 따로 있었을 것이다. 그러나 실제 이름을 확인할 수 없는데다, 지방 수령이 관할 기생을 서울로 보내어 노래와 거문고를 배우게 했다는 이야기가 재미있어 여기에 소개한다.

---

1) 장원은 윤결尹潔(1517~48)의 자이고, 호는 취부醉夫와 성부醒夫이다. 취부는 술 취한 사람, 성부는 술 깬 사람인데, 번갈아 썼다. 21세에 진사가 되었고, 27세에 문과에 급제했다. 시정기時政記 필화사건으로 참형된 안명세를 변호하다가, 고문 끝에 옥사했다.

매창梅窓

[1]

신축년(1601) 7월 23일, 부안에 이르렀다. 비가 몹시 내렸
으므로, 객사에 머물렀다. 고홍달이 와서 뵈었다. 기생 계생
桂生은 이귀李貴의 정인情人이었는데, 거문고를 끼고 와서 시
를 읊었다. 얼굴이 비록 아름답지는 못했지만 재주와 정취가
있어서, 함께 이야기를 나눌 만했다. 하루종일 술을 나눠마시
며, 서로 시를 주고받았다. 저녁이 되자 자기의 조카딸을 나
의 침실로 보내주었으니, 경원하면서 함께 자기를 꺼렸기 때문
이다.

　— 허균 「조관기행」

[2]

거문고 타며 하소연한들 누가 가엾게 여기랴.

만 가지 한 천 가지 시름이 이 한 곡조에 들었다오.

「강남곡」 다시 타노라니 봄도 저무는데

봄바람 맞으며 우는 짓일랑 차마 못하겠네.

誰憐綠綺訴丹衷　萬恨千愁一曲中
重奏江南春欲暮　不堪回首泣東風
　— 매창 「탄금」彈琴

[3]

　부안의 기생 계생은 시를 잘 짓고 노래와 거문고도 잘했는데, 그와 가깝게 지낸 태수가 있었다. 태수가 떠나간 뒤에, 고을 사람들이 비석을 세워서 그를 사모하였다. 어느 날 밤 달도 밝은데, 계생이 비석 옆에서 거문고를 뜯으며 긴 노래로 하소연하였다. 이원형이 지나가다 보고서 시를 지었다.

　한 가락 거문고를 뜯으며 자고새를 원망하는데
　거친 비석은 말이 없고 달마저 외로워라.
　그 옛날 현산에 세웠던 남녁 정벌의 비석에도
　그 또한 아름다운 여인이 눈물 흘렸던 일이 있었나.

　당시 사람들이 절창이라고 하였다. 이원형은 나의 관객館客이다. 젊어서부터 나와 이재영과 함께 지냈으므로 시를 지을 줄 알았다. 다른 작품 가운데에도 또한 좋은 것이 있었고, 석주 권필은 그 사람됨을 좋아하여서 칭찬하였다.
　— 허균 「성수시화 86」

매창이 노닐던 곳에 서 있는 부안의 매창 시비

[4]

계랑이 달을 바라보고 거문고를 뜯으며 「산자고새」의 노래를 불렀다니, 어찌 그윽하고 한적한 곳에서 부르지 않고 부윤의 비석 앞에서 부르시어 남들의 놀림거리가 되셨소. 석 자 비석 옆에서 시를 더럽혔다니, 이는 낭의 잘못이오. 당신이 나를 그리워해서 울었다는 그 놀림이 곧 내게 돌아왔으니, 정말 억울하외다.

요즘도 참선을 하시는지.

그리움이 몹시 사무친다오.

— 허균이 기유년(1609) 정월에 매창에게 보낸 편지

[5]

계랑은 부안의 기생이다. 시를 잘 짓고 문장을 알았으며, 노래

와 거문고도 또한 잘했다. 성품이 고결해서 음란한 짓을 즐기지 않았다. 내가 그 재주를 사랑해서 거리낌없이 사귀었다. 비록 우스갯소리를 즐기긴 했지만, 어지러운 지경에까지 이르진 않았다. 그러므로 우리의 관계가 오래 되어도 시들지 않았다. 지금 그가 죽었다는 소식을 듣고 그를 위해서 한 번 운 뒤에 율시 두 편을 지어서 슬퍼한다.

아름다운 글귀는 비단을 펴는 듯하고
맑은 노래는 구름도 멈추게 했지.
복숭아를 훔쳐서 인간세계로 내려오더니
불사약을 훔쳐서 인간무리를 두고 떠났네.
부용꽃 수놓은 휘장엔 등불이 어둡기만 하고
비취색 치마엔 향내가 아직 남아 있는데,
이듬해 작은 복사꽃 필 때쯤이면
그 누가 설도薛濤[1]의 무덤 곁을 찾아오려나.

처절하구나! 반첩여의 부채여.[2]
슬프기만 해라, 탁문군의 거문고일세.[3]
흩날리는 꽃잎은 속절없이 시름만 쌓고
시든 난초 볼수록 이 마음 더욱 상하네.
봉래섬엔 구름도 자취가 없고
푸른 바다엔 달마저 벌써 잠겼으니,
이듬해 봄이 와도 소소蘇小[4]의 집엔

전북 부안에 있는 매창의 무덤

남아 있는 버들로는 그늘 이루지 못하리라.

— 허균 「애계랑」哀桂娘

[6]

계생桂生의 자는 천향天香인데, 스스로 매창이라고 호를 지어 불렀다. 부안현 아전이던 이탕종李湯從의 딸이다. 만력 계유(1573)에 나서 경술(1610)에 죽으니, 나이 서른여덟이다.

평생 노래 부르기와 시 읊기를 잘했다. 시 수백 편이 한때 사람들 입에 오르내리더니, 지금은 거의 흩어져 없어졌다. 숭정후 무신년(1668) 10월에 아전들이 외어 전하던 여러 형태의 시 58수를 얻어 개암사에서 목판에 새긴다.

— 『매창집』 발문

■ 매창(1573~1610)은 부안현의 아전 이탕종의 딸로 태어났는데, 그 해가 계유
년이었기에 계생癸生이라고 불렀다. 기생이 된 뒤에는 계생桂生, 또는 계랑
癸娘이라고도 불렀다. 유희경·이귀·허균 같은 문인들과 사귀며 시를 주고
받았다. 『지봉유설』에 의하면 그가 죽었을 때에 거문고를 함께 묻었다고 한다.
후손이 없었으므로 부안현 아전들이 그의 시집을 간행해주었고, 마을의 나무
꾼들이 해마다 무덤에 벌초를 했다. 그가 죽은 뒤 45년 만에 비석이 세워졌
고, 부안 시인들의 모임인 부풍시사에서 1917년에 다시 비석을 세웠는데,
'명원이매창지묘'名媛李梅窓之墓라고 새겼다. 남사당이나 유랑극단이 부안
읍에 들어오면 매창이뜸에 들러 한바탕 굿판을 벌였다고 하는데, 지금은 매
창을 기념하는 공원으로 꾸몄다.

---

1) 당나라 중기의 이름난 기생이다. 음률과 시에 뛰어나서 언제나 백낙천·원진·두목 등
   의 시인들과 시를 주고받았다. 이 시에선 물론 매창을 가리킨다.
2) 반첩여班婕妤는 한漢나라 성제成帝의 후궁이다. 성제의 사랑을 받다가 조비연趙飛燕
   에게로 총애가 옮겨가자 참소를 당하였다. 장신궁長信宮으로 물러나 태후를 모시게 되
   었는데, 이때 자신의 신세를 쓸모없는 가을 부채에 비겨 시를 읊었다.
3) 탁문군卓文君이 과부였을 때 사마상여司馬相如의 거문고 소리에 반해서 그의 아내가
   되었다. 뒤에 사마상여가 무릉의 여인을 첩으로 삼자, 탁문군이 「백두음」白頭吟을 읊어
   서 자신의 신세를 슬퍼하였다.
4) 남제南齊 때 전당錢塘의 이름난 기생인데, 뜻이 바뀌어 기생을 가리키는 말로도 쓰였다.

이보만 李保晩

구공금九孔琴은 송담거사松潭居士 이보만이 만든 것이다. 송담이 예전에 호남 주막을 지나다가 말구유에서 이상한 소리가 나는 것을 듣고는, 곧 구해다가 거문고를 만들었다.

송담은 열사烈士여서, 인조가 청나라 황제에게 항복한 숭정崇禎 병자년 이후로는 왕조에 벼슬하지 않고 용문산 속에 숨어 살았다. 거문고를 뜯으며 노래를 불렀다. 거사는 죽었지만, 거문고는 아직도 그 후손의 집에 남아 있다. 내가 그 거문고를 보니, 꼬리에 구멍이 아홉이나 있었다. 그래서 구공금九孔琴이라 이름붙였다.

명銘은 이렇다.

그 배는 좁고도 질박하며
그 소리는 두텁고도 가라앉았지.
그 소리를 알아주자
송담의 거문고 되었지만

알지 못했을 때엔

주막집 말구유였지.

그릇을 간직하면 이르고

때를 기다리면 만나네.

― 성해응 「구공금명」九孔琴銘

윤선도 尹善道

연기에 그을리고 비가 새는 곳에서 우연히 낡은 가야금을 얻었다. 먼지를 털어내고 한번 타보니 열두 줄 소리가 물 흐르는 듯해서, 신선 최치원의 마음 자취가 완연히 보였다. 그래서 서글프게 탄식하며 스스로 한 곡조를 지었다. 그런 뒤에 생각해보니 이 물건은 이에 알맞은 사람이 없으면 버려져 먼지 덮인 한 조각 마른 나무가 되고, 이에 알맞은 사람이 있으면 쓰여져 오음五音 육률六律을 이루는 것이다. 그런데 세상에 지음知音이 드물어졌으니, 이 가야금이 이미 오음 육률을 이룬 뒤에 지음을 만날 수도 있지만, 만나지 못할 수도 있을 것이다. 그러니 이 가야금을 보며 느끼는 것이 한 가지가 아니다. 이에 고풍古風 한 편을 다시 지어, 이 가야금의 답답한 마음을 펴보고자 한다. 임오년(1642) 금쇄동에 있을 때 지었다.

가야금은 있건만 그 사람이 없어
먼지에 묻힌 지 몇 년이나 되었던가.

윤선도가 즐겨 타던 거문고.
4대손 윤덕희가 고산유금孤山遺琴·아양峨洋이라고 새겼다.

기러기발은 반쯤 떨어져 나갔지만

마른 오동판은 아직도 온전해라.

높이 펼쳐져 시험삼아 뜯어보니

얼음 같은 쇳소리가 수풀과 샘에 울리네.

서쪽 성 위에 울릴 수도 있고

남훈정 앞에서 연주할 수도 있겠네.

물 흐르듯 쟁과 피리 소리가 나니

이 뜻을 누구에게 전하랴.

이제야 알겠구나. 도연명이

끝내 기러기발과 줄을 갖추지 않았던 뜻을.

— 윤선도 「고금영병서」古琴詠幷序

■ 윤선도는 거문고를 즐겨 뜯고, 수많은 시조를 지었다. 낡은 가야금을 찾아내
고서 지은 시조가 이 한시의 제목과 같은 「고금영」古琴詠이다.

바렸던 가얏고를 줄 얹어 놀아보니

윤선도의 친필을 볼 수 있는 「산중신곡」. 보물 제482호이다.

청아한 옛소리 반가이 나는고야
이 곡조 알 이가 없으니 깊게 놓아두어라.

진나라 시인 도연명은 음률을 알지 못했지만, 거문고 소리를 좋아했다. 그래서 줄이 없는 거문고를 한 장 마련해두고, 술이 적당히 취하면 문득 거문고를 어루만지며 자기의 뜻을 부쳤다. 윤선도 흥에 겨워 거문고를 뜯다가, 도연명이 구태여 거문고를 배우지 않은 뜻을 알았다. 누구에게 들려주기보다, 자신이 타는 가야금의 소리를 자신이 즐거워할 수 있었던 것이다.

그가 지은 한시에도 거문고를 즐기는 그의 모습은 자주 보인다.

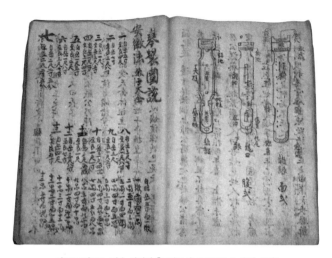

거문고 만드는 법을 설명한 「금제도설」琴製圖說 (녹우당 소장)

눈은 청산에 있고 귀는 거문고에 있으니
이 세상 무슨 일이 내 마음에 들어오랴.
가슴에 가득한 호기를 알아줄 사람이 없어
한 곡조 미친 노래를 혼자서 읊조리네.
— 「낙서재에서 우연히 읊다」

성긴 대밭에 서리지고 새벽 바람이 이는데
한 바퀴 밝은 달은 먼 하늘에 걸려 있네.
거문고 몇 곡조만 뜯으면서도
숨어 사는 사람은 끝없이 창랑의 흥취를 즐기네.
— 「옛시에 차운하여 가을밤에 우연히 읊다」

박종현 朴宗賢

첨지 박종현은 내 고조모 박씨 부인의 할아버지이니, 초당草堂 허엽許曄(1517~80)의 외손자이다. 초당은 음률을 알아 거문고를 잘 탔는데, 공이 늘 곁에 있으면서 가만히 듣곤 하였다. 초당이 한번은 밖에서 집으로 들어오는데 방 안에서 거문고 소리가 났다. 그 소리가 맑고도 높아 한참 듣다가 문을 열고 보니, 바로 외손자 첨지공이었다. 당시 공은 아홉 살이었다. 초당이 몹시 기이하게 여기고, 자기가 배운 것을 모두 전해주었다. 공은 타고난 높은 재질로 초당에게 전수받아, 드디어 음악에 통하지 않은 것이 없었으며, 거문고에 가장 정통했다.

공은 소장한 명기가 많았는데, 봉래금蓬萊琴도 그 가운데 하나이다. 공은[1] 일찍이 봉래 양사언楊士彦(1517~84)과 거문고 친구가 되어 매우 친했다. 봉래가 거문고 밑바닥에 글 두 편을 쓰고 「지락가」至樂歌라고 했는데, 세상에서 이 거문고를 '봉래금'蓬萊琴이라고 부르는 것은 바로 이 때문이다. 공이 죽고 자손들이 영락하여 가업을 지키지 못하자, 박씨 부인이 봉래금과 단금短琴 하나를 친정에서 가져와 우리 집에 간직해두고, 일찍이 일렀다.

"내 자손 가운데 거문고를 아는 아이가 있으면 이것을 전해주겠다."

중종조仲從祖[2] 유수공留守公이 처음에 배우다가 중간에 그만두고, 제대로 마치지 못했다. 봉래금은 종가에 잘 간직되어 있지만, 단금은 남에게 빌려주었다가 잃어버렸다. 괘棵의 좌우에 쓴 오언五言 20자는 첨지공의 시와 글씨라고 한다. 병자년(1756) 9월에 중종조부께 듣고 기록한다. 양봉래의 사詞는 이렇다.

녹기綠綺의 금琴이요
백아伯牙의 마음이라.
종자기鍾子期가 비로소 음을 아니[3]
한번 연주하고 다시 한번 읊조리네.
맑디맑아 텅 빈 듯한 소리 먼 봉우리에 일어나고
달빛 은은한데 강물은 깊구나.

또 한 수는 이렇다.

영롱한 바위 위의 오동나무
한번 타고 한번 읊조리자 30년일세.
당시 종자기가 나를 버리고 가니

258

옥진玉軫과 금휘金徽에 흰 먼지 생겼네.

양춘陽春 백설白雪 광릉산廣陵散[4] 곡을

봉래 산수인山水人에게 부쳐주었나.

세상에 이를 본떠 새긴 것이 많아, 혹 진품을 혼란스럽게도 한다. 거문고 품격이 자못 높고 대현大絃은 더욱 웅혼하여 평조에 특히 알맞다. 옛 악사 함덕형咸德亨이 항상 즐겨 타고는 상품이라 일컬었다. 그 뒤에 세간의 악사들은 오직 손에 부드럽고 편한 것만 좋아해, 그 거문고가 크고 굳센 것을 늘 괴롭게 여겼다. 조금만 연주하고도 손가락이 아프다고 했다.

— 홍대용 「봉래금사적」蓬萊琴事蹟

■ 양천 허씨 족보에는 박종현이 아니라 박현종朴賢宗으로 나오는데, 군수 벼슬을 했다. 초당 허엽의 맏사위 박순원의 아들이다.

---

1) 봉래 양사언은 허엽과 동갑인데, 허엽의 외손자가 양봉래와 거문고 친구였다니 어색하다. 혹시 허엽을 잘못 쓴 게 아닌가 한다.

2) 할아버지의 둘째 형님인데, 여기서는 지중추부사를 지낸 홍봉조洪鳳祚(1680~1760)를 가리킨다.

3) 백아가 거문고를 타는데, 높은 산에 뜻이 있으면 그의 친구 종자기가 듣고서 "태산같이 높구나"라고 하였다. 또 흐르는 물에 뜻이 있으면 종자기가 듣고서 "강물같이 넓구나"라고 하였다. 백아가 생각한 것을 종자기가 반드시 알아맞혔다. 종자기가 죽자, 백아가 "지음知音이 없다"면서 거문고의 줄을 끊어버렸다. —『열자』「탕문편」湯問篇

4) 진나라 죽림칠현 가운데 한 사람인 혜강嵇康(223~262)이 신선으로부터 전수받았다는 거문고 곡조인데, 혜강이 사형당한 뒤에는 그 곡조가 전해지지 않는다.

권해 權海

산문에서 느지막히 나와 그대를 보내니
인간 세상에서 한가하고 바쁜 생활이 이 길에서 나눠지네.
그대에게 묻노니 어느 때나 나를 따라가서
집선대에 올라가 맑은 구름을 즐길거나.

山門晚出送吾君　人世閑忙此路分
借問何時隨我去　集仙臺上弄晴雲

── 윤선도 「증별권반금」贈別權伴琴

권반금權伴琴의 이름은 해海이다. 거문고를 잘 뜯었으므로 반
금을 호로 삼았다. (원주)

260

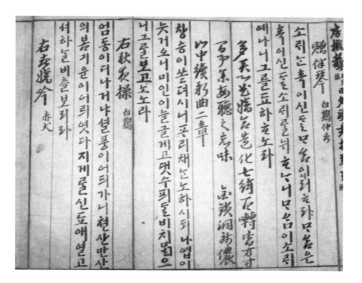

보물 제482호인 윤선도 친필 「속산중신곡」에
권해에게 지어준 시조 「증반금」贈伴琴이 실려 있다.

■ 풍류를 즐겼던 고산 윤선도 옆에는 언제나 가객, 금객 들이 찾아들었다. 권해
는 이름보다도 권반금으로 더 알려졌는데, 거문고 반주를 잘한다고 해서 사
람들이 반금伴琴이라고 불렸던 것이다. 반금의 거문고를 좋아했던 고산은 그
에게 시조도 지어주었다.

소리는 혹 있은들 마음이 이러하랴

마음은 혹 있은들 소리를 뉘 하나니

마음이 소리에(서) 나니 그를 좋아하노라.

―「증반금」贈伴琴

이종악 李宗岳

[1]
한평생 무슨 일 했기에
머리가 이미 희어졌는가.
네가 없었던들
나는 벌써 속물이 되었으리라.
강물에 달이 밝고
강가에 밤은 깊었는데,
오직 네 소리만이
내 마음을 알아주네.
내 마음을 알아줄 이가
너 아니면 그 누구랴.
잠시도 너를
내 곁에서 떠나게 할 수가 없네.

成何事 頭已白

이종악이 거문고를 연주하며 살았던 안동 임청각(보물 제182호).

不有爾　我幾俗

江月明　江夜深

惟爾音　知我心

知我心　非爾誰

不可使爾　須臾相離

— 이종악 「금명」琴銘

　안동 임청각臨淸閣 주인인 허주虛舟 이종악(1706~73)이 즐겨
타던 거문고에 지어붙인 금명琴銘이다. 그는 1763년 4월 4일에
친지들과 임청각 앞에서 배를 타고 약산藥山 반구정伴鷗亭까지
반변천半邊川을 따라 뱃놀이를 떠났는데, 닷새 동안 뱃놀이를

『산수유첩』. 선창에 닻을 매고 바위에 앉아 이종악이 거문고를 연주하자,
17명의 선비가 자유롭게 둘러앉아 들었다.

즐기면서 그 모습을 자신이 직접 그림으로 그려서 남겼다. 그의
후손이 그 그림들을 모아서 「허주부군산수유첩」虛舟府君山水遺帖
을 엮었다.

사흘째 되는 날 사수泗水 사빈서원泗濱書院 앞에서 뱃놀이를
했는데, 이날 함께 놀았던 선비 18명의 이름과 자字·생년·본
관을 적은 「사수선유록」泗水船遊錄 뒤에 이 글이 실려 있다. 선유
록의 명단은 이종악이 예서隸書로 쓰고, 「금명」琴銘은 전서篆書

이종악이 거문고에 새긴 인장

로 썼다. 이 글은 거문고 뒤에 쓴 글이기 때문에, 그의 문집인
『허주유고』에는 「서금배」書琴背라는 제목으로 실려 있다.

그는 뱃놀이를 할 때에 거문고와 책·다기茶器를 함께 싣고
다녔는데, 이때에도 선창에 닻을 매고 바위에 앉아서 거문고를
연주하였다. 그는 자신을 둘러싼 17명의 선비를 정확하게 그렸
다. 이들은 돌아오는 길에 이호伊湖에 배를 대고 이종악의 거문
고 연주를 들었는데, 일행 가운데 김익명金翼溟(1708~75)이 허

주에게 시를 지어주었다.

이태백이 옥 거문고 안고 뱃놀이 즐겼으니
봄바람에 배를 댄 곳이 금강 가일세.
내일 아침에 복사꽃 따라 찾아가고 싶지만
물안개 아득하여 찾을 수 없으리.

李白乘舟抱玉琴　春風來泊錦江潯
明朝更逐桃花去　烟水微茫不可尋

그러자 이종악도 「이호에 다시 이르렀다가 금강 김익명 어른
의 시에 삼가 차운하다」回到伊湖謹次錦江金丈翼溟韻라는 시를 지
어 김익명에게 주었다.

「아양곡」타던 천고의 거문고를 홀로 안고서
조각배를 댄 곳이 금강 가일세.
문에 이르러 물새들 보고 시도 짓지 못했는데
돌아갈 마음 아득하니 물결은 몇 길인가.

獨抱峨洋千古琴　扁舟爲泊錦江潯
造門不敢題凡鳥　歸恨悠悠水幾尋

[2]

강가에 뻗은 대나무 푸른 옥과 같으니
풍상을 겪고 나서 단단하고 곧아졌네.
한 자 남짓 잘라서 음률에 맞추니
둥글둥글 여섯 구멍이 차례로 뚫렸네.
불어보니 맑고 탁하게 저마다 소리 지녀
다섯 소리 높고 낮게 손가락 따라 나네.
내 벗 탁지琢之가 그 묘한 경지를 터득했으니
옛 곡조 유창한데다 연주법도 정교하구나.
일성一聲인 우조羽調는 웅혼하면서도 평화롭고
이성二聲인 계면조界面調는 슬프고도 원망스럽네.
삼성과 사성은 아름다우면서도 간드러져
듣는 자마다 일어나 춤추고 노래 부르네.
느린 가락은 귀 기울이고 서 있게 하니
벼랑에 선 소나무에 바람이 불어오듯,
빠른 가락은 무릎 붙이고 앉아 있게 하니
푸른 버들 꾀꼬리가 서로 화답하듯,
떠가는 구름 맑디맑아 정처가 없고
흐르는 물 졸졸 막힘이 없네.
높고 낮고 늦고 빠른 천만 가지 가락을
열 손가락에 맡겨 차례대로 연주하네.
그대여! 퉁소 멈추고 내 말을 들어보소.
나도 생각이 있어 그대 위해 말하리다.

인간 세상 즐거운 일이 그 얼마나 되랴.

예부터 떠다니는 인생이 나그네 같았다오.

우리가 다행히도 같은 때에 태어난데다

뜻과 기백까지 서로가 맞았지.

그대는 이미 퉁소 가락을 배워 익혔고

나도 거문고 가락을 고를 줄 알았지.

세월이 어찌 그대를 위해 머물러주랴

흰 털이 내 머리에도 드문드문 났다오.

우리네 인생살이 우습고도 가련하니

어찌 이 좋은 때에 맘껏 놀지 않으랴.

꽃 피고 잎 피는 따뜻한 봄철이나

잎 지고 하늘 높은 싸늘한 가을 달밤에,

구름 같은 자취가 얽매임 없으니

어느 곳 경치인들 내 즐거움 아니랴.

청산과 녹수가 오가는 사이에서

나는 거문고 타고 그대는 퉁소 불어 실컷 즐기세.

그 자리에 그리운 사람 있지 않으면

그대여! 퉁소를 불지 마시게. 나도 타지 않으리라.

— 이종악 「퉁소인답탁지」洞簫引答琢之

■ 그가 시를 지어준 탁지琢之는 정박鄭璞의 자인데, 퉁소를 잘 불었다. 이종악
은 어은漁隱과 창랑滄浪의 거문고 연주법을 익혀 집안 아저씨인 이상경李尙
慶과 합주하거나, 친구인 정박의 퉁소와 어울려 음악을 즐겼다. 그가 지은
『금보』琴譜는 고려대학교 도서관에 소장되어 있다.

황윤석 黃胤錫

　주인[1] 이양배李陽培가 일찍이 거문고 한 장을 가지고 있었는데, 참판 어석정魚錫定(1731~93)이 팔았던 것이다. 이따금 주영창朱永昌을 불러 연주하게 하고 들었다.

　올해 2월에 내가 태복太僕으로 성균관에 들르면서 거문고의 안부를 자주 물었는데, 이미 사기꾼의 꾐에 넘어가 잃어버린 지가 오래되었다고 한다. 그 때문에 크게 한숨을 쉬었다. 다만 그 자의 뒤를 밟게 하여 그 단서를 얻었으므로, 장차 동부東部에 소송할 것이라고 한다. 나는 마침 휴가를 얻어 남쪽으로 가게 되었으므로, 한때 동부 봉사로 있던 변료邊僚에게 편지를 보내 부탁하였다.

　"거문고 때문에 송사가 일어났다니, 이 또한 운치 있는 일이 아닌가."

　내가 어버이를 뵙고 돌아와보니 거문고도 과연 돌아와 있었다. 그러나 영창의 손 놀리는 법이 늙고 무디어져 들을 만하지 못했다. 일단 주인에게 부탁하여 잘 간직하고 기다렸다가, 내가 뒷날 다시 사들여서 연주하는 것이 좋겠다. 우선 거문고의 배에다 몇 자를 새겨서 증표로 삼고자 한다.

땅에 있으면 복괘復卦[2]이고
땅에 나오면 예괘豫卦[3]이다.
산하山下를 본받으니
이에 은미함과 드러남이 함축되었네.

在地則復　出地豫兮
宜山下　是有函微著兮

옛사람이 '이름난 금琴에는 크고 작은 우레가 있다'고 했다. 우레가 땅속에 있으면 금琴의 소리가 은미하고, 우레가 땅에서 나와 울리면 금의 소리가 드러난다. 이頤괘의 상象은 산 아래에 우레가 있는 것이니, 그 은미함과 드러남을 모두 함축시키는 것이다.

　— 황윤석「반인금명」泮人琴銘

■ 제후의 학궁學宮은 둘레를 절반쯤 물로 둘렀으므로, 성균관을 반궁泮宮이라고 했다. 반인은 대대로 성균관에 딸려 있는 사람들인데, 주로 쇠고기 장사를 하는 사람이 많았다고 한다. 황윤석(1729~91)이 찾아가던 주인의 거문고 이야기를 기록하면서 자신이 뒷날 사겠다고 약속했다. 황윤석은 음악을 좋아하여 거문고나 퉁소에 관한 시를 지었으며, 꿈에 들은 거문고 소리를 생각하여 지은 칠언장편시도 있다.

---

1) 조선시대 나라에 공물貢物로 바치는 물건을 도맡아 주선하여 바치던 사람. 민간인 가운데 이를 선정하여, 각 관아에서 물건 값을 미리 주어 이들로 하여금 물건을 사서 바치게 하였다.

2) 64괘 가운데 하나인데, 기운이 순환하는 상象이다.

3) 64괘 가운데 하나인데, 인심이 화락한 상이다.

홍순석 洪純錫

국은菊隱 홍시랑洪侍郎[1]이 이런 이야기를 들려주었다.

선공先公[2]이 일찍이 함창[3]에 놀러갔다가 거문고를 잘 타는 홍순석을 알게 되었는데, 순석 또한 남양 홍씨였다. 공이 그에게 농담으로

"자네는 우리 집안의 먼 일가붙이邊族다."

라고 하면서 '홍백변'洪白邊이라고 불렀다. 그때 홍공의 사돈이 함창 사또가 되어 육영당育英堂에서 술잔치를 베풀었는데, 모인 자들이 모두 장안의 명사들이었다. 풍류 질탕하게 수십 일을 지내다가 끝나자, 영남우도에 성대한 잔치로 전해졌다. 순석도 일개 금사琴師로 그 자리에 끼여 앉았는데, 한번 연주할 때마다 온 자리가 고요하여 사람이 없는 것 같았다. 그와 더불어 사귀기를 즐겨하지 않는 명사들이 없었다. 그러나 순석은 자유분방하게 얽매이지 않고 산수에 노닐기를 좋아해, 한번도 장안에 이른 적이 없었다. 그래서 소식이 끊어진 지가 오래되었다.

공이 만년에 충주에서 지냈는데, 어느 겨울밤에 술자리를 마

괴산군 수옥폭포. 부근에 수옥정이 있었다.

련하고 벗들을 초대하였다. 술이 한 순배도 돌기 전에 홀연히 신발 소리가 저 멀리에서 들려왔다. 길에는 싸락눈이 내리고 뜰에는 나뭇잎이 떨어져, 바스락거리는 소리가 섞여 들려왔다. 누가 옷을 털면서 문에 들어섰는데, 큰 키에 흰 수염을 드리우고 등에는 거문고 자루를 메었다. 자리에 앉았던 손님들이 모두 그가 귀신인가 의심했다. 공이 그를 한참 보다가 물었다.

"자네는 홍백변이 아닌가? 어디서 여기까지 왔나?"

그 손님이 갑자기 절하고 말했다.

"순석이 공과 헤어진 지 15년 동안 마음에 잊을 수가 없었는데, 마침 수옥정漱玉亭에 와서 열흘 거문고를 타다가 아침에 돌아가려던 참이었습니다. 그런데 공께서 여기 계시다는 소식을 듣고 멀리서 걸어왔습니다."

자리에 있던 손님들이 모두 깜짝 놀라며 감탄하고, 그를 윗자리로 이끌어 술을 권했다. 밤이 깊어 등불이 빛나자, 거문고를 꺼내어 연주했다. 성조가 비장해 이따금 연나라 시장바닥이나 초나라 강가에서 지사들이 비분강개하던 소리가 있었다. 옛날에 함께 노닐던 벗들 이야기에 이르자, 생사를 또한 알지 못해 눈물이 가득 고였다. 위로 명사들과 노닐며 시를 지어 노래 부른 것이 많았다. 홍공의 시는 이렇다.

높은 산 흐르는 물은 지금도 여전한데
쓸쓸한 인생은 60년일세.

술 마시며 열댓새 즐기다가 다시 거문고를 지고 떠나갔다. 그 뒤에는 그의 종적을 다시 듣지 못했다.

시랑侍郞이 내게 이같이 들려주고는 서글피 한참 있었다. 나 또한 그를 보지 못해 안타까웠다. 나중에 함창 사람에게 들으니, 함창에 문씨文氏가 거문고로 이름난 지 10여 년 되었는데, 홍순석이 그의 외손자라고 했다. 수옥정은 새재 북쪽에 있는데, 폭포가 매우 기이하다. 시인 유운경柳雲卿이 그곳에 사는데, 그 또한 기이한 선비이다.

— 성대중 「서홍금사사」書洪琴師事

---

1) 국은은 홍검洪檢(1722~?)의 호인데, 1759년 문과에 급제했다.
2) 선공은 남의 돌아가신 아버지이니, 홍정준洪廷準을 가리킨다.
3) 경상북도 상주군 함창면 일대에 있었던 조선시대의 현인데, 1914년 상주군에 병합되었다.

성대중成大中

충문忠文 성공成公[1]의 집은 백악白岳 기슭에 있고,[2] 충정忠正 박공朴公[3]의 집은 목멱산 자락에 있었는데, 모두 손수 심은 소나무가 울창해 서로 바라다보였다. 처음 두 분의 집안이 뒤집혀 처형당하고 아이들과 집까지 관가에 몰수되었을 때, 저 두 그루 소나무만 남아 있었다. 두 분은 비록 죽음을 당했지만, 당시 사람들이 가엾게 여겨 그 손때가 묻은 소나무를 어루만지며 보살펴주었기 때문이 아니겠는가. 그렇지 않다면 곧 베어버렸기 쉬웠을 텐데, 어찌 번성하게 자랄 수 있었으랴.

300년이 지나 장릉莊陵(단종)이 복위되었다. 사육신도 결백함이 밝혀져 제사를 받게 하고, 시호를 내려 포상했다. 정조 신해년(1791)에 장릉배식단莊陵配食壇[4]을 설치하여, 장릉을 위해 순절한 모든 분들을 아울러 배향하였다. 이때 와서야 표창에 유감이 없게 되었다.

두 그루 소나무가 우뚝 서서 그 처음과 끝, 굴욕과 신원의 시절을 보았는데, 소나무 또한 수명을 다했다. 경신년(1800)에 남쪽 소나무가 비바람에 꺾였고, 북쪽 소나무 또한 시들어 죽었다. 이는 정종이 승하한 해이다.

선군先君[5]께서 이 두 그루의 목재를 얻어, 합해서 거문고를 만드셨다.[6] 이름을 쌍절금雙節琴이라 하고 시험삼아 연주해보니 뛰어난 소리가 났다. 나도 한번 찬찬히 들어보니 맑고도 굳세고 곧아서 거의 두 분의 모습을 담았으며, 또 임금과 신하가 서로 잘 만난 시절의 성대한 모습을 상상할 수 있었다.

문종이 병을 앓고 있을 때 두 분을 불러, 무릎에 단종을 앉히고 그 등을 어루만지며 당부하였다.

"내가 이 아이를 경들에게 부탁한다."

그러고는 어탑에서 내려와 친히 술을 따라 두 사람에게 권하였다. 둘 다 몹시 취하자 내시에게 명하여, 문을 떼고 마주 들어 숙소에 누이게 하고, 손수 담비 이불을 끌어다 덮어주었다. 이 날 밤 큰 눈이 내렸다. 두 분이 깨어나 기이한 향내가 방 안에 가득한 것을 알고, 서로 감격하여 눈물을 흘렸다. 성은이 이와 같았으니 어찌 단종을 위해 순절하지 않을 수 있었으랴.

— 성해응 「쌍절금기」雙節琴記

1) 충문은 성삼문(1418~56)의 시호이다.

2) 종로구 화동 23번지, 옛 경기고등학교 정문 앞에 있었다.

3) 충정은 박팽년(1417~56)의 시호이다.

4) 단종에게 충절을 다하다 순절한 신하들을 함께 제사하기 위해, 장릉 옆에 단을 설치했다. 정단正壇에는 32명, 별단別壇에는 198명을 모셔 제사를 받게 했다.

5) 선군은 돌아가신 아버지를 뜻하니, 성해응의 아버지 성대중(1732~1812)이다.

6) 이 동리에 장원서掌苑署가 있었는데, 사육신 가운데 한 분인 매죽당梅竹堂 성삼문成三問이 옛날에 살던 집이다. 장원서 뜰 안에 성학사가 심은 소나무가 있었다. 30년 전까지도 썩은 나무가 있었는데, 사람들이 그 나무를 거문고의 재목으로 썼다. 그 거문고는 지금도 세상에 남아 있다고 한다. ─ 유본예『한경지략』漢京識略「삼청동」

이금사 李琴師

　내 집에 거문고가 두 부 있는데, 하나는 박충정朴忠正 (박팽년)의 옛집터 소나무 재목이고, 하나는 경산京山 이공(이한진)이 보내준 것인데 바다에 떠온 오동으로 만들었다. 때때로 어루만지며 은거하는 운치를 도왔는데, 내가 음률에 밝지 못해 연주할 수는 없었다.

　예전에 서해 바다에 놀러갔다가 안면도·월도月島의 경치 좋은 곳에 오른 적이 있었는데, 산림이 울창하고 파도가 아득한데다 어룡魚龍이 휘파람을 불어 마치 숨어 사는 군자가 그 위에 있는 것 같았다. 다시 소산小山의 연주를 듣고 싶어 불렀지만, 올 수가 없었다. 죽하竹下[1)가 지은 「애이금사문」哀李琴師文을 보게 되자, 내가 서해 바다에 놀러갔을 때에 진작 만나지 못한 것을 아쉬워했다.

　이금사는 결성結城[2) 황리黃里에서 태어났는데, 그 계보는 상세치 않다. 거문고 타기를 좋아하지만 이 또한 누구에게 배웠는지 알 수 없다. 일찍이 그가 원당元堂 유씨柳氏의 별장으로 죽하를 찾아와 연주한 적이 있었다. 다시 갔을 때에는 죽하가 슬퍼하여 곡을 마치지 못했다고 한다. 나는 산림에 살고 죽하는 바닷가에 은거하니, 산림의 음은 그윽하면서 맑고 바닷가의 음은 확 트여 원대하다. 밤이 깊고 달이 밝을 때마다 생각이 문득 거문고 연주에 이르면, 조용히 생각하여 그 경境을 얻었다. 비록 천 리 멀리 있지만 내 책상 옆에 있는 듯해서, 수염과 눈썹ㆍ두건을 터는 모습까지 거의 보이는 듯하다. 지금 금사는 죽었으니, 무엇으로 말미암아 그의 모습을 얻어보랴.

거문고는 있지만 그 곡을 연주할 수 없고, 경境은 있지만 그 음을 드러낼 수 없으며, 오묘한 솜씨는 있지만 함께 연주할 맞수를 잃어버렸다. 인간 만사가 모두 잘 어그러지니 어찌 합해질 수 있으랴. 그 때문에 탄식한 지가 오래되었다.

— 성해응 「서죽하애이금사후」書竹下哀李琴師後

■ 제목은 '죽하가 지은 이금사의 애도문 뒤에 쓰다'라는 뜻인데, 이금사의 이름은 알 수가 없다.

1) 김기서金箕書의 이름인데, 그림을 잘 그렸다. 이규상의 『병세재언록』에 의하면 김상숙의 둘째 아들이라고 한다.
2) 충청남도 홍성군 결성면 일대에 있던 군(현)인데, 1914년에 홍주군과 합병하여 홍성군이 되었다.

김성기 金聖基

[1]

　김성기는 처음에 상방尙方의 궁인弓人이었다. 나중에 활을 버리고 어느 사람을 따라서 거문고를 배웠는데 거문고를 잘 탄다고 이름이 났다. 또 퉁소와 비파도 잘 다루어, 스스로 새로운 소리新聲를 만들었다. 교방敎坊의 자제들이 많이 그 악보를 배웠다. 이름을 날린 자들이 많았는데 모두 성기의 문하에서 나왔다.

　이렇게 되자 성기는 자기의 뛰어난 재주만 자부하면서 처자를 위해 일하는 것을 부끄러워하였다. 재물로써 사귀려 드는 사람이 있어도 구차하게 받지 않았다. 집안은 날로 더욱 가난해졌다. 그는 작은 배 한 척을 사서 서호西湖에 띄워놓고, 낚싯대 하나를 들고 왔다갔다 하며 고기를 잡았다. 드디어 자기의 호를 조은釣隱이라고 하였다.

　어쩌다 강물이 고요하고 달도 밝은 밤이면, 강 한가운데로 노를 저어 나아갔다. 퉁소를 끌어당겨 서너 곡조를 부는데 그 소리가 너무나도 비장해서, 강 위의 기러기나 따오기들도 슬피 울

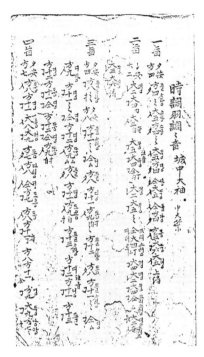

김성기의 거문고 악보를 필사한 「어은보」漁隱譜

며 날아갔고, 갈대밭 이웃 배에서 듣던 사람들도 모두 일어나 서성거리며 떠날 줄을 몰랐다.

　당시에 아전 목호룡睦虎龍이 역적을 고발하는 글을 올렸다. 그래서 중신들을 많이 죽였으며, 동궁東宮(뒷날의 영조)의 지위까지도 흔들었다. 그렇게까지 되지는 않았지만, 그 공으로 동성군東城君에 봉해졌다. 공경公卿 이하 모두들 동성군의 지시를 감히 거스르지 못했다.

　호룡이 그 무리들과 술을 마시다가, 말과 구종을 함께 보내며

秋齋集　卷七　詩

六

…秋來探藥萬山中　鴉嘴長鋤竹背籠　歸及年年邱嫂絲　鱸魚卵子火齊紅

金琴師

幾曲新翻捻帶中　拓窓相見欸神工　出魚降鶴今全授　戒汝休關射弈弓

負販孝子

童年云是讀書人　邸事多能爲養親　負販歸來躬視膳　何嘗一日坐家貧

姜鑾士

夜雨泥深大道傍　仙耕危跕下平岡　奮身八尺姜鑾士　隻手擎天死不僵

鄭先生

講堂花木一蹊成　斯夕斯晨趁磬聲　教育四隣佳子弟　褒衣博帶鄭先生

추재 조수삼이 지은 김성기의 이야기

성기에게 청하였다.

"오늘의 술자리는 네가 아니라면 즐거울 수가 없다. 네가 곧 나에게 와주면 좋겠다."

성기는 병을 핑계하고서 가지 않았다. 심부름꾼이 몇 번이나 와서 굳이 청했지만, 성기는 또한 끝내 가지 않았다. 호룡이 자기 패거리들에게 부끄러워 협박하게 했다.

"오지 않는다면, 내가 너를 크게 괴롭히겠다."

성기가 마침 손님과 더불어 비파를 뜯다가, 수염을 부르르 떨며 일어나 심부름꾼 앞에 비파를 내던지며 말했다.

"내 말을 호룡에게 전하라. 내 나이 일흔인데 어찌 너를 무서워하겠느냐고. 너는 역적 고발을 잘한다니, 이번엔 나를 고발하라고. 내 한번 죽으면 무슨 벼슬을 더 받겠느냐고."

호룡이 그 말을 듣더니 얼굴빛이 일그러졌다. 그래서 술자리도 끝났다. 이때부터 성기는 성내에 들어가지 않았다. 호사가들이 어쩌다 술이라도 싣고 강상에 나오면, 문득 통소를 잡고 또한 두어 곡조 불었다. 그 뒤 2년 만에 호룡이 사형을 당했다.

의양자宜陽子[1]는 말한다.

"고점리高漸離가 축筑을 던지자 진시황의 그 교만이 꺾였고, 뇌해청雷海淸이 악기를 내던지자 안록산의 그 기세가 꺾였다. 김성기가 비파를 내던지자 호룡의 간담이 떨어졌다. 이 세 사람이 모두 천한 악공樂工이라서 군자들은 깔보았지만. 그 의로움에 이르러선 찌르는 바가 있다. 끝내는 그 재주로 이름을 이루었으니, 그 뛰어나기가 이와 같았다. 고점리나 뇌해청의 사적은 『사기』나 『강목』에서 모두 크게 기록했으므로, 지금도 사람들의 이목에 비친다. 그러나 우리나라 역사에서만은 성기의 사적을 기록했는지 알 수 없기에, 우선 전傳을 지어서 뒷날을 기다린다."

— 남유용 『뇌연집』

[2]

  금사 김성기金聖器는 왕세기王世基에게 거문고를 배웠는데,
세기는 새 곡조가 나올 때마다 비밀에 부치고 성기에게 가르쳐
주지 않았다. 그러자 성기가 밤마다 세기의 집 창 앞에 붙어서
서 몰래 엿듣고는, 이튿날 아침에 그대로 탔는데 조금도 틀리지
않았다. 세기가 이상히 여겨 밤중에 거문고를 반쯤 타다 말고
창문을 갑자기 열어젖히자, 성기가 깜짝 놀라 땅바닥에 나가떨
어졌다. 세기가 매우 기특하게 여겨, 자기가 지은 것을 다 가르
쳐주었다.

  새로 지은 몇 곡조를 연습하면서
  창문 열다 제자 만나곤 신기에 탄복하였네.
  물고기 듣고 학도 춤추는²⁾ 곡조를 이제 전수하니
  네게 바라기는 후예를 쏴죽인³⁾ 일이 다시 없을진저.

  幾曲新翻捻帶中　拓窓相見歎神工
  出魚降鶴今全授　戒汝休關射羿宮

  ── 조수삼 『추재집』 기이紀異 「김금사」金琴師

■ 김성기는 김천택과도 교분이 있어, 시조 8수가 『청구영언』 등에 전한다. 전승이 끊어져 부르는 사람이 없던 평조삭대엽平調數大葉의 곡도 전하였다. 그가 세상을 떠나자 제자 남원군 이설 등이 스승에게서 배운 가락을 정리하여, 1728년에 『낭옹신보』浪翁新譜를 만들었다. 1779년에 편찬된 『어은보』漁隱譜도 『낭옹신보』를 저본으로 필사한 것이다.

---

1) 이 글을 지은 남유용南有容(1698~1773)의 자칭이다. 의령 남씨이기 때문에 이렇게 썼다.

2) 호파瓠巴가 거문고를 타면 새들이 춤추고, 물고기가 뛰놀았다. ─ 『열자』 제5권 「탕문편」湯問篇

3) 옛날에 방몽逢蒙이 예羿에게 활쏘기를 배웠다. 그러나 방몽이 예의 기술을 완전히 터득한 뒤에는, "천하에서 오직 예만이 나보다 활을 잘 쏜다"고 생각해, 결국은 예를 죽여버렸다. 이에 대해서 맹자는 이렇게 말했다. "그렇게 된 데에는 예에게도 잘못이 있다." ─ 『맹자』 권8 「이루 하」

영산옥寧山玉

그대 무엇을 생각하나.

저 북쪽 바닷가라네.

가을비가 추적추적 열흘이나 내리기에

문 닫고 쓸쓸히 누워 신세를 한탄하는데,

영산옥이 닭을 고아보내며 편지를 부쳤지.

수정같이 맑은 새 술도 함께 보냈지.

"비 개고 달이 밝으면

영락정 남쪽, 화교 서쪽 시냇가에서

심홍 이모·유씨 언니·연희와 함께

거문고와 피리 가지고 기다리겠어요.

자라탕과 잉어회도 마련하지요.

술은 우리 집에 바다처럼 많답니다."

고을 기생 영산옥은 노래 잘하고 시도 잘 지었으며, 거문고 솜
씨도 뛰어났다. 서시랑徐侍郞의 배수첩配修妾이었는데, 내가 서

藫庭菜《卷五》思牖樂府　二十四

問汝何所思　所思北海湄　我家賢兄學士今冬淸
問汝何所思　所思北海湄　麻鞋出溪上信步擬往姬家忽見汰際無限樹槲
稍微動人影度短金布裙提葫蘆蓮媂已踏橋西路
覵蓮姬回今宵雨歇月在沙水邊楊柳漾綠紗竹節
問汝何所思　所思北海湄　苦雨長夏漲溪瀧五日不
琴翠簾溪上待臚臁臉胇若莫嬈儂家有酒淥如海
用妓弄山玉普歡能詩工翠萬徐焉島收
雨晴月色明永樂亭南畵橋西盧姨與池妹玄
卧子桑病玉嫂寄書送歸鷄翠氄新醞凝玻瓈更期
尙汝何所思　所思北海湄　秋雨霏霏十日竟閉戶獨

김려가 영산옥을 생각하며 지어준 시 「사유악부 96」

시랑과 친척뻘이었으므로 나를 아주버님이라고 불렀다.

— 김려 「사유악부思牖樂府 96」

■ 김려(1766~1821)는 친구 강이천의 유언비어에 얽혀 1797년 12월에 함경도 부령에 유배되었다. 그는 1801년 신유사옥에 얽혀 다시 진해로 귀양갔는데, 부령 시절을 그리워하며 「사유악부」 290수를 지었다.
영산홍은 서시랑을 위해 수절하다가 1799년에 도호부사 유상량에게 곤욕을 치렀는데, 김려가 이 이야기를 가지고 「정안전」貞雁傳을 짓는 바람에 김종원의 옥사가 일어났다. 배수첩은 유배객의 시중을 들던 여인을 가리키는 말이다.

이원영 李元永

내가 서울에 있을 때 이따금 금객 琴客들과 어울려 놀았는데, 대개 금사 이원영을 많이 일러주었다. 병인년(1886) 봄에 나는 건릉健陵[1] 참봉으로 있었는데, 일 맡은 곳이 매우 한가했다. 어떤 사람이 말하기를

"이 고을에 거문고를 잘 타는 사람이 있는데, 그 사람과 더불어 이야기도 할 만합니다."

하기에, 내가 기꺼이 불러오라고 했다. 잠시 뒤에 그가 문에 이르렀는데, 키가 훤칠한데다 잘생겼으며, 양쪽 귀밑머리가 희끗했다. 지팡이로 땅을 더듬으며 왔다. 사람을 시켜 그를 부축하고 계단을 오르게 하자, 그가 올려다보며 말했다.

"아무개가 여기 왔습니다. 아무개가 여기 왔습니다."

이미 그의 이름을 들은 바 있으니, 바로 예전에 말하던 금사 이원영이었다. 내가 놀라 기뻐하며 말했다.

"나는 이노인이 다른 세상 사람인 줄 알았는데, 바로 여기 있었군."

김윤식이 참봉으로 근무하다가 금객 이원영을 처음 만났던 건릉

그러자 이노인이 평생 전수받은 거문고 솜씨에 대해 다 말했다. 거문고를 안고서 잠자코 생각하더니, 다음과 같은 노래를 지어 불렀다.

이 몸이 어떤 몸인가!
임금을 가까이서 모신 몸일세.
이 거문고는 어떤 거문고인가!
동룡銅龍[2]을 즐겁게 했지.
세월이 머물지 않음이여!
이 몸은 흩날리는 쑥과 같구나.
금琴이여! 금이여!
네 명이 다했음을 그 누가 알랴!

노래가 끝나자 천천히 어루만지며 현絃의 소리를 잦아들게 하다가, 상음商音을 끌면서 우음羽音을 탔다. 좌중에 눈물을 흘리지 않는 사람이 없었다. 내가 서글프게 있다가 얼마 뒤에 말했다.

"노인이 늙어서 세상에 다시 이름을 낼 수 없으니, 내가 노인을 위해서 장차 전傳을 지어주는 게 좋겠군."

드디어 그를 위하여 전을 지었다. (그 내용은 이렇다.)

이노인의 초명은 원풍元豊, 자는 군보君甫이다. 10대조 때부터 다들 만악縵樂 연주하는 법을 배웠는데, 노인에 이르러 이름이 더욱 알려졌다. 성품이 소탕하고 놀기를 좋아하여, 와서 연주해달라고 청하면 어느 집인지 묻지도 않았다. 17세에 액정서掖庭署에 소속되어 고운 옷을 입었으며, 여러 소년들을 따라 청루靑樓에서 놀았다. 진아螓蛾·만록曼睩[3]이 좌우에 늘어서 있으니, 노래를 부르는 자가 모두 눈길을 주고 부러워했으며, 그가 한번 돌아봐주기를 바랐다. 노인은 비용을 아끼지 않고 힘써 그 즐거움을 넓혔다. 이 때문에 함께 어울려 다니던 남녀들이 이별감李別監이 멋있다고 떠들썩하게 이야기했다.

익종翼宗[4]이 대리청정할 때에 그가 거문고를 잘 탄다는 말을 듣고 중희당重熙堂[5]으로 불러들였다. 노인이 거문고를 끼고 나아가 아침저녁으로 모시며 익종의 마음을 기쁘게 해드렸다. 그러나 얼마 지나자 답답해져서 바깥 세상의 즐거움이 생각나, 마침내 병을 핑계 대고 나왔다. 다시 예전의 방탕한 생활로 돌아갔는데, 거문고 솜씨는 더욱 묘해졌다. 이름난 벼슬아치들이 놀

익종이 서연을 하던 중희당 편액.
효명세자(익종)의 할아버지인 정조가 글씨를 썼다.

면서 서로 다투어 불러갔으니, 공경公卿 사이에 명성이 자자했다. 내수사內需司 별제別提(6품) 경복장景福將에 제수되었다가 여러 차례 품계가 올라 자헌대부(정2품) 품계까지 이르렀으니, 참으로 공경대부들의 힘이었다.

그는 중년에 경치 좋은 곳을 골라 창의문 밖에 터를 잡고 집을 지었다. 일계산방一溪山房이라 편액하고, 거문고를 가지고 제자들을 가르쳤다. 그의 제자들이 노인의 점화點化를 한번 거치면 모두 훌륭한 솜씨를 이뤘으므로, 다투어 그에게 몰려왔다. 한창 거문고 덕분으로 살았지만, 얼마 뒤에는 가세가 더욱 몰락했다. 그래서 남쪽으로 수원부水原府 송산松山 마을에 내려가 집을 세내어 살았다. 그의 자손들은 나무하고 밭을 갈아서 먹고 살았다.

노인이 나이 들자 두 눈이 어둡고 침침해져, 사물의 자취를 구분하지 못했다. 도성 안에 들어가지 않은 지가 12년이나 되자, 세상 사람 가운데 노인의 이름을 들었던 자들도 아득해져 그를 옛

『왕세자입학도첩』「왕세자출궁도」.
후에 의종이 되는 세자가 명륜당에서 입학례를 치르러 창경궁을 나오고 있다.

사람이라고 여겼다. 「자허부」子虛賦를 지은 자가 아직도 양원梁園에서 나그네 노릇을 하며 별탈없이 산다는 것을 알지 못했다.[6]

　노인은 늙고 병든데다 흉년까지 만나 더 가난해졌으며, 할미 또한 곱삿병을 앓았다. 노인은 지난날 마음대로 지내면서 이름난 기생과 살고 집안일을 돌보지 않았던 것을 생각할 때마다 부끄러웠다. 날마다 재물을 기울여 그 기생이 하고 싶은 대로 들어주었으므로, 할미는 혼자 몹시 고생하며 살림을 꾸려나갔다. 결국 재물이 다 떨어지자 기생은 떠나가버리고, 할미만 남게 되었다. 먹을 것이 떨어진 뒤에야 집에 돌아와 스스로 깊이 뉘우쳤으며, 할미에게도 몹시 부끄러웠다.

　할미도 또한 자기 남편이 평생 닭싸움이나 노름, 연회장에 분주히 돌아다녔지만 지금은 황량한 산속 썰렁한 집에서 장부의 뜻을 굽히고 있음을 생각하고, 매우 가여워하면서도 또한 다행스럽게 여겼다. 늙어서 다른 도리가 없었으므로, 머리를 모아 서로 의지했다. 이로부터 지난날의 잘못을 잊고, 서로 어여삐 여겨 아껴주었다. 이때 노인의 집은 네 벽만 서 있고, 가진 거라곤 거문고 한 장뿐이었다.

　깊은 가을 고요한 밤에 낙엽이 우수수 뜨락에 떨어질 때마다 노인은 일어나 거문고를 안고 길게 노래하며 반주하였다. 할미 또한 귀로 거문고 소리를 익숙히 분변하여 곁에 앉아 잘하고 못하는 것을 평하였으니, 그 즐거움이 그지없었다.

　"늙은 뒤에야 짝이 있는 즐거움을 알았다."

라고 노인이 말했으니, 이 또한 사마상여가 문군을 가볍게 여겨

「백두음」白頭吟[7]의 원망을 자초한 것보다 현명하다. 내가 보니 세상의 경박하고 놀기 좋아하여 명주실이나 삼실을 중히 여기고 왕골을 천히 여기는 자[8]들이 하루아침에 또한 이노인의 처지가 되지 않을 줄 어찌 알겠는가! 이 글을 보면 아마도 느끼는 바가 있을 것이다.

— 김윤식 「금사이원영전」琴師李元永傳

---

1) 조선 제22대 정조와 효의왕후 김씨의 능인데, 경기도 화성시 태안읍 안녕리에 있다. 사적 제206호.

2) 구리로 주조한 용 모양의 분수인데, 궁궐에 있었다.

3) 진아는 진수아미螓首蛾眉이니 매미 이마에 나방 눈썹, 즉 아름다운 여인을 뜻한다. 만록은 그 여인의 눈에서 발하는 빛이니, 이 역시 아름다운 여인을 뜻한다.

4) 순조의 아들 효명세자(1809~30)인데, 1827년부터 3년 동안 순조의 명을 받아 대리청정을 했다.

5) 창경궁 안에 있던 왕세자의 궁. 동궁이 서연書筵을 하고 신하들을 접견하던 곳인데, 정조 6년(1827)에 창건되었다.

6) 그로부터 오랜 세월이 지나자, 촉군 사람인 양득의楊得意가 황제의 사냥개를 관장하는 구감狗監이 되어 황제를 모시게 되었다. 그때 마침 황제는 「자허부」를 읽고서 그 글에 대해 크게 칭찬하며 말했다.
"짐이 이 부를 지은 작자와 같은 때에 살지 못한 것이 안타깝구나!"
그러자 양득의가 아뢰었다.
"신의 고향 사람인 사마상여가 이 글을 지었다고 스스로 말하고 있습니다."
황제는 놀라서 사마상여를 부르게 하였다. — 『사기』 제57권 「사마상여열전」
이 글에서는 예전에 이원영의 명성을 들었던 자들도 그의 소식을 오랫동안 듣지 못해, '이제는 죽었나 보다' 하고 생각했다는 뜻이다.

7) 사마상여가 무릉의 여인을 첩으로 데려오려 하자, 아내 탁문군이 「백두음」을 짓고 자결하려 하였다. 그러자 사마상여가 첩 데려오기를 그만두었다.

8) 명주실과 삼실이 있더라도 왕골이나 기령풀을 버리지 말고, 희강 같은 미인이 있더라도 파리해진 아내를 버리지 말라雖有絲麻 無弃菅蒯 雖有姬姜 無弃蕉萃 — 『춘추좌씨전』 성공成公 9년조.

조선시대_피리

세조世祖 · 허오許吾

[1]

　세종이 세조에게 명하여 안평대군安平大君 이용李瑢 · 임영대군臨瀛大君 이구李璆와 더불어 음악을 배우도록 하였다. 용은 그 성품이 화려한 것을 좋아하고 구는 본래 음률에 밝았기 때문에, 모두 즐겨 배웠다. 그러나 세조는 그즈음 궁마弓馬에 뜻을 두고 날마다 무인들과 더불어 힘을 겨루었는데, 능히 따를 자가 없었다. 그래서 문종이 그의 영웅스러움을 칭찬하였다. 세종이 거문고를 탄다는 말을 듣고 크게 기뻐하며, 곧 배우기 시작했다.

　세종이 어느 날 안평대군 이용 · 임영대군 이구와 더불어 향금鄕琴을 타라고 명했는데, 세조는 배우지 않았지만 안평대군 용이 그 솜씨를 따라가지 못했다. 그러자 세종과 문종이 크게 웃었다. 세조가 가야금을 탄 적이 있는데, 세종이 감탄하며 말했다.

　"진평대군晉平大君[1]의 기상으로 무슨 일인들 이루지 못하겠는가?"

세조대왕신을 그린 무신도. 서울 마포구 신수동 복개당에 있다.

"진평대군이 만약 비파琵琶를 탄다면, 쇠약한 기운도 다시 일게 할 것이다."

세조가 일찍이 저笛를 분 적이 있는데, 자리에 있던 종친들 가운데 감탄하지 않는 자가 없었다. 학鶴이 날아와 뜰 가운데서 춤을 추자, 금성대군錦城大君 이유李瑜가 아직 어린 나이였는데도 이를 보고 홀연히 일어나 학과 마주서서 춤을 추었다.

세조가 어느 날 달밤에 영인伶人 허오許吾에게 명하여 피리로 계면조界面調[2]를 불게 하였는데, 이를 듣고 슬퍼하지 않는 자가 없었다. 용瑢이 세조에게 물었다.

"대개 악樂이란 애련하면서도 마음을 상하지 않게 하는 것을 귀하게 여기는데, 형은 어찌 듣는 사람들이 슬퍼하도록 계면조를 씁니까?"

세조가 말했다.

"옛날 진陳나라 후주後主가 「옥수후정화」玉樹後庭花 때문에 망했지만, 당나라 태종도 또한 이 곡을 들었다. 너는 두견杜鵑의 소리를 그치게 할 수 있느냐?"

세종이 또 문종에게 말했다.

"악樂을 아는 자는 우리나라에서 오직 진평대군뿐이니, 이런 사람은 전후前後에 없을 것이다."

—『세조실록』총서

[2]

사약司鑰 허오許吾 등을 원종공신 3등에 녹한다.

—『세조실록』1년 12월 27일

---

1) 세종의 둘째 아들인데, 처음에 진평대군으로 봉해졌다가 세종 27년(1445)에 수양대군首陽大君으로 고쳐 봉해졌다. 이 기록은 그 이전임을 알 수 있다. 1455년부터 1468년까지 왕위에 올랐으며, 묘호는 세조世祖, 능호는 광릉光陵이다.

2) 우조羽調를 세속에서는 계면조라고 한다. (원주)

맹사성 孟思誠

맹감사현은 북산 아래 재동 접경에 있다. 옛날 문정공文貞公 맹사성이 살았으므로 동네 이름이 되었다. 맹사성은 세종 때 재상이다. 「무인기문」戊寅記聞에 이런 이야기가 있다.

맹사성의 자는 성지誠之이고, 관향은 신창이다. 사람됨이 청렴하고 솔직하며, 단아하고 묵중해서, 재상으로 있으면서 대체 大體만 지켰다.

천성적으로 음률을 좋아해서, 언제나 피리 하나를 가지고 다니면서 두세 마디씩 불었다. 삽작문을 닫고 손님을 대하지 않았으며, 공사를 결재 맡으러 오는 사람이 있으면 그제서야 문을 열고 접대하였다.

여름에는 소나무 그늘 아래 앉았으며, 방 안에서는 부들자리를 깔고 앉았다. 좌우에는 아무것도 없었다.

공무로 왔던 사람이 돌아가면 곧 문을 닫았다. 공무로 오는 사람은 마을 어구에 와서 피리 소리를 듣고 공이 있는 줄 알았다

맹사성고택이라고도 하는 아산의 맹씨행단孟氏杏壇(사적 제109호)

고 한다.

— 유본예『한경지략』漢京識略 「맹감사현」孟監司峴

송회녕宋會寧 · 석을산石乙山

을사년(1485)년 9월 7일(을묘)에 자용子容(우선언)과 정중正中 (수천정 이정은)이 말 한 마리에 아이 하나를 데리고 개성부 판문板門(널문리)에 있는 종의 집으로 나를 찾아왔다. 이튿날 아침이 밝자, 나는 자용·중정과 함께 널문리를 떠났다. 5~6리를 가자 큰길이 나타났다.

한수韓壽가 또 우리들을 이끌고 백초정百草亭 사당社堂으로 내려갔다. 사당에 들어갔더니 할미 열댓 명이 북을 두드리며 염불했는데, 그 가운데 가장 젊은 여인은 서른 남짓 되었다. 스스로 '불법佛法을 가장 잘 안다'고 했다. 자용이 여인 앞에 북쪽을 바라보고 서서 부처에게 네 번 절했다.

9일에 한수는 향사례鄕射禮에 간다고 오지 않았다. 백원 등이 내가 예전에 이곳에 놀아봤다고 하며 앞장을 세우기에, 어쩔 수 없이 앞서 갔다. 길을 가면서 영인伶人 송회녕이 저笛를 불었다.

한 골에 들어가자 왼쪽에 왕륜사王倫寺가 보이고 집터가 있었는데, 바로 고려조 시중 채중암蔡中庵 선생의 집이었다. 선생의 휘는 홍철洪哲이니, 호방하고 기개가 있어 당대 풍류의 어른이 었다. 집 하나를 지어 머물면서 날마다 학덕이 있는 늙은이들을 맞아들여 모임을 베풀고, 스스로「자하곡」紫霞曲을 지어 계집아 이들로 하여금 배우게 했다. 저녁이 되면 자하동에 들어가 그 노래를 부르게 하고, 거문고와 피리 소리를 함께 내니, 은연중 에 하늘에서 나는 소리 같았다. 중암이 손님을 속여,

"이 뒤 자하동에 예부터 신선이 있어, 밤에는 이런 소리가 난 다오."

라고 하면 여러 손님들이 믿었다. 하루는 노랫소리가 차츰 가까 워지더니, 중화당中華堂 뒤에 이르렀다. 잠시 뒤에 곧바로 중화 당 앞뜨락에 이르렀다. 중암이 내려가 무릎을 꿇자, 여러 손님 들도 머리를 조아리고 엎드려 그 음악 소리를 들었다. 이때부터 이 골에 신선이 있다고 세상에 전해졌다고 한다. 우리들은 당 위의 작은 봉우리에 말을 매고 그 아래에 앉아, 중화당 옛일을 이야기했다. 우리를 이곳에 데려온 늙은이가 말했다.

"이곳이 채정승 때에 신선들이 머물던 봉우리입니다."

영인 회녕이「자하동곡」을 연주하자, 손님들이 모두 기뻐 했다.

우리들이 소나무 아래에 앉자, 백원百源(무풍정 이총)의 종들 이 먼저 술과 고기, 떡과 과일을 차려놓았다. 백원 등이 술항아 리를 열어 술이 반쯤 취하자 공민왕 때의「북전곡」北殿曲을 연주 했는데, 망한 나라를 생각하니 가슴이 아팠다. 흥이 무르익자

의종[1] 때의 「한림별곡」을 연주했는데, 고려의 전성기가 생각났다. 그래서 서로 비분강개하기를 마지않았다. 나는 「조고시」弔古詩 세 편을 지었다.

시절이 마침 중양절이어서, 동서남쪽의 여러 산들을 바라보니 많은 남녀들이 떼를 지어 산등성이에 올랐다. 혹은 노래하고 혹은 춤을 추었으니, 자못 태평스런 기상이 있었다.

백원이 정중을 보고 비파를 타게 했으며, 혹은 거문고도 탔다. 회녕은 저를 불었다. 석을산이 노래를 부르자, 자용이 일어나 춤을 추었다. 비파와 노래와 저 소리가 어울려 아주 묘한 경지에 이르렀다.

자용이 주인 여자 가운데 가장 어린 자와 마주하여 춤을 추었다. 춤이 끝나자 목후무沐猴舞를 추었는데, 마디마디 춤사위가 노래와 악기 소리에 들어맞아 주인 사녀가 모두 눈물을 흘리며 기뻐했다.

내남대문內南大門을 나와 길을 가다가 회녕이 말 위에서 저를 불고, 자용이 말 위에서 일어나 춤을 추었다. 집집마다 남녀들이 문 밖에 나와 구경하며, 모두들 이인異人이라고 감탄했다. 자용이 흥에 겨워 이따금 미친 사람같이 소리를 질렀다.

이날 밤 머물던 집에 투숙했다. 백원의 종이 자용의 재주에 감격하여 별도로 술자리를 마련하자, 자용이 다시 일어나 목후무沐猴舞를 추었다. 주인과 종이 손을 맞잡고 두 번 절했으며, 석을산이 기녀를 주선했다.

영빈관을 거쳐 오정문午正門으로 들어가자, 백원의 종들이 은

행나무 아래 술자리를 마련해놓고 기다리고 있었다. 회령이 저를 불고 정중이 거문고를 타면서 즐거움을 맘껏 누린 뒤에 달빛 아래 저를 불면서 숙소로 돌아와 잠을 잤다.

이때 해가 지고 달이 뜨자 바람이 일어 나무들이 소리를 내었다. 정중이 거문고를 타자 스님들이 귀를 세워 들었다. 나는 자용과 함께 이를 잡으며 이야기하거나 춤을 추었다.

원통사元通寺 앞 단목檀木 아래에서 정중이 거문고를 타고, 또 절 앞에 있는 누각 위에서 연주하자, 스님들이 줄지어 서서 거문고 소리를 들었다. 그 가운데 한 스님이 가장 기뻐하며, "옛날 최치원의 무리들이 산을 유람했는데, 그대들이 바로 이들이다"라고 치하했다.

— 남효온 「송경록」松京錄

■ 「송경록」은 생육신의 한 사람인 추강 남효온(1454~92)이 1485년에 왕족인 무풍정 이총, 수천정 이정은과 함께 개성을 유람하면서 풍류를 기록한 글이다. 이총은 거문고의 명수였고, 이정은은 비파를 잘 탔다. 석을산은 노래로, 송회녕은 저로 이름난 악공들이었다. 망해버린 고려 왕조의 옛서울 개성에는 아직도 옛 왕조의 풍류가 남아 있었는데, 이들은 그 유적들을 찾아다니면서 기분이 내킬 때마다 고려시대의 노래와 춤을 즐겼다.

---

1) 「한림별곡」은 무신집권시기인 고종 때에 여러 선비들이 지었는데, 무신란 때문에 의종 때라고 착각한 듯하다.

단산수丹山守 이수李穗

　가정嘉靖[1] 시대에 단산수[2]라는 자가 있었는데, 종실宗室 사람이다. 옥적玉笛을 잘 불어 이름이 알려졌다. 그가 일이 있어 황해도에 갔다가 날이 저물어 산골에 이르렀는데, 도적 열댓 명이 활과 칼을 차고 길을 가로막더니 물건을 실은 수레와 함께 단산수를 약탈해갔다.

　산골짝으로 수십 리 들어가자 커다란 채색 장막이 보였다. 수많은 무리들이 각기 공구와 병기를 가지고 옹위한 가운데 대장 한 사람이 있었다. 붉은 관을 쓰고 비단 도포를 입었는데, 두 다리를 뻗고 붉은색 의자에 앉아 있었다. 당시 황해도의 도적 임꺽정林巨正이 병사를 끼고 횡행하였지만 관군이 그를 잡지 못했는데, 종실이 잡혀간 이른바 대장이란 자가 바로 그 임꺽정이었다.

　그 졸개가 길 가는 사람을 붙잡아왔다고 아뢰자, 꺽정이 그를 땅에 꿇어앉힌 뒤에 물었다. "너의 이름이 무엇이냐?"

　"종실 단산수요."

그가 대답하자, 꺽정이 웃으며 말했다.

"네가 바로 옥적을 잘 분다는 단산수란 말이냐?"

"그렇소."

"네 짐보따리 가운데 옥적이 있느냐?"

"있소."

꺽정이 측근들을 끼고 술을 마셨는데, 상 위에 놓인 음식들은 모두 땅과 바다에서 나는 진기한 것들이었다. 꺽정은 금으로 된 술잔을 들어 그에게 권하더니, 옥적을 불어보라고 명했다. 단산수는 어쩔 수 없이 서너 곡을 불었는데, 꺽정이 슬픈 표정으로 얼굴을 가리며 눈물을 흘렸다. 조정에서 꺽정 잡는 것을 매우 급박하게 했으므로, 비록 얼마 동안은 목숨을 연장한다 하더라도 끝내는 잡힐 것을 면할 수 없었다. 꺽정 자신도 그런 사실을 잘 알고 있었으므로, 슬픈 곡조를 듣자 슬프고 처연한 마음을 이길 수 없었던 것이다. 곡조가 끝나자 잇달아 너댓 잔의 술을 권했는데, 단산수도 사양할 수가 없었다. 꺽정은 기병 졸개에게 명하여, 단산수를 골짜기 앞까지 모셔 보내라고 하였다.

— 유몽인 『어우야담』

---

1) 명나라 세종世宗의 연호인데, 1522년부터 1566년까지 45년간이다. 조선으로는 중종 무렵부터이다.

2) 수守는 종친에게 주는 작위인데, 대군大君·군君·도정都正·정正·부정副正·수守 순으로 내려왔다. 왕의 4대 현손까지는 정치활동을 금하고, 종친부의 벼슬을 내려준 것이다. 5대 이하의 후손들은 벼슬을 받을 수 있었으며, 9대 이내 후손들에게는 특혜를 내렸다. 단산수는 이수李穗의 작위인데, 성종 초년에 무과에 급제했으며, 성종 3년(1472)에는 왕 앞에서 강서講書하였다. 성종 6년(1475)에는 임금이 후원에서 종친 108명을 불러 호피虎皮 한 장씩 내렸는데, 단산수는 활을 잘 쏘아 활 한 장을 따로 하사하였다.

옥금 玉金

가냘픈 피리 소리가 어슴푸레한 마을을 꿰뚫고
계곡에 비친 반달이 주렴에 가득하네.
그대에게 부탁하노니 청상조만은 불지 말게
옛동산에 매화가 떨어질까 걱정이라네.

嫋嫋聲穿綠暗村　半鉤溪月滿簾痕
憑君莫弄淸商調　恐有梅花落故園

— 김종직 「옥금야취소금」玉金夜吹小笒

■ 옥금에 대한 구체적인 이야기가 없지만, 소금小笒에 대한 기록이 워낙 드물어 이 시를 소개한다. 시 제목은 「옥금이 밤에 소금을 불다」라는 뜻이다.

이숭경의 종

뻐꾸기와 떨어진 매실이 다 사랑스럽고
호미 잡거나 피리 불거나 둘 다 해도 괜찮건만,
어리석은 종은 슬픈 옥소리 내는 데만 습관이 되어
봄 흙이 손가락 끝 더럽히는 것을 두려워했네.

布穀落梅俱可愛　把鋤橫笛不嫌兼
癡奴只慣拈哀玉　還怕春泥汙指尖

■ 영의정을 10년 가까이 지냈던 사암思菴 박순朴淳(1523~89)이 지은 이 시의
제목이 길다. 「친구인 상사 이숭경의 어린 종이 피리를 배워 재주가 이루어졌
는데, 밭을 김매게 했더니 마침내 달아났다. 그 소식을 듣고 이 시를 짓는다」
사대부 집안에서 종에게 노래를 가르치거나 거문고를 가르친 경우가 많았는
데, 가비歌婢나 금비琴婢 들은 대개 풍류를 도왔을 뿐, 집안일을 시키지 않
았다. 피리만 잡던 손에 호미를 잡게 하자 이 종이 달아났던 것이다.

하윤침 河允沈

하윤침이라는 자가 있었는데, 어떤 사람인지는 알 수 없다. 그는 옥적玉笛을 잘 불었다. 그가 바다를 건너다가 역풍을 만나 배를 섬에 정박시키고 열흘간 머물렀는데, 바람이 더욱 사나워졌다. 윤침은 몹시 무료하여, 밤낮으로 앉아 옥적을 불면서 시간을 보냈다.

배 안에 있는 한 사람이 밤에 꿈을 꾸었는데, 흰칠하고 키가 큰 백발의 신인神人이 나타나 말했다.

"내일 아침에 내가 너희에게 순풍을 빌려줄 테니, 너희는 나를 위해 하윤침을 남겨두고 가거라. 그렇게 하지 않으면 편안히 바다를 건너지 못하게 할 것이다."

그 뱃사람이 다른 사람들과 몰래 이야기해보니, 배 안에 있는 사람들이 다 같은 꿈을 꾸었다. 신의 모습과 들은 말도 모두 한결 같았다. 배 안에 있던 사람들이 몹시 두려워하며 서로 의논한 뒤, 마른 양식과 여러 물건들을 굴 속에 두고, 옥적도 훔쳐 함께 두었다. 이윽고 닻을 올리고 출발하려다가 뱃사람들이 거짓으로 놀라는 척하며 윤침에게 말했다.

"마른 양식과 물건, 그리고 옥적을 굴 속에 두고는 잊어버리고 왔소. 빨리 가서 가져오시오."

윤침이 배에서 내리자, 사람들이 힘을 합해 배를 저어 가버렸다. 윤침은 발을 구르며 외쳤는데, 그 뒤에 어떻게 되었는지 알 수 없다. 지금도 뱃사람들이 오가다 그 섬을 지날 때면 이따금 옥적을 부는 소리가 들린다고 한다. 그래서 그 섬 이름을 취적도吹笛島라고 한다

— 유몽인 『어우야담』

장천주張天柱

[1]

동지사冬至使 순의군順義君 이훤李烜과 김선행金善行(1716~68)·
홍억洪檍(1722~1809) 등이 하직 인사를 하자, 왕이 만나보고 어
찬御饌을 내렸다. 사언시四言詩 각 2구를 몸소 써서 하사하여, 이
들 사신이 가는 길을 영예롭게 하였다.

우리나라의 당금唐琴과 생황笙簧이 소리를 잘 이루지 못한다
고 하여, 연행燕行에 따라가는 악공樂工에게 그 음音을 배워오
도록 명하였다.

— 『영조실록』 41년 11월 2일

[2]

왕이 내국內局에서 입진入診하였다. 중국에 다녀온 사은 정사
謝恩正使 순의군 이훤과 부사 김선행을 같이 들어오라 명하여 물
었다.

"일행이 모두 무사히 갔다가 돌아왔는가?"

314

신윤복이 그린 「취생도」吹笙圖

김선행이 대답하였다.

"왕령王靈을 힘입어 모두 무사히 갔다가 돌아왔습니다."

"악사樂師가 악樂을 배워가지고 왔는가?"

"배워가지고 왔습니다."

왕이 악사 장천주에게 명하여 악기를 가지고 들어와서 생笙을 불고 거문고를 타게 하여, 각각 한 곡曲씩 연주하게 하였다. 그러고는 "악공을 잘 가르쳐서 성음聲音을 번거롭고 촉박하게 하지 말도록 경계하라"고 명했다.

— 『영조실록』 42년 4월 20일

윤신동 尹信東

선왕의 제도 가운데 음악이 가장 많이 없어졌다. 우리나라 경우에는 처음부터 그 올바른 제도를 전수받을 수 없어, 끝내 그 온전한 제도를 잃게 되었다. 관현악기는 세속에서 더욱 어지러워졌다. 이에 옥피리玉篴가 나왔지만, 세상에 그 이름을 아는 자가 없었다. 경經에 이르기를

"약籥은 저笛와 같은데, 짧고 구멍이 여섯 개다."[1]

하였으니, 그 구절을 본 뒤에야 그 피리가 약인 것을 알았다. 아! 이것이 유독 선왕의 제도인가? 그러나 이 약은 어느 시대 것인지 모르고, 이 약을 만든 자 또한 누구인지 모른다. 어떤 이가 이렇게 말했다.

"약을 만든 옥이 황벽색이고, 맑게 빛나면서 무늬가 있으니, 요즘 관동關東 이천부伊川府에서 나오는 옥이다. 이것은 옛날 우리나라 악기이다."

"옛날의 악관들은 대나무로 약을 만들었으니, 옥으로 만든 약은 대개 산인山人이나 도사가 부는 것이다."

옥피리

그래서 내가 이렇게 말했다.

"도가 있는 자는 천고에 노니는 신의 현묘함을 홀로 보고 사물의 자취에 통달하였으며, 성인의 지혜를 아울러 터득하였다. 그리하여 스스로 음률의 올바름을 얻었건만, 세상 사람들이 알지 못한다. 원주에 주천酒泉[2]이라는 옛고을이 있는데, 그 산수가 맑고 신령한 기운이 있어 기괴하였다. 예부터 신선을 말하는 자들이 살 곳으로 정하고 내왕하였다."

그러자 어떤 사람이 말했다.

"원천석元天錫[3] 선생 같은 분이 바로 그런 사람이다."

예전에 우리 고을 퇴어자退漁子[4] 김공이 벼슬과 녹봉을 가볍게 여기고 지조와 절개를 중시하여, 임금까지도 굽히지 못할 바가 있었다. 스스로 자연에 노닐며 홀로 더럽혀지고 혼탁한 세속을 초탈하였으니, 또한 세상에서 신선이라 할 만하다. 그가 일찍이 주천에 산 적이 있었다. 그때 주천 사람 하나가 나물 캐고 나무 하러 깊이 들어갔는데, 석실 안에서 이 약을 얻어가지고 나왔다. 같이 갔던 사람들이 보려고 다투다가 떨어뜨려 가운데가 부러졌는데, 김공에게 그것을 가지고 가서 아뢰었다. 김공이 매우 기이하게 여기면서, 부러져 쓸모없이 된 것을 여러 번 아쉬워했다. 그 뒤 고을의 청허루清虛樓에서 연회가 열리자 다시 이 약에 대해 이야기했으니, 부러진 것을 아쉬워하는 마음이 더 깊어진 것이다.

윤신동이란 자가 있었는데 기이한 것을 좋아하는 성품이어서 '오하후생梧下朽生이라고 호를 지었다. 그가 옥피리가 발견되었다는 소문을 듣고 민가에 가서 구해가지고 돌아와, 아끼고 사랑한 지가 20년 되었다. 내가 보니 선왕 때 만들어진 옛날 악기였다. 옥이 아름다운데다 절세의 솜씨건만 불행하게도 부러졌으니 슬프다. 천하의 기이한 악기는 모두 숨겨져 있어야 참으로 온전하고, 조금이라도 드러나면 반드시 재앙이 있으니, 조물주가 어질지 못한 마음이 있다. 또 탁마琢磨에 힘쓴 뜻과 율도律道를 탐구한 마음이 도리어 산천에 감춰서 무극無極을 따르게 하고자 하니, 그 뜻이 참으로 괴롭다. 도가 있는 자가 싫어하는 바는 그 물건이 더럽혀지는 것이니, 백성들이 어리석게 얻은 것부터 잘못이다.

생각이 이에 이르자 김공이 그것을 애석하게 여겨 손에서 놓지 못했던 까닭을 거듭 알겠다. 그리하여 부러진 약을 이어보라 권하고, 또 백금으로 그것을 묶어 불어줄 자를 기다리게 하였다. 그래야 그 음률을 전할 수 있을 것이다.

군자가 옛날 악기를 보고 어찌 그것을 전할 생각을 하지 않겠는가. 그렇다면 옥의 흠이 또한 유감스럽지 않은가. 이에 명銘한다.

나타나지 않은 것만 못하구나.

내게 나타나 거둬졌더라면 어찌 부려졌으랴.

소리가 없는 것만 못하구나.

소리가 잊혀지지 않은 것은 도의 밝고 순함에 있으니,

나의 삶이 길이 빛나리라.

— 홍원섭「후생옥약명병서」朽生玉籥銘幷序

■ 이 글의 제목은 '후생의 옥피리에 명을 짓고, 서문을 덧붙인다'는 뜻이다.

---

1) 약은 저笛와 같은데, 구멍이 셋이며 짧고 작다. — 『이아』爾雅 「석악」釋樂 주.

　약은 저와 같은데, 구멍이 셋이다. — 『예기』 「명당위」明堂位 주.

　약은 저와 같은데, 구멍이 여섯이다. — 『후한서』 「낭의전」郞顗傳 주.

2) 조선시대 원주목의 속현인데, 지금 강원도 원주시 주천면 일대이다.

3) 호는 운곡耘谷인데, 고려말에 정치가 어지럽자 치악산에 들어가 농사지으며 학문하였
　다. 그가 가르쳤던 태종이 찾아왔지만, 산속으로 숨어버렸다. 『운곡시사』耘谷詩史를
　남겼다.

4) 김진상金鎭商(1684~1755)의 호인데, 『퇴어당유고』를 남겼다.

이한진 李漢鎭

경산京山 이공李公이 퉁소 불기를 좋아하자, 단실丹室 민공閔公[1]이 성천成川에 수령으로 나갔다가 옥피리를 만들어 보내주었다. 그러고는 시를 지어 명銘했다.

남전藍田[2]의 보배요
구령緱嶺[3]의 소리로다.
지녔다가 누구에게 물려줄까.
아름다운 화음이 있네.
선루仙樓에서 옥피리 부니
강의 달빛이 마음을 비추네.

배와坯窩[4] 김공이 그 명을 써서 그늘지고 서늘한 골짜기에 함께 두었다.

경산공이 일찍이 퉁소를 가지고 담헌湛軒 홍씨의 죽사竹舍에 들러 몇 곡을 연주하였다. 담헌이 본래 거문고를 잘 탔으므로,

그와 짝이 되었다. 한번은 금강산에 들어가 헐성루歇惺樓 위에서 퉁소를 불었는데, 절의 스님들이 놀라서 신선이 누樓 위에 내려온 줄 알았다.

악樂이란 군자가 마음을 다스리고 덕을 진취시키는 소리이다. 그러므로 음을 살펴 마음을 알 수 있고, 마음에 인하여 덕을 알 수가 있다. 빠르고 느리고 떨치고 격동하는 것을 그 악기에 맞추니, 어찌 그 소리가 조화되지 않겠는가. 기뻐하고 슬퍼하는 것이 절주節奏에 맞으니, 그 마음이 다스려지지 않겠는가. 청렴하고 분별력 있으며 곧고 착함이 자신에게 채워지니, 그 덕이 진작되지 않겠는가. 그러므로 교묘郊廟에서 음악을 쓰면 기운이 화합되고 마음이 평정되며, 산천에 음악을 베풀면 윤리가 맑아지고 이치가 밝아진다. 공이 언덕과 골짜기에 깊이 숨어 주현소월朱絃疏越5)의 음을 만들 수는 없었으나, 위로는 맑고 밝은 다스림을 돕고 또한 맑고 한가롭게 유유자적함을 얻어 사악함을 물리치고 더러움을 씻어내 성명性命의 올바름을 드러내게 하였다. 이른바 윤리를 맑게 하고 이치를 밝게 한 것이 아니겠는가.

공이 젊었을 때에 북산 기슭에 살며 선생과 장자를 좇아 노닐었다. 효효재嘐嘐齋6) 김공이 본디 음률을 좋아했으므로 공이 그를 좇아 배웠는데, 그 음이 바르고 곧아 세속의 소리와 달랐다. 또 북산이 맑고 그윽하며 아주 깊어, 샘과 바위와 솔바람 소리가 모두 그 경境을 드러낼 만하였다. 그래서 공이 더욱 그 성음聲音의 묘妙를 터득하였다.

단실공이 보내준 피리는 성천 비류강沸流江 가에서 나는 옥으

현전하는 가장 오래된 중국의 신선설화집
『열선전』列仙傳에 등장하는, 흰 학을 타고 생황을 부는 왕자교

로 만든 것이니, 단실공 풍류의 여운에다 옥의 빛나는 기운이
입혀져 멸절되지 않을 것이다. 이는 군자가 남의 덕을 도와주려
는 것이다. 단실공이 스스로 그 덕을 닦고 또 옥을 캐어 통소를
만들어 이공에게 보내준 까닭은 공이 그 덕을 함께 하려고 한
것이다. 어찌 한갓 성음만 위했겠는가. 단실공이 먼저 세상을

떠나자 배와공이 그 뒤를 따랐으며 이공도 또한 떠났으니, 군자
의 덕을 이제는 찾아볼 길이 없다.

　　— 성해응 「제단실민공옥소시후」題丹室閔公玉籲詩後

■ 성해응이 지은 글의 제목은 '단실 민공이 지은 「옥소시」玉籲詩의 뒤에 쓰다'
　라는 뜻이다. 이한진(1732~?)의 자는 중운仲雲인데, 감역 벼슬을 지냈다. 소
　전小篆을 잘 써 이름이 났다.

---

1) 단실은 민백순閔百順의 호인데, 승지를 지냈다.

2) 아름다운 옥의 산지이고, 그곳에서 나는 옥을 가리키기도 한다.

3) 왕자교王子喬는 주나라 영왕의 태자 진인데, 생황을 잘 불어 봉황의 울음소리를 냈다.
　이수와 낙수 사이에 노닐었는데, 도사 부구공이 그를 데리고 숭고산으로 올라갔다. 30여
　년 뒤에 사람들이 산 위에서 그를 만났는데, 왕자교가 백량 앞에 나타나 말했다. "7월
　7일에 구씨산 정상에서 나를 기다리라고 내 집에 알려주게." 그날이 되자 과연 왕자교
　가 흰 학을 타고 산마루에 내려왔다. 사람들이 멀리서 그를 바라보았지만, 가까이 다가
　갈 수는 없었다. 왕자교는 손을 들어 사람들과 헤어지고, 며칠 뒤에 떠났다. 나중에 구
　씨산 아래와 숭고산 위에 그를 위해 사당을 세웠다. — 『열선전』列仙傳

4) 김상숙金相肅(1717~92)의 호인데, 첨지중추부사를 지냈다. 그의 글씨체를 직하체稷下
　體라고 한다.

5) 마전한 붉은 실로 줄을 메우고, 비파의 구멍으로 공기를 통해 소리를 느리게 한다朱絃
　疏越. — 『예기』 「악기」樂記
　　실을 마전하지 않으면 소리가 맑지만, 마전하면 탁해진다. 소疏는 통通과 같은 뜻이
　고, 월越은 비파의 밑바닥에 있는 구멍이다.

6) 김용겸金用謙(1702~89)의 호인데, 음직으로 공조판서를 지냈다. 박지원·홍대용 등
　과 자주 악회를 가졌다.

장천용 張天慵

[1]

　장천용은 황해도 사람이다. 그의 옛 이름은 천용天用이었는데, 황해감사 이의준李義駿이 고을을 순행하다가 곡산에 이르러서 그와 함께 놀고는 그의 이름을 천용天慵이라고 고쳐주었다. 그 뒤로는 천용天慵으로 행세하였다.

　내가 곡산에 사또로 부임하던 그 이듬해(1798)에 연못을 파고, 그 위에 정자를 지었다. 어느 날 밤에 달빛 아래서 고요히 앉아 "퉁소 소리나 들었으면"하고 혼자 중얼거리며 탄식하는데, 어떤 사람이 앞으로 나오면서 말했다.

　"이 고을에 장생張生이란 자가 있는데, 퉁소도 잘 불고 거문고도 잘 뜯습니다. 그는 관청에 들어오기를 좋아하지는 않지만, 이제 급히 아전을 그의 집으로 보내어 옹위하여 온다면 될 것입니다."

　"아니다. 만일 그가 정말 고집스럽다면, 꺼잡아오게 할 수는 있겠지만 어찌 억지로 퉁소를 불게까지야 할 수 있겠는가. 네가 그에게 가서 내 뜻을 알려주어라. 그가 오려고 하지 않는다면 억지로 끌고오지는 말아라."

얼마 뒤에 심부름꾼이 와서 말했다.

"장생이 벌써 문 밖에 왔습니다."

그가 방으로 들어왔는데 망건도 벗은데다 맨발이었다. 창옷은 입었지만, 띠는 띠지 않았다. 그는 술에 몹시 취해서 눈빛이 희멀겠다. 손에는 퉁소를 쥐었지만, 불려고 하지 않았다. 자꾸 소주만 찾았다. 서너 잔을 주었더니, 더욱 비틀거리다가 아무런 의식도 없어졌다.

옆에 있던 사람들이 붙들고 나가서 밖에다 재웠다. 그 이튿날 다시 정자로 불러와서 술 한 잔만 주었다. 천용이 얼굴빛을 가다듬더니 말했다.

"퉁소는 저의 장기가 아니고 그림을 잘 그립니다."

그래서 그림 그릴 비단을 마련해왔다. 그는 산수·신선·오랑캐 중·괴상한 새·오래된 등나무·늙은 나무 등 수십 폭 그림을 그렸다. 수묵이 제멋대로 칠해졌지만, 그 흔적은 뵈지 않았다. 모두 굳세고 예스러워서 보통 사람들의 생각을 뛰어넘었다. 사물의 모습을 묘사하는 솜씨가 가늘고도 교묘하고 그 정채가 빛났다. 사람들로 하여금 어쩔 수 없이 놀라고 칭찬하게 하였다. 곧 붓을 던지고 술을 찾더니 또 몹시 취했다.

사람에게 부축하여 보냈다가 그 이튿날 또 불렀다. 그는 벌써 어깨에 거문고 하나를 메고 허리에 퉁소 하나를 꽂은 채, 동쪽으로 금강산에 들어갔다고 한다.

퉁소

이듬해 봄에 청나라 사신이 오게 되었다. 일찍이 천용에게 신세를 진 어떤 사람이 평산 고을 관청을 수리하게 되자, 단청 칠하는 일을 천용에게 맡겼다.

그와 같이 일을 맡은 자가 마침 상주가 되었다. 천용이 그의 지팡이를 보니 기이한 대나무였는데 이상한 소리가 들렸다. 밤이 되자 그 지팡이를 훔쳐서 구멍을 뚫어 퉁소를 만들었다. 태백산성 가운데 봉우리 마루턱에 올라가서 불다가 날이 새자 돌아왔다. 상주는 매우 화가 나서 꾸짖었다. 천용은 곧 그곳을 떠났다.

몇 달 뒤에 나는 해임되어 돌아왔다. 또 몇 달이 지난 뒤에 천용이 특별히 중국 가람산岾嵐山의 모습을 그려서 주었다. 그러고는 말했다.

"올해엔 꼭 강원도로 이사가서 살겠습니다."

천용은 아내가 있었지만 얼굴이 몹시 못생겼다. 게다가 젊어서부터 중풍이 들어 길쌈도 못하고 바느질도 못했다. 밥도 못하고 아이도 못 낳았다. 게다가 성격까지 불량해서 늘 자리에 누워 천용에게 종알거렸다. 그러나 천용의 사랑은 조금도 게을러지지 않았다. 그래서 이웃 사람들이 모두 기이하게 여겼다.

   — 정약용 『여유당전서』 「장천용전」

[2]

  천용자天慵子는 자가 천용天慵인데

  많은 사람들이 어리석다 손가락질하네.

  평생동안 갓과 망건을 써본 적 없어

  마주하면 헝클어진 머리 심란스럽네.

  술 마실 땐 입술에서 곧장 배로 집어넣지

  달거나 시거나 싱겁거나 진하거나,

  쌀술이건 보리술이건 가리지 않지

  고양이 눈 같은 청주도, 고름 같은 탁주도.

  가야금 한 장 어깨에 들러메고

  왼손엔 피리 하나, 오른손엔 지팡이 하나,

  봄바람엔 묘향산 삼십육 동부三十六洞府

  가을 달엔 금강산 일만이천봉.

  가야금 뜯고 피리 불면서

  구름 속에 노닐다가 노을에 자고,

  산길엔 숲을 뒤져 잠자는 범 찾아내고

  물길엔 돌을 굴려 웅덩이 용龍 놀래네.

  떠날 때 무명 두루마기 거지에게 줘버리고

  해진 옷과 바꿔 입어 성한 데 하나 없네.

  집에 오면 아내는 바가지 박박 긁어

땅을 치고 하늘에 울며 가슴 치건만,

천용자는 묵묵히 대답도 않고

고개 숙여 순하고 또 공손하네.

길에서 주워온 한 주먹 괴석怪石을

자루에서 꺼내 보석처럼 쓰다듬네.

배 고프면 이웃집에 곧장 달려가

새로 빚은 막걸리 서너 사발 얻어 마시고,

얼큰하면 소리 높여 노래 부르니

높은 곡조는 이칙夷則에, 느린 곡조는 임종林鍾에 맞네.

노래 끝나면 종이 찾아 묵화墨畵 치는데

가파른 봉우리에 성난 바윗돌, 급한 여울에 늙은 소나무,

뇌성벽력 천둥소리 음산케 그렸다가

눈 녹은 높은 산 조촐하게 그리네.

해묵은 칡덩굴 얽힌 모습 그리다가

송골매 보라매가 싸우는 모습도 그리네.

구름 타고 하늘 나는 신선을 그릴 제면

새하얀 수염이 찌를 듯이 곤두서네.

초라한 스님 오똑이 앉아 등 가려워 긁는 모습 그리는데

상어 뺨에 원숭이 어깨 비뚤어진 입에다 속눈썹이 눈을 덮은
궁상스런 꼴일세.

　용 귀신이 불 뿜으며 뱀과 싸우는 모습 그리다가

　요사스런 두꺼비가 달 파먹어 토끼 방아 침노하는 모습도 그
리지만,

아낙네와 모란꽃, 작약꽃, 홍부용은

두 팔이 잘린대도 그리려 들지 않네.

외상 술값 갚으려고 그림을 팔지만

하루 벌면 하루 술값으로 다 날려버리네.

이름이 관가에 알려지길 꺼려해

관가에 알리는 자 있으면 노기가 칼날 같네.

상산象山[1]에 부임한 지 두 해가 지나

누각 세우고 연못 파서 백성과 만물이 어울렸는데,

천용자 찾아와서 관아 문 두드리며

사또님 만나자고 큰소리로 외쳐대네.

돌계단 곧장 올라 다락으로 드는데

버선도 없는 붉은 다리가 시골 농부와 같네.

절도 읍揖도 하지 않고 두 다리 뻗고 웃으며

거듭 하는 말이라곤 술 달라는 소리뿐.

맑은 바람이 사방에서 시원하게 불어오니

여느 사람 아닌 줄 첫눈에 알아보고,

손 잡고 가슴 열어 큰 포부 털어놓으며

비 오는 아침 달 뜨는 저녁 언제나 서로 어울렸네.

배우지 못한 미명彌明이 한유韓愈를 굽혔고[2]

지공支公이 대옹戴顒을 찾아온 것 같았네.

천용자는 장씨張氏 성인데

고향을 물었더니 입을 다물었네.

    — 정약용 「천용자가」天慵子歌

1) 황해도 곡산군의 옛이름이다. 다산이 군수로 부임한 당시의 객관 이름도 상산관象山館
   이었다.
2) 도사 미명이 한유의 제자들과 「석정」石井이란 제목으로 연구聯句를 지어, 한유의 제자
   들을 굴복시켰다.

황세대 黃世大

　왕이 필선弼善 이연덕李延德이 음률을 잘 안다고 하여 아악雅
樂을 바로잡게 했는데, 사단社壇에서 음악을 연주할 때에 소簫
의 소리가 몹시 작았으며, 율律에 맞지도 않았다. 왕이 이연덕
에게

　"12율律에는 각기 궁성宮聲이 있는가?"

　묻자, 이연덕이 아뢰었다.

　"그렇습니다. 종묘악宗廟樂의 경우에는 황종궁黃鍾宮을 쓰고,
사직악社稷樂의 경우에는 임종궁林鍾宮을 씁니다. 그 가운데 각
각 12율이 있으니, 이것이 8율을 사이에 두고 상생相生하는 뜻
입니다."

　그러자 왕이 말했다.

　"음악이란 신명神明을 감동시키는 것인데, 지금 아악이 이와
같으니 그 태만함을 신칙함이 마땅하다."

　곧 이연덕의 죄를 엄중하게 따져 묻고, 다시 익히도록 명했다.
장악원 제조提調 민응수閔應洙가 아뢰었다.

서유구徐有矩의 『유예지』遊藝志에 수록된,「생황자보」笙簧字譜

"임진왜란 이후로 악기가 다 망가지고 없어져, 지금의 성률聲律은 거의 다 훼손되고 남은 것이 없습니다. 지난 해에 악공樂工 황세대가 북경北京에 들어가 생황笙簧을 배워가지고 왔으니, 이

신윤복의 『여속도첩』의 「생황 부는 여인」(국립중앙박물관 소장)

번에 사신이 들어갈 때에도 또한 그를 들여보내어 배워오게 하
는 것이 마땅합니다.”

왕이 그대로 따랐다.

— 『영조실록』 18년 8월 2일

임희지 林熙之

임희지(1765~?)의 호는 수월도인水月道人이니, 중국어 통역관이다. 사람됨이 비분강개하여 기백과 절조가 있었다. 둥그런 얼굴에 뻣뻣한 수염을 길렀으며, 키는 8척이나 되었다. 특출하면서도 속깊은 모습이 마치 도사나 신선 같았다. 술 마시기를 좋아하여 어떤 때에는 밥도 거른 채 몇 날씩이고 술에서 깨어나지를 못했다.

대나무와 난초를 잘 그렸는데, 대나무는 표암豹庵 강세황姜世晃과 비슷하게 이름을 날렸지만 난초는 그보다 훨씬 나았다. 그림을 그릴 때마다 수월水月이라는 두 글자를 반드시 덧붙였다. 어떤 때에는 부적 같은 것을 화제畵題로 그려넣기도 했는데, 알아보기가 어려웠다. 글자의 획이 기이하고도 예스러워서 인간의 글자라고는 할 수가 없었다.

그는 또한 생笙을 잘 불었는데, 많은 사람들이 그에게서 배웠다. 집이 가난해서 값나갈 만한 물건은 없었지만, 그래도 거문고와 칼·거울·벼루는 지니고 있었다. 그 가운데서도 구슬로

임희지가 그린 「묵란」

장식된 옛 붓꽂이는 값이 7,000냥이나 했으니, 살고 있는 집값
의 갑절이나 되었다. 그는 또한 첩 하나를 데리고 있었는데,

"내 집 뜨락에다 꽃 한 송이 심은 게 없으니, 네 이름을 화일
타花一朶(꽃 한 송이)라고 부르는 게 좋겠다."

하면서 그렇게 불렀다.

살고 있는 집이래야 서까래도 몇 개 안 되고 빈 터도 얼마 없
었지만, 사방 몇 자씩 되는 연못을 반드시 파놓곤 했다. 그러나
샘물이 솟아나지 않았으므로 쌀 씻은 뜨물 같은 것을 쏟아부어
서 연못물이 늘 혼탁했다. 그래도 그는 언제나 연못가에 앉아

노래 부르며 말했다.

"내가 수월水月의 뜻을 저버리지 않았으니, 저 달이라고 어찌 깨끗한 연못물만 골라서 비추겠는가?"

다른 책이라곤 가진 게 없었지만, 도연명의 전기가 실린 『진서』晉書 한 권만은 반드시 지녔다.

언젠가는 배를 타고 교동喬桐으로 가고 있었는데 바다 한가운데 이르러서 큰 비바람을 만났다. 배가 위험하게 되자 타고 있던 사람들이 모두 어쩔 줄을 모르고 부처나 보살을 찾았다. 그러나 임희지만은 갑자기 껄껄 웃으면서 검은 구름과 흰 파도가 출렁거리는 가운데 일어나서 춤을 추었다. 바람이 고요해진 뒤에 어떤 사람이 그 까닭을 물었더니, 이렇게 대답했다.

"죽음은 늘 있는 것이지만 바다 한가운데서 일어나는 비바람의 장한 경치는 쉽게 볼 수가 없다오. 그러니 내 어찌 춤추지 않을 수 있겠소?"

그는 이웃집 아이에게서 거위 깃털을 얻어 옷을 엮어 짰다. 달 밝은 밤이면 쌍상투를 틀고 신발도 벗은 채로 깃털 옷을 입고 생笙을 빗겨 불었다. 그런 모습으로 네거리를 지나갔더니 순라꾼이 보고서 귀신이라고 놀라며 모두 달아났다. 그 미친 짓거리가 대개 이와 같았다.

그가 일찍이 나를 위해 바윗돌 하나를 그려주었는데, 붓을 몇 번 대지 않고서도 그 윤곽이 드러났다. 그 영롱한 분위기란 참으로 기이한 솜씨였다.

— 조희룡 『호산외기』

조선시대 _ 해금

광한선 廣寒仙

[1]

　　장악원 관원이 해금 타는 기생 광한선 등 네 명의 이름을 적어서 아뢰자, 전교하였다.

　　"요즘 비가 마침 흡족하게 왔으므로, 작은 잔치를 양전兩殿에 베풀어드리겠다. 광한선 등에게 해금을 가지고 들어오게 하라."

　　조금 있다가 전교하였다.

　　"가야금과 아쟁牙箏 잘 타는 기생을 한 명씩 또 빨리 뽑아 들이라."

　　하루는 왕이 술에 취하여 사사로이 임숭재任崇載에게 말했다.

　　"내가 광한선을 가까이하고 싶은데 바깥에서 알까 두렵다."

　　숭재가 말했다.

　　"세조 때에도 네 기생이 있어 때없이 궁중에 드나들었습니다. 기생을 뽑아 드나들게 하는 것을 바깥에서 어찌 알겠습니까?"

　　왕의 생각이 비로소 결정되어, 드디어 광한선을 사랑하게 되었다.

해금

이에 앞서 왕이 미행하여 내시內侍 대여섯 명에게 몽둥이를 들려 정업원淨業院으로 달려들어가 늙고 추한 비구니를 내쫓고, 나이 젊고 아름다운 비구니 일고여덟 명만 남겨 음행하니, 이것이 왕이 마음대로 색욕을 즐긴 시초이다.

─『연산군일기』 9년 6월 13일

[2]

두 대비가 창경궁 내전에서 왕에게 잔치를 베풀어 위로하고, 정승과 사헌부·승정원 관원들을 남빈청南賓廳에서 대접하였다. 왕이 사랑하는 기생 내한매耐寒梅와 광한선을 제목으로 하여 각각 시를 지어 바치게 하자, 이자건 등이 아뢰었다.

"대체로 시를 읊는 것은 제왕이 숭상할 일이 아닌데, 더구나 창녀의 이름으로 제목을 삼겠습니까? 만일 사책史冊에 쓴다면 후세 사람들이 무엇이라고 하겠습니까?"

그들은 끝내 지어 바치지 않았고, 승지 이하의 관원들은 모두 지어 바쳤다. 왕이 정승 및 대사헌에게 전교하였다.

"김감金勘은 어질고 학문이 있으니, 자헌대부資憲大夫로 품계를 올려 성균관지사成均館知事를 제수하고 싶은데, 경 등의 뜻은 어떠한가? 이런 일들을 소인들이 들으면 반드시 '대군이 김감의 집에 있기 때문에1) 그렇게 하는 것이다'고 할 것이다. 그러나 내 생각으로는 요즘 김감 같은 사람은 얻기 어려운 듯하다."

그러자 성준成俊 등이 아뢰었다.

"과연 성상의 전교와 같습니다. 품계를 뛰어올려 직을 제수하셔도 지나칠 것이 없습니다."

이자건이 이렇게 아뢰었다.

"그의 인품은 과연 어집니다. 다만 가선대부嘉善大夫로 동지同知를 제수하는 것이 준례인데, 지금 품계를 뛰어 제수한다면, 작爵과 상이 차례를 건너뛰게 될까 염려됩니다."

호피虎皮 7장을 내려 정승·승지·대사헌 등에게 하사하였다. 조금 있다가 왕이 크게 취하여 문정전文政殿 뜰에 나앉아 이극균李克均을 부르고, 또 성준·남곤南袞·이희보李希輔·성세순成世純·허집許諿·권균權鈞을 불렀다. 또 이계맹李繼孟·이맥李陌을 부르고, 또 이창신李昌臣·한형윤韓亨允·이과李顆를 불러들여 풍악을 벌이고 술을 하사하였다. 한형윤에게 시를 짓

게 하고, 왕이 이르기를,

"네 시가 악하다."

하니, 한형윤이 아뢰었다.

"신의 시가 악하지 않습니다."

성준이 아뢰기를,

"신의 자식은 더욱 시에 능합니다."

하니, 왕이 일렀다.

"성중온成仲溫인가? 성경온成景溫인가?"

왕이 스스로 북을 쳐서 노래하고 춤추며, 여러 기생들에게 화답하게 하였다. 모시고 있던 여러 신하들을 혹은 노래하고 혹은 춤추게 하였다. 더러는 손으로 사모紗帽를 벗겨 머리털을 움켜잡고 희롱하며 욕보이기를 몹시 무례하게 하여, 군신간의 예절이 다시 없었다. 술이 한참 무르익자 왕이 안으로 들어가므로, 형윤과 희보가 부축하여 모시고 안뜰로 들어가 앉았다. 왕이 광한선을 끌어당겨 곁에 앉히고 해금奚琴을 타게 하였다.

— 『연산군일기』 9년 11월 20일

[3]

왕이 전교하였다.

"오늘은 7월 7일이므로 대비전大妃殿에 작은 잔치를 베풀어드린다. 작은 잔치를 어찌 반드시 공식적인 예연禮宴과 같이 하랴. 예전에 들으니 조종조祖宗朝에서도 기생으로 하여금 단장하고 대내大內에 들게 하셨다. 오늘의 일도 웃전上殿을 위함이니, 장악원

344

관원으로 하여금 기생을 거느리고 선인문宣仁門으로 가게 하라. 완산월完山月·상림춘上林春·광한선은 다 기예를 잘하는 자들이다. 그 나머지에서도 기예가 있는 자로 악樂마다 각 1명, 노래하는 자 1명을 다 단장하고서 들게 하라. 앞으로 명일名日 및 여느 때의 특별한 작은 잔치가 있으면 다 홍장紅粧을 입게 하라. 만약 비 오고 습하거든 단의短衣로 하여, 장악원 관원이 언제나 그날 기생을 거느리고 예궐詣闕하는 것을 상례常例로 하라."

　─『연산군일기』 10년 7월 7일

[4]

　정승 등이 아뢰었다.

　"폐왕廢王(연산군) 때에 천과흥청天科興淸 의춘도倚春桃는 왕에게 아첨하여 총애를 받고 여러 가지 폐단을 만들어 죄악이 가득 찼으니, 중한 벌로 처치하소서. 그 나머지 흥청興淸으로 광한선·적선아 같은 자들도 또한 모두 폐단을 만들었으니, 장杖 100대를 쳐서 변방으로 정속定屬하되, 공포貢布만 거두고 사역은 시키지 말게 하소서."

　"그리하라"고 전교하였다.

　─『중종실록』 1년 9월 11일

---

1) 김감은 연산군의 도승지를 지낸 측근인데, 그에게 아들이 없어 창녕대군을 그 집에서 살게 했다. 창녕대군은 김감을 수양아버지라고까지 불렀다.

해금수 嵇琴叟

내가 대여섯 살 때로 기억된다. 해금을 켜면서 쌀을 구걸하러 다니는 사람을 보았는데, 얼굴이나 머리털이 예순남짓 된 사람이었다. 곡을 연주할 때마다 문득 누군가 불렀는데,

"해금아! 네가 아무 곡을 켜라."

하면 해금이 응답하는 것처럼 곡조를 켰다. 늙은이와 해금이 마치 영감과 할미 양주 같았다. 콩죽을 실컷 먹고 배가 아파 크게 소리를 지르는 흉내도 내고, 빠른 소리로 '다람쥐가 장독 밑으로 들어갔다'고 외치는 흉내도 냈다. 남한산성의 도적이 이 구석 저 구석으로 달아나는 흉내도 정녕 그럴듯하게 냈다. 그게 모두 사람을 깨우치는 말이었다. 내가 회갑 되던 해(1862)에 노인이 다시 내 집으로 와서 예전같이 쌀을 구걸했다. 노인의 나이가 이미 100살은 넘었을 테니, 기이하다, 기이해!

영감과 할미가 콩죽 먹고 배탈났다네.

다람쥐가 장독 밑을 뚫지 못하게 해라.

구한말 악사들. 왼쪽부터 피리·해금·거문고·양금 연주자이다.

스스로 조카와 묻고 답하는데
가만히 들어보니 모두 사람을 깨우치는 말일세.

翁婆豆粥痛河魚　鼫鼠休敎穿醬儲
自與阿咸相問答　竊聽都是警人書

── 조수삼 『추재집』 기이 紀異 「해금수」 嵇琴叟

유우춘柳遇春

　서기공徐旂公[1]은 음악에 조예가 깊은데다 손님을 좋아해서, 누가 찾아오면 술상을 벌이고 거문고를 뜯거나 피리를 불어 주흥을 도왔다. 나는 그를 따라 놀며 즐겼는데, 한번은 해금을 얻어가지고 가서 소리를 머금고 손을 끌어다 벌레와 새들의 울음소리를 내어보았다. 그랬더니 서기공이 귀를 기울이고 듣다가 소리를 버럭 질렀다.

　"좁쌀이나 한그릇 퍼주어라. 이건 거렁뱅이의 깡깡이다."

　나는 영문을 몰라서 물었다.

　"무슨 말씀이신지요?"

　"너무하군. 자네는 음악을 몰라. 우리나라에는 두 갈래의 음악이 있으니, 하나는 아악雅樂이고, 다른 하나는 속악俗樂일세. 아악은 옛날의 음악이고 속악은 후대의 음악인데, 사직社稷과 문묘文廟에서는 아악을 쓰고 종묘에서는 속악을 섞어 쓰니, 이게 바로 이원梨園[2]의 법부法府라네. 군문軍門에서 쓰는 것은 세악細樂[3]이니 용맹을 돋우고 개가를 울리는데 완만하고 미묘한 소리까지 두루 갖추지 않은 게 없어, 연희에서 이것이 쓰인다네. 여기에 철鐵의 거문고, 안安의 젓대, 동東의 장구, 복卜의 피리가 있고, 유우춘·호궁기扈宮其는 해금으로 나란히 이름나지 않았던가. 자넨 어찌 이들을 찾아가서 배우지 않고, 그 따위 거지의 깡깡이를 배워왔나. 대개 거지들은 깡깡이를 들고 남의 문앞에서 영감·할미·어린애와 온갖 짐승·닭·오리·풀벌레 소리를 내다가 곡식 몇 줌을 받아들고 가지 않던가. 자네의 해금은 바로 이런 따월세."

나는 기공의 말을 듣고 크게 부끄러웠다. 그래서 해금을 싸서 치워버리고, 여러 달 동안 풀어보지도 않았다.

나의 종씨 금대거사琴臺居士가 나를 찾아왔는데, 작고한 현감 유운경柳雲卿의 아들이다. 운경이란 분은 젊은 시절부터 협기가 있어 말달리기와 활쏘기를 잘했는데, 영조 무신년(1728) 호적湖賊[4]의 토벌에 군공을 세웠다. 그분이 이장군 집의 여종을 좋아해서 아들 둘을 낳았던 것을 알고 있었으므로, 나는 조용히 거사의 두 아우가 요즘 잘 지내는지 물었다. 그랬더니 이렇게 대답했다.

"아아! 모두 살아 있다오. 내 친구가 변방의 사또로 나가 있기에 발을 싸매고 이천 리를 걸어가서 오천 전을 얻어다가 이장군 댁에 두 아우의 몸값을 치르고 속량을 시켰지요.[5] 그래서 큰아우는 남대문 밖에서 망건을 팔고, 작은 아우는 용호영龍虎營[6]에 구실을 다니는데 해금을 잘 켠다오. 요즘 세상에서 '유우춘의 해금'이라 일컫는 자가 바로 내 아우라오."

細樂手

鈺上

김홍도의 『안릉신영
도』에 나오는 세악수
細樂手. 앞줄 왼쪽에
서 세 번째 악사가 해
금을 켜면서 행진하고
있다. (국립중앙박물
관 소장)

나는 기공의 말을 기억하고 깜짝 놀랐다. 명가의 후예로서 군졸로 떨어져 있는 게 슬펐지만, 한편으로는 하나의 기예로 일가를 이루어 살아가고 있는 게 기뻤다.

나는 거사를 따라 십자교十字橋[7] 서편으로 우춘의 집을 찾아갔는데, 초가집이 몹시 정결했다. 우춘의 늙은 어미가 혼자 눈물을 지으며 옛일을 이야기했다. 한편으로는 계집종을 불러, 우춘을 찾아 손님이 오신 것을 알리게 했다. 얼마 뒤에 우춘이 나타났는데, 말을 붙여보니 순직한 무인이었다.

그 뒤 달이 밝은 어느 날 밤이었다. 내가 구등篝燈을[8] 돋우고 글을 읽는데, 검은 겉옷을 걸친 네 사람이 기침을 하며 들어섰다. 그 가운데 한 사람이 우춘이었다. 커다란 술병에 돼지다리 한 짝, 남색 전대에 침시 5,60개를 담아, 세 사람이 나눠 들었다. 우춘은 옷소매를 걷어부치고 껄껄 웃으면서,

"오늘 밤 글방 샌님을 좀 놀라게 해드리리다."

하더니, 한 사람을 시켜 무릎을 꿇고 술을 따르게 했다. 술이 반쯤 취하자 우춘이 좌중을 둘러보며 말했다.

"잘들 해보자구."

세 사람은 품속에서 각기 젓대 하나, 해금 하나, 피리 하나를 꺼내어서 합주로 가락을 뽑았다. 우춘은 해금을 타는 옆으로 다가앉더니, 해금을 빼앗아 들며 말했다.

"유우춘의 해금을 안 들을 수 있겠소."

능란한 솜씨로 천천히 켜기 시작했는데, 그 처절 강개한 곡조를 이루 다 말할 수 없었다. 우춘은 해금을 팽개치고 껄껄 웃으

며 돌아가버렸다.

금대거사가 귀향할 적에 우춘의 집에서 행장을 꾸렸는데, 우춘이 술상을 차리고 나를 불렀다. 자리에 커다란 청동靑銅 동이가 놓였기에 무엇인가 물었더니,

"취해서 토할 때에 쓰려고 준비한 거라오."

했다. 술을 따르는데 술잔은 사발이었다. 다른 방에서 소의 염통을 구웠는데, 술이 한 순배 돌면 베어서 들지 않고 소반에다 받쳐서 젓가락 한 모를 놓고 계집종으로 하여금 무릎을 꿇고 올리게 했다. 사대부들이 모여서 술 마시는 것과 예의 범절이 달랐다.

그때 나는 자루 속에 해금을 넣어가지고 갔는데, 해금을 꺼내 들고 물었다.

"이 해금이 어떤가? 나도 전에는 자네가 잘하는 이 해금에 마음을 붙여보았는데, 무턱대고 벌레나 새 울음소리를 내다가 남들에게 '거렁뱅이의 깡깡이'라고 비웃음을 샀다네. 마음에 겸연쩍었지. 어떻게 하면 거렁뱅이의 깡깡이를 면할 수 있을까?"

우춘이 손벽을 치며 크게 웃었다.

"한심하군요. 선생의 말씀이여! 모기가 앵앵대는 소리, 파리가 윙윙거리는 소리, 쟁이들이 뚝딱거리는 소리, 선비들이 개굴거리는 소리, 천하의 모든 소리들은 다 법을 구하는 데 뜻이 있지요. 내가 타는 해금이나 거지가 타는 해금이나 무엇이 다르겠습니까. 내가 이 해금을 배운 까닭은 늙으신 어머님이 계시기 때문이었지요. 신통치 못하면 어떻게 늙으신 어머님을 봉양할

수 있겠습니까. 그렇지만 내 해금 솜씨는 저 거렁뱅이보다 못하답니다. 저 거렁뱅이 솜씨는 묘하지 않은 것 같으면서도 묘하지요. 내 해금이나 저 거렁뱅이의 해금은 같은 재료입니다. 말총으로 활을 매고 송진을 칠하였으니 비사비죽非絲非竹이요, 타는 것도 아니고 부는 것도 아니랍니다. 내가 처음 해금을 배우기 시작한 지 3년 만에 이루었는데, 다섯 손가락에 다 못이 박혔지요. 기술이 더욱 높아갈수록 급료는 늘지 않고, 사람들은 더욱 몰라주었답니다. 저 거렁뱅이는 허름한 해금을 한 벌 가지고 몇 달 만져본 것만으로도 듣는 사람이 겹겹이 둘러서고, 해금을 다 켠 뒤에 돌아가면 따라붙는 사람만도 수십 명인데다, 하루벌이가 말 곡식에 돈도 한 움큼 모인다오. 이는 다름이 아니라, 좋아하는 사람이 많기 때문이지요. 지금 유우춘의 해금을 온 나라 사람들이 알고 있다지만 이름만 듣고 알 뿐이지, 정작 해금을 듣고 아는 사람은 몇이나 되겠습니까. 종친宗親이나 대신이 밤에 악공을 부르면 (우리 악공들은) 저마다 악기 하나씩을 안고 가서 허리를 굽히고 대청으로 올라가 앉지요. 촛불을 환히 밝혀놓고, 집사가

　'잘하면 상이 있을걸세.'

라고 하면, 우리들은 그만 황공해서

　'예이.'

하고 연주를 시작하지요. 현악과 관악이 서로 맞추지 않아도 길고 짧고 빠르고 느린 것이 아득히 절로 맞아 돌아가는데, 숨소리 잔기침 하나 문 밖으로 새나오지 않을 즈음에 곁눈으로 슬쩍

보면 주인은 잠자코 안석에 기대어 졸음이나 청한답니다. 이윽고 기지개를 켜면서

　'그만두어라.'

하면, 우리들은

　'예이.'

하고 물러나지요. 집에 돌아가서 생각해보면 제가 타는 것을 제가 듣다가 돌아왔을 뿐인데도, 저 논다니 귀공자와 우쭐대는 선비들의 맑은 담론, 고상한 모임에는 일찍이 해금을 안고 끼이지 않은 적이 없다오. 저들이 문장을 평론하기도 하고 과명科名을 비교하기도 하다가, 술이 거나해지고 등잔의 불똥이 앉을 무렵에는 뜻이 높고 태도가 심각해져 붓이 떨어지고 종이가 날다가, 문득 나를 돌아보고 묻지요.

　'너는 해금의 시초를 아느냐?'

　내가 황망히 몸을 굽히고,

　'모르옵니다.'

라고 대답하면,

　'옛적 해강嵇康이 처음 만들었느니라.'

하지요. 내가 또 얼른 몸을 굽신하고

　'예에. 그렇습니까.'

하면 누군가 웃으면서.

　'아닐세. 해금은 해부족奚部族의 거문고라는 뜻이지. 해강의 해嵇자가 당키나 한가.'

라고 하지요. 이렇게 좌중이 분분하지만, 그게 대체 나의 해금

「선묘조제재경수연도」宣廟朝諸宰慶壽宴圖의 술자리 해금 연주모습

과 무슨 상관이 있겠습니까.

또 가령 봄바람이 화창하게 불고 복사꽃 버들개지가 흩날리는 날 시종별감들과 오입쟁이 한량들이 무계武溪의 물가에서 노닌다면, 침기針妓와 의녀醫女 들이 높이 쪽찐 머리에 기름을 자

르르 바르고 날씬한 말에 붉은 담요를 깔고 앉아 줄을 지어 나타난답니다. 놀이와 풍악이 벌어지는 한편에선 익살꾼이 섞여 앉아서 신소리를 늘어놓지요. 처음에 「요취곡」鐃吹曲[9]을 타다가 가락이 바뀌어 「영산회상」靈山會上이 울리게 되는데, 손을 재게 놀려 새로운 곡조를 켜면 엉켰다가 다시 사르르 녹고, 목이 메었다가 다시 트이지요. 쑥대머리 밤송이 수염에 갓이 쭈그러지고 옷이 찢어진 꼬락서니들이 머리를 끄덕이고 눈깔을 까막거리다가 부채로 땅을 치며,

'좋다! 좋아!'

하지요. 그 곡이 가장 호탕한 것처럼 여기고, 오히려 보잘것없는 줄은 모른답니다.

내 동료 호궁기와 한가한 날 서로 만나서 해금 자루를 끌어 해금을 어루만지며 두 눈을 하늘에 팔고 마음을 손가락 끝에 두어, 털끝만치라도 잘못 켜면 크게 웃으며 한 푼을 냅니다. 그렇지만 두 사람 다 돈을 많이 잃어본 적은 한번도 없지요. 그러니 내 해금을 알아주는 자는 호궁기 한 사람뿐입니다. 그러나 호궁기가 내 해금을 아는 것이 내가 나의 해금을 아는 만큼 정확하지는 않지요.

이제 선생이 공력을 적게 들이고도 세상 사람들이 금방 알아주는 것을 버리고, 공력은 많이 들면서도 세상 사람들이 알아주지 않는 것을 구태여 배우려 하시니, 정말 딱하십니다."

그 뒤에 늙은 어머니가 세상을 떠나자, 우춘은 자기 업을 버리고 내게도 다시는 들르지 않았다.

우춘은 아마도 효자이면서 악공들 속에 숨은 은자일 것이다. 우춘의 말에 "솜씨가 나아질수록 사람들이 더욱 알아주지 않는다"고 한 것이 어찌 해금뿐이랴.

— 유득공 『영재집』冷齋集 권10 「유우춘전」

---

1) 기공은 서상수徐常修(1735~93)의 자인데, 서화 골동을 감상하는 안목이 높았다.

2) 이원은 당나라 때에 음악을 담당했던 관청 이름이다. 조선시대 장악원을 흔히 이원이라고도 불렀는데 영조 29년과 30년에 "장악원을 이원이라고 부르지 말라"고 명하였다.

3) 취타吹打가 아닌, 장구·북·피리·저·깡깡이로 연주하는 군악이다.

4) 이인좌李麟佐가 1728년에 충청도에서 반란을 일으켰다.

5) 노비종모법奴婢從母法에 따라 노비의 자식은 어머니의 신분을 따르고, 어머니의 주인에게 소속된다. 금대거사의 두 아우는 아버지 유운경이 양반이었지만 어머니가 이장군의 종이었으므로, 태어나면서부터 이장군의 종으로 노비명부에 올랐다. 호적상으로는 이장군의 호적에 오른다. 이복형제가 남의 집 종살이를 하는게 안타까워, 금대거사가 친구에게 5천 전을 빌려 자유의 몸으로 풀어준 것이다.

6) 대궐의 숙위宿衛와 임금의 호위를 맡아보는 군영軍營이다.

7) 경복궁 동편에 있던 다리이다.

8) 불우리를 씌워서 바람을 막는 등이다.

9) 군악 계통의 가락이다.

송태평宋太平 · 송전수宋田守

[1]

  향비파鄕琵琶도 또한 당나라 비파를 본받아 만들었으므로, 그 설괘設掛가 거문고와 같다. 그런데 배우는 사람이 줄을 고르고 채撥를 퉁기는 것을 어렵게 여기니, 잘 타지 못하면 들을 수가 없다.

  예전에는 전악典樂 송태평이 잘 탔는데, 그에게서 타는 법을 배운 아들 송전수는 더욱 절묘하였다. 내가 어렸을 적에 맏형成任(1421~84) 댁에서 그 소리를 들었는데, 마고麻姑가 가려운 곳을 긁어주는 것 같아 잇달아 듣고 싶었으며 싫증이 나지 않았다. 그러나 도선길都善吉에 비하면 미치지 못했다. 송전수 이후로는 오직 도선길이 송태평에 가까웠을 뿐, 그 밖의 사람들은 미치지 못했으며, 지금도 제대로 하는 사람이 없다.

  당비파唐琵琶에선 역시 송전수의 솜씨가 으뜸인데, 도선길이 그와 더불어 이름을 가지런히 하였다. 요즘은 능숙한 영인伶人(악공)이 많은데, 사서인士庶人은 악樂을 배울 때에 반드시 비파

향비파

를 먼저 한다. 그러나 아주 뛰어난 사람은 없고, 다만 김신번金
臣番이라는 사람이 도선길의 지법指法을 모두 배웠다. 호종豪縱
함에 있어서는 도선길보다 나으니, 역시 근래의 으뜸 솜씨라 할
것이다.

　　— 성현 『용재총화』

당비파

[2]

전악典樂 송태평宋太平 등을 (좌익 원종공신) 3등에 녹한다.

―『세조실록』 1년 12월 27일

[3]

왕이 형조에 전지하였다.

"도관都官 종 송천수宋天守, 고친 이름 전수田守 등은 이제 원종공신原從功臣이 되어 이미 영구히 양인良人이 되는 것을 허락했으니, 이름을 노적奴籍에서 삭제하라."

— 『세조실록』 2년 8월 13일

■ 노비의 신분으로 악공이 되었다가, 세조의 눈에 들어 원종공신이 되고, 노비에서도 벗어난 예를 보여준다.

적선아 謫仙兒

[1]

　예조에서 장악원掌樂院과 함께 기생들의 지아비 이름을 적어
아뢰자, 전교하였다.

　"남자들로만 음악을 연주하지 않고 여악女樂을 설치한 까닭은
오로지 대비전에 잔치를 올리는 일과 사신을 접대하는 잔치, 그
리고 명절 때 경축하는 잔치를 베풀기 위해서이다. 그런데 지금
왕실의 종친이나 조정의 사대부들이 음악을 전공한 기생을 차
지하여 자기 것으로 만들고 공식적인 연회에 내보내지 않는데
도, 해당 관청에서는 그들에게 들어붙어 죄주지 않고, 책임자인
제조도 또한 버려두고 문책하지 않는다. 이 어찌 기생을 두어
풍악을 익히는 본래 뜻이겠느냐?

　공식적인 연회에는 악공과 기생의 역할을 정한 숫자가 있으
므로 공가公家에서 부르면 사삿집 종이라도 또한 앞뒤 가리지
말고 달려나가 모여야 하는데, 더구나 관청 기생이야 말할 것이
있겠느냐? 이제부터 기생으로서 조정에서 베푸는 연회에 부지

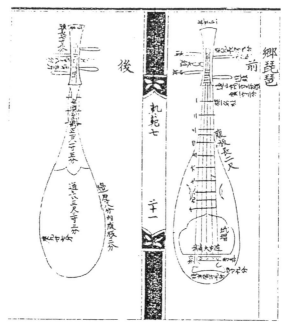

『악학궤범』에 실린 향비파 그림

런히 나오지 않고 지아비가 숨겨 내보내지 않거나, 혹 이런 일로 원망하여 말을 외방에 퍼뜨리는 자가 있으면 통렬히 법으로 다스리겠다. 이것을 널리 효유하여 경계할 줄을 알게 하라."

왕이 기생 적선아의 이름 아래 그의 지아비가 이세걸李世傑이라 써 있는 것을 보고, 다시 전교하였다.

"이 기생은 일찍이 내전內殿 잔치 때에 비파를 타라고 했는데 하지 않으려는 기색이 있었으니, 장杖 100대를 때려 본향이 아닌 먼 도道의 피폐한 고을에 관비官婢로 정속定屬하게 하라. 또 전일에 그의 지아비 세걸을 관노官奴에 소속시키고, 이수원

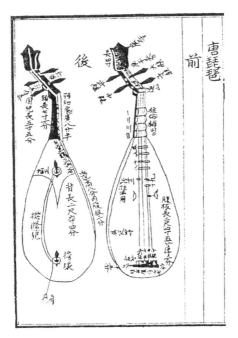

『악학궤범』에 실린 당비파 그림

李守元 · 이수형李守亨 · 이수정李守貞 · 이수의李守義를 목 매달게 하였는데, 지금 이에 따라서 죄를 결정하여 모두 참형斬刑에 처하라."

왕이 같은 왕실인 이씨李氏 종친宗親이 강성한 것을 근심하여 모두 없애 종자도 남기지 않으려 하였다. 이때 왕이 여러 기생들에게 마음대로 욕심을 부리려 하여 기생 지아비들을 모두 죄 주었는데, 기부안妓夫案을 보다가 세걸이 사사롭게 적선아를 데리고 산 것을 알고 노여움이 더욱 커져 목을 벤 것이다.

　　―『연산군일기』10년 5월 6일

[2]

왕이 내시 문치文致와 검열檢閱 김석필金錫弼을 보내어, 적선아가 곤장 맞은 자리를 검사하게 하였다. 그러고는 이어 전교하였다.

"적선아의 남편 이세걸과 이수형 등이 제 스스로 죄가 중한 것을 알고 약을 먹거나 목매 죽을 염려가 있으니, 잡아올 때에 자살하지 못하도록 하라."

— 『연산군일기』 10년 5월 6일

수천정 秀泉正 이정은 李貞恩

[1]

　의금부에서 아뢰었다.

　"홍유손洪裕孫이 이렇게 공초하였습니다. '지난 임인년(1482) 봄에 조자지趙自知의 집에 갔었는데, 남효온南孝溫·수천정秀泉正 정은貞恩·한경기韓景琦·우선언禹善言·무풍정 총摠도 또한 모여 있었습니다. 제가 효온에게 '지금 세상이 벼슬하기에는 마땅치 않으니 우리들이 죽림칠현竹林七賢이라 호號를 하고 떠돌며 노닐 뿐이다'라고 말하자, 효온이 '그러자'고 했습니다. 그래서 각기 소요건逍遙巾을 마련하여 술과 안주를 싸가지고 동대문 밖에 모이기로 약속하였습니다. 성밑 대숲에서 그 두건을 쓴 다음 효온이 우두머리가 되고, 유손이 버금이 되었으며, 수천정·무풍정·우선언·조자지·한경기와 칠현七賢이 되었습니다. 명양정明陽正 현손賢孫·노섭盧燮·유방柳房이 뒤늦게 와서 함께 몇 순배를 마셨습니다. 도소주屠蘇酒를 마시는 예에 따라 젊은 자에서 윗사람까지 스스로 노래하고 춤추다가 날이 저물어서

김홍도의 「포의풍류도」. 풍류로 비파를 즐기는 선비의 모습으로,
바닥에 있는 악기는 생황이다.

끝났습니다.'

효온은 이미 죽었고, 무풍정 총은 먼 지방으로 유배되었으니,
그 나머지 조자지·수천정 정은·한경기·우선언·명양정 현
손·노섭·유방 등을 잡아다가 추국推鞫하소서."

왕이 그렇게 하였다.

—『연산군일기』 4년 8월 20일

[2]

무풍정 이총과 함께 놀던 종실宗室 수천정秀泉正과 명양정明
陽正도 모두 학문을 좋아하고 착한 일 하기를 즐겼다. 명양정은
청고淸苦하게 시를 지었다. 수천정은 비파와 거문고를 잘 타서

당대의 제일인자였으며, 시도 잘 지었다. 어버이 섬기기를 효성껏 하여, 녹을 타면 반찬을 마련하는 데 다 써서 봉양하였다. 무오년(1498) 사화를 본 뒤부터 문을 닫고 들어앉아 사대부들과 사귀어 놀던 것을 끊고, 어버이 봉양하는 것으로만 일을 삼았다.

— 『연산군일기』 10년 5월 30일 사론 史論

■ 수천정 이정은은 태종의 아들인 익녕군益寧君의 아들이다. 김굉필·남효온 등의 사림파 학자들과 교유하다가, 성종 때에 사림파가 정치적 역량을 높여 가자 이들과 교유를 끊었다. 덕분에 사화를 면했으며, 이후 음률에 심취하여 스스로 일가를 이루었다.

유종선 柳從善

　유종선이란 사람이 또한 무풍정 이총과 어울려 놀았는데, 널리 여러 글을 읽어 명분과 의리 이야기를 자주 하였으며, 또 불경에도 통달하였다. 그러나 항상 자신을 감추기 때문에, 아는 사람이 드물었다. 젊어서 부모를 여의고 세상을 좋아하지 않아, 논밭과 집, 노비를 모두 그 누이에게 넘겨주고 여러 산을 떠돌아다녔다. 거의 10년이 되어 돌아왔지만, 장가들거나 벼슬하지 않았다.

　얼마 뒤에 무오사화가 일어나는 것을 보고는 또 속세에서 빠져나가 사방을 두루 다니며 놀았는데, 늘 작은 비파를 가지고 다녔다. 아름다운 산수를 만나면 그대로 앉아 한동안씩 타다 떠나곤 하였다. 이때부터 서울에 발을 들여놓지 않았다. 그는 늘 이렇게 말했다.

　"동방삭東方朔이 '조정과 저자에 숨는다'고 하였는데, 이는 참 은자隱者가 아니다."

　뒤에 친구가 경상도에서 그를 만났는데, 그가 가지고 다니던

거문고나 책도 다 없애버리고, 몸에는 무엇 하나 지닌 것이 없었다. 그러면서

"나는 이미 명교名教의 죄인이 되었다."

고 탄식하더라고 한다.

　—『연산군일기』 10년 5월 30일 사론史論

송경운 宋慶雲

　그 누가 선善을 숭상하지 않으랴만, 그 마음을 다하는 것보다
더 큰 것은 없다. 그 마음을 다하는 것은 그 마음이 공정한 것이
고, 그 마음이 공정한 것은 그 중심이 조화된 것이며, 그 중심이
조화된 것은 하늘로부터 얻은 바를 해치지 않는 것이다. 참으로
하늘로부터 얻은 바를 해치지 않는 것은 그 마음이 발發하는 것
이니, 반드시 자기에게 넉넉한 것으로만 그치지 않고 장차 천하
국가에까지 미치게 될 것이다.[1] 그러니 이에 무엇을 더하랴. 그
지위가 낮아서 이름이 남에게 드러나지 않는 사람을 보고 '그렇
지 않다'고 말하는 이가 어찌 사람을 알며, 그런 말을 어찌 지당
한 말이라고 하랴.

　나 무심자無心子가 이야기하리라. 내 일찍이 해진 옷에 야윈
말을 타고 하인도 없이 홀로 완주完州(전주) 서쪽 얼음치氷峙에
올랐는데, 때마침 춘삼월 상순이었다. 복사꽃 오얏꽃이 성에 가
득 피었는데, 멀리 한 남자가 대지팡이에 베잠방이를 입고 소리
높여 노래 부르며 느긋하게 걸어가는 모습이 보였다. 그 머리는

눈같이 희끗했다. 그 노래를 들어보니 이런 내용이었다.

강호江湖에 기약을 두고 10년을 분주하니
무심한 백구白鷗는 나더러 더디 왔다 말하네.
임금님의 은혜가 가장 중하여 보답이나 하려다 왔네.

말머리에 이르러 자세히 보니 장안에서 예전에 이름났던 악사 송경운이었다. 내 일찍이 그와 친분이 있었기에 웃으며 말했다.

"대지팡이를 짚은 것은 늙었기 때문이고, 베잠방이를 입은 것은 가난하기 때문이겠지. 말을 타지 않은 것은 말이 없기 때문인데, 큰 소리로 노래하는 것은 무엇 때문인가?"

그러자 경운이 눈썹을 치켜올리며 대답했다.

"소인의 나이 이제 일흔이 좀 넘었습니다. 소인이 일찍부터 음악을 즐기다가, 이제는 늙은 악사가 되었습니다. 노래는 곧 음악의 으뜸이라, 늙은 악사가 춘흥에 겨워 노래했을 뿐인데 공께서는 어찌 이것을 이상하게 여기십니까? 소인이 알기에 공께서는 지난날 임금님을 가까이에서 모셨건만, 지금은 비단옷을 해진 옷으로 바꿔 입었으며, 총이말 대신 야윈 말을 타셨습니다. 많은 마부 대신에 하인도 거느리지 않고, 서울거리를 버리고 산길을 택하셨습니다. 어째서 이같이 스스로 수고롭게 사십니까? 소인은 공이 도리어 이상할 뿐입니다."

그러고 나서 한나절 함께 노닐었다.

김홍도의 「활쏘기」(국립중앙박물관 소장)

　송경운은 서울 사람이다. 자신의 말에 의하면 예전에는 이절
도사李節度使의 하인이었는데, 민첩하고 예능에 뛰어났으므로
하인명부에서 빼어내, 마침내 군공사과軍功司果[2]가 되었다고 한
다. 키가 훤칠하게 큰데다가, 생김새도 넉넉하고 희었으며, 눈
은 가늘면서도 별같이 빛났다. 수염도 아름답고 이야기도 잘해,
참으로 호남자라고 할 만했다. 천성적으로 음률을 알아 아홉 살
에 비파를 배웠으며, 힘들이지 않고도 아주 뛰어난 경지에 이르
렀다. 열두세 살에 이름이 온나라에 알려졌다.

그가 사는 곳은 아로새긴 대들보에다 값비싼 자리가 깔린 집이었고, 그가 상대하는 이들은 허리에 금인金印을 차고 관에 옥관자를 붙인 벼슬아치들이었다. 그의 곁에는 꽃 같은 쪽에 구름 같은 머리를 한 아름다운 기생들이 있었고, 둥둥 울리는 장고와 구슬이 구르는 듯한 젓대가 그의 비파 연주를 도왔다. 강같이 넘치는 술과 산같이 쌓인 안주, 천 묶음의 비단과 만 꿰미의 돈이 잔치 비용으로 쓰였다. 이같이 날을 보내고 달을 보내며 해를 보내어 반평생을 보냈으니, 어느 집의 음식과 누구의 옷이 또한 이같으랴. 사람들이 서로 어깨를 부딪치고 말들이 서로 발굽을 밟을 정도로 빽빽하게 들어찬 잔치 자리에서도 사람들은 그를 찾았다.

"송악사는 어디 있나?"

"아무 궁가宮家에서 불러갔다네."

"송악사는 어디 있나?"

"아무개 상공이 불러갔다네."

이미 한 군데에 불려가면 다른 곳은 적막해져, 즐거워하는 이가 드물었다. 온 도성이 그러했다.

온갖 기예 가운데 문장이나 활쏘기·말타기·그림·장기·바둑·투호投壺 따위에 종사하는 이들은 자기네의 지극한 경지를 칭찬할 때에 자기 친구를 돌아보며,

"송경운의 비파보다 어때?"

라고 했다. 나무꾼이나 소 먹이는 아이들도 서로 모여 놀다가 누가 재미있는 말이라도 하면 그 동무를 돌아보며,

"송경운의 비파보다 어때?"

라고 했다. 두세 살 된 아이도 말을 배우며 관계없는 것을 가리키고는,

"송경운의 비파보다 어때?"

라고 했다. 당시에 송경운이라는 이름이 알려진 게 대개 이러했다.

경운은 정묘년(1627) 난리에 떠돌다가 완산성 서쪽에 정착했다. 집을 세내어 살며, 뜰과 집을 깨끗이 쓸고 닦았다. 그러고는 화초 재배에 마음을 붙여, 널리 사람들에게 구했다. 친소親疎·원근遠近 가리지 않고 사람들에게 널리 구하니, 모두들 기이한 것을 아끼지 않고 자기 것을 가져다주었다. 그래서 힘들이지 않고도 온갖 꽃과 나무들을 뜨락에 갖추었다. 괴석怪石도 많이 가져다 꽃과 나무 사이에 세워두고, 경운은 꽃이 활짝 핀 아침과 달빛 고운 밤마다 비파를 안고 꽃길을 거닐었다. 우아한 흥취가 작은 화단에 어울렸으며, 맑은 운율이 여러 꽃나무 가운데 떨어져, 신선세계가 도회지에 옮겨온 듯, 시끌벅적한 지역에 속된 생각이 끊어지게 되었다. 경운은 언제나 이렇게 스스로 즐기기를 좋아했다.

완산은 큰 도회지여서 인물이 동방에서 으뜸이건만, 백성들이 매우 가난하여 그 풍속이 화려함을 숭상하지 않았다. 그래서 관가를 제외하고는 경내에 악기를 타는 소리가 전혀 없었다. 그러나 경운이 완산에 와 살면서부터 그 비파 소리를 즐겨하지 않는 사람이 없었다, 그래서 경운을 보려고 몰려드는 사람들이 늘

물결치듯 하였다. 손님이 올 때마다 경운은 일하던 중이라도 반드시 일손을 멈춘 뒤에 비파를 챙겨들고 말했다.

"소인이 천한 몸인데도 귀하신 분들을 많이 뵙는 것은 소인의 손재주 때문입니다. 소인이 어찌 감히 연주하기를 지체하며, 소인이 어찌 감히 마음을 다하지 않겠습니까?"

반드시 노래의 법도를 갖추어 비파를 탔는데, 그 손님이 마음속으로 흡족해하는 것을 안 뒤에야 연주를 끝냈다. 비록 가마를 메는 천한 사람이 찾아올지라도 역시 이같이 대했다. 20여 년을 이렇게 지내면서 조금도 해이해짐이 없어, 마침내 완산 사람들의 환심을 얻었다. "완산은 큰 도회지라 인물이 적지 않은데, 누구에게나 그 마음을 다하여 기쁘게 하니, 송경운은 정말 비범한 사람이다"라고 완산 사람들이 말했다.

경운은 언제나 제자 수십 명을 거느렸는데, 그 동정動靜과 애경愛敬의 절도가 의연해, 명교名敎와 같이 모든 일에 들어맞았다. 그러므로 늙어가면서 그의 이름이 더욱 알려져 가까운 고을의 수령들이나 절도사들이 다투어 그를 맞아들일 틈을 엿보니, 경운이 자기 집에 붙어 있을 때가 별로 없었다.

내 일찍이 경운과 더불어 음악에 대해 이야기한 적이 있었는데, 경운이 이렇게 말했다.

"비파는 고조古調와 금조今調가 다른데, 지금 사람들은 대개 고조를 내버리고 금조를 숭상합니다. 하지만 저는 혼자서 고조에 뜻을 두었습니다. 소리를 낼 때에 십분 고조에 따르면 금조가 끼어들지 못하니, 제 마음에 들어맞아 음악답다고 여겼지요.

또한 넉넉해서 촉급하거나 비루하지 않으니, 말세의 사음邪音을 씻어내고 융성한 고대의 바른 소리를 만회할 수 있을 듯했습니다. 그래서 마땅히 제 몸을 마치도록 그에 종사하여 뒷세상에 전하려고 했지만, 제 연주를 듣는 이들은 평범한 사람들이라 기뻐하는 게 적고, 또 오활한지라 즐거워하지도 않았습니다. 가만히 생각하니, 음악이란 사람을 기쁘게 하는 것을 위주로 하는데, 만약 음악을 듣고도 즐거워하지 않으면 비록 안회顏回의 금琴이나 증점曾點의 슬瑟[3]이 있다 한들 사람들에게 무슨 유익이 있으랴 싶었습니다. 이 때문에 제 곡조를 특별히 변화시켜 금조를 사이사이 섞음으로써 사람들이 기뻐할 수 있도록 만들었습니다."

완산의 옛 풍속에, 뜻을 같이하는 사람들끼리 계를 하면서 서로 경계하기를 약속하고, 재물을 모아 늘려서 서로 돕는 일이 있었다. 그러나 가난해서 계획대로 재물을 늘릴 수가 없고, 또 약속을 한결같이 지킬 수 없는 까닭에, 대개 시작은 있되 끝이 없어서 몇 년이 지나면 흐지부지되는 경우가 많았다. 완산의 풍속은 아전들이 무척 드세어, 백성들이 아전 보기를 퍽 꺼렸다. 경운도 몇몇 아전들을 이끌고 봄 가을로 한 차례씩 계를 모였는데, 조금이라도 약속을 지키지 않은 이가 있으면 문득 정색하고 그를 꾸짖었다. 반드시 조리 있게 말하니, 좌중이 모두 숙연해졌다. 경운이 평민이면서도 아전들에게 존경을 받으니, 사람들이 말했다.

"경운에게 기개가 있어서 전주 토풍土風이 간여하지 못한다."

이같이 수십 년을 지내면서 조금도 어긋남이 없으니, 완산 사람들이 그의 역량을 말하지 않는 이가 없었다.

경운은 평생 질병이 없었는데, 기력이 부족해서 일어나지 못하고 죽게 되자 자기 제자들을 다 불러놓고 말했다.

"불행히도 내게 자식이 없다. 내가 죽으면 나는 객지 사람인데다 자식도 없이 죽으니, 어찌 걱정되지 않겠느냐? 나는 음악을 업業으로 했으니, 내 죽으면 나를 아무 산 양지쪽에 묻어주고, 묻으러 가는 길에 너희들이 내 업業을 잡아 내 혼령을 즐겁게 하라. 혹시라도 세상을 놀라게 하지는 말아라."

말을 마치고 세상을 떠나니, 그때 나이 73세였다. 제자들이 그의 말대로 새벽에 서천西川을 건너 상여 행렬이 산 남쪽을 행하는데, 여러 사람의 비파 소리가 상여 소리와 섞이자 성에 가득한 구경꾼들이 모두 울면서 말했다.

"세상에 어찌 이 같은 사람을 다시 볼 수 있을까? 아아! 경운이 이같은 재질을 지니고 있었으면서도 크게는 순임금의 뜰에 거하면서 오현금五絃琴에 화답할 수 없었고, 작게는 태산의 높은 봉우리에 올라 천하의 불평한 기운을 울려 다하게 할 수가 없었구나. 부질없이 완산성 서쪽에 와서 몸을 붙여살며 완산 사람들이나 기쁘게 하다가 생애를 마쳤으니, 어찌 슬프지 않으랴. 예나 지금이나 큰 재능이 있으면서도 뜻대로 되지 못해 그 마음을 펼칠 수 없었던 이가 오직 경운뿐이랴만, 아아! 선善하구나. 경운의 마음이여!"

그는 사람이 (글자 빠졌음) 사람에게 나아가려는 바람이 있음을 알았으며, 남을 즐겁게 하는 것이 큰 일이기 때문에 자신의 작은 수고를 생각할 겨를이 없음을 알았다. 자신의 작은 기예로 많은 사람을 기쁘게 할 수 있음이 다행한 일임을 알았고, 작은 기예를 가졌다고 해서 남에게 뽐내면 안 된다는 것도 알았으며, 음악을 자기의 업으로 삼음으로써 다른 사람에게 다가갈 수 있음을 알았다. 제멋대로 해선 안 된다는 것도 알았으며, 자랑해선 안 된다는 것도 알았다. 이같이 한 뒤에야 자기 천성을 해치지 않을 것도 알았다. 그러니 설사 그의 마음을 큰 사업에 두었다 하더라도 그것이 이루어질 수 있었으리라는 것을 짐작할 수 있으리라. 높은 지위에 있는 사람이 경운으로부터 취할 바가 있어서 그를 본으로 삼는다면, 천하 국가를 다스림에 무슨 문제가 있으랴? 그렇다고 지위가 낮아지며, 이름을 드날리지 못하랴? 옛것을 숭상하되 요즘 것을 그 가운데 끼워넣었으니, 이 또한 세상과 더불어 변하는[4) 도를 얻은 것이 아닌가?

세상에 가곡이 아주 많은데, 그가 완산에서 나를 처음 만날 때에 특별히 「강호곡」江湖曲을 부른 이유는 무엇인가? 곰곰이 생각해보니 늙은 눈으로 멀리 나를 알아보며 군신지의君臣之義를 잃어버리는 것이 옳지 않다는 것을 풍자한 것이나 아닌지. 제자들로 하여금 함께 비파를 타게 하여 장례를 치렀으니, 그 또한 마음에 자득함이 있어서 구속하며 경계하지 않는 뜻을 없앤 것인가? 그의 제자 가운데 아무아무개가 있어서 그의 업을 반이나마 전하게 되었다고 한다.

— 이기발 「송경운전」

1) 기쁨과 성남, 슬픔과 즐거움이 아직 나타나지 않은 상태를 중中이라 하고, 그러한 감정들이 나타나서 모두 절도에 맞는 상태를 화和라고 한다. 중中이라는 것은 천하의 커다란 근본이고, 화和라는 것은 천하에 통용되는 도道이다. 이러한 중화의 경지에 이르게 되면 하늘과 땅이 제 자리를 잡게 되고, 만물도 제대로 자라나게 된다. 致中和, 天地位焉, 萬物育焉. ─『중용』제1장.

　마음이 고요할 때에 존양存養 공부를 잘하는 것을 중中이라 하고, 마음이 움직일 때에 성찰省察 공부를 잘하는 것을 화和라고 한다. 『중용』의 이 구절에 대해 주자는 "내 마음이 바르면 천지의 마음도 바르게 되고, 내 기氣가 순하면 천지의 기도 순해진다"고 했다.

2) 사과는 오위五衛에 속해 있던 정6품의 무관직인데, 직무가 없이 녹봉을 받았다. 군공사과는 '군공청의 사과'라는 뜻이다. 임진왜란 때에 관군이 무너지고 각지에서 의병이 일어나 공을 세우자, 이들의 군공을 조사하기 위해 군공청을 설치했다. 『군공청사목』軍功廳事目에 의하면 하층신분인 공천公賤 · 사천私賤도 적의 목 하나를 베면 면천免賤, 둘을 베면 우림위羽林衛, 셋을 베면 참수斬首, 넷을 베면 수문장守門將에 제수하여, 하층신분에서 상층신분으로 올라갈 수 있는 기회를 주었다. 그러나 군공청에 비리가 많았으므로, 전쟁이 끝난 뒤에는 폐지하였다.

3) 공자께서 말씀하셨다.

　"너희들은 평소에 말하기를 '사람들이 나를 알아주지 않는다'고 하였으니, 만약 어떤 사람이 너희들을 알아주면 너희들은 무엇을 하겠느냐?"

　"점點아! 너는 무엇을 하겠느냐?"

　그는 슬瑟 타던 것을 잠시 중단하고 소리를 한번 굵게 내더니, 슬을 내려놓고 일어나 대답하였다.

　"늦은 봄에 봄옷을 갖추어 입고, 어른 대여섯 명과 아이 예닐곱 명과 함께 기수沂水에서 목욕하고, 무우舞雩에서 바람을 쐬고 노래를 부르며 돌아오겠습니다." ─『논어』「선진」

4) 성인은 사물에 얽매이지 않고, 세상의 추이와 함께 한다. 聖人不凝滯於物 而能與世推移
　─ 굴원「어부사」漁父辭

굴씨 屈氏

명나라 숭정崇禎[1] 황제의 궁녀 굴씨(1623~97)는 소주蘇州의 양가 여자였다. 어려서 장추전長秋殿 나인으로 뽑혔는데, 숭정 말년에 이자성李自成(1606~45)이 북경을 함락하자 굴씨는 민간으로 달아나 숨었다. 이자성이 실패하자 굴씨는 청나라 구왕九王[2]에게 붙잡혔는데, 그들은 굴씨를 늘 군중에 두었다.

우리 소현세자가 심양瀋陽에 볼모로 계실 때에 굴씨더러 모시게 했다. 세자가 돌아오게 되자 굴씨도 마침내 세자를 따라 우리나라로 들어왔다. 만수전萬壽殿[3]에 소속되어 장렬왕비莊烈王妃[4]를 모셨다.

굴씨는 비파를 잘 탔으며, 새나 짐승을 길들여 재주를 부리게 하는 법도 배워, 손가락으로 짐승을 마음대로 놀릴 수 있었다. 제자 가운데 진춘進春이라는 여인이 그 기예를 모두 전수받았다. 효종이 굴씨에게 쪽짓는 법을 물어본 적도 있었으니, 지금 사대부 집안 부녀자들이 쪽짓는 법은 굴씨에게서 나온 것이라 한다. 굴씨는 실로 지식도 있었던 듯하다.

굴씨의 비파를 발견해 손질한 약산 강이오의 초상

굴씨는 우리나라로 온 뒤부터 언제나 눈물이 그렁그렁해서 북쪽 하늘을 바라보았다. 나이 일흔이 지나 죽으면서

"나를 부디 서쪽으로 가는 길목에 묻어주면 좋겠다."

라고 유언했으니, 고향을 잊지 못하는 뜻이었다. 숙종이 광평廣 平 전씨田氏5)에게 명해서 굴씨의 제사를 받들게 하고 해마다 제 사 비용을 지급하였으니, 지금까지도 끊이지 않고 있다. 전씨 또한 명나라 상서尙書 전응양田應揚의 후손이다.

내가 장악원의 나이 먹은 이에게 알아보니, 굴씨는 세자를 따라 들어와서 향교방鄕校坊 저택에 살았다고 한다. 가끔 장악원 사람을 불러다가 발을 치고서 비파 타는 법을 가르쳤는데, 지금 강전악姜典樂은 사숙私淑 제자라고 한다.

굴씨가 타던 비파는 자단목紫檀木으로 만든 것인데, 무늬가 찬란하게 서리어 머리카락이 비칠 정도였다. 후세 사람들은 그것이 악기인 줄 몰라서 물 뜨는 그릇으로 사용했으며, 마침내 숯광 속에 버려지기에 이르렀다. 근래 강약산姜若山[6]이 그것을 우연히 어느 종친 집에서 발견하여 다시 손질하였다. 그런 뒤에 음을 살펴서 조율해보니 대단히 아름다운 소리가 울려나왔다. 나는 강약산 이야기에 감탄하고, 굴씨의 숨은 사적을 채집하여 갖춰 기록한다. 이에 노래를 지어 붙인다.

비파는 본래 말 위에서 타는 줄풍류
『석명』釋名에 이르기를 변방 민족 악기였다네.
손을 밀면 비批, 위로 당기면 파把
한 줄에 한 소리 밀고 당기네.
언제 이 악기가 한나라 궁중에 들어왔다가
오손공주烏孫公主[7] 따라 다시 변방으로 가 슬픔을 달랬던가.
두지杜摯는 이르기를, 만리장성 쌓을 적에
현도絃鼗를 만들어 진나라 학정의 고달픔을 달랬다니,
한족漢族 음악과 변방 음악에 비파 이름 같지 않은데다
목이 비뚤거나 목이 곧아 모양도 일정치 않네.
숭정황제 궁녀가 비파를 잘 타는데

역사가 바뀌면서 구왕의 군막에 붙잡혀,

발걸음 창황히 수황정壽皇亭[8]으로 달려갔건만

따라죽지 못해 평생 한으로 남았네.

소현세자 돌아오시던 길에 다행히 따라오니

동쪽으로 흐르는 물에 꽃잎이 떠내려왔네.

장렬왕후 궁녀 가운데 제일로 꼽혀

만수전 봄빛에 활짝 피었네.

터져나오는 소리는 은혜와 원한으로 여운이 길어

바람 모래 부는 가운데 비파 소리가 전각을 감도네.

신령스런 솜씨로 선재[9]도 굴복시키고

눈물 고인 눈으로 같이 온 고국 사람[10] 바라보네.

제자 진춘이 비파 신곡을 배우고

새 짐승 놀리는 법도 대충 익혀 전했네.

200년 세월 흘러 그 소리 듣지 못하니

사람도 비파 소리도 적막키만 하구나.

라사[11]의 자단목에다 봉황무늬 새기고

옥 바탕에 금을 입혀 그 빛깔 번쩍였지.

굴씨 비파가 세상에 남은 줄 그 누가 알았으랴

고니 심줄[12] 철사줄 바람 따라 끊어지고

궁상宮商 오음이 나무에 붙었건만 나무는 말 못하니

무지한 사람들이 물 뜨는 그릇으로 삼았네.

강군이 탄식하며 다시 손질하니

푸른 봉새 머리를 치켜들고 신령스런 거북 꿈틀거려

줄과 받침목 사이로 신명이 살아 돌아오니

이날 연꽃 핀 못가에 유빈[13]의 가락이 생동하네.

이 악기 명나라 대궐에서 온 것이라

어찌 오랑캐 음악[14]과 더불어 즐거움을 누리랴.

가슴에 안고 무릎에 놓고 몸에서 떨어지지 않아

미인은 흙으로 돌아갔건만 배인 향기는 남아 있네.

나 또한 중년부터 슬픔과 즐거움으로 상처받아

굴씨의 원한 듣고 보니 마음 사납구나.

강군이 술대를 들고 비파 네 줄을 헤치니

「비풍」[15]과 「하천」[16]이 처절하고도 툭 틔었네.

굴씨가 쪽진머리 매만지며 말없이 선 모습 완연하니

그 정령 요동학[17] 되어 고향으로 날아가리.

— 신위 「숭정궁인굴씨崇禎宮人屈氏 비파가琵琶歌」

---

1) 명나라 마지막 황제인 의종毅宗의 연호인데, 1628년부터 1644년까지 17년 동안 사용하였다.

2) 청나라 태조 누루하치의 제14자. 이름은 다이곤多爾袞(1612~50)인데, 예친왕睿親王에 봉해졌다. 북경에 입성하여 이자성의 농민반란군을 진압하고, 순치제順治帝를 맞아왔다.

3) 만수전은 인정전의 북쪽에 있다. (원原) 옛날 제정당의 흠경각 터이다. 효종 병신년(1656) 가을에 장렬왕후를 위하여 지었는데, 숙종 병인년(1686) 가을에 화재가 나서 경복궁의 춘휘전을 제외하고는 모두 타버렸다. (증增) 효종 6년(1655) 을미에 임금이 대비를 봉양하기 위하여 만수전과 춘휘전을 흠경각 옛터에 지었다. 8년(1657) 정유에 임금이 만수전에서 진연進宴하고, 고령자에게 쌀과 고기를 내렸다. —『궁궐지』『창덕궁지』

4) 인조의 계비繼妃(1624~88)인데, 조창원趙昌遠의 딸이다.

5) 전호겸田好兼은 자가 손우遜宇로 중국 광평부廣平府 계택현鷄澤縣 풍정리馮鄭里 사

람이다. 그의 증조 제제悌는 생원, 조부 응양應揚은 병부상서, 아버지 윤해允諧는 이부시랑이다. 지금 임금(숙종) 을축년(1685)에 그의 나이가 76세인데, 특별히 부호군副護軍에 제수되었다. 신묘년(1711) 3월에 임금이 그가 우리나라로 오게 된 사정을 듣고, 8월 29일 전호겸의 아들 정일井一과 성일成一, 손자 만추萬秋 등을 경덕궁 융무당에서 불러보았다. 정일 등이 나와 엎드리니, 임금이 얼굴을 들라 하고 활쏘기를 시험하였다. 그들에게 각각 활과 화살을 하사하고, 특별히 만추를 별군직에 임명하니, 실로 특별한 대우였다. ─ 이규상『병세재언록』幷世才彦錄「우예록」寓裔錄

광평 전씨는 전호겸의 아들일 것이다.

6) 약산은 강이오姜彝五(1788~?)의 호이고, 자는 성순聖淳이다. 강세황의 손자로, 역시 그림을 잘 그렸다. 군수 벼슬을 지냈으며, 매와 산수를 잘 그렸다.

7) 한나라 궁녀 왕소군王昭君인데, 흉노 추장 선우에게 시집가면서 비파를 가지고 갔다.

8) 자금성의 매산煤山 위에 있는데, 숭정황제가 이곳에서 황후 및 어린 딸과 함께 자살했다고 한다.

9) 일찍이 비파를 목穆·조曹 두 선재善才에게 배웠다. ─ 백거이「비파행」
   선재는 당나라 때에 비파의 명수를 일컫던 말이다.

10) 원문의 공봉락供奉駱 가운데 '공봉'은 임금 좌우에서 일보는 관직이다. 락駱은 공봉의 성姓인 듯하지만 확실치 않다.

11) 서촉의 비파는 라사 단목으로 통을 만들었네.
    西蜀琵琶邏逤槽. ─ 육유「비파시」琵琶詩
    라사邏逤는 티베트의 서울인 라사拉薩이다. 티베트에서 나는 단목으로 비파를 만들면 옥처럼 빛나고 소리도 아름다웠다고 한다.

12) 옛날 비파는 고니 심줄로 현絃을 만들었다.

13) 유빈蕤賓은 12율 가운데 일곱째 소리인데, 치성徵聲에 해당된다.

14) 원문의 두아兜兒는 뜻이 확실치 않은데, 한나라 반고가 지은 『백호통』「예악」에 "남이南夷의 음악을 두兜라 한다"고 하였다.

15) 길거리에서 마음 아파하며 떠돌아다니는 회檜나라 백성들이 주나라에서 행여 좋은 소식이 오지 않을까 하고 구원을 바라는 시이다.

16) 주나라 왕실이 쇠약해지는 것을 걱정하는 한편, 천자를 도와 공을 세운 순백을 찬양한 조曹나라 시이다. 지나치게 차가운 샘물이 농작물에 해를 끼치는 것처럼 강한 이웃 나라들이 약한 조나라를 쳐들어와도 주나라 천자가 어쩌지 못하는 현실을 탄식하였다.

17) 한나라 요동 사람 정령위丁令威가 신선이 되어 고향을 떠났다가 천 년 뒤에 학을 타고 고향으로 돌아와보니, 성곽과 사람들이 모두 바뀌어 있었다. 그래서 화표주華表柱 위에 앉아서 슬피 울며 노래를 불렀다.

백성휘 白成輝

    맹인 백성휘는 평안도[1] 일대에 떠돌아다니며 강호에서 10년을 지냈다. 비파를 잘 탔고 잡가雜歌에도 능해, 마을을 떠돌아다니며 빌어먹었다. 관찰사[2]가 그 소문을 듣고 관풍각觀風閣으로 불러들였다. 한가할 때 연주하게 하자 그 소리가 그윽하여 권태를 잊을 만했다. 그래서 음식과 옷을 내려주고, 다른 곳으로 가지 말도록 했다.

    내가 생일 아침에 말을 태워 그를 역관驛館에 오게 했다. 며칠 밤 술을 나누며 즐겁게 지냈는데, 그 솜씨가 정묘할 뿐 아니라 사람됨이 또한 순량하여 마음에 들었다. 그래서 칠언절구 세 수를 지어 그의 뜻을 슬퍼한다.

    먹을 것도 입을 것도 없는 총각 몸으로
    스스로 말하길 평양 사람이라네.
    한번 앓아 사광師曠같이 된 것이 가장 가엾건만
    손에 든 비파 소리 오묘해 무리 가운데 뛰어났네.

비파를 스스로 타며 길게 노래하니

노래 속에 강개한 마음 배회하는구나.

나라 안에 지음이 누가 있으랴

대동강 행락이 꿈속에 지나가네.

타향에서 그 누구와 나그네 시름 달래랴

억지로 오늘 아침 술잔 잡고 기뻐하네.

한 가락 「양주곡」凉州曲이 맑고 애절한데

역驛 남쪽 비바람에 늦추위가 오는구나.

— 정내교 「백성휘」

■ 위의 산문은 원래 이 시의 제목이다. 「백성휘」라는 제목은 편의상 제목 가운
데 주인공 이름을 떼어냈을 뿐이다.

---

1) 원문의 패서浿西를 '대동강 서쪽'이라고 볼 수도 있지만, 고려시대의 지방 이름이기도
  하다. 성종 14년(995)에 전국을 10도로 나누면서, 서경西京 관할의 14주 4현 7진을 패
  서도에 소속시켰다.
2) 원문의 순상巡相은 관찰사인데, 이 글에서는 뒷날 영의정까지 오른 홍봉한洪鳳漢
  (1713~78)을 가리킨다. 홍봉한이 젊은 시절에 정내교에게 글을 배웠다.

가희아可喜兒

[1]

　대호군大護軍 황상黃象을 파직시키고, 갑사甲士 양춘무楊春茂 등 네 사람을 수군水軍에 편입시켰다.

　처음에 황상이 상기上妓 가희아를 첩으로 삼았는데, 총제摠制 김우金宇(?~1418)[1]도 또한 일찍이 가희아와 정을 통하였다. 동짓날 내연內宴이 끝나자 가희아가 대궐 문을 나와서 황상의 집으로 돌아가는데, 김우가 부하 갑사甲士와 종인從人을 보내어 길에서 기다리다가 납치하려 하였다. 그러나 붙잡지 못하자, 황상의 집까지 쫓아갔다. 집 안을 뒤졌지만, 결국 잡지 못했다.

　이튿날 황상이 가희아를 말에 태워 종을 거느리고 저자市를 지나가게 하였는데, 김우가 또 갑사와 종들을 보내어 기다리게 하였다. 황상이 말을 달려 몽둥이를 가지고 쫓아가자, 갑사와 종들이 모두 흩어지고 구경꾼들이 구름같이 모였다. 길에서 말이 전해져 소문이 났지만, 따져 묻는 사람이 아무도 없었다. 왕이 듣고 사헌부 지평 김경金庚을 불러 명령하였다.

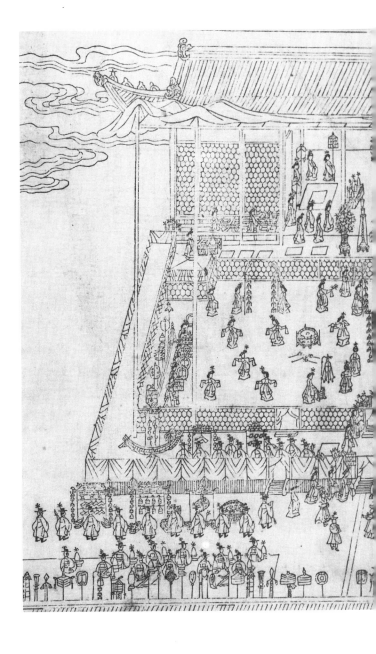

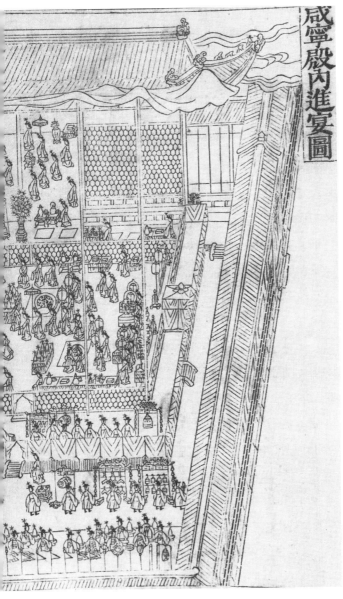

咸寧殿內進宴圖

「함녕전 내진연도」

"내연內宴에 정재呈才[2]하는 상기上妓를 간혹 자기 집에 숨겨 두고 자기 첩妾이라 하면서 내연에 항상 내보내지 않는 자가 있다. 내가 일찍이 얼굴을 아는 기생도 내연에 혹 나오지 않는 자가 있어, 여러 명이 제도를 지켜야 하는 정재呈才에 정원이 모자라게 된다. 그것까지야 말할 게 못 되지만, 자기 집에 숨겨 두고 '내 첩이다' 고 하는 자에 대해서는 어떻게 생각하는가? 너는 마땅히 거론하여 탄핵해 아뢰라."

며칠이 지난 뒤에 장령掌令 탁신卓愼을 불러 명령하였다.

"이제 들으니 상기上妓를 자기 집에 두었다가 그 때문에 탄핵당한 자가 많다고 하는데, 전날 내가 말한 것은 여러 해 동안 자기 집에 숨겨두고 바깥에 나가지 못하게 하는 자를 가리킨 것이다. 조정의 관원들에게 상기를 첩으로 삼지 못하게 하라고 말한 것은 아니었다. 상기를 첩으로 삼았던 하구河久와 김우는 이미 출사出仕케 하였으니, 너는 그리 알라."

탁신이 아뢰었다.

"김우의 죄는 하구와 같지 않습니다. 대낮에 큰길 가운데서 금군禁軍을 보내어 개인적인 싸움을 시켰으니, 이 버릇이 자라고 그치지 않는다면 뒷날 난을 일으키는 데 이용되지 않겠습니까?"

왕이 말했다.

"김우는 나를 임금 자리에 오르게 한 공신이니 죄를 다스릴 수 없다. 그를 꾀어서 나쁜 짓을 하도록 이끈 자를 사실대로 조사하여 아뢰라."

사헌부에서 아뢰었다.

"지난 11월 12일 밤에 김우가 자기 휘하의 갑사甲士 가운데 기병과 보병 30여 명을 보내어 황상의 집을 포위했습니다. 갑사 나원경羅原冏과 고효성高孝誠 등이 곧바로 황상의 안방에 들어가 기생첩 가희아를 찾았지만 잡지 못하자, 그의 옷과 짐꾸러미를 가져갔습니다.

이튿날 김우가 다시 구종丘從과 조례皁隸[3]를 보내어 가희아를 빼앗아 오게 하여, 수진방壽進坊 (지금의 종로구 수송동) 마을 어구에 이르렀습니다. 그러자 황상이 듣고 말을 달려 몽둥이를 가지고 추격하여 가희아를 뒤쫓았습니다. 김우가 즉시 낮당번을 들었던 갑사 양춘무·고효성·박동수朴東秀 등 10여 명과 사반私伴 20여 명을 동원하여, 몽둥이를 가지고 황상과 더불어 싸웠습니다. 양춘무가 황상을 쳐서, 은대銀帶가 깨져 떨어졌습니다.

신 등은 생각건대, 군정軍政은 엄한 것을 주장으로 삼아 각각 그 분수를 지킨 뒤에야 상하가 서로 편안하고, 계급 사이에 서로 능멸하거나 범하지 않을 것입니다. 그래야만 위에서 제대로 명령을 내릴 수 있고 아래에서는 잘 받들게 되어, 그칠 줄 모르는 근심이 영원히 없어질 것입니다. 김우는 미천한 집안에서 태어나 별다른 재주와 덕이 없었는데, 주상의 은혜를 후하게 입어 벼슬이 총제摠制에 이르렀습니다. 그렇다면 날로 더욱 근신하여 주상의 은혜를 갚으려 생각하는 것이 바로 그의 직분일 텐데, 의리를 돌보지 않고 불법을 자행하여, 마음대로 금군禁軍을 동원해 남의 첩을 빼앗았습니다. 이것이 바로 큰 난의 근원입니다.

「선조조기영회도」宣祖朝耆英會圖의 가무(서울대박물관 소장)

양춘무 등은 금군이 된 몸인데 김우의 개인적인 분노에서 나온 명령에 따라 한밤중 황상의 집을 포위하였고, 또 길거리에서 더불어 격투하여 황상의 은대를 쳐서 떨어뜨렸으니, 실로 부당합니다.

황상은 작지 않은 3품관으로서 몽둥이를 가지고 말을 달려 조정 앞길에서 기첩妓妾 때문에 다투었으니 그 죄 또한 큽니다.

빌건대 김우의 직첩職牒을 거둬들이고, 그 죄를 밝게 바로잡아 난의 근원을 막으소서. 양춘무·고효성·박동수·나원경은 직첩을 거둬들이고, 율에 의하여 죄를 논하소서. 황상도 또한 정직停職시켜, 선비의 풍습을 고치게 하소서."

임금이 명하였다.

"황상은 파직시키라. 양춘무 등 네 사람은 각각 본향의 수군水軍에 편입하라. 가희아는 장杖 80대를 수속收贖하게 하라. 김우는 공신이니 거론하지 말라."

사헌부에서 또 아뢰었다.

"김우는 작년에 강계병마사로 있을 때에 제멋대로 탐욕을 부렸고, 임지가 갈려서 서울로 올라올 때에 반인伴人을 많이 거느리고 역참마다 유숙하면서 개와 닭을 도살하였습니다. 백성들에게 폐해를 끼쳤으므로 본부에서 그 죄를 청했는데, 전하께서 그의 작은 공로를 생각하시어 내버려두고 논하지 말게 하셨습니다. 그렇다면 참으로 마땅히 제 허물을 고치고 스스로 새 사람이 되어 주상의 은혜를 갚을 생각을 해야 할 것입니다. 그런데도 예전 마음을 고치지 않고 스스로 생각하기를, '내 아무리 악한 짓을 하더라도 반드시 은혜를 입으리라' 여기고 강폭한 짓을 자행하여 제멋대로 금군禁軍을 동원하여 밤중에 남의 집을 포위했습니다. 남의 기생첩을 강탈하여 대낮에 조정 앞길에서 떼를 지어 난동을 부리기에 이르렀으니, 그 정상과 범죄가 깊고도 무겁습니다. 만약 이번에도 그 죄에 책임을 묻지 않으시면 지난 일을 징계하는 바가 없어, 뒷날에도 장차 못할 짓이 없게 될 것입니다. 빌건대, 지난날 장신狀申한 바와 같이 김우에게 시행하소서."

상소가 올라가자, 대내大內에 놓아두었다.

—『태종실록』 7년 12월 2일

[2]

왕이 명하여 나이 15,6세 된 창기倡妓 여섯 명을 뽑아 명빈전明嬪殿 시녀로 충당하였다. 창기 삼월三月·가희아·옥동선玉洞仙 등에게 금琴·슬瑟과 가무歌舞를 배우도록 하고, 삼월 등에게 각기 쌀 3석씩을 내려주었다. 또 경상도 관찰사에게 이렇게 전지하였다.

"김해金海에서 뽑아올린 기생 옥동선의 부모를 서울로 올려보내, 생업을 돕도록 하라."

—『태종실록』 12년 10월 28일

[3]

한성부漢城府의 의막依幕[4]을 가희아에게 내려주었으니, 그의 청에 따른 것이다.

—『태종실록』 13년 1월 7일

[4]

효령대군孝寧大君 호祜의 이름을 고쳐서 보補로 하고, 넷째 아들 종裲을 성녕대군誠寧大君으로 삼았다. 궁인宮人의 아들 비裶와 인裀을 정윤正尹으로 삼고, 인의 어미 신씨辛氏를 신녕옹주信寧

翁主로 삼았으니, 원래는 중궁中宮의 계집종이었다. 홍씨洪氏를
혜선옹주惠善翁主로 삼았는데, 원래는 보천甫川의 기생 가희아였
다. 처음에 노래와 춤을 잘하였기 때문에 왕의 총애를 얻었다.
— 『태종실록』 14년 1월 13일

※ 여기 소개한 가희아가 같은 기생인지는 확실치 않다. 가무를 잘해 왕의 눈에
들었다가 후궁까지 승진한 경우이다.

---

1) 강계만호江界萬戶 김영비金英庇의 아들인데, 무재武才가 뛰어났다. 이방원이 왕위에
오르기 전에 시종으로 총애받았다. 1400년 대장군으로 있을 때에 이방원을 도와 제2차
왕자의 난을 평정하는데 공을 세워, 이듬해 익대좌명공신 4등에 책록되고, 희천군熙川
君에 봉해졌다. 1407년에 좌군총제, 1415년에 우군도총제, 1417년에 좌군도총제와 병
조판서를 역임하였다.
2) '재예才藝를 바치다'는 뜻인데, 아정한 음악에 맞추어 춤추고 노래 부르는 것이다.
3) 조선시대 서울의 각 관아에 근무하던 서반 경아전京衙前의 하나인데, 하급 군관이다.
4) 사람이 임시로 거처하게 만들어 놓은 시설이다.

행杏 · 도桃 · 매梅 · 계桂

내가 어렸을 때에 『상서』尙書를 읽으면서 책머리의 악기도樂器圖를 보았는데, 그 제도는 알지 못했다. 이것은 옛날 악기라서, 요즘 세상에는 없을 거라고 생각했다. 그 뒤 우연히 이원梨院[1]에 들어갔다가 종鍾 · 용鏞 · 고鼓 · 도鼗 · 생笙 · 경磬 · 금琴 · 슬瑟 · 훈壎 · 지篪 · 축柷 · 어敔 등을 보았는데, 모두 대청에 진열되어 있었다. 그 밖에 월금月琴이나 아쟁牙箏같이 『상서』에서 보지 못했던 것들도 많았다. 문득 『상서』의 악기도를 다시 보는 것 같았으며, 그제서야 비로소 '오늘의 음악이 옛날의 음악과 같다'[2]는 것을 알게 되었다.

그 뒤에 다시 『악학궤범』을 구해 보니, 문득 다시 이원에 들어간 듯하였으며, 아울러 『상서』에서 보지 못했던 것도 알 수 있었다. 그러나 그 악기들을 보기만 했을 뿐, 그 소리는 듣지 못했다.

올해 신해년(1791)[3]에 만송晩松 유공柳公[4]이 이원의 제거提擧[5]가 되어 처음으로 이육회二六會[6]에 갔다. 나도 여러 사람들과 함께 이원에 가서 아악을 들었는데, 맑고 완만하며 예스러운 뜻이 있었다. 그러나 단면端冕을 쓴 자가 지겨워서 눕고 싶을 뿐 아니라, 곧장 졸 것 같았다.[7] 무성왕武成王[8]의 묘악廟樂은 씩씩하고 웅장한 기운이 있었지만, 사람들이 오래 들으면 번잡해 견딜 수 없게 하였다. 속악俗樂은 귀에 익숙하여, 기이하게 여길 것도 없었다. 그래서 내가 웃으며 말했다.

"소소簫韶가 이와 같다면 봉황새가 놀라서 날아가버렸을 테고, 공자께서도 고기 맛을 잊을 일이 없으셨겠다."[9]

김선지金善之가 말했다.

"지금의 음악이 옛날의 음악에 미치지 못하는가? 아니면 옛날의 사람이 지금의 사람만 못한 것인가? 이를 변별하지 못한다면, 어찌 저들을 탓할 수 있겠는가?"

내가 말했다.

"그렇다. 그러나 음악을 듣는 법이 남려南呂·황종黃鍾[10]이 용호영龍虎營의 세악수細樂手[11]가 군악軍樂을 한 번 연주하는 것만 못하고, 삼현三絃도 또한 금琴이나 소簫를 가지고 달빛 아래서 계면조 한 곡을 연주하는 것보다 못하다. 이것이 옛사람이 말한바 '관현管絃이 육성肉聲보다 못하다'[12]는 게 아닐까?"

그러고는 서로 바라보며 웃었다.

얼마 뒤에 전악典樂이 무악舞樂을 바치겠다고 청하자, 무동舞童이 화모花帽와 금난錦䦨에다 붉은 치마를 입고 대大·소小로 짝을 나누어 절한 뒤에 춤을 추었다. 예전에 허균許筠이 지은 시「열악」閱樂[13]을 본 적이 있었는데, 그때에는 시에 나타난 모습을 상세히 알 수가 없었다. 그런데 이제 분명히 알겠으니, 마치

琴　簫　瑟　敔　球　管　木　枹　笙　槌

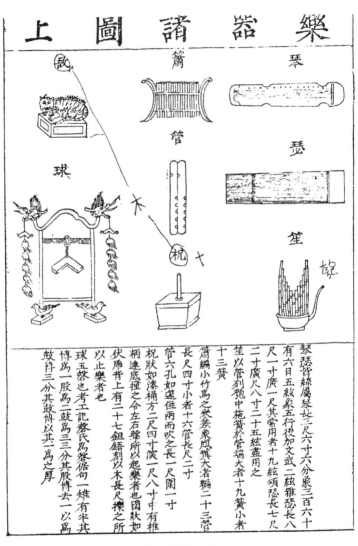

琴瑟背絲屬琴長三尺六寸六分象三百六
有六日五絃象五行後加文武二絃雅瑟長八
尺一寸廣一尺其常用者十九絃頌瑟長七尺
二寸廣尺八寸二十五絃瑟用之
笙以管列匏中施簧於管端大者十九簧小者
十三簧
簫編小竹爲之參差象鳳翼大者編二十三管
長尺四寸小者十六管長尺二寸
管六孔如篴徑兩而吹之長一尺圍一寸
柷狀如漆桶方二尺四寸深一尺八寸中有椎
柄連底撞之令左右擊所以起樂者也圉狀如
伏虎背上有二十七鉏鋙刻以木長尺擽之所
以止樂者也
球玉磬也考工記磬氏爲磬倨句一矩有半其
博爲一股爲二鼓爲三三分其股博去一以爲
鼓傅三分其鼓博以其一爲之厚

鼗鼓　　鼖鼓　　編磬

羽　　　　　干　　　鏞

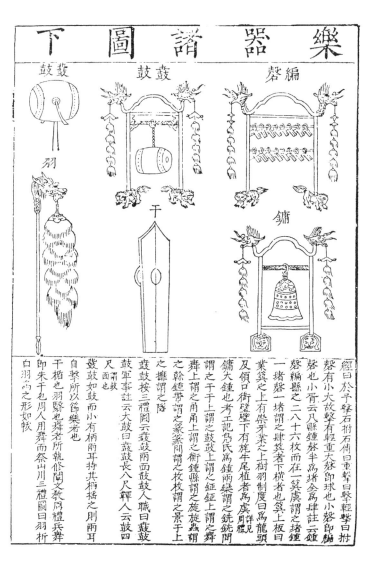

經曰於予擊石拊石傳曰重擊曰擊輕擊曰拊
磬有小大故擊有輕重大磬卽大磬小磬
卽小磬也小胥云八縣磬半爲堵全爲肆註云
磬編縣之二八十六枚而在一篾廣尺謂之堵
一堵磬一堵鍾謂之肆籈者也縣上板曰
業筍之上有崇牙者之上樹羽制度上爲龍頭
及領口銜璧下有挺牛尾植者爲虡周禮
鏞大鍾也考工記鳧氏爲鍾兩欒謂之銑銑間
謂之于于上謂之鼓鼓上謂之鉦鉦上謂之舞
舞上謂之甬甬上謂之衡鍾縣謂之旋旋蟲
之幹鍾帶謂之篆篆間謂之枚枚謂之景于上
之攠謂之隧

鼖鼓按三禮圖云鼖鼓兩面鼓鼓人職曰鼖鼓
鼓軍事註云大鼓曰鼖鼓長八尺軍人云鼓四
尺面也
鼗鼓如鼓而小有柄兩耳持其柄搖之則兩耳
自擊所以節樂者也
干楯也羽縣也舞者所執修閣文敎尻禮兵舞
卽朱干也周人用舞而祭山川三禮圖曰羽析
白羽尚之形如帳

희곡戲子을 보고서 『서상기』西廂記[14]를 외우는 것 같았다. 허균의 시에서,

　채색 소매를 반쯤 걷고 동지발을 들고서
　곡의 첫머리가 바뀌니 쟁그랑 소리가 울리네.

「선묘조제재경수연도」. 무동들이 화관에 금난 차림으로
동지발을 들고서 춤추는 모습이 나온다.

彩袖半揎銅指鈸　曲頭初換響丁當

라는 구절은 무동의 제4대隊에서 큰 아이들이 홍란紅襴을 입고
춤추는 모습이고,

　　요고를 떠메고 와 가운데 자리에 두고

『기사계첩』耆社契帖. 무동들이 오방 처용을 인도해오는 모습이다.

「평양감사향연도」. 기생들이 채색 소매를 펄럭이며 둘러서서 북을 두드리고 있다.

차례로 두들기며 채색 소매를 펄럭이네.

舁來腰鼓置中筵　輪得紅槌彩袖翩

라는 구절은 무동들이 일제히 나와 북을 둘러서서 북채를 들고
춤추는 모습이며,

채색옷 아가씨 뛰어나와 서로 짝하여 춤추다가
수놓은 적삼 입은 이가 처용을 끌고 오네.

跳出彩娥相對舞　綉衫將押處容來

라는 구절은 오방五方의 처용 한 사람마다 무동 한 사람이 앞서
서 인도해오는 모습이다. 이는 모두 향악鄉樂인데, 처용의 코는
보는 사람마다 한바탕 웃게 해준다.

　그 뒤 보름날에도 내가 다른 사람에게 이끌려 또 이원에 놀러
갔다. 그랬더니 모두 전날 보았던 것들인데, 맹인 영감[15]과 기
생만은 전날 보지 못했던 자들이었다. 맹인 영감은 볼 만한 솜
씨가 없었고, 기생도 또한 별로 볼 게 못 되었다. 이름이 행杏·
도桃·매梅·계桂라고 하는 기생 네 명이 조금 나은 편이었다.
계桂는 몸집이 매우 크고 또 나이도 많았는데, 음악이 끝날 무렵
에 기생들의 춤이 시작되자 계가 가장 먼저 불려 나왔다. 이를
보고 내가 말했다.

　"이는 소동파가 말한, '그림자가 천척으로 흔들리니 용과 뱀
이 꿈틀거리듯影搖千尺龍蛇動'[16]이라는 표현 그대로이다. 금동金
銅으로 만든 신선이 있더라도 그 손바닥에 이 여자를 놓아둔다
면 팔이 반드시 연유같이 늘어질 것이다."

　그러자 어떤 사람이 말했다.

　"오늘의 놀이는 몹시 무료해서, 잠두鼈頭[17]의 꽃구경과 어느
게 나을지 모르겠다."

　내가 말했다.

　"눈은 비록 복이 없었지만, 다리는 다행히 아프지 않았다."

　그런데도 구경꾼이 뜰을 가득 메워 어깨가 부딪쳐 지나갈 수

없을 정도였으니, 대개는 마을의 한량들로 귀를 위해서가 아니라 눈을 위해서 온 자들이다.

아! 내가 예전에 여담심余淡心의[18] 『판교잡기』板橋雜記[19]를 읽었는데, 천년 뒤의 사람으로 하여금 뼛속까지 취하고 마음이 뜨거워, 설의雪衣·금심琴心과 함께 미루迷樓[20] 위에 황홀하게 머물러 있는 듯한 느낌이 들었다. 나는 그와 더불어 같은 세상에서 살지 못한 것을 한탄한다. 저 한량들, 나비가 희롱하고 벌이 시끄러운 것같이 이곳에 달려온 자들이 불행하게 남곡南曲[21]이 유행하던 시절에 났더라면, 연화烟花 세계 속의 아귀餓鬼가 되지 않은 자가 드물 것이다. 우습고도 슬픈 일이다.

음악이 그쳐서 돌아오자, 꽃이 활짝 피어 한창 봄날이었다.

— 이옥 「유이원청악기」游梨院聽樂記

1) 당나라 때에 음악을 맡았던 관청인데, 조선시대에도 장악원掌樂院을 흔히 '이원'이라고 불렀다. 남부 명례방明禮坊, 지금의 을지로 1가에 있었는데, 아악雅樂은 좌방左坊, 속악俗樂은 우방右坊에 속했다.

2) 맹자가 제나라 선왕宣王을 보고 말했다.
"왕께서 예전에 장포더러 음악을 좋아한다고 말씀하신 적이 있으신지요?"
선왕이 얼굴을 붉히면서 말했다.
"과인은 예전 왕들의 음악을 좋아하지는 못하고, 다만 세속적인 음악을 좋아할 따름이지요."
"왕께서 음악을 매우 좋아하시니 제나라는 잘 되어 나갈 것입니다. 지금의 음악도 옛날 음악과 마찬가지입니다." — 『맹자』 「양혜왕 하」

3) 정조가 고문古文을 강조하여 1789년 초계문신들에게 「문체책」文體策을 내렸으며, 음악에 대해서도 고악古樂을 정비하기 위해 악서樂書를 편찬하라고 명했다. 이옥이 이 글을 쓴 1791년 6월에 『악통』樂通이 완성되었다.

4) 유당柳戇(1723~94)이 1791년 2월에 성균관 대사성에 임명되면서 장악원 제거를 겸임하였다.

5) 정·종3품의 무록관無祿官이다.

6) 장악원에서 악공이나 의녀醫女들에게 음악과 춤을 가르칠 때에 그들의 생업을 참작하여 날마다 연습하지 않고 한 달에 여섯 차례, 즉 2일·6일·12일·16일·22일·26일에 출근하여 연습하도록 했다. 이를 이육좌기二六坐起, 또는 이육이악식二六肄樂式이라고 하는데, 줄여서 이육회二六會라고도 했다.

7) 위나라 문후文侯가 자하子夏에게 물었다. "나는 단면端冕을 쓰고 옛 음악을 들으면 지겨워서 눕게 될까 걱정인데, 정鄭나라나 위衛나라의 저속한 음악을 들으면 지겨운 것을 모르겠습니다. 옛 음악은 왜 저와 같고, 새 음악은 왜 이와 같습니까?" — 『예기』 위문후魏文侯조.

8) 당나라 개원開元 19년(731)에 주周나라의 어진 재상 태공망太公望, 呂尙의 사당 태공묘太公廟를 장안과 낙양에 세웠으며, 상원上元 원년(760)에 태공을 무성왕으로 추봉追封하였다.

9) 공자께서 제나라에 머물다 소악韶樂을 들으시곤 석 달 동안 고기 맛을 알지 못하셨으며, "음악이 이렇게까지 즐거움이 될 줄은 알지 못했다"고 하셨다. — 『논어』 「술이」述而 소韶와 소韶는 순임금의 음악을 가리킨다.

10) 남려와 황종은 아악에서 강신악降神樂을 연주할 때에 주로 사용하는 음이다.

11) 군사조직에 속한 악사로는 취고수吹鼓手와 세악수細樂手가 있었다. 취고수들은 나발·대각·나각·징·자바라·북같이 소리가 큰 악기를 연주했으며, 세악수들은 피리·대금·해금·장고·북같이 소리가 작은 악기를 연주했다.

12) 환온桓溫이 물었다. "기생의 음악을 들으면 현악기 소리가 관악기보다 못하고, 관악기 소리가 사람의 노랫소리보다 못하니, 어째서 그런가?" — 『진서』晉書 「맹가전」孟嘉傳

13) 허균이 음악을 연주하는 모습을 보고 지은 시인데, 칠언절구 8수가 『성소부부고』惺所覆瓿藁 권2 「병한잡술」病閑雜述에 실려 있다.

14) 원나라 잡극의 하나인데, 왕실보王實甫가 당나라 원진元稹의 「앵앵전」鶯鶯傳을 각색한 것이다. 장군서張君瑞와 최앵앵의 연애이야기인데, 원 제목은 「최앵앵대월서상기」崔鶯鶯待月西廂記이다.

15) 외연外宴의 정재 반주는 악공이 맡았지만, 중궁전中宮殿에서 베푸는 내연內宴의 정재 반주에는 맹인 악사를 불러다 썼다. 남자가 궁중에 들어올 수 없어 내시를 부리는

것과 같은 이유에서이다.

16) 늙은 소나무가 바람에 흔들리는 모습을 보고 표현한 구절이다.

17) 한강 양화진 남쪽 산을 가리키는데, 경치가 아름다워 이곳에서 뱃놀이를 많이 즐겼다. 지금의 양화대교 옆 절두산 성당이 서 있는 일대이다.

18) 담심은 청나라 문인 여회余懷의 자인데, 『판교잡기』 외에도 『동산담원』東山談苑 · 『미외헌고』味外軒稿 등의 저술을 남겼다.

19) 명나라 남경南京의 기원妓院 이야기를 기록한 책인데, 3권이다.

20) 수나라 양제煬帝 때에 항승項昇이 설계하여 지은 화려한 누각이다. 양제가 "신선으로 하여금 이곳에 노닐게 하여도 또한 길을 잃을 만하니, '미루' 迷樓라고 이름 지어도 되겠다"라고 하였다.

21) 명나라 때 유행한 희곡의 일종인데, 『비파기』琵琶記가 대표작이다.

굿판의 북소리

「격고」擊鼓라는 시는 가뭄을 딱하게 여겨서 지었다. 고을 풍속으로 큰 가뭄을 만나면 관아 안에다 나무를 세워 무대를 가설한 뒤에 짚을 엮어서 용을 만들고, 장륙불丈六佛 탱화를 내건다. 그러고는 판수나 중·무당 따위를 불러 노래와 춤으로 굿판을 벌이는데, 시끄럽기 짝이 없다. 여기 들어가는 비용은 모두 백성에게 책임지운다. 백성들은 그 비용을 감당하기 어려워, 비가 오랫동안 오지 않으면 가뭄을 걱정하는 것이 아니라, 오히려 기우제를 지낼 걱정부터 한다.

사람들이 왜 저리 시름겨운지
청뢰각 동쪽 마당에서 북을 치네.
짚으로 만든 용은 꿈틀거리고
탱화의 그림이 미풍에 흔들리네.
가마에는 고두밥을 올리고
유과 접시를 울긋불긋 차린데다,

술과 밥이 무한정이고
마당이 시끌벅적해 정신이 어지럽네.
비구니가 나와서 치성드리는데
보살들 찌는 더위에 민망해하네.
무당이 신의 뜻 전하며
용신이 비 내리는 공을 칭송하네.
판수는 방울을 흔들고
북을 둥둥 치네.
북이 찢어지고 방울이 우그러지면
대중의 힘이 하늘의 마음을 돌리겠지.
누구는 말했네. 시궁창을 파내어
더러운 것들을 긁어내면,
썩은 냄새가 하늘까지 올라가서
한 줄기 비로 씻어줄 수도 있을 거라고.
또 누구는 말했네. 기우제 지내던 날 밤
고을 사또가 정성이 없어,
관아 푸주에서 큰 돼지를 잡고
비단 휘장 안에서 기생과 잤다고.
또 누구는 말했네. 우리 하토에
지극히 원통한 일이 있어,
그 원통한 일이 풀리지 않아
요상한 기운이 조화를 해친다고.
가난한 집의 술 한 병

부잣집의 떡 두 광주리,

어느 것인들 백성의 고혈이 아니랴만

쓸데없는 곳에 버려지네.

비가 안 와서 백성들 죽을 지경인데

기우제 드린다고 도리어 백성들 괴롭히네.

아아! 북을 치는 사이에

붉은 달이 무리를 짓네.

— 이학규 「격고」擊鼓

「무당성주기도도 부분」
(서울대학교박물관 소장)

■ 이 시는 악공의 이름도 나오지 않고 중이나 무당이 노래와 춤으로 굿판을 벌이는 내용이지만, 당대 음악의 쓰임새를 나름대로 보여주기에 이 책에 실었다. 강진에 유배되었던 다산 정약용이 가뭄으로 굶주려 죽는 백성들의 참상을 「전간기사시」田間紀事詩로 표현했다. 그러자 고종사촌 황사영의 백서사건帛書事件에 얽혀 1801년에 김해로 유배되었던 이학규李學逵(1770~1835)가 이 시를 보고 기사(1809)·경오(1810) 연간에 자신의 유배지 김해에서 보고들은 백성들의 피폐한 삶을 시로 읊은 것이 「기경기사시」己庚紀事詩인데, 「격고」는 그 가운데 한 편이다. 사또와 무당들이 기우제를 핑계로 헐벗고 굶주리는 백성들을 착취하는데, 음악이 그 도구로 사용되었다.

가련 可憐

어느 손님이 함경도 기생이 한밤에 통곡한 사연을 매우 자세히 말해주었는데, 그 이야기는 이렇다.

함흥에 가련이라는 기생이 있었는데, 얼굴이 몹시 아름다웠으며, 성격이 소탈하고 기개가 있었다. 시문詩文도 제법 알아 제갈량의 「출사표」出師表를 낭랑하게 외웠고, 술을 잘 마셨으며, 노래도 잘했다. 칼춤도 능하고 거문고를 탔으며 퉁소도 품평했다. 바둑과 쌍륙도 잘했다. 사람들이 모두 그를 재기才妓라고 일컬었으며, 스스로 여협女俠이라고 자부했다.

태수를 따라 낙민루樂民樓에 오른 적이 있는데, 만세교萬歲橋 쪽에서 오는 사람이 있어 바라보니 아름다운 소년이었다. 옷차림이 산뜻하고 고왔으며, 얼굴생김도 수려해, 그 풍채와 운치가 사람의 마음을 움직였다. 열 명이 검정말을 타고 모셔오는데, 그 뒤에는 말 한 마리에 거문고 자루와 시통詩筒, 술항아리를 싣고 따라왔다. 가련은 그가 반드시 자기에게 오는 손님이라 생각하고, 병을 핑계대고 집으로 돌아왔다. 그랬더니 나귀가 이미

「신관도임연회도」의 검무劍舞와 삼현육각

문 밖 작은 복숭아나무에 매여 있는 게 보였다.

곧바로 그를 중당中堂에 맞아들여, 평소에 친숙한 사람같이 즐겼다. 문을 닫고 촛불을 밝힌 다음, 방 안의 놀이를 시작했다. 그와 더불어 시를 지었는데, 가련이 화답하면 소년이 부르고, 소년이 화답하면 가련이 불렀다. 함께 거문고를 타며 노래했는데, 가련이 거문고를 타면 소년이 노래하고, 가련이 노래하면 소년이 거문고를 탔다. 함께 술을 마셨는데, 가련이 따르면 소년이 마셨고, 소년이 따르면 가련이 마셨다. 함께 바둑을 두었는데, 소년이 이기고 가련이 졌다. 함께 쌍륙을 했는데, 가련이

이기고 소년이 졌다. 함께 통소를 불자, 한 쌍의 봉황이 와서 그 만남을 기뻐하는 것 같았다. 함께 검무劍舞를 추자, 한 쌍의 나비가 만나 헤어질 줄을 모르는 것 같았다.

가련이 크게 기뻐하며 과분하게 여겨, '내가 이 세상에서 이 한 사람을 만난 것으로 족하다. 내가 이 세상을 헛되이 살지 않았구나'라고 생각했다. 자신이 합당한 상대가 되지 못할까 염려하였다. 쪽진 머리와 치마를 먼저 풀고, 술을 핑계대며 잠을 청했다.

그러나 소년은 애쓰면서도 즐거워하지 않는 것 같았다. 등불이 꺼지고 향로의 향이 사람에게 풍기자, 소년은 벽을 향해 모로 누워서 긴 한숨과 짧은 탄식을 할 뿐이었다. 가련이 처음에

「북새선은도」北塞宣恩圖. 가련이 미소년을 만난 함흥 성천강에 놓인 만세교와 낙민루가 보인다.

는 기다리고 있었지만, 한참 뒤에 의심이 나서 가까이 다가가 확인해보니 고자였다. 가련이 드디어 벌떡 일어나 손으로 땅을 치며 통곡하였다.

"하늘이여! 하늘이여! 이 사람아! 이 사람아! 하늘이여!"

한바탕 통곡을 하고 문을 열어 내다봤다. 달이 지고 이미 새벽인데, 새가 울고 꽃이 지고 있었다.

— 이옥 「북관기야곡론」北關妓夜哭論

■ 이 글의 제목은 '북관(함흥) 기생이 밤에 통곡한 것을 논한다'는 뜻인데, '병원' 幷原이라는 부제가 붙어 있다. '아울러 원 사실을 적어둔다'는 뜻이다. 위에서는 원 사실 부분만 번역하고, 논論 부분은 줄였다.

손원달 孫元達

손원달은 자字로 세상에 알려졌는데, 본관은 밀양으로 태상황太上皇[1] 때 사람이다.

이에 앞서 나라 안에 노래를 잘하는 자들이 승가僧家에 의탁하여 '거사'居士라고 하였다. 남녀가 무리를 이루어 여러 고을에 돌아다녔는데, 가지고 다니는 악기는 '소고'小鼓라고 하였다. 모양은 북과 비슷했는데, 얇으면서 자루가 있었다. 노래를 부를 때에는 자루를 잡고 두드렸으며, 때때로 공중에 던졌다가 손으로 잡았다. 백에 하나도 실수하지 않았다.

원달이 그 기술을 배우고, 그 노래도 고쳐 신성新聲을 만들었는데, 더욱 뛰어나고 시원했다. 그러고는 무승舞僧의 무리로 꾸며 차리고, 여기女技를 대신했다. 그러나 개성 풍속이 인색하여 노래와 재주를 좋아하지 않았으므로, 원달은 울울히 만족하지 못했다.

일찍이 한성에 들어가 진고개 저자에서 노닐었는데, 진고개 소년들이 그를 사모하여 그의 재주를 배우고 '진고개파'라고 하

호남농악 가운데 소고춤

였다. 사대부들이 연회를 베풀 때마다 반드시 진고개파를 불러오게 하였다. 그가 노래하면 사방이 모두 진동했고, 좌중의 가기歌妓들도 또한 서글피 망연자실했다. 종종 그 소리를 알아보는 사람들이 말했다.

"이게 개성 소리이다."

— 김택영 「가자 손원달전」歌者傳 孫元達

■ 병진년(1916)에 지은 글이다.

1) 자리를 물려주고 생존한 황제인데, 이 글에서는 고종을 가리킨다.

춘절 春節

춘절은 청주에서 이름난 기생이다. 얼굴도 아름다운데다 노래와 춤도 잘하여, 재주와 용모가 아울러 뛰어났다.

그때 동주소선東洲笑仙 성제원成悌元(1506~59)이 이름난 산들을 두루 돌아다니다가 이 고을에 이르렀다. 청주 목사가 그의 외롭고 적막할 것을 염려하여, 춘절에게 명하여 성제원의 여행길에 따라나서게 했다. 목사가 춘절에게 주의를 주었다.

"동주공은 당대의 문장 호걸이다. 성품이 얽매이길 싫어하는데다 돈과 여색을 가까이하지 않으니, 이번 길에 네가 만약 잠자리를 모실 수만 있다면 내가 네게 많은 상을 주겠다."

춘절이 드디어 여행길을 따라나서, 멀고 가까운 곳을 두루 다니다보니 몇 달이나 되었다. 산수가 맑고 뛰어나 마음에 드는 곳을 만나면, 동주가 문득 즐거워하며 술잔을 따르라고 시켰다. 술이 거나해지면 반드시 종이를 펼치고 붓을 꺼내 그 경치를 그렸다. 그 위에다 시를 지어서 쓰고, 자기가 그린 그림폭을 춘절에게 주어 간직케 했다.

달 밝고 바람 맑은 밤이면 춘절에게 노래 부르게 하고, 그에 맞추어 화답하였다. 잠자리를 같이 하며 사랑이 지극했지만, 끝내 몸을 범하지는 않았다. 산을 나서는 날이 되자 춘절에게 말하였다.

"내가 너의 몸을 범하지는 않았건만, 남들은 반드시 네가 내게 몸을 바쳤다고 말하면서 다시는 너를 돌아보지 않을 것이다. 너의 생계를 도와줄 거라곤 다만 이 그림폭밖에는 없구나."

그러자 춘절도 비로소 사또가 자기에게 명했던 말을 이야기하고는 눈물을 흘리며 돌아갔다. 그때부터 춘절은 이렇게 말하며 끝까지 절개를 지켰다.

"비록 한번도 몸을 바치지는 못했지만, 어찌 차마 그 은혜를 저버리랴."

그러고는 그의 시와 그림으로 화첩을 만들었다. 명승지를 두루 돌아다니며 사람들에게 보여주면 모두들 많은 돈을 주었다. 그 돈을 받아서 살림하였다.

나중에 동주의 형의 손자인 아무개 감찰이 청주를 지나다가, 청주 목사가 그 일을 말해주어 춘절을 불러오게 했다. 춘절의 나이가 벌써 여든이 넘었다. 감찰이 바로 동주의 종손자라는 말을 듣고는 눈물이 흐르는 것도 깨닫지 못하면서 말하였다.

"뜻밖에도 오늘 동주공의 손자를 다시 뵙는군요."

그러고는 화첩을 꺼내어 보였다. 자리에 있던 손님들이 모두 감탄하면서 잘 대우하였다. 그뒤 난리가 나자 그 화첩을 잃어버렸다고 한다.

— 장지연 『일사유사』

박연 朴堧

선생의 휘는 연(1378~1458)인데, 초년의 휘는 연然이고, 자는 탄부坦夫이다. 우리나라 박씨 가운데 본관을 밀양으로 한 사람은 모두 신라 왕자 밀성대군密城大君을 시조로 삼고 있는데 계보를 잃었으며, 고려 때에 상서좌복야尙書左僕射를 역임한 언인彦仁[1]의 일파가 가장 번성하였다.

그의 후손 장璋은 신호위神虎衛 보승낭장保勝郎將을 역임하고, 윤순允淳은 도재고都齋庫 부사副使를 역임하였으며, 혁공赫公은 병부랑중兵部郎中을 역임하였다. 이온而溫은 복원궁직福源宮直을 역임하고, 순충純沖은 도관정랑都官正郎을 역임했으니, 이분이 바로 선생의 증조이다.

할아버지는 시용時庸인데 성균직강成均直講 지제교知製敎를 역임했으며, 문하찬성門下贊成 우문관右文館 대제학을 증직받았다.[2] 아버지는 천석天錫인데 삼사三司 좌윤左尹을 역임했으며, 이조판서를 증직받았다. 어머니는 월성月城 김씨金氏이니, 통례문通禮門 부사副使 오瑒의 따님인데, 홍무洪武[3] 11년(1378)에 선

박연 부부 초상(국립국악원 소장)

생을 낳았다.

선생은 타고난 자질이 남달라서 총명하기가 남보다 뛰어났으며, 천성으로 지극히 효도하였다. 덕성과 기량이 중후하여, 어린 시절부터 어른 같았다. 어려서 아버지를 잃고 어머니에게 효도를 다하였으며, 뜻을 잘 받들며 곁을 떠나지 않았다. 그렇게 하고도 남은 힘으로 학문에 힘써 거업擧業에 널리 통해, 약관의 나이에 문장을 찬란히 이루었다.

예악禮樂에 뜻을 두고 남은 옛책을 널리 구하여 의칙儀則을 강구하고 검토하였으며, 종률鍾律에 특히 정진하였다. 어릴 때부터 앉으나 누우나 마음속으로 그려보며 악기를 치는 흉내를 내거나, 입으로 휘파람을 불며 율려律呂의 소리를 내었으니, 대개 스스로 오묘한 경지를 터득하였다.

무인년(1398)에 모친상을 당하자 죽을 마시면서 여막廬幕에서 무덤을 지켰는데, 슬픔으로 몸이 상해 몹시 여위었다. 당시 사람들이 불교를 숭상했는데 혼자서만 주자가례朱子家禮를 따랐으므로 세상 사람들이 많이 비웃었지만, 조금도 꺼리지 않았다. 삼년상을 마친 뒤에 또 여막을 짓고 3년 동안 무덤을 지키니, 지극한 효성에 감동하여 토끼가 따르고 호랑이가 지켜주는 기이한 일이 일어났다. 이 소식이 조정에 알려지자, 임오년(1402)에 정려旌閭하라는 명이 내려졌다.

영락永樂[4] 을유년(1405)에 생원시生員試에 합격하고, 신묘년(1411) 진사시에 장원으로 뽑혀, 임금께서 불러 보시고 크게 상을 내렸다. 옥당玉堂에 뽑혀들어가 사간원·사헌부·춘방春坊[5]을 거치며, 경연經筵에 오래 있었다. 흉금을 털어놓고 아뢰면, 임금께서도 허심탄회하게 받아들였다.

세종께서 왕위에 오르자, 평소에 선생의 학문을 들었으므로 높이 발탁하여 등용하였다. 경연에 들 때마다 반드시 목욕재계하고 들어가 의견을 반복하여 아뢰니, 알고 있는 것을 말하지 않음이 없었고, 말한 가운데 극진하지 않음이 없었다. 왕이 높이 예우하였으며, 이따금 경적經籍을 내려 권장하였다.

이때는 우리 왕조가 고려를 이어받은 무렵이라 예악과 문물이 많이 갖춰지지 않았다. 선생이 조례條例를 세워 임금께 건의하여 고례古禮의 관제官制를 따르게 하였으며, 조의朝儀를 일신하도록 청했다.

그때 기장秬黍이 해주에서 나고, 경석磬石이 남양에서 났다. 임금이 선생이 음률에 정통하다고 하여, 음악 일을 맡아보게 하였다.[6]

선생이 기장을 가져다 푼·촌分寸을 적분積分하여 옛 제도에 따라 황종黃鍾 율관을 만들었는데, 불어보니 그 소리가 중국 황종의 음보다 조금 높았다. 그 결과를 놓고 선생은 "땅에도 기름지고 메마른 차이가 있듯이, 기장에도 크고 작은 차이가 있으며, 소리에도 높고 낮은 차이가 있는 게 마땅하다'고 생각하였다. 그래서 기장의 알맹이 형태에다 밀랍을 녹여 가지고 조금 크게 만들어, 적분하여 율관을 만들었다. 한 톨이 푼이 되고, 열 톨을 모아 촌寸이 되는 법에 의해, 9촌으로 황종의 길이를 삼아 3푼을 덜고 보태 12율을 만들어냈다.

이듬해에는 편경編磬을 새로 만들었다. 편경의 제도는 한결같이 중국의 성음을 따랐지만, 유빈蕤賓이 오히려 임종林鍾보다 높고, 이칙夷則은 오히려 남려南呂와 같았으며, 응종應鍾 또한 무역無射보다 낮았다.[7] 선생이 "높아야 할 것은 도리어 낮고 낮아

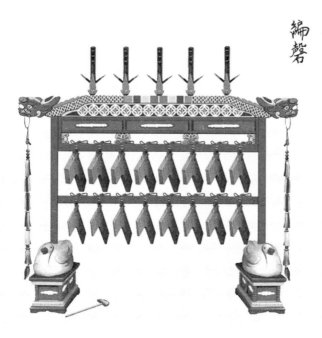

編磬

편경

야 할 것은 도리어 높으니, 반드시 까닭이 있다"고 하면서, 중국
의 제도를 조금 변통한 다음 율에 맞추었다. 임금이 새로 만든
편경을 가져오라고 하여 중국에서 보내준 편경 한 틀을 가지고
새로 만든 율관과 맞춰보았다. 그러자 중국에서 보내준 편경이
과연 음률에 맞지 않고, 새로 만든 편경의 성음이 맑고 아름다
웠다. 임금이 가상히 여기기를 마지 않았다.

　임금이 또 선생을 불러 먼저 만든 편경을 교정케 하자 선생이
아뢰었다.

　"아무 율은 1푼이 높고 아무 율은 1푼이 낮으니, 조금씩만 고

치면 그 소리를 바로잡을 수 있습니다."

임금이 또 선생에게 물었다.

"경卿이 만든 편경 가운데 이칙 음 하나가 맞지 않는 것은 무슨 까닭인가?"

선생이 살펴보고 아뢰었다.

"정해진 먹줄까지 갈리지 않았기 때문입니다."

즉시 갈아서 먹줄에 닿게 하자, 소리가 비로소 고르게 되었다.

중국 사신이 왔다가 선생이 바로잡은 음률을 듣고 찬탄하며 말하였다.

"귀국의 음악이 바른 소리를 얻었으니, 아마도 이인異人이 나와 악률을 주관하지 않았습니까?"

이로부터 선생의 이름이 더욱 높아졌고, 임금의 총애도 더욱 두터워졌다. 이조와 병조의 판서를 맡았고, 형조에 있을 때에는 판결을 공명하게 하였다.

문종文宗 때에는 중추원사中樞院使 · 보문각 제학을 역임하였고, 또 예문관 대제학을 제수받았으니, 한 시대의 사명詞命이 선생의 손에서 많이 나왔다.

을해년(1455)에 세조가 왕위를 물려받자, 선생은 벼슬에서 물러나 고향으로 돌아왔다. 선생의 아들은 육신六臣과 함께 화를 당하였는데, 선생은 세종 · 문종 · 단종 삼조三朝의 원로대신이라 연좌連坐에서 벗어났다.

선생은 무인년(1458)에 영동永同 고당리高塘里 집에서 향년 81세로 세상을 떠났다. 배위는 정경부인 여산 송씨로 판서 빈의 따님인데, 먼저 세상을 떠나 영동 고당포에 병향丙向으로 안장되었다. 선생의 묘는 부인의 묘 뒤에 있다.

선생은 세 아들을 두었는데, 맹우孟愚는 현령을 지내고, 중우仲愚는 군수를 지냈으며, 계우季愚는 사육신이 처형당할 때에 화를 당해 죽었다. 딸은 넷인데, 목사 조주趙注 · 사직 권치경權致敬 · 감찰 방순손房順孫 · 선비 최자청崔自淸의 아내가 되었다.

선생이 가훈家訓 17장을 지었다. 자손을 가르칠 때 반드시 『소학』을 먼저 읽게 한 다음 사서四書를 읽히고, 어버이를 섬기며 친척 사이에 의를 돈독하게 하였다. 관직에 있으면서 사람들 대하는 방법도 상세하게 갖추지 않음이 없다. 윤리를 밝히고 몸을 조심하는 도리도 더욱 명백히 하였다. 제사는 반드시 예로써 하고, 장사는 부도浮屠[8]를 금하였다. 올바른 학문을 붙들어 세우고 이단을 물리치면 세교世敎에 도움이 클 것이다.

선생이 살던 곳에 난초가 많이 자랐으므로, 세상에서 난계선생蘭溪先生이라 불렀다. 후세 사람들이 서원을 짓고 제사를 드린다.

옛날 장횡거張橫渠[9] 선생이 "성음聲音의 도는 천지의 도와 더불어 통하여 율려律呂를 구할 만한 이치가 있으니, 오직 덕성이 깊고 두터운 사람만이 알 것이다"라고 하였다.

우리나라의 문명은 세종 때만큼 융성한 적이 없었다. 이때에는 성군께서 위에 있는 것이 마치 하늘에 해가 떠 있는 것 같아, 공을 이루어 제정하고 빛나게 계술繼述할 수 있었다. 그랬기에 지덕至德의 빛을 떨치고 육기六氣[10]의 조화를 밝혀, 한 나라 임금의 악樂을 감당할 수 있었던 것이다.

참으로 덕성이 깊고 두터우며 뛰어나게 총명한 자가 아니면, 돌을 치고 돌을 어루만지며 팔음八音을 고르는 일에 참여할 수 없었을 것이다. 선생은 예藝에 심령이 홀로 이르고 천분이 남다른데다, 어릴 때부터 마음씀이 정밀하였으며, 도량이 넓고도 깊었다. 눈앞에 있는 듯이, 가로목에 새겨져 있듯이[11] 악률에 대한 경위經緯를 이리저리 얽었다. 작은 것 하나도 버림이 없었다. 생각하고 또 생각하여 신명神明이 통하였으며, 기후에 순응하고 소리에 맞게 하였다. 이에 음률을 고르니 황종黃鍾이 바르게 되었다.

우리나라 해주의 기장秬은 중국 양두산羊頭山의 기장보다 못하지 않으며, 우리나라 남양의 경석磬石도 중국 사빈泗濱의 경석과 다를 게 없다. 인문人文 화성化成의 기틀에 하늘은 상서로움을 숨기지 않았다. 대악大樂이 선생에게 힘입어 이루어졌으니, 선생을 해동海東의 기夔라고 해도 좋을 것이다. 대체로 내게 있는 덕성이 신명을 통할 수 있었기에 횡거의 가르침과 부합되었으며, 중국 사신도 우리나라에 와서 악樂을 듣고 사람을 알아보았으니, 사광師曠[12]과 계찰季札[13]이 음률을 살핀 것과 비교해봐도 부끄러움이 없을 것이다.

아아! 종률鍾律에 대한 의논은 비록 범진范鎭이나 마단림馬端臨같이 어진 사람이라 할지라도 끝내 의논이 같을 수 없고, 오직 서산신서西山新書[14]만이 옛사람의 뜻을 깊이 터득했다고 한다.

그러나 끝내 시험해보지 못했으니, 당시에 식자들이 한스럽게 여겼다. 선생은 작은 나라의 후학으로 정신을 한데 모아 일대의 제도를 새롭게 하여 국가의 성덕盛德과 대업을 빛냈으니, 이 어찌 왕박王朴(905~959)[15]이나 이조李照와 더불어 함께 논하랴. 서산이 선생을 알게 한다면 반드시 아침저녁으로 만나기를 분명히 원할 테니, 어찌 위대하지 않은가.

선현들 가운데 선생을 칭찬하는 분들이 많았으니, 점필재佔畢齋 김선생[16]은

"선생의 정통한 학식과 올바른 도술은 참으로 우리의 사표師表이다."

라고 했고, 사계沙溪 김선생[17]은

"도덕은 해동에 높았고, 이름은 중국에 드러났다."

라고 했다. 우암尤庵 송선생[18]은

"효성이 하늘에 뛰어나고, 덕행은 세상에 으뜸이었으며, 경륜과 제작으로 성치盛治를 익찬翊贊하였다."

고 했다. 이 몇 분의 말만 들어도 선생의 덕망이 뛰어났음을 알 수가 있다.

선생에게 아들이 있었지만 육신六臣과 함께 순절殉節하였으니, 큰 소나무 아래 과연 맑은 바람이 있도다. 공은 삼조三朝의 원로 대신으로 연좌에서 벗어났으니, 성군의 너그러운 은혜가 송금화宋金華같이 선생을 대하지 않았도다. 이 어찌 훌륭한 일이 아니랴.

삼가 가장家狀[19]을 살펴보고 대략을 가려내어, 태상시太常寺[20]

에서 채택하도록 준비하였다.

　이조판서 홍계희洪啓禧(1703~71) 짓다.

　──『난계유고』 부록 「시장」諡狀[21]

---

1) 밀성대군 언침彦忱의 8세손이며, 문하시중 찬행讚行의 셋째 아들이다.

2) 증직은 죽은 사람의 관직을 올려주는 것이다. 조선 초기에는 문무관 6품 이상의 관원
　에 대하여 부父 · 조祖 · 증조의 3대를 추증할 수 있었으나, 『경국대전』에 와서 실직 2
　품 이상의 종친이나 문무관의 3대에 한해 추증할 수 있었다.

3) 홍무는 명나라 황제 태조太祖의 연호인데, 1368년부터 1398년까지 31년 동안 사용
　하였다. 박연은 홍무 11년(1378) 8월 20일에 태어났다.

4) 명나라 성조成祖의 연호인데, 1403년부터 1424년까지 22년 동안 사용하였다.

5) 세자시강원의 별칭인데, 세자에게 경서를 강의하던 관청이다.

6) 악학 별좌樂學別坐 봉상 판관奉常判官 박연朴堧이 한 틀에 열두 개 달린 석경石磬을
　새로 만들어 올렸다. 처음에는 중국의 황종黃鍾의 경쇠를 위주로 하였는데, 3푼으로
　덜고 더하여 12율관律管을 만들고, 아울러 옹진甕津에서 생산되는 검은 기장黍으로
　교정校正하고 남양南陽에서 나는 돌을 가지고 만들어 보니, 소리와 가락이 잘 조화되
　었다. 그래서 그것으로 종묘와 조회 때의 음악을 삼은 것이다. ──『세종실록』 9년 5월
　15일

7) 12월에 맞춰 12률이 있다. 황종 · 대주大蔟 · 고선故洗 · 유빈 · 이칙 · 무역은 양성陽
　聲이고, 대려大呂 · 응종 · 남려南呂 · 임종 · 중려仲呂 · 협종夾鍾은 음성陰聲이다.

8) 스님들의 사리나 유골을 안치해두는 둥근 돌탑인데, 이 글에서는 화장火葬, 또는 넓
　은 의미에서의 불교 의식을 가리키는 듯하다.

9) 횡거는 송나라 성리학자 장재張載(1020~77)의 호이다.

10) 하늘과 땅 사이의 여섯 가지 기운, 곧 음陰과 양陽 · 바람과 비 · 어둠과 밝음을 가리킨다.

11) 서 있을 때에는 충성스럽고 미덥다는 말이 마치 눈앞에 보이는 듯이 하고, 수레를 몰
　때에는 그것이 가로목에 새겨져 있듯이 해야, 그 가르침을 행할 수 있을 것이다.
　　──『논어』 「위영공」衛靈公

12) 춘추시대 진晉나라의 이름난 악사이다.

13) 춘추시대 오나라 사람인데, 노나라에 사신으로 갔다가 주나라 음악을 보고 열악列樂
　의 치란흥망治亂興亡을 깨달았다.

14) 『율려신서』律呂新書는 송나라 채원정蔡元定이 지은 상 · 하 2권의 율서인데, 채원정
　의 호가 서산이다.

15) 오대五代 때의 율학가律學家인데, 주나라 동평東平 사람이다. 흠천력欽天曆을 만들고 또 율준律準을 만들어 음률을 교정하였다.

16) 점필재는 김종직金宗直(1431~92)의 호이다. 아버지 김숙자金叔滋에게 배우면서 야은冶隱 길재吉再의 학풍을 이어받아 수많은 제자를 가르쳤으며, 1459년 문과에 급제한 뒤에 형조판서까지 올랐다.

17) 사계는 성리학자 김장생金長生(1548~1631)의 호이다. 구봉 송익필에게 예학을 배우고, 뒤에 율곡 이이에게 성리학을 배워 수많은 제자를 가르쳤다.

18) 우암은 성리학자 송시열宋時烈(1607~89)의 호이다.

19) 조상의 시호를 청하기 위해, 후손들이 조상의 행적을 기록한 글이다.

20) 조선시대에 국가의 제사를 담당하고, 시호를 의논하여 정하는 일을 맡았던 관청이 봉상시奉常寺인데, 고려시대에 태상시라고 했으므로 이 글에서도 '태상'太常이라고 한 것이다.

21) 시호를 받을 만한 사람이 죽으면 그 자손들이 가장家狀을 지어 예조에 제출했다. 예조에서 검토한 뒤에 봉상시로 보내면, 봉상시에서 그 행적에 알맞은 세 가지 시호를 평론했는데, 그 글이 바로 시장이다. 홍문관에서 시장을 검토하여 이조에 넘기면, 이조에서 시호망단자諡號望單子를 임금에게 올려 수점受點을 받았다. 박연의 시호는 문헌文獻이다.

장영실蔣英實

[1]

특진관 이장곤李長坤이 아뢰었다.

"우리나라의 악은 옛뜻古意을 조술祖述한다고 하지만, 순수한 정악이 아닙니다. 신이 장악원의 일을 보는데, 전조前朝 말 우왕 때의 악이 급촉하고 비속하였는데, 우리 왕조 태조·태종에 이르러서도 미처 개정하지 못했습니다. 세종 때에 이르러서야 박연이 악률樂律에 정하였으며, 장공匠工 장영실도 악기를 제작하는 것이 극히 정교하였습니다. 세종께서도 제도를 증감하여 의물儀物이 비로소 이때에 마련되었습니다."

—『중종실록』14년 2월 2일

[2]

왕이 조강朝講에 나아갔다. 시독관 장옥張玉이 아뢰었다.

"지금 간의대簡儀臺[1]의 도수度數가 틀리는 것을 본다면, 우리나라의 악제樂制도 반드시 크게 잘못되었을 것입니다. 그러니

창경궁 간의대

그 기구가 틀린 것을 또한 바로잡지 않을 수 없습니다."

우찬성 이장곤은 이렇게 아뢰었다.

"신도 장악원 제조로서 악기를 보니, 과연 잘못된 것이 많았습니다. 예전에 들으니, 장영실이 때에 맞추어 났기 때문에, 성음聲音을 제작하는 것이 헤아릴 수 없이 신묘하여, 소리를 들어보면서 고치고 기구를 살펴보면서 바로잡아 조금도 틀리지 않고 그토록 묘했다고 합니다. 그런데 요즘은 기구가 틀린 것을 알지 못하게 되었으니, 정자지鄭子芝 같은 사람이 비록 음률을 아는 것 같지만 어찌 그 근본을 알겠습니까?"

— 『중종실록』 14년 7월 7일

---

1) 천문관측기구의 하나인 간의簡儀를 설치하였던 관측대인데, 관천대觀天臺라고도 한다. 세종 때에는 경복궁 경회루 북쪽에 높이 31자, 너비 32자, 길이 47자의 큰 규모로 쌓았다. 임진왜란 이후에 왕이 거처를 창덕궁으로 옮기자, 창경궁에도 간의대를 쌓았다.

이승련李勝連 · 서익성徐益成

[1]

세종 때에 허오許吾란 사람이 있었고, 이승련과 서익성이 잇달아 있었다. 이승련은 세조에게 알려져 군직軍職을 제수받았으며, 서익성은 일본에 가서 죽었다.

— 성현『용재총화』

[2]

"관사管事 이승련 등을 좌익 원종공신 3등에 녹한다."
하고 곧이어 교서敎書를 내렸다.

"공功을 기록하고 상賞을 주는 것은 나라의 아름다운 법이다. 내가 부족한 덕으로 외람되게 대위大位에 앉게 되었는데, 임금이 되기 전의 어려운 시절을 돌이켜보니, 덕이 같은 신하들이 전후 좌우에서 과인을 보호하였기 때문이다. 혹은 나의 동렬同列로서, 혹은 나의 보좌補佐로서, 혹은 가까운 친척으로서, 혹은 오래 따르던 사람으로서, 혹은 내가 중국 갈 때에 산을 넘고 강

「조선통신사회권」朝鮮通信使繪卷. 조선통신사를 수행하여 일본에 갔던 악공들의 모습이다.

을 건너는 수고를 함께하였으며, 혹은 정난靖難에 참여하여 나를 지키기에 힘썼고, 아래로는 종에 이르기까지 힘을 다하였다. 모두 원종原從의 공이 있어서 오늘의 아름다움에 이르렀으니, 내가 어찌 잊겠는가? 마땅히 먼저 포상하는 법을 보여서, 처음부터 끝까지 변치 않는 의리를 굳게 하려고 한다.

　3등에게는 각각 1자급을 더해주고, 자손은 음직을 받게 하며, 후세까지 죄를 용서한다. 첩의 아들도 한품限品을 적용하지 말라. 공사천인公私賤人은 모두 천인을 면하게 하고, 사천私賤은 주인에게 공천公賤으로 보상하게 하라."

　─『세조실록』 1년 12월 27일

[3]

왕이 형조에 전지하였다.

"임영대군臨瀛大君 이구李璆의 종 이승련 등이 이제 원종공신이 되어 이미 영구히 종에서 벗어나 양인良人이 되는 것을 허락했으니, 공천 가운데 나이가 서로 걸맞은 자를 임영대군 집에 충당하여 주라."

—『세조실록』 2년 8월 13일

[4]

왕이 이조에 전지하였다.

"전악典樂 서익성 등은 모두 원종3등공신原從三等功臣에 기록하라."

—『세조실록』 6년 5월 25일

황효성 黃孝誠

[1]

대개 악樂을 하는 데는 세 가지가 있다. 5음 12율의 근본을 알아서 이것을 활용해야 하고, 절주節奏의 완급緩急을 알아서 보譜를 만들어야 하며, 타고난 자질이 오묘하여 손길이 정精해야 한다.

황효성은 근본을 깨닫고 잘 활용할 뿐만 아니라, 완급을 알고 보譜를 많이 지어 세조世祖에게 알려져 관직이 어모장군禦侮將軍에까지 이르렀다.

— 성현『용재총화』

[2]

전악典樂 황효성 등을 좌익 원종공신 3등에 녹한다.

—『세조실록』1년 12월 27일

[3]

왕이 형조에 전지傳旨하였다.

"의영고義盈庫 종 황효성 등은 이제 원종공신이 되어 이미 영구히 양인이 되는 것을 허락했으니, 이름을 노적奴籍에서 삭제하라."

—『세조실록』 2년 8월 13일

[4]

왕이 전악 황효성을 불러 물었다.

"기생 가운데는 어찌하여 음악으로 재주를 이룬 자가 없느냐?"

황효성이 아뢰었다.

"도감都監의 관원들이 음악하는 기생을 늘 사람들에게 빌려주니, 음악을 연습할 겨를이 없기 때문에 재주를 이룬 자가 없습니다."

그러자 왕이 사헌부에 전지하였다.

"악학도감樂學都監의 관원들을 조사하도록 하라."

—『세조실록』 8년 3월 27일

[5]

왕이 사정전思政殿에 나아가 상참常參을 받고 정사를 보았다. 왕이 위장衛將 이윤손李允孫에게 물었다.

"경은 악학 제조樂學提調가 되었는데, 음악을 아는가? 조회朝會 때의 음악이 절도에 맞지 않는 것이 많은데, 어떻게 연주해야 하는가?"

이윤손이 대답하지 못하자, 전악 황효성을 불러 악보樂譜를 그려 올리게 했다. 또 음악을 연주하게 하여 이를 듣고는, 아래 사일절四一節을 더 넣도록 하여 익혀서 연주하게 하였다.

—『세조실록』10년 1월 27일

[6]

왕이 사복시司僕寺에 전지하였다.

"정희왕후貞熹王后를 종묘宗廟에 부묘祔廟하였을 때의 전악 황효성에게 망아지兒馬 각각 한 필을 내려주도록 하라."

—『성종실록』16년 6월 6일

[7]

왕이 명하여 영돈녕領敦寧 이상과 의정부·육조六曹·대간臺諫을 불러 황효성이 계달한 악보의 개정이 적당한지 아닌지를 의논하게 하자, 정창손·한명회 등이 의논하였다.

"세종世宗께서는 하늘이 내신 성왕으로서 음률音律에 밝게 통하시어, 예악禮樂을 제작한 것이 지극히 밝게 갖춰졌습니다. 그때 박연朴堧도 음악에 정통하여 품지하여 제작한 것 가운데 극진하지 않은 것이 없으니, 어찌 근거도 없이 만들었겠습니까? 이제 황효성의 말을 가지고 조종祖宗이 제작한 것을 가볍게 바꿀 수 없습니다. 채수蔡壽 등은 단지 『주례』나 『율려신서』 등만 살펴보고 역대 악지樂志와 여러 악서樂書는 상고하지 못했으니, 홍문관으로 하여금 자세히 상고하여 아뢰게 한 뒤에 다시 의논하게 하소서."

김승경金升卿 등은 이렇게 의논하였다.

"본조本朝에서 쓰는 3악三樂은 세종께서 정하신 것인데, 그때 박연이 음률에 정통하여 옛 제도를 자세히 참작해서 하였으니, 한 영관伶官의 말만 가지고 가볍게 옳고 그름을 의논할 수 없습니다."

왕이 정창손 등의 의논에 따랐다.

—『성종실록』17년 11월 6일

[8]

(왕이) 경연經筵에 나아갔다. 『성리대전』性理大全을 강강講講하다가 '사십팔성도'四十八聲圖에 이르자, 정랑正郎 김응기金應箕가 아뢰었다.

"『예기』禮記에 오음五音을 군君·신臣·민民·사事·물物의 뜻으로 삼았습니다. 순임금도 '내가 오성五聲 육률六律을 듣고서 소홀하게 다스렸는지 살피고자 한다'고 하였습니다. 계찰季札도 주周나라 음악을 듣고 또한 치란흥망治亂興亡의 일을 알았으니, 대개 정치의 잘잘못을 성률聲律에서 구하면 알 수 있습니다.

신이 일찍이 전악 황효성에게 물으니, 황효성이 '세종 때에 유사눌柳思訥의 말로써 당월當月의 율律을 썼다가 뒤에 폐하였는데, 어떻게 썼는지, 또 어떻게 폐하였는지를 알지 못한다'고 하였습니다. 이로써 본다면, 당월의 율을 우리나라에서도 일찍

중요무형문화재 제16호인 종묘제례악

이 썼었습니다."

—『성종실록』20년 3월 10일

[9]

동지사同知事 이세좌李世佐가 아뢰었다.

"신이 제조提調로서 장악원에 있으면서 살펴보니, 성률聲律의 학문이 그다지 어렵지 않은데도 악공樂工 가운데 한 사람도 취할 만한 자가 없었습니다. 오직 황효성과 박곤만은 음률을 자세히 알고 있었는데, 황효성은 이미 늙었습니다. 두 사람 이외에는 전해 익힐 만한 자가 없어, 지극히 염려됩니다. 청컨대 첩의 아들 가운데 슬기롭고 빼어난 자들로 하여금 음률을 익히게 하고, 사신이 북경北京에 갈 때 따라가서 중국의 아악雅樂을 익히게 하소서. 지금 살펴보니 조정의 관원 가운데 정운鄭耘과 신말평申末平이 또한 음률을 터득했으니, 청컨대 전심하여 익히도록 하소서."

왕이 말했다.

"그렇게 하라."

—『성종실록』 20년 4월 12일

박곤 朴棍

[1]

지금 박곤은 금천군錦川君[1)]의 서자인데, 어려서부터 악樂을 배웠다. 영인伶人은 아니지만 악사樂事의 일을 잘 맡아 했는데, 그 재주는 황효성보다 나아 한 시대의 선사善師가 되었다. 배우는 사람들이 그 문하에 모여들어 많은 악수樂手들을 배출했으니, 역시 지금의 제1품이다.

— 성현『용재총화』

[2]

왕이 이조와 병조에 전지하였다.

"친사親祀 때에 수고한 전악령典樂令 이근생李根生과 박곤에게 각각 한 자급資級을 더하라."

—『성종실록』19년 윤1월 25일

[3]

왕이 경연經筵에 나아갔다. 강을 마치자, 정언正言 유인유柳仁濡가 아뢰었다.

"전악 박곤은 천첩賤妾 소생인데다 별다른 공로도 없는데, 특별히 한 자급을 더하였으니 매우 합당치 못합니다."

왕이 말했다.

"이는 특지特旨이므로 한직限職에 얽매일 수 없다."

대사헌 박안성朴安性이 아뢰었다.

"박곤의 벼슬은 서얼이라서 한도가 있는데 이제 특별히 가자하였습니다. 옛사람이 이르기를 '진실로 명命이 같지 않기 때문이다'라고 하였는데, 박곤에게 이같이 하면 뒤에 반드시 외람되게 벼슬을 주는 조짐이 있을 것입니다."

유인유도 아뢰었다.

"박곤이 지금 사과司果가 되었으니 분수에 족한데, 또 특별한 은혜를 더하는 것은 합당치 못합니다."

그러나 왕이 들어주지 않았다.

—『성종실록』19년 윤1월 29일

[4]

사간원 헌납 이집李緝이 와서 아뢰었다.

"박곤은 한직限職이 서얼이라서 5품에 지나지 못하는데 이제 4품 자급을 받았으니, 만약 고쳐서 바로잡지 않으면『경국대전』의 법이 허물어질까 두렵습니다."

왕이 전교하였다.

"특별한 은혜는 상례常例에 얽매이지 않는다."

이집이 다시 아뢰었다.

"박곤이 비록 공로가 있을지라도 한직밖에는 자급을 더할 수 없습니다. 그런데 조금치의 공도 없으면서 집사執事의 예例에 의하여 지나치게 자급을 더하여 『경국대전』의 법을 허물어뜨리는 것이 옳겠습니까?"

왕이 전교하였다.

"박곤에게만 이같이 한 것은 아니다. 특별히 자급을 더한 자가 또한 많았으니, 결단코 간관들의 말을 따를 수 없다."

—『성종실록』19년 윤1월 29일

[5]

사헌부 지평 성세명成世明이 와서 아뢰었다.

"신 등은 박곤에게 자급을 더한 것이 불가하다고 논한 지가 이미 여러 날 되었는데도 아직 윤허를 받지 못해, 결망缺望함을 이기지 못하겠습니다."

왕이 전교하였다.

"내가 박곤을 사랑해서도 아니고, 간언諫言을 거절하는 것도 아니다. 한품限品의 법이 비록 『경국대전』에 실려 있다고 하지만, 중관中官에게도 또한 한품이 있으되 혹 특지特旨로 가계加階한다. 하물며 통정대부 이상의 조정 사대부야 말해 무엇하겠느냐? 모두 특지에서 나온 것이지, 자격을 따른 것은 아니다.

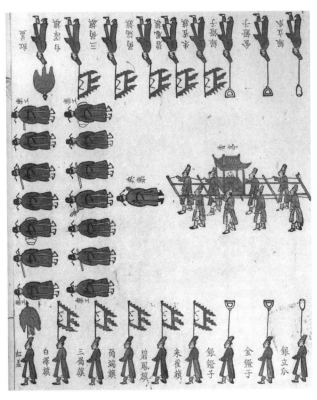

「순종왕세자수책시책례도감의궤」純宗王世子受冊時冊禮都監儀軌.
악공들의 뒤를 전악典樂이 따라가고 있는 모습

　그대들은 박곤이 집사執事가 아니고 그 직임을 이바지했을 뿐
이라고 하니, 제집사諸執事도 또한 그 직임을 이바지하지 못하
느냐? 조회朝會와 연향宴饗에 있어 박곤이 음률을 관장하면서
윤서倫序를 문란케 한 잘못이 없으니, 표창함으로써 영인伶人을
격려함이 또한 옳지 않겠느냐?"

　―『성종실록』 19년 2월 5일

[6]

왕이 이조와 병조에 전지하였다.

"정희왕후를 문소전 文昭殿에 부묘 祔廟하였을 때에 전악을 맡았던 박곤과 영녕전 永寧殿 전악 유장수 柳長壽에게 각각 한 자급씩을 더하도록 하라."

— 『성종실록』 20년 4월 12일

[7]

왕이 이조와 병조에 전지하여, 전악령 典樂令 박곤에게 각각 한 자급을 더하게 하였다.

— 『성종실록』 24년 3월 10일

[8]

왕이 경연에 나아갔다. 강하기를 마치자, 장령 이승건 李承健과 정언 최연손이 예조 낭청과 박곤에게 자급을 더해주는 것이 마땅치 못하다고 아뢰자, 왕이 좌우에 자문을 구했다. 그러자 영사 領事 허종 許琮이 대답했다.

"박곤은 첩의 소생이므로, 그 품직에 한계가 있습니다."

그러자 왕이 말했다.

"대간의 말이 옳다. 아뢴 대로 시행하라."

— 『성종실록』 24년 3월 14일

[9]

왕이 승정원에 전교하였다.

"전악 박곤에게 더해준 자급을 다시 거둬들이고, 각각 말 한 필씩 하사하라."

— 『성종실록』 24년 3월 14일

■ 1493년(성종24)에 완성된 『악학궤범』을 편찬할 때에 박곤이 성현·신말평을 도왔다. 음악 이론뿐 아니라, 실제로 음악을 연주하는 것도 뛰어났다. 다른 전악들보다 많이 활동했으므로 왕에게 자주 상을 받았다. 이규경이 지은 『오주연문장전산고』에 의하면, 그가 성현과 김복근을 도와서 중국의 『사림광기』事林廣記와 『대성악보』大晟樂譜를 참작하여 합자보合字譜의 창안에 이바지했다고 한다.

전악의 승진과 한품의 예를 보이기 위해 박곤에 대한 기록을 자세히 소개한다.

---

1) 박강朴薑(?~1460)의 봉호인데, 좌의정 박은의 아들이다. 황해감사와 중추원부사를 거쳐, 수양대군이 즉위하는 과정에서 공을 세워 좌익공신 3등에 책정되고 금천군에 봉해졌다.

윤사흔尹士昕

대비 삼전三殿에 잔치를 올리고, 임금이 종친宗親과 재상 들을 위하여 인정전仁政殿의 동쪽 행랑에서 연회를 열고 음악을 내려주었다. 자리에 있는 사람으로 취하지 않은 사람이 없었다. 우의정 윤사흔이 먼저 취하여 청성위靑城尉 심안의沈安義를 불러 말하였다.

"기부妓夫가 어찌하여 도제조都提調를 알현하지 않는가?"

윤사흔은 이때에 장악원 제조掌樂院提調로 있었다. 또 상산군商山君 황효원黃孝源을 불러

"광대가 또 왜 왔느냐?"

하고, 또 추한 말로 욕하였으나 황효원은 웃을 뿐이었다. 도승지 유지柳輊가 크게 취하여 발을 들고 춤을 추려고 하였는데, 조금 있다가 임금이 종친과 재상 들에게 일어나 춤을 추도록 명하였다. 상당부원군上黨府院君 한명회韓明澮도 또한 취하여 일어나서 손뼉을 쳤는데, 기생들이 앞을 다투어 손뼉을 쳤다. 무송부원군茂松府院君 윤자운尹子雲이 매우 취하여 승정원 주서承政院注

「중묘조서연관사연도」中廟朝書筵官賜宴圖. 중종이 근정전에서
관원들에게 잔치를 베풀어 준 모습. 악공들이 연주하고 있다.

「환아정양로회도」換鵝亭養老會圖. 늙은 관원들의 노래와 춤판

書의 방으로 뛰어 들어가서 그 자리에 있던 봉교奉敎 조문숙趙文琡을 불러 나오게 하여 말하기를,

"여기는 우리 젊은이들의 놀이터다."

하고, 기생 10여 명을 불러 둘러앉게 하였다. 또 동부승지同副承旨 한한韓㑖을 붙들고 술을 가져다놓으라고 시켰으며, 기생에게 노래를 부르게 하였다. 윤자운은 기생을 끼고 희롱하면서,

"늙은 겸판서兼判書가 무슨 혐의가 있겠느냐?"

하고, 드디어 함께 즐기며 희롱하였다. 윤자운은 이때 겸 예조판서였다. 종친과 재상 들이 모두 취하여 임금에게 은혜를 사례

하자, 임금이 전교하였다.

　"잔치는 자주 열 수 없는 것이나, 나 역시 오늘 삼전三殿에 잔치를 올렸으니, 경들도 마음껏 즐기라."

　—『성종실록』6년 11월 16일

■ 윤사흔(?~1485)은 정희왕후의 아우인데, 공조판서를 거쳐 우의정까지 올랐다. 그는 음률에 밝아 장악원 제조를 겸했는데, 임금이 재상들에게 내려준 연회의 분위기를 보이기 위해 이 자료를 소개했다.

성현 成俔

　나는 예조판서로 장악원의 제조가 되었는데, 손님을 맞는 연
향宴享과 사신에게 내리는 연향과 관습취재慣習取才의 음악을
듣지 않는 날이 없었다.

　또 태평관太平館에 왕래할 때에도 동네 사면이 모두 악인樂人과
기녀妓女의 집이었다. 숭례문 밖의 민보敏甫·여회如晦의 두 집
계집종이 모두 선수善手였기에, 내가 예전에도 지나다 들어가서
들었다. 또 대가 집 옆에 홍인산洪仁山·안좌윤安左尹의 두 큰 집
이 있었는데, 역시 비복婢僕들에게 음악을 가르쳤다. 그 소리가
청아한데다 밤 깊도록 그치지 않아, 늘 누워서 이것을 듣는 게 또
한 즐거움이었다. 그래서 내가 일찍이 사람들에게 이렇게 말했다.

　"가난한 선비 가운데 부지런히 독서하고도 명성을 얻지 못하
고 죽는 사람이 많건만, 나는 어린 나이에 급제하여 벼슬이 육
경六卿에 이르고, 밤낮 노래하는 사람들 가운데 있다. 나 홀로
태평시절 즐거움을 누리는 것이 어찌 이 같을까?"

　— 성현 『용재총화』

「봉사도」奉使圖. 중국 사신에게 춤과 음악으로 연향을 베푸는 모습

옥지화玉池花

[1]

왕이 승정원에 전교하였다.

"운평運平[1] 옥지화가 숙용淑容(종3품)의 치마를 밟았으니, 이는 윗사람을 가볍게 여겨 공경하지 않은 죄에 해당하므로, 무거운 벌을 주고자 한다. 승지 강혼姜渾은 옥지화를 밀위청密威廳에 데려가 형신刑訊하라. 또 이 뜻을 의정부 · 육조六曹 · 한성부漢城府 · 대간臺諫에게 수의하라."

영의정 유순柳洵 · 좌의정 박숭질朴崇質 · 좌찬성 김감金勘 · 우찬성 김수동金壽童 · 좌참찬 신준申浚 · 호조판서 이계남李季男 · 공조판서 한사문韓斯文 · 한성부 판윤 민효증閔孝曾 · 대사헌 반우형潘佑亨 · 호조참판 박열朴說 · 예조참판 안윤량安允良 · 공조참판 정광세鄭光世 · 한성부우윤 김무金䃟가 의계議啓하였다.

"옥지화의 죄는 지극히 만홀慢忽하오니, 위의 분부가 지당합니다. 명하여 옥지화의 목을 베소서."

466

왕이 전교하였다.

"옛말에 '그릇 때문에 쥐에게 돌을 던지지 못한다'고 하였다. 천하에 지극히 천한 것이 질그릇인데, 이것으로 요강을 만든다면 참으로 천하지만, 만약 어전御前에 쓸 물건을 만든다면 천하게 여길 수가 없다. 왕에게 사랑을 받는 숙용이나 숙원淑媛 (종4품)은 말할 것도 없고, 비록 취홍원聚紅院에 있는 여인이라 할지라도, 옥지화 같은 운평 따위가 감히 저와 다를 게 없다고 생각하여 조금이라도 능멸하려 한다면 이보다 더 불경不敬할 수가 없다. 이런 자가 있으면 마땅히 죄를 다스려야 한다."

— 『연산군일기』 11년 11월 7일

[2]

왕이 전교하였다.

"옥지화를 오늘 군기시軍器寺[1] 앞에서 목을 베어 그 머리를 취홍원과 뇌영원에 돌려 보이고, 연방원에 내걸라."

— 『연산군일기』 11년 12월 23일

[3]

왕이 승정원에 전교하였다.

"옥지화의 죽음을 보고 '형벌을 남용하였다'고 말하는 자가 있는가? 지금 흥청興淸으로 후궁後庭을 채운다고 해서, 운평 가운데 후궁을 자기와 같은 부류로 보고 업신여기는 자들이 있다. 하늘이 사람을 낼 때에 처음부터 어찌 절로 귀한 자가 있으랴.

윗사람이 명위名位와 등급을 더해준 뒤에 높고 낮은 것이 정해지는 법이다.

요즘 조계형曹繼衡은 겨우 각대角帶를 띤 미관말직인데도 특별히 당상관을 제수받자 사람들이 모두 존경하니, 그 사람을 공경하는 것이 아니라 주상의 명령을 공경하는 것이다. 그런데 옥지화가 왕이 사랑하는 숙용의 옷을 밟았으니, 비록 홍청의 옷이라도 옳지 못하거늘, 하물며 숙용일까 보냐?"

그러자 승지 등이 아뢰었다.

"죽어야 할 죄로 죽었는데, 어찌 다른 의논이 있겠습니까?"

—『연산군일기』11년 12월 24일

[4]

왕이 전교하였다.

"옥지화는 죄가 있어 처형당한 것이다. 만약 죄가 없는 자라면 어찌 형벌을 받겠느냐? 이제는 간흉이 제거되고 변경도 무사하니, 태평한 때에는 태평한 음악을 해야 한다. 음악이 화창하지 못하면 태평한 시절에 어울리지 않으므로, 음악을 연주하는 자는 목소리와 얼굴빛을 부드럽게 해야 한다. 억지로 하거나 얽매여서는 안 되니, 이 뜻을 음악하는 자들에게 깨우쳐주라."

또 전교하였다.

"무릇 음악을 연주하거나 노래를 부를 적에는 잘 부르는 자와 못 부르는 자가 같이 부르면 시끄러워 듣기가 싫다. 이제부터는 봉선루鳳仙樓나 세류앵細柳鶯 같이 잘 부르는 자는 골라서 앞줄

에 세우고, 그 밖에 재주 있는 자는 뒷줄에 세워 음악을 연주하
게 하라."

　　──『연산군일기』11년 12월 25일

---

1) 임금이 악명樂名을 임금의 이름으로 써서 내리면서

　　"흥청興淸·운평運平 광희廣熙라 하라."

　　하고, 이어 전교하였다.

　　"이른바 흥청이란 더러움을 깨끗이 씻는다는 뜻이요, 운평은 태평한 운수를 만났다는
　　뜻인데, 그 의미가 어떤가?"

　　승지들이 아뢰었다.

　　"칭호가 매우 아름답습니다." ──『연산군일기』10년 12월 22일

　　운평은 연산군 때에 지방의 고을에서 뽑아 올린 기생의 무리 가운데 하나이다. 운평으
　　로 편성한 여악女樂을 운평악이라고 했다.

2) 무기와 깃발을 만들거나 보관하던 관청인데, 병조에 속했다. 군기시 앞마당은 죄수의
　　목을 베는 형장이기도 했으며, 관원들이 늘어서서 구경하게 하였다. 원문의 "시示"는
　　사형당한 죄수의 목을 여러 사람들에게 돌려가며 구경시키는 것이고, '효梟'는 기다란
　　장대 끝에 목을 매달아 사람들에게 구경시켜 경각심을 일으키게 하는 것이다.

정렴 鄭磏

북창선생北窓先生 정렴(1506~49)[1]은 음률을 알았다. 새끼줄로 술병을 묶은 뒤에 구리로 만든 젓가락 두 개를 하나는 술병 안에 끼우고 하나로는 술병을 두드리며 아곡雅曲을 지었는데, 오음五音 육률六律에 맞지 않는 것이 없었다.

그의 아버지 순붕順鵬이 강원감사가 되어 금강산을 유람하다가 마하연摩訶衍 암자에 이르렀는데, 렴도 그때 따라갔다. 순붕이 렴에게 말했다.

"사람들이 네가 휘파람을 잘 분다고 하던데, 나는 들어본 적이 없구나. 이렇게 아름다운 곳에 이르렀으니, 한 곡을 불어보아라."

렴이 대답했다.

"오늘은 고을 사람들이 여기서 많이 기다리고 있으니, 내일 비로봉에 올라 불겠습니다."

이튿날 렴이 비를 무릅쓰고 일찍 나가자, 스님이 말리면서 말했다.

"오늘은 비 때문에 비로봉에 올라갈 수 없습니다."

렴이 말했다.

"오후에는 갤 것이오."

마침내 명아주 지팡이를 가지고 떠났는데, 오후가 되자 과연 날이 개었다. 순붕도 뒤따라 갔는데, 골짜기 사이에서 몹시 높은 피리 소리가 들려 바위와 골짜기를 모두 뒤흔들었다. 스님이 놀라 말했다.

"산 깊고 외진 경계에 웬 피리 소리겠습니까? 맑고 장려한 것을 보면 반드시 신선일 것입니다."

순붕은 마음속으로 이미 짐작하고 있었는데, 이르러 보니 과연 피리 소리가 아니라 렴의 휘파람 소리였다. 손등孫登과 완적阮籍이 소문蘇門에서 불던 휘파람 소리도 이보다 더 뛰어날 수는 없었다.

 — 유몽인『어우야담』

---

1) 자는 사결士潔, 호는 북창인데, 천문 · 의학에 정통하였다. 관상감과 혜민서惠民署 교
 수를 지냈으며, 거문고로도 이름났다.

윤춘년 尹春年

윤춘년(1514~67)[1]은 음률을 알았다. 호음湖陰 정사룡鄭士龍 (1491~1570)이 악부樂府를 지어 춘년에게 보여주자, 그가 말했다.

"우리나라 사람들은 음률을 알지 못하기 때문에, 예부터 악부樂府 가사歌詞를 지을 수 없었습니다. 공께서 비록 문장에는 능하지만, 오음 육률을 맞출 수는 없습니다."

호음이 이번에는 「청평조」清平調[2]의 '동정서망초강분' 洞庭西望楚江分을 본따서 한 절絶을 지었는데, 글자마다 예부운禮部韻[3]과 동음同音인 글자를 썼다. 그 글을 춘년에게 보여주자, 춘년이 한번 읊고 난 뒤에 말했다.

"이 한 절은 음률이 맞으니 쓸 만합니다."

호음이 물었다.

"옛날의 어느 악장과 음률이 맞는가?"

춘년이 깊이 생각하더니 말했다.

"이백李白이 지은 「청평조」의 '동정서망초강분' 1절과 같은 음률입니다."

호음이 깜짝 놀라며 춘년을 칭찬하고, 그 뒤부터 다시는 악장을 짓지 않았다.

— 유몽인 『어우야담』

---

1) 자는 언문彦文, 호는 학음學音, 또는 창주滄洲인데, 예조판서를 지냈다.

2) 당나라 현종 때 대궐 안에 목련이 활짝 피자 현종이 이백에게 짓게 하였던 곡조인데, 3장이다.

3) 과거科擧를 예부에서 주관했는데, 예부에서 사용하던 운을 모아 『예부운략』禮部韻略이라는 책을 만들었다.

황상근 黃尙謹

전악 황상근[1])이 임금께 상소하였다.

"이번 병란(병자호란)에 궁전 뜨락의 월랑月廊[2]) 위에 두었던 악기 가운데 유종鍮鐘 32개[3])를 사옹원司饔院 우물 속에 넣어두었고, 석경石磬[4])은 사복시司僕寺 구덩이 속에 넣어두었습니다. 동도리同道里[5])나 유소流蘇[6]) 같은 물건들은 뒤주 안에 넣어두고, 악기의 틀 같은 목기木器들은 몸통이 크기 때문에 월랑에 넣어두었습니다.

대가大駕가 환도還都한 뒤에 책임을 맡은 관원의 입회 아래 악기들을 거둬들였는데, 종鐘 하나도 잃어버린 것이 없었습니다. 그 밖에 유소나 목기 따위도 또한 온전하오니, 특별히 부료付料[7])를 주시옵소서."

이 상소의 내용에 따라 예조에서 점목粘目[8])을 작성하였다.

"지난번에 황상근이 편종編鐘과 편경 등 많은 악기와 동도리·유소 등 여러 가지 물건을 우물 속이나 뒤주 안에 간직하여, 난리가 지난 뒤에 하나도 잃어버리지 않은 공로가 적지 않다고 하였습니다. 장악원의 관원으로 하여금 위의 악기들이 잘 보존되었는지 여부를 일일이 점검토록 하여, 실상을 파악한 뒤에 상을 주든지 부료付料를 주든지 논의할 것을 아뢰고 명을 받아 시행함이 어떻겠습니까?"

이 내용을 임금께 아뢰자, 윤허하였다.

— 『장악등록』掌樂謄錄 인조 15년 5월 23일

■ 난리 중에도 황상근같이 자기 목숨보다 악기를 더 소중하게 여겨 잘 간직했던 전악이 있었기에, 난리 뒤에도 예악이 이어졌다.

---

1) 황상근은 인조 2년(1624) 제기악기도감祭器樂器都監이 설치되었을 때에 감조전악監造典樂으로 장악원 주부 민강閔棡 밑에서 진풍정進豊呈을 위한 잡물 제조에 공을 세웠다.
2) 대문간에 붙어 있는 방이다.
3) 유종은 놋쇠로 만든 편종編鍾의 작은 종인데, 한 틀이 16개이다.
4) 경석磬石으로 만든 편경編磬에 달린 경磬인데, 한 틀이 16개이다.
5) 궁중무용 무고舞鼓 춤을 기생들이 추면서 두드리던 북의 나무틀 주위를 싸서 감은 헝겊이다.
6) 색실로 만들어 늘어뜨린 장식용 술이다.
7) 공로에 대한 보답으로 쌀이나 베를 내려주었다.
8) 하급관청에서 보고한 공문서를 바탕으로 상급관청에서 임금의 재가를 얻기 위해 계목啓目을 작성할 때, 증거를 삼기 위해 덧붙였던 계목이다.

허의 許懿

[1]

예조판서 이모李某(실록 참조 李厚源)가 임금께 아뢰었다.

"요즘에 이르러 음악이 차츰 형태를 잃어가고, 종묘의 악기들도 오랫동안 수정되지 않았습니다. 악공의 무리들을 옳게 가르칠 만한 사람이 없어, 재주를 이룬 악사들이 아주 적습니다. 우리 조종祖宗에서는 예부터 음악 이론에 밝은 관원에게 장악원 주부主簿(종6품)를 겸하도록 해서, 그로 하여금 오로지 음악의 이론과 실제를 맡도록 했습니다. 겸관兼官으로 쓸 만한 사람을 뽑아 쓰기가 어렵지만, 사재감司宰監 주부 허의가 제법 음악의 이론에 밝다고 하오니, 장악원 주부와 서로 바꾸도록 하심이 어떻겠습니까?"

— 『장악등록』 효종 8년(1657) 7월 25일

[2]

장악원 주부 허의가 임금께 아뢰었다.

화

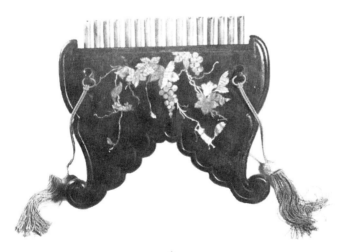

소

상원사 동종의 우爭를 부는 모습

"어전御前의 음악은 광해군 때부터 변하기 시작하여 무당의 제사 때 쓰던 음악처럼 거칠고 잡스럽게 빨라졌는데, 요즘 이런 현상이 더욱 심합니다. 나이 든 전악典樂들이 아직도 살아 있으니, 곧 악보樂譜에 의해서 교습시켜야겠습니다. 제향악祭享樂은 비록 변하지 않았다고 하지만 악공과 악생의 손으로 연주한 음악이 서로 잘 어울리지 않으니, 제향악도 또한 악보대로 교습시켜야겠습니다.

화和 · 우竽 · 소簫의 세 악기는 산천山川의 제사 때에 쓰이는데, 임진왜란 이후부터 이 악기들이 전하지 않고 있습니다. 전악 가운데 몇 사람이 그 악기의 악곡을 알고 있는데, 그 전악이 늙어 죽으면 그 곡이 끊어질 것입니다. 그러니 때에 맞춰 그 악기들을 빨리 사가지고 와서 빠진 음악을 보충하는 것이 마땅합니다.

본원本院에 전하는 생황笙簧 두 개는 모두 인조대왕 때에 중국에서 사가지고 온 것인데, 생황 하나가 부서져 쓰지 못하고 있습니다. 다시 하나를 사다가 그 수를 채우는 것이 마땅할 것 같습니다."

그러자 임금께서 전교하셨다.

"어찌하여 한갓 속악俗樂을 듣거나 연습하는 것은 좋아하면서, 아악雅樂은 연습하지 않느냐? 장악원에 말하여, 지금부터는 제향악祭享樂을 착실하게 연습시키도록 하여라. 악기 구입에 관한 일은 해당 관아에 명하여 거행하도록 하라."

이 전교에 따라 화和 · 소簫 · 우竽 · 생황의 네 가지 악기를 옛날같이 본래의 가격대로 무역해서 마련하도록 하였다. 이번에 북경北京으로 사신이 갈 때에 음악에 밝은 역관에게 돈을 맡겨서, 그 악기들을 널리 구해 사가지고 와서 가르치도록 하라고 호조戶曹와 사은사謝恩使에게 문서를 보냈다.

　—『장악등록』효종 8년(1657) 10월 22일

정윤박 丁潤璞

전악 정윤박의 아들 진률振崒이 임금께 상소하였다.

"신의 아비는 먼 지방 사람으로서 13세에 장악원에 들어와 전악典樂의 일부를 맡는 자리까지 올랐사오며, 지금까지 60년 오랜 세월 동안 복무했습니다. 나라에 크고 작은 경사가 있을 때마다 집사전악執事典樂으로 임무를 수행했으며, 지금까지도 녹을 받아먹고 있사오니, 이것도 성상의 막대한 은혜이옵니다.

신의 아비는 정사원종공신靖仕原從功臣[1]이면서도 천역으로 종사하는 장악원에서 전악으로 종사하기를 이와 같이 했사오나, 사표辭表를 허락하지 않아 오랫동안 일을 해오고 있습니다. 병술년(1646) 종묘宗廟와 문묘文廟, 그리고 여러 제단祭壇의 악기를 개조할 때에 감조전악監造典樂으로 처음부터 끝까지 일을 감독했사오며, 신묘년(1651) 인조대왕의 신주를 태묘太廟에 모실 때에는 집사전악으로 큰 허물 없이 잘 마무리했습니다. 당시 제향祭享에 참가한 공인工人들은 주상의 거둥하시는 수레 앞에서 아뢰고 양가良加의 은혜를 받았습니다.

정유년(1657) 진연進宴 때에는 여러 기녀와 관현맹인管絃盲人을 잘 교육시켜서 실수 없이 행사를 잘 치렀으며, 신축년(1661) 효종대왕의 신주를 태묘에 모실 때에도 집사전악으로 공인들을 이끌고 제향에 참가했습니다. 그때 제향에 참가한 공인들은 전하의 수레 앞에서 말씀드리고 천은天恩을 받았는데, 신의 아비는 70이 넘어 노쇠해 사경에 가까웠는데도 아직 전하로부터 아무런 은혜를 입지 못하였습니다. 성종 때에도 당시 집사전악 황효성黃孝誠이 많은 공로가 있어 이미 천은을 입은 적이 있거니와, 신의 아비도 황효성의 전례에 따라 특별한 천은을 내려주시기를 바라옵니다.”

임금께서 “원하는 대로 시행하도록 하라”고 전교하셨다.

— 『장악등록』 현종 3년(1662) 12월 5일

---

1) 광해군을 몰아내고 인조仁祖를 왕으로 옹립하는 데 공을 세운 신하들에게 준 공신호이다. 1623년에 정했는데, 1등 10명, 2등 15명, 3등 28명, 총 53명 이외에 공신의 친인척이나 작은 공을 세운 사람 수백 명을 원종공신으로 정했다.

임씨 林氏

우리나라의 풍습으로는 부녀자 가운데 글을 아는 사람이 매우 적다. 만약 글을 안다면, 세속에서 이르기를 "명이 박하다"고 하였다. 사도시司䆃寺[1] 서원書員 가운데 임씨林氏 성을 가진 여인이 있었는데, 재주와 기예 등 여인들이 하는 온갖 일이 묘한 경지에 이르렀으며, 바둑과 음률도 또한 알았다.

부모들이 시집보내려고 했지만 여인이 스스로 고르길 원했는데, 반드시 바둑을 잘 두고 시를 잘 짓는 사람이어야만 하였다. 시에 반드시 호기와 절조가 있어야만 몸을 허락하겠다고 하였으므로, 문인 재자들이 날마다 그 집 문에 모여들었다. 그러나 끝내 마음에 드는 사람이 없었으므로, 나이 스물이 되도록 남자를 정하지 못하였다. 종실宗室 남원군南原君이 바둑을 잘 두고 가야금을 잘 타며 게다가 호걸의 풍채까지 지녔다는 말을 듣고, 임씨가 시를 지어 매파에게 보냈다. 그러나 남원군은 임씨의 얼굴이 아주 예쁘지는 않다고 하여, 청혼을 받아들이지 않았다. 임씨는 끝내 다른 곳으로 시집가지도 않고, 오래지 않아 요절하였다.

깊숙한 숲 짙은 푸르름이 지붕 처마에 덮였는데
숲 너머 우는 새 울음소리가 가냘프구나.
악보를 읊조리며 바둑도 두다가
술 취한 뒤 한가로우면 잠까지 자네.
꽃 그림자 어지럽게 드리우고 이슬까지 내려
대나무 맑은 그늘 속엔 바람까지 고요하네.
한평생 살아가며 다툴 마음 없으니
낫 한 자루 둘 곳이면 아무데나 이 몸 편하리.

— 구수훈 「이순록」二旬錄

---

1) 궁중의 쌀이나 곡식과 장醬 같은 식품을 맡은 관청이다.

이정보 李鼎輔

[1]

공의 휘는 정보(1693~1766)이고, 자는 사수士受이며, 호는 삼주三洲이다. 관향은 연안延安이니, 당나라 중랑장中郎將 휘 무茂의 후손이다. 본조에 들어와서 저헌樗軒 문강공文康公 휘 석형石亨이 처음으로 크게 드러났다. 4세손이 좌의정 월사月沙 문충공文忠公 휘 정구廷龜이니, 대제학으로 「임진변무주」壬辰辨誣奏를 지어 천하 사람들이 그 문장을 외웠는데, 이가 바로 공의 5대조이다. 고조는 이조판서로 대제학을 지낸 휘 명한明漢이니, 호는 백주白洲이고 시호는 문정文靖이다. 증조부는 휘가 일상一相이고 호는 청호靑湖이니, 벼슬은 예조판서였고 시호는 문숙文肅인데, 역시 대제학을 지냈다. 우리나라에서 3대 대제학을 지낸 집안은 오직 공의 집안뿐이다.

공은 평소 성률聲律을 깊이 알아, 악보에 실린 새 가사 가운데 공이 스스로 지은 것들이 많았다. 별장이 학탄鶴灘 가에 있어, 한가한 날마다 배 한 척에 금객琴客과 가객歌客을 데리고 한강

이정보의 영정

을 오르내렸다. 아름다운 얼굴 빛나는 눈동자를 바라보면 마치
신선세계에 있는 사람 같았다. 병술년(1766) 5월에 병으로 누워
세상을 떠나니, 나이 74세였다.

— 김조순 『풍고집』 권14 「대제학 이공 시장」 大提學李公諡狀

[2]

내 집이 깊고깊어 뉘라서 찾을소냐

사벽 四壁이 소연 蕭然하여 일장금 一張琴 뿐이로다

이따금 청풍명월만 오락가락하더라.

— 이정보

대장부 공성신퇴功成身退하여 임천林泉에 집을 짓고 만권서萬卷書를 쌓아두고

종 하여 밭 갈리고 보라매 길들이고 천금준구千金駿駒 앞에 두고 금준金樽에 술을 두고 절대가인 곁에 두고 벽오동碧梧桐 거문고에 「남풍시」南風詩 노래하며 태평연월에 취하여 누웠으니

아마도 평생 하올 일이 이뿐인가 하노라.

— 이정보

■ 김정호가 편찬한 『대동지지』大東地誌에 한강을 설명하면서 '분원分院의 북쪽으로부터 서쪽으로 흘러 왼쪽으로 소내昭川를 지나 검단黔丹의 북쪽 미음渼陰 나루를 거쳐 광나루廣津, 송파松坡, 삼전도三田渡, 학여울鶴灘이 된다'고 했다. 삼전도는 지금의 송파구 삼전동에 있었으며, 가까운 곳에 3호선 지하철 학여울역이 있다. 남유용이 지은 제문에도 '이정보가 지난해 집을 옮겼는데 대치對峙가 그 마을이다'라는 구절이 있다. 지금의 강남구 대치동 학여울역 어디쯤 이정보가 살면서 거문고와 노래를 즐겼던 듯하다. 이정보가 지은 시조 78수 가운데 그의 풍류생활을 가장 잘 보여주는 시조가 위의 2수이다.

이패두 李牌頭

　서울 도성 안에는 거지들이 언제나 수백 명 들끓었는데, 거지들은 자기들의 법대로 한 명의 두목을 뽑아 꼭지딴丐帥을 삼았다. 모이고 흩어지는 모든 행동을 꼭지딴의 지시대로 했는데, 조금도 어기는 일이 없었다. 거지들이 아침저녁 빌어온 것을 정성껏 바쳐, 꼭지딴은 먹고 자는 것이 편했다.

　영조 경진년(1760)에 큰 풍년이 들자, 임금이 널리 영을 내려 잔치를 베풀고 즐기게 했다.

　용호영龍虎營의 풍악이 오영五營 가운데 으뜸이었는데, 이씨李氏 성의 사람이 그 우두머리로 있었다. 이른바 패두牌頭라는 것이다. 그는 본래 호탕하기로 이름이 나, 서울 기생들이 모두 그를 따랐다. 당시에 주금酒禁이 엄해 상하 잔치에 술은 쓰지 못하고, 대신 기악妓樂을 즐겨 썼다. 특히 용호영의 풍악을 불러오는 것으로 자랑을 삼았으며, 불러오지 못하면 부끄럽게 여겼다.

　이패두는 잔치에 불려 다니느라 아주 지쳐서, 이따금 병을 핑계대고 집에 있었다. 그런데 한 거지가 찾아와서 전갈했다.

"거지 두목 아무개가 패두님께 청을 드렸습니다. 나라의 명으로 만백성이 함께 즐기는 이 좋은 시절에, 소인네들이 비록 거지이지만 그래도 나라의 백성이라 빠질 수는 없습니다. 아무날에 거지들이 연융대錬戎臺에 모두 모여 잔치를 하려는데, 감히 패두님께 수고를 끼쳐 풍악으로 흥취를 돋우고자 합니다. 소인 또한 그 덕을 잊지는 않겠습니다."

이패두가 화가 상투 끝까지 올라 호령하였다.

"서평군西平君[1]이나 낙창군洛昌君[2] 대감 초청에도 내가 갈지 말지 한데, 거지 잔치에 부른단 말이냐?"

하인을 불러 내쫓자, 거지가 실실 웃으며 나갔다. 이패두는 더욱 분통이 터졌다.

"음악이 이렇게까지 천하게 되었구나. 거지까지 나를 부리려고 하다니."

얼마 뒤에 패두 집의 문을 두드리는 소리가 거세게 들렸다. 내다보니 온통 해진 옷에 몸집이 장대한 사내였다. 그가 꼭지딴인데, 눈을 부라리고 이패두를 쏘아보며 소리를 쳤다.

"패두님 이마에는 구리를 씌웠소? 집은 물로 지었소? 우리 떼거지 수백 명이 장안에 흩어져 있어 포도청 순라꾼도 어쩌지 못하는 줄 모르슈? 몸뚱이 하나에 횃불 하나면 너끈하다우. 패두라고 무사할 듯 싶수. 우리를 이다지 업수이 여기다니."

이패두는 풍각쟁이로 한평생 떠돌아다닌 몸이라 시정의 물정에 훤했기에, 껄껄 웃으며 말을 받았다.

"자네야말로 정말 사낼세. 내가 모르고 실수했네. 이제 자네

490

평창동에 있었던 총융청. 가운데 넓은 마당이
이패두의 무리들이 연주했던 연무대이다.

의 청대로 하겠네."

"내일 아침을 드신 뒤에 패두님이 기생 아무아무와 악공 아무
아무들을 거느리고, 총융청摠戎廳3) 앞 뜰에 크게 풍악을 차려주
소. 언약을 어기지 맙시다."

이패두가 선뜻 승낙하자, 꼭지딴이 한번 더 뚫어지게 바라보
더니 가버렸다.

이튿날 아침에 이패두는 자기 무리를 모두 불렀다. 거문고·
젓대·피리·장고 등의 악기를 새것으로 가지고 오게 했고, 기
생도 몇 명 불러 모았다. 그들이 가는 곳을 묻자,

"나만 따라오너라."

하고는, 총융청 앞뜰에 풍악을 차렸다. 온갖 악기는 자지러지게
울고, 기생들은 모두 춤을 추었다. 이때 거적을 둘러쓰고 새끼
로 허리를 동여맨 거지떼가 춤추며 모여들었다. 개미들이 장을

선 듯, 떠들썩하게 어울렸다. 춤이 그치자 노래가 나오고, 노래가 그치자 다시 춤을 추었다.

"얼씨구 좋구나! 지화자 좋아! 우리네 인생도 오늘이 있구나!"

꼭지딴은 상좌에 버티고 앉아, 꽤나 신났다. 기생들이 입을 가리고 웃음을 참지 못하자, 패두가 눈짓을 하며 타일렀다.

"아서라, 얘들아. 웃지 마라. 저 꼭지딴이 내 목숨도 제멋대로 빼앗아버릴 수 있단다. 너희 따위야 꼭지딴 앞에 파리 목숨이지."

해가 기울자 여러 거지들이 차례대로 둘러앉아서 저마다 자루 속에서 고깃덩이와 떡조각을 꺼냈는데, 다 잔칫집에서 얻어 온 것들이었다. 깨진 기와 조각이나 풀잎에 싸가지고 와서 제멋대로 바쳤다.

"소인들 잔치가 시작되었으니, 나리들 먼저 드시라고 바칩니다요."

이패두가 웃으며 사양했다.

"내가 너희를 위해 풍악은 잡혀주지만, 너희들 음식은 받지 않겠네."

거지들이 희희덕거리며 굽신댔다.

"나리야 귀하신 분이신데, 거지 음식을 드시겠습니까. 그럼 소인들이 다 먹습지요."

이패두는 풍악과 가무로 더욱 흥을 돋웠다. 음식 잔치가 끝나자, 거지들이 다시 일어나 어깨를 들먹거리며 춤을 추었다. 한참 지나자 거지들이 자루에서 다식·산자 등의 과자 부스러기와 나물 찌꺼기를 꺼내 기생들 앞으로 디밀었다.

"아씨들의 노고에 보답할 길이 없수다. 이거나마 가져다 집의 애기들에게 주시구려."

기생들도 모두 싫다고 하며 받지 않았다. 거지들은 또 다 먹어 치우고 굽신거렸다.

"여러분들 덕분에 배불리 먹습니다요."

저녁이 되자 꼭지딴이 나와서 사례하였다.

"우리들은 이제 또 저녁밥을 빌러 나섭니다. 여러분들 노고에 감사합니다. 다른날 길에서 뵙시다."

그러자 거지떼가 한꺼번에 흩어졌다. 기생들은 하루종일 굶주린데다 또 지친 끝이라, 패두에게 원성을 퍼부었다. 그러나 이패두는

"나는 오늘에야 비로소 쾌남아를 보았다."

고 탄식했다. 이패두는 그 뒤에도 길에서 거지를 보면 그 꼭지딴이 생각났지만, 다시는 만나지 못했다.

　　　—『해총』제4책 성대중「개수전」丐帥傳

---

1) 영조시대의 대표적인 왕족인데, 청나라에 여러 차례 사신으로 다녀왔다. 이름은 요橈이다.

2) 역시 영조시대의 대표적인 왕족인데, 이름은 탱樘이다. 청나라에 사신으로 여러 차례 다녀왔으며, 1761년에 세상을 떠났다.

3) 인조 2년(1624)에 어영청과 함께 설치한 군영인데, 영조 23년(1747)부터 경리청을 대신하여 북한산성을 맡았으며, 당시 관아는 창의문 밖에 있었다.

조선시대_악보

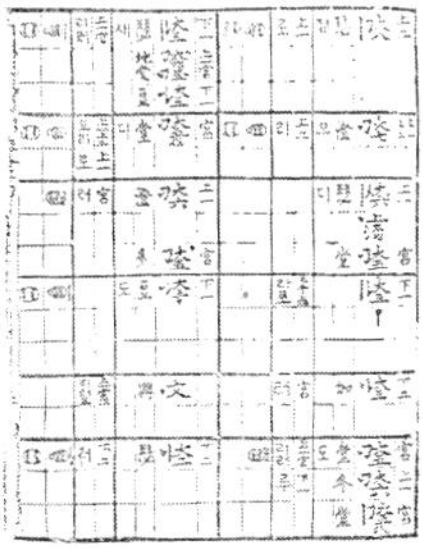

안상安瑺

내가 가정嘉靖 신유년(1561)에 장악원 첨정僉正이 되었는데, 악공을 시험할 때에 쓰는 악보와 책을 보니 문제가 있었다. 예전의 합자보合字譜를 버리고 다만 거문고의 상하上下 괘卦의 차례만 있고, 손가락을 쓰는 법과 술대를 쓰는 법은 없으니, 거문고를 처음 배우는 자들은 환히 알 수가 없었다.

그래서 악사 홍선종洪善終을 시켜 당시의 곡조를 모으고 약간의 악보를 보태어, 합자보를 고쳐 내게 하였다. 또 허억봉許億鳳에게 적보笛譜를 만들게 하고, 이무금李無金에게 장구보를 만들게 하여 그 가사와 육보肉譜를 함께 기록했다. 홍선종은 기보법記譜法에 통달하였고, 허ㆍ이 두 악공은 적笛과 부缶로 세상에 이름을 떨친 자들이다. 일점일획에도 음률이 다 갖춰지고, 우아하고 부드러우면서도 잘 어울리며 담담하여, 연주하면 모두 옛 악보의 절주에 맞으니, 이 또한 남에게 많이 떨어지지 않는다.

이 악보를 알면 비록 현악기가 갱장鏗鏘하고 관악기가 바뀌어

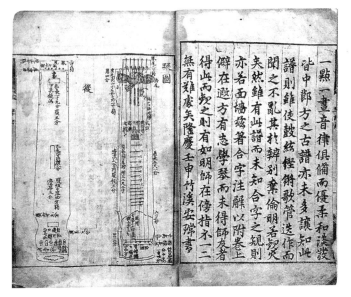

안상이 편찬한 『금합자보』

연주할지라도 그 연주를 듣기에 어지럽지 않으니, 그 차례를 잃게 되지 않을 것이 불을 보듯 환하다. 그러나 비록 이 악보가 있다 하더라도 합자合字의 규칙을 알지 못하면 또한 담장에 얼굴을 마주하는 것과 같다.[1] 이에 합자주해合字注解를 지어 책머리에 붙이니, 멀리 외딴 곳에 살아 거문고를 배울 뜻이 있어도 거문고를 가르쳐줄 스승이나 벗을 얻지 못한 사람이 이 악보를 구해보면 곧 밝은 스승이 옆에서 하나둘 가르쳐 주는 것과 같아, 어려움이 없을 것이다.

　융경隆慶[2] 임신년(1572)에 죽계竹溪 안상安瑺은 쓰다.

　—『금합자보』 「금보서琴譜序」

『금합자보』에 실린 적보笛譜. 악기 소리를 기록한 육보肉譜이다.

■ 안상이 편찬한 『금합자보』는 88장 목판본인데, 『안상금보』라고도 한다. 목판
본으로 출판된 가장 오래된 거문고 악보로서, 보물 제283호이다. 간송미술관
에 소장되어 있다.

---

1) 공자께서 아들 백이에게 말씀하셨다.
   "네가 『시경』의 「주남」과 「소남」을 읽었느냐? 사람으로서 「주남」과 「소남」을 읽지 못했
   다면, 그는 저 담장에다 얼굴을 맞대고 서 있는 것이나 다름없다." —『논어』「양화」
2) 융경은 명나라 목종의 연호인데, 1567년부터 1572년까지 6년 동안 사용하였다. 임신
   년은 선조 5년(1572)이다.

양덕수 梁德壽

예전 장악원 악사였던 양덕수는 비파로 세상에 이름났는데, 그가 특히 잘하는 것은 거문고이다. 그는 임진왜란을 피하여 남원으로 와서 살았는데, 사람 만나는 일을 다 끊고 오로지 거문고에만 뜻을 두었다. 집안이 조용하고 고즈넉하고 뜨락에는 매화와 대나무가 있었으며, 무릎 위에는 3척 거문고만 있을 뿐이었다.

나는 양덕수와 옛친구이다. 내가 남쪽으로 왔다가 오랜만에 만나 옛 이야기를 하면서 슬퍼했다. 이곳에서 만나 여러 날 머물면서 그의 거문고 소리를 들었다. 내가 비록 음률을 모르지만 일곱 줄 맑은 소리가 참으로 태고의 유음遺音을 간직하고 있었다. 내가 양악사에게 말했다.

"그대는 거문고를 잘 타고 또 문장에도 능하다. 악보를 만들어 법을 전해, 다시는 금도琴道가 끊어지지 않도록 하는 것이 그대의 책임이 아닌가?"

그러자 양악사가 "그러겠다"고 했다. 종이에 거문고를 그리

양덕수 이야기가 실린 『양금신보』 발문의 필사본

고, 손가락으로 줄 누르는 법부터 먼저 설명했다. 그런 뒤에 오음의 청탁과 조습燥濕, 완급緩急을 그 곡조에 따라 하나하나 바르게 설명하지 않은 것이 없다. 손가락 놀림을 번거롭게 하지 않으면서도 바른 맥이 관통하니, 그의 거문고 솜씨는 노숙하다고 할 만하다.

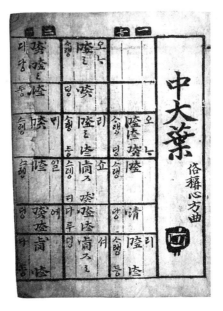

『양금신보』 목판본

드디어 이 내용을 책판에 새기고, 그 이름을 『양금신보』梁琴新譜라고 하였다.

만력 경술년(1610)

— 김두남 「양보신금」梁譜新琴 서문

■ 만력萬曆은 명나라 신종의 연호인데, 1573년부터 1620년까지 48년간 사용했다. 만력 경술년은 광해군 2년인 1610년이다.

신성 申晟

나는 어려서부터 음률을 좋아하여 스무 살에 이미 거문고를 탈 줄 알았다. 여러 사람들의 금보琴譜를 널리 살펴보니 어떤 악보는 너무 순박하여 절주節奏의 빠르고 느림을 맞출 수가 없었고, 어떤 악보는 너무 소략하여 오음의 상생상극이 그 율에 어울리지 못했다. 그 밖에 쇠퇴한 세상에서 숭상하는 바는 속되고 천하며 비루한 소리이니, 이 어찌 군자가 제어하여 사람의 마음을 움직일 수 있겠는가.

예전에 내가 악관으로 참여했을 때에 노숙한 악사와 악공 들에게 명하여 그들이 배운 바를 열람하고, 또 그들과 더불어 음률을 만드는 원리와 음률을 쓰는 방법을 물은 적이 있었다. 비록 이 두 가지를 아울러 환히 알지는 못했지만, 돌이켜 볼만한 점이 또한 많았다.

『악학궤범』에 금학琴學을 논한 부분이 매우 상세하지만, 가령 축강逐腔, 하지下指, 완급緩急, 청탁淸濁은 무엇을 좇아서 자세히 알겠는가. 이에 종이에 그려 강腔을 만들고, 만대엽慢大葉으

琴譜新證假令

手指名

第一指母指第二指食指第三指長指第四無名指第五小指

指法

母指作丁食指作人長指作ㄴ無名指作夕小指作小

絃法

逐絃作方大絃作大㮨上清作上清即內歧梁清作又清即外文絃

作文武絃作止

彈法

以右手執匙匙端向內自文絃順畫五絃至武絃而止曰搖作一

신성이 편찬한 『금보신증가령』

로부터 우조·계면조·삭대엽 및 조음調音에 이르기까지 하나
도 남음이 없게 하였다. 청탁·고하의 사이에 잘못되었거나 막
히는 바가 있으면 그 강腔을 고쳐서 더하거나 덜어내 차례에 어
긋나지 않게 하였다. 「여민락」與民樂 「보허자」步虛子 「영산회상」
靈山會相 등의 별곡에 이르러서는 세종조에 박연·성현 등이 교
정한 것을 한가지로 좇아, 감히 더하거나 줄이지 않았다.

책이 이루어진 지 이미 오래되었지만 잇달은 직무 때문에 매
여 고증할 겨를이 없었다. 경신년(1680) 8월에 내가 홍천에서

감무監務할 때에 우연히 부창병浮脹病을 앓아서 병조리하는 중에 예전에 집성한 금보를 펼쳐보며 날마다 바로잡고 고증하여, 『신증금보』新證琴譜라 하였다.

지금 세상의 사람들이 타는 거문고 법에 비하면 순박하지도 않고 소략하지도 않아서, 절주節奏가 그릇되지 않고 오음五音이 끊어지지 않았다. 거문고의 바른 음이 참으로 여기에 있다고 해도 그다지 틀린 말은 아니니, 아마도 시끄럽고 음란한 소리를 변하게 할 수 있을 것이다. 내가 감히 이로써 스스로 뒷사람보다 낫다고 할 수는 없으나, 나의 자식과 손자들로 하여금 아비와 할아비가 어릴 때부터 음률을 좋아하여 이 책을 지은 줄 알게 하고자 한다.

경신년(1680) 8월 일에 평산 신성申晟이 쓰다.

— 신성 『금보신증가령』琴譜新證假令 발문

■ 『금보신증가령』은 악관 출신의 신성이 편찬한 『신증금보』를 누군가 다시 필사하면서 새로 붙인 이름이다. 현행 가곡의 원형인 「만대엽」 「중대엽」 「삭대엽」 「북전」을 중심으로 「여민락」 「보허자」 「영산회상」이 실려 있다. 합자보에 육보를 함께 썼다. 이혜구 박사가 소장하던 원본은 6·25 때에 잃어버렸으며, 사본이 국립국악원에 남아 있다.

김천택 金天澤

김군 백함伯涵은 창唱을 잘한다고 나라 안에 이름이 났다. 그가 신성新聲을 지으면 맑고 밝아서 들을 만했다. 신곡新曲 수십 곡을 지은 것도 세상에 전한다.

내가 그의 노랫말을 보니 모두 맑고 고운데다 이치가 있었으며, 음조와 절강節腔이 모두 율에 맞아, 송강松江[1]의 신번新飜과 더불어 선후를 다툴 만했다.

백함은 노래를 잘할 뿐만 아니라, 문장에도 솜씨를 보였다. 오호라! 지금 세상에 풍속風俗을 잘 살피는 자가 있다면 반드시 그의 사詞를 채록하여 악관樂官의 음률에 배치하였을 것이다. 이 항里巷의 가요로 그치게 하지는 않았으리라. 어찌 백함으로 하여금 연燕나라나 조趙나라의 비분강개한 음音을 지어 그 불평스런 마음을 노래하게 했겠는가.

그의 노래에는 강호·산림·방랑·은둔의 말을 끌어들인 것이 많고, 탄식을 반복하여 그치지 않았으니, 이 또한 세상이 쇠퇴했다는 뜻인가?

청구영언

— 정내교「김생천택가보서」金生天澤歌譜序

■ 정내교가 영조 때의 가객 김천택의 시가집 『청구영언』에 지어준 서문이다. 백함은 김천택의 자인데, 이숙履叔이라는 자도 썼으며, 호는 남파南坡이다. 『해동가요』에는 숙종 때의 포교라고 소개되었으며, 시조 80여 수가 전한다.

---

1) 정철鄭澈(1536~93)의 호이다.「사미인곡」「속미인곡」「성산별곡」「관동별곡」등 4편의 가사와 시조 107수가 전한다.

윤동형 尹東亨

예전에 눈먼 금객琴客이 흥양에 살고 있었는데, 성은 윤씨이고, 이름은 동형이다. 스스로 서울에서 태어나 자랐다고 하는데, 금琴과 노래로 세상에 이름을 떨쳤다. 그 금은 가야금인데, 그 연주를 들은 자가 절묘하다고 칭찬하지 않을 수 없었다. 나도 병술년(1766) 여름에 그를 승영昇營(순천)에서 만나 가야금 연주를 들어보았는데, 과연 이름을 헛되이 얻은 것이 아니었다.

그를 사랑하는 마음이 깊어져 그와 더불어 배를 타고 절이도 折尒島[1]에 들어가 송악산 송광암 松光庵에 올랐으니, 시끄러움을 피하기 위해서였다. 적막하고 고요한 산창山窓에서 거문고를 타고 노래를 하니, 우뚝 솟은 소나무 바람이 만 가지 통소 소리로 흩어졌다. 듣는 사람과 연주하는 사람이 함께 첩첩한 고달픔을 잊으니, 표연히 세상의 일을 잊고 생각에 잠겼다.

구름 같은 세상에 그 같은 사람을 다시 만나보기가 어렵고, 그런 소리도 다시 듣기가 어렵다. 그 곡조를 악보로 옮겨, 뒷사람이 보게 하고자 한다. 그래서 퉁길 때에 손가락 놀리는 법과 줄

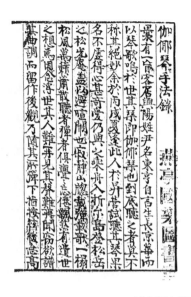

윤동형의 이야기가 실린 『졸장만록』의 「가야금수법록」

을 고르는 법, 완급緩急과 고저高低의 수법을 낱낱이 기록했다. 마침 녹장綠樟으로 어지럼병이 생겨서 반쯤 하던 일을 그만두니, 우악羽樂 일지一旨에서 그치게 되었다. 한스럽게도 30년 동안 남북으로 떠돌아다녀, 이 일을 한가롭게 할 수가 없었다.

그 기록한 초본은 상자 속에 던져두었는데, 이제 내가 운수의 귀곡에 병이 나아서 조금 한가해져, 드디어 그 초본 정서를 찾아내 이 만록을 되돌아보니, 다만 음률을 아는 사람에게 손뼉 치며 웃음거리가 될 뿐이다. 어찌 감히 법을 안다고 하겠는가.

겨우 스스로 마음이 있고 없는 사이에 악보를 살피고 줄을 어루만지며 그 음을 찾아 풀어내어 아침저녁으로 깊이 빠져드니,

외물이 나와 상관이 없어지고, 홀로 노닐며 이로 인하여 몸마저 잊었다. 이것이 오히려 소리 밖의 참된 음악이 아닌가. 또한 옛사람이 이른바 곡은 없고 줄은 있다고 한 것과 같지 않은가? 여기에 나의 취미가 '그렇다'고 하겠다.

병진년(1796) 가경嘉慶 원년 가을에 졸옹拙翁이 쓰다.

— 『졸장만록』拙庄漫錄 「가야금수법록」伽倻琴手法錄

■ 『졸장만록』은 가장 오래된 가야금 악보인데, 대전 연정국악원에 소장되어 있다.

---

1) 흥양현의 남쪽 30리에 있는데, 둘레가 100리이다. 목장이 있다. — 『신증 동국여지승람』 권40 「흥양현」

한립 韓笠

[1]

내가 어렸을 때에 마포 수명정水明亭에 살았는데, 거문고를 배울 마음이 있었지만 스승을 만날 수 없었다. 마침 용호龍湖[1]에 학발노인이 있었으니, 성은 양梁이고, 이름은 헌爞이라고 했다. 관현악기들에 대해 많이 알고 있었는데, 특히 거문고를 잘 탔다. 어느 날 달밤에 그가 거문고를 가지고 찾아왔기에 내가 배우기를 청하자, 스승이

"금쪶이란 금禁하는 것이니, 그 사악한 마음을 금하는 것이다. 군자는 마땅히 사악한 마음을 제어해야 한다."

고 하면서 손수 거문고를 만들어 오묘한 거문고 곡조를[2] 가르쳤다. 그러나 한 해가 채 되기도 전에 스승이 홀연히 돌아가시자, 이때부터 다시는 거문고를 탈 마음이 없어졌다.

서울에 음률을 아는 사람이 또 있었는데, 그의 성은 한韓이고 이름은 립笠이다. 그 또한 지음知音으로 당시에 이름을 떨쳤다. 내가 그를 초청하여 재삼 배우기를 청하자, 스승이 내 정성에

감격하였다. 거문고 연주법을 부지런히 가르쳤으며, 악보를 만들어주었다. 그래서 그의 연주법을 전수받았는데, 불행히도 중년에 잇달아 상을 당했다. 그러므로 거문고 배우기를 중지하고 그 악보를 없애버렸다.

늙으면서 한가한 날이 많아지고 파적거리도 없어, 거문고를 다시 배우려고 했다. 그러나 스승은 이미 돌아가시고, 악보도 또한 없어졌다.

다행히도 원보苑父가 한 곳에 스승과 악보가 있다는 말을 듣고, 간신히 구했다. 다시 책을 전하여 보니 몇 곡이 또한 빠져 있었다. 그래서 다시 다른 악보들을 참고하여 그 빠진 것을 보완하였다.

갑진년(1724) 정월 임오에 응천후인凝川後人 아무개가 구슬을 희롱하며 서문을 쓰다.

— 『한금신보韓琴新譜』 발문

■ 『한금신보』는 '한씨가 연주한 거문고 새 악보' 라는 뜻인데, 54면 필사본이 서울대학교 음악대학에 소장되어 있다. 한씨의 이름이 '립 쏲'이라고 했지만, 김병연(김삿갓)을 김립金쏲이라고 기록한 것처럼 본명은 아닐 것이다. 이름을 감추고, '한삿갓' 으로 행세한 듯하다. 위의 갑진년은 한명희 교수의 연구에 의해 1724년으로 밝혀졌다.

[2]

내가 젊었을 때 음률을 알지는 못했지만, 도연명이 무현금無絃琴에 뜻을 부쳤던 것을 일찍부터 흠모했다. 그래서 배워보려

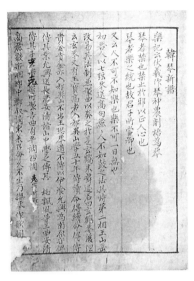

『한금신보』(서울대학교음악대학도서 소장)

했지만 겨를이 없었다. 늘그막에 벼슬을 그만두고 적막한 시골에 내려와 살게 되었는데, 눈이 어두워 책을 볼 수 없었고, 힘도 없어 농사를 지을 수도 없었다. 길고 긴 낮과 밤을 소일할 거리가 없었다. 그러다가 문득 '젊었을 때 거문고를 배우려고 했지만 겨를이 없어 못 배웠는데, 바로 오늘을 기다리게 한 것이 아닌가' 생각했다.

집 안에 낡은 거문고 하나가 먼지 쌓인 상자 속에 버려져 있었는데, 먼저 줄받침이 떨어진 것을 아교풀로 붙이고, 그 다음에는 줄이 풀어져 느슨해진 것을 팽팽하게 당겨놓았다. 시험삼아 타보고 싶었지만, 타는 법을 몰랐다. 마침 아우가 남에게서 빌려놓은 거문고 악보가 있어, 그 책을 가져와 살펴보며 줄을 탔다. 그 소리가 처음에는 무딘 칼로 나무등걸을 쪼개는 것같이 귀에 시끄러워, 나도 모르게 실없이 웃고 말았다. 몇 달 뒤에 비로소 한두 손가락에서 그럴듯한 소리가 나기에, 차츰 그 방법을 익혀나갔다. 음률의 높고 낮음과 느리고 빠름을 가늠하지 못해 음률을 아는 자의 귀에 들려줄 수는 없었지만, 곤궁하고 외로운 가운데 스스로 즐기기에는 넉넉했다.

아! 도연명의 금琴은 줄이 없어도 있는 것같이 여겼고, 악보가 있고 없는 게 문제되지 않았는데, 내 거문고는 줄이 있고 악보까지 있으니, 비록 고인의 의취에 비할 바는 못 되어도 근심을 잊고 스스로를 달랜다는 점에서는 한가지이다.

이 악보는 예전에 악사를 지낸 한립韓立이 정리한 것이다. 한립은 비파로 세상에 이름을 날렸고, 거문고 음률에도 정통하였으며, 초학들을 지도했다. 비록 중국 고대의 사광師曠과 비교해도 별로 뒤지지 않는다고 생각된다.

십수 년 전에 선친이 장악원 부정副正이었을 때 그와 한번 만난 적이 있었다. 그는 그 뒤에 늙었다면서 고향 진주로 내려갔다. 북창北窓 아래[3] 그를 맞이하여 서로 마주앉아 거문고를 타며 그의 금법을 10분의 1이라도 배우지 못한 게 아쉬웠다. 그러나 그의 악보가 있으니, 그의 뜻을 배우는 것과 같다. 그러니 이 악보가 소중하지 않을 수 있겠는가. 그래서 거문고를 타는 가운데 직접 잘 베껴서 잃어버릴 경우를 대비하였다. 또한 미비한 점이 있음을 안타깝게 여겨, 옛날 악사 양덕수, 홍봉원 등 몇 사람의 악보를 구해 그 빠진 것을 보충하여 이 악보 한 부를 완성하였다. 옛날 악보와 지금의 악보가 같지 않은 게 다만 흠이다.

정해년 11월[4] 운몽거사雲夢居士가 쓰다.

■ 운몽거사가 발문을 쓴 악보는 표지가 없다. 본문 첫 장에 조음調音이란 작은 제목이 있어, 이 악보를 소장한 경기도립박물관에서는 『조음』을 책 이름으로 부르고 있다. 그러나 운몽거사가 지은 발문이 있으므로, 송혜진 선생의 해제에 따라 『운몽금보』라고 부르는 게 좋을 듯하다. 운몽거사는 한립韓立의 금보琴譜를 참고했다고 했는데, 『한금신보』를 편찬한 한립韓笠과 어떤 연관이 있는 듯하다.

이 악보는 오정일吳廷一(1610~70)의 후손이 박물관에 기증했는데, 오정일의 아버지 오단吳端(1592~1640)이 1624년에 장악원 직장에 임명된 교지도 있다.

<hr />

1) 용산 일대의 한강을 용호라고 불렀다. 앞부분의 마호麻湖는 마포 일대의 한강이다.
2) 원문의 산수山水는 산수롱山水弄인데, 종자기와 백아의 고산유수高山流水에서 나온 말이다.
3) 도연명이 여름날 한가히 북창 아래 누워서 산들바람을 쐬며, 스스로 희황산인이라 하였다. ―『진서』晉書 「은일전」隱逸傳
   희황산인은 태고 때 사람을 가리키는데, 세상을 잊고 편히 숨어 사는 사람을 뜻한다. 이 글에서는 한립과 자신을 도연명에다 견준 것이다.
4) 원문의 황종黃鐘은 12음률의 하나이자, 11월의 별칭이다. 그래서 11월이라는 숫자 대신에 '황종'이라는 음 이름을 썼다.

박효관 朴孝寬

　운애雲崖 박선생은 평생 노래를 잘 불러서 당대에 이름이 높았다. 물 흐르고 꽃 피는 밤과 달 밝고 바람 맑은 새벽마다 술동이를 마련하고 악기를 어루만지며 목구멍으로 맑고 바른 소리를 굴려내면, 모르는 사이에 대들보의 티끌을 흩날리게 하고 흘러가는 구름도 멈추게 했다. 옛날 당나라 명창 이구년李龜年의 뛰어난 재주라 해도 이보다 더 할 수는 없었을 것이다. 그래서 교방敎坊과 기루妓樓의 풍류재사와 놀기 좋아하는 남녀 가운데 선생을 추앙하고 존중하지 않는 이가 없어, 이름과 자를 부르지 않고 박선생이라 불렀다.

　당시 우대友臺[1]의 여러 노인들도 모두 세상에 알려진 호걸들인데, 이들이 만든 계를 노인계老人楔라고 하였다. 박한영 · 손덕중 · 김낙진 · 손종희 · 백원규 · 이제영 · 정석환 · 최진태 · 장갑복은 당시에 호화로운 풍류를 즐기고 음률에 통달한 이들이다. 최수복 · 황자안 · 김계천 · 송원석 · 하준곤 · 김홍석은 당시에 이름난 가객이다. 오기여 · 안경지 · 홍용경 · 강경인 · 김윤

박효관과 안민영이 함께 엮은 『가곡원류』

석은 당시에 이름난 금객琴客이다. 김종륜과 김종남²⁾은 당시 가야금으로 이름났으며, 이성교·김경남·심노정은 대금으로 이름났다. 김운재는 생황으로 이름났고, 안성여는 양금으로 이름났다. 홍진원과 서여심은 세상에 쓰이지 않은 문인이다. 대구 기생 계월桂月과 강릉 기생 행화杏花, 창원 기생 유록柳綠과 담양 기생 채희彩姬, 완산 기생 매월梅月과 연홍蓮紅은 모두 이름난 기생이다. 천흥손·정약대³⁾·윤순길은 모두 당시에 뛰어난 악공들이다. 이들이 계를 만들어 승평계昇平楔라 하고 즐기며 잔치하는 것을 일로 삼았는데, 선생이 사실상 우두머리였다. 나도 이 길을 아주 좋아하여 선생의 풍류를 사모하고 마음을 비운

채 서로 따른 시 이제 30년이 되었다.

아! 우리가 이 세상에 살면서 거룩한 시절을 만났고, 함께 태평성대에 올랐다. 위로는 국태공國太公 석파대노야石坡大老爺[4] 합하閣下가 계시어 몸소 온갖 정치를 돌보시니 풍문이 사방을 움직여 예악과 법도가 찬란하게 다시 펴졌고, 음악과 율려가 더욱 밝아졌다. 이 어찌 만나기 어려운 시대가 아니겠는가.

나는 고무되어 일어나는 생각을 금치 못하여 외람되고 참월함을 피하지 않고 신번新飜 몇 곡을 지어 성덕을 노래하여, 임금의 공덕을 칭송하는 정성을 부쳤다. 그러나 재주가 모자라고 아는 것이 보잘것없어 말이 비속했다. 삼가 선생에게 나아가 질정을 구하여 윤색하고 깎아낸 뒤에야 완벽하게 되었다. 이 시조들을 기생과 악공 들이 관현에 올려 다투어 노래하고 번갈아 화답하니, 이 또한 한 시대의 멋진 일이었다.

이에 곡보曲譜의 끝에 이 사연을 기록하여 훗날의 동지들에게 우리들이 이 세상에 살았고 이런 즐거움을 누렸음을 알게 하고자 한다. 선생의 이름은 효관이고, 자는 경화景華이며, 운애雲崖는 국태공이 주신 호이다.

성상 11년 단오절에 강릉에서 돌아온 나그네 안민영安玟英 자 성무聖武 호 주옹周翁이 서문을 쓴다. 계유년(1873) 5월 하순.

— 안민영『승평곡』서문

■ 박효관(1800~81경)은 가객 장우벽의 제자인 오동래에게 가곡을 배워 당대 제일의 가객으로 이름을 날렸으며, 필운대에 운애산방을 마련하고 승평계를 조직하여 맹주가 되었다. 1876년에 제자 안민영과 『가곡원류』를 편찬하였다. 호조의 서리를 지냈다고 한다. 이 글은 안민영의 개인 가집 『승평곡』 뒤에 덧붙어 있는 서문인데, 뒷날 『금옥총부』를 편찬하면서 이 글 가운데 일부를 서문 삼아 다시 실었다. 김석배 교수의 논문 「안민영의 승평곡에 대하여」에 내용 전체가 실려 있어 참조하였다.

---

1) 서울 성내의 서북쪽 지역 인왕산 기슭인데 옥인동 · 누상동 · 누하동 · 사직동 · 효자동 · 창성동 · 신교동 일대이다. 위항인들의 표현으로는 백련봉에서 필운대까지, 또는 필운대에서 삼청동까지를 가리키기도 한다. 웃대上村이라는 뜻인데, 서리 · 경아전 · 위항인들이 주로 살았다.

2) 자는 사극士極, 호는 해은海隱인데, 가야금 명인 김창록의 둘째 아들이다. 제1대 국악사장國樂師長을 지냈다.

3) 어영청 소속의 세악수. 10년을 하루같이 인왕산에 올라 '도들이'를 연습했는데, 한 곡조가 끝날 때마다 나막신에 모래 한 알을 넣어 모래알이 가득 차야 집으로 돌아왔다고 한다.

4) 흥선대원군 이하응의 호가 석파이다.

안민영安玟英

[1]

구포동인口圃東人 안민영의 자는 성무聖武 또는 형보荊寶이고, 호는 주옹周翁이다. 구포동인은 국태공께서 내려주신 호이다. 성품이 본시 고결하고 운취가 있어 산수를 좋아하였으며, 공명을 구하지 않고 호방하게 구름같이 노니는 것으로 일을 삼았다. 노래를 지음에 능하였고, 음률에 정통하였다.

당시 석파대로石坡大老께서 우석상공又石相公[1]과 더불어 역시 음률을 잘 알고 장단을 잘 맞추셨다. 주옹이 그 지기인知己人이 되어 먼 행차를 자주 따라다녔으며, 그를 위하여 신가新歌 수백 수를 지었다. 그 신가의 고저·청탁·협률·합절을 나더러 교정해달라고 청하며, 재자才子와 현령賢伶 들에게 가르치고 관현에 올려 노래함으로써 풍류의 즐거운 일로 삼게 하였다. 그러므로 식견이 얕고 재주가 둔함을 피하지 못하고 교정하여 한 책을 이루었으니, 후학들에게 널리 전파되기를 바란다.

병자년(1876) 7월 16일 운애옹 박효관이 필운산방에서 쓰다.

나이는 77세이고, 자는 경화景華이다.

　— 박효관『금옥총부』서문

[2]

　경오년(1870) 겨울에 나는 운애 박선생 경화(박효관) · 오선생 기여 · 평양 기생 순희順姬 · 전주 기생 향춘香春과 더불어 필운 산방에서 노래와 거문고를 즐겼다. 박선생이 매화를 매우 좋아하여 손수 새 순을 가리어서 책상 위에 올려놓았는데, 그즈음 몇 송이가 반쯤 피어 그윽한 향기가 떠다녔다. 이로 인해「매화사」梅花詞를 지었으니, 우조羽調 1편 8절이다.

　— 안민영『금옥총부』6

[3]

　병자년(1876) 6월 29일은 내 회갑날이었다. 석파대로께서 나를 위해 공덕리 추수루秋水樓에 회갑잔치를 베풀어주시고, 우석 상서께서 기악을 널리 부르도록 하시어 하루종일 질탕하게 즐겼다. 이 어찌 사람마다 얻을 수 있는 즐거움이랴.

　—『금옥총부』18

[4]

　동래부에서 온정溫井까지 거리는 5리쯤 된다. 내가 마산포의 최치학, 김해의 문달주와 함께 동래부의 기생 청옥靑玉의 집에 들어가 술잔을 들고 서로 권하는 사이에 한 미인이 밖에서 들어

오다가 우리가 앉아 있는 것을 보고는 몸을 돌려 나가버렸다. 그 미인은 얼음 같은 자태와 옥 같은 자질이 눈 속의 차가운 매화 같아서 티끌이라고는 조금도 없었다. 모두 눈이 동그래지고 입이 벌어져 어찌할 바를 몰랐다. 청옥이 급히 일어나 문 밖으로 나가더니, 잠깐 사이에 손을 잡고 들어왔다.

"너는 무슨 생각으로 왔다가 무슨 생각으로 갔느냐?"
하면서, 곧 당에 올라와 앉게 하였다. 이 미인이 바로 가장 이름난 기생 옥절玉節이다. 내가 서울과 지방에서 이름난 기생들을 수없이 겪어보았지만, 바닷가 먼 시골에 옥절 같은 여인이 있으리라고 어찌 짐작이나 했으랴. 한 차례 칭찬이 없을 수 없다.
　　―『금옥총부』21

[5]
　삼계동三溪洞 내 집의 후원에 구口자 모양의 채마밭이 있다. 그래서 석파대로께서 내게 구포동인口圃東人이라는 호를 내려주셨다.
　　―『금옥총부』29

[6]
　동래에서 돌아오는 길에 최치학과 함께 밀양에 머물렀다. 기악을 널리 불러모아 며칠 동안 질탕하게 놀았는데, 초월楚月이란 동기가 있었다. 색태를 두루 갖추고 노래와 춤도 정묘하여, 세상에 보기드문 색예色藝라고 할 만했다. 근래에 남도 사람들

이 '초월의 색예가 일도에 으뜸이다' 라고 하는 말을 들었다.

　―『금옥총부』45

[7]

　내가 통영에서 거제도로 들어와 산천을 유람하는데, 가향可香이라는 기생이 있었다. 나이는 16세쯤 되었는데, 노래와 춤 솜씨는 별로 없었지만, 고운 얼굴과 빼어난 자태에다 말과 행동거지가 참으로 일세에 비길 데 없이 아름다웠다. 이런 곳에 이런 미인이 있으리라고 어찌 짐작이나 했으랴. 차마 내버려두지 못하고 10여 일을 머물다 헤어졌다. "꽃에 향기가 있으면 나비가 저절로 날아든다"고 한 옛사람의 말이 참으로 거짓이 아니었다.

　―『금옥총부』60

[8]

　연전에 호남을 지나는 길에 광주에 들러 김치안金穉安을 만나니, 객지에서 만난 반가움을 이루 말할 수 없었다. "이 고을의 설향雪香이라는 기생이 활을 잘 쏘아 100보 거리에서 버들잎을 꿰뚫고, 고을에서 활쏘기대회를 할 때마다 번번이 으뜸을 차지한다"고 치안이 말했다. 가서 만나보니 생김새가 큼직하고 행동거지가 활달해 자못 대장부 같았다. 『수호지』에 나오는 호삼랑扈三娘과 맞서게 할지라도 그리 밀리지는 않을 듯했다.

　―『금옥총부』72

[9]

해주 기생 연연娟娟이 정축년(1877) 진연進宴에 올라왔기에, 벽강碧江 김군중金君仲과 함께 며칠 밤 노래와 거문고 모임을 가졌다.

— 『금옥총부』 78

[10]

남원의 기생 명옥明玉은 음률에 밝고 제법 자색도 있었다. 내가 남원에 있을 때 날마다 만났는데, 어느날 밤에는 비바람이 크게 일어 밖을 나서기 어려웠다. 그러나 이미 약속을 했으므로 반드시 가야만 했다. (그래서 위의 시조를 지었다.)

— 『금옥총부』 98

[11]

석파대로께서 임신년(1872) 봄 공덕리에서 쉬고 계셨다. 하루는 석양에 문인과 기생, 악공 들을 거느리고 우소처尤笑處에 오르셨는데, 풍악을 크게 베풀고 권하며 즐기는 사이에 해가 지고 달이 떠올랐다. 그러자 서글프게 탄식하며 말씀하셨다.

"내 나이 이제 50여 세니, 남은 해가 얼마이랴. 우리가 저 세상에서도 한데 모여, 이 세상에서 다하지 못한 인연을 잇는 것이 옳지 않겠는가?"

그러자 사람들이 모두 얼굴을 가리고 눈물을 머금었다.

— 『금옥총부』 103

[12]

내가 남원 출신의 아내와 서로 따른 지 40년 되었다. 금슬처럼 벗하며 함께 돌아가고자 하였지만, 신이 돕지 않아 경진년 (1880) 7월 23일에 숙병으로 갑자기 세상을 떠났다. 이때의 슬픔이 과연 어떠하였으랴.

— 『금옥총부』 105

[13]

해주의 옥소선玉簫仙이 지난 번 진연에 올라왔었는데, 재주가 출중하고 색태가 비범해서 당대의 이름난 기생으로 사람들에게 인정받았다. 석파대로께서 그를 더욱 총애하여 그의 이름을 '옥수수' 玉秀秀라고 했는데, 옥수수는 속칭 강냉이江娘이다. 다른 사람들도 모두 그를 옥수수라 불렀다.

나는 화산 손오여·벽강 김군중과 함께 날마다 옥수수와 같이 지내기를 밤낮으로 하였다. 그러는 사이에 정이 두터워져 서로 떨어질 수가 없었지만, 일이 다하여 내려갔다. 그뒤 계유년 (1873) 봄에 석파대로께서 내의녀內醫女의 자리에 불러 일을 맡기시니, 삼행수三行首에 이르렀다. 그해 가을 내의녀의 역에서 면제받아 해주로 내려갔으나 그뒤에도 편지는 끊어지지 않으며, 운현궁에도 여러 차례 올라왔다. 병자년(1876) 겨울에도 다시 일이 있어서 해주 기생 삼중三憎과 함께 올라왔는데, 얼굴 모습이 점점 상하고 목소리는 실낱 같아서 중병이 든 사람 같았다. 언뜻 보고 놀랐지만 오랫동안 적조했던 터라, 나의 반갑고 사랑스런 마음은 오히려 지난날 아름답게 화장한 예쁜 모습으로 요염하게 노래 부르던 때보다 더하였다.

　　 —『금옥총부』113

[14]

　평양의 혜란蕙蘭은 색태만 뛰어난 것이 아니라 난을 잘 치고 노래와 가야금도 잘해 소문이 성내에 자자하였다. 나는 연호蓮湖 박사준朴士俊이 막부에 있을 때 일이 있어 내려갔다가, 혜란과 7개월을 서로 따르며 정을 두텁게 하였다. 작별할 때에 혜란이 긴 숲 북편에서 나를 전송했는데, 떠나고 머무는 서글픔을 정말 스스로 억제하기가 어려웠다.

　　 —『금옥총부』119

[15]

　내가 전주를 지나는 길에 '전주 기생 설중선雪中仙이 남방 제일이다'라는 말을 듣고서 찾아가 만나보니 과연 소문과 같았다. 나이는 18세쯤 되었는데, 눈 같은 피부에 꽃 같은 얼굴이 몹시 사랑스러웠다. 그러나 노래와 춤에는 어둡고 잡기에만 능했으며, 성격이 본시 사나워서, 오로지 얼굴만 믿고 남을 모시는 예의가 없었다. 그를 따르는 자라곤 창부唱夫뿐이었다.

　　 —『금옥총부』124

[16]

내가 평양에서 돌아오는 길에 해주 감영에 이르러 수양산에 올라 한번 둘러본 다음 감영 아래로 돌아왔는데, 사방을 둘러봐도 아는 사람이 없었다. 포정사布政司 앞에서 한 술집을 물어 바로 들어가 술을 시켰는데, 술 파는 할미의 나이가 50여 세쯤 되었다. 용모에 아직도 남은 자태가 있었고 행동거지 역시 볼 만해, 결코 하찮은 인물이 아니었다. 그 내력을 물으니, 과연 전 감사 낙동駱洞 박대감이 사랑했던 기생 삼중三僧이었다. 시중을 들어줄 여인은 어디 있는지 물었더니,

"요즘 오한이 나서 이부자리에 드러누웠습니다. 그렇지만 손님께서 한번 보시려면 저와 함께 들어가셔도 좋습니다."
라고 대답했다. 바로 나를 끌고 방으로 들어갔는데, 한 미인이 이불을 뒤집어쓰고 앉아서 붓을 잡아 글씨를 쓰고 있었다. 내가 방에 들어오는 것을 보고는 깜짝 놀라 붓을 내던지고, 벽을 향해 누워버렸다. 신음소리가 입에서 끊어지지 않았다. 삼중이 억지로 권해 다시 일어나 겨우 몇 마디를 했지만, 나 역시 그가 병으로 괴로워하는 것이 염려되어 몸을 일으켜 밖으로 나왔다. 그의 이름은 여러 해가 지나 기억하지 못한다.
　―『금옥총부』126

[17]

나는 진주에 있을 때 풍토가 맞지 않아 풍증이 생겨 반신불수가 되었다. 널리 의원을 물어 여러 가지로 약을 써보았지만 조

금도 효험을 얻지 못해 사경에 이르렀는데, 한 의원이 와서 말했다.

"이 병은 몹시 위중해, 동래 온천에 가서 21일 목욕하지 않으면 나을 수가 없습니다."

그래서 곧 동래로 향해 가다가 창원 마산포에 이르러 유숙하였다. 비록 병중이긴 했지만 '마산포에 사는 엮음시조 명창 최치학은 가야금을 잘 타고, 창원 기생 경패瓊貝는 노래와 춤을 잘해 창부의 신여음神餘音을 터득했다'는 말이 생각났다. 사람을 시켜 최를 불러 만나본 뒤에 가야금 「신방곡」神方曲을 청해 들었는데, 과연 묘한 경지에 이른 명금이요 명창이었다. 영남에는 엮음시조 3명창이 있는데, 하나는 마산포의 최치학이고, 하나는 양산의 이광희李光希이며, 하나는 밀양의 이희문李希文이다. 경패는 지금 어디에 있는지 물었더니, '창원성 안에 산다'고 대답하였다.

이튿날 아침에 최와 함께 창원부에 들어가 경패의 집에 가보니, 집에 있다가 맞이하였다. 사람을 놀라게 할 만한 색태는 없었지만, 은연중에 절로 무한히 끄는 맛이 있었으며, 말이나 행동거지가 모두 천연의 순수한 자태였다. 내 비록 병중이었지만, 이 사람을 한번 보고는 마음을 어쩔 수 없게 되었다. 그렇지만 반신불수의 병든 사내가 어찌 마음이나 먹을 수 있으랴. 온천에서 목욕하고 돌아가는 길에 서로 만나자는 기약을 하고 최와 함께 김해부에 이르러, 역사 문달주文達周를 찾아가 유숙하였다. 이튿날 아침에 함께 동래 온천에 도착해 21일 동안 머물며 목욕하였더니, 병에 차도가 있었다. 먹고 마실 수 있게 되었으며, 행동거지가 전날의 강건했던 내 모습같이 되었다. 그 기쁨을 어찌 헤아릴 수 있으랴. 온천에서부터 여러 군데 유람하면서, 명산대천을 밟아보지 않은 곳이 없었다.

창원 경패의 집에 돌아와 여러 날을 머물며, 전날에 다하지 못한 정을 풀었다. 그러고는 함께 칠원에서 30리 떨어진 송흥록末興祿²⁾의 집에 도착하자, 맹렬孟烈이 역시 집에 있다가 나를 보고 기뻐하였다. 4~5일 질탕하게 놀다가 헤어졌는데, 이때 이별이 어렵다는 것을 정말 깨달았다.

— 『금옥총부』 127

[18]

나는 을해년(1875) 봄에 틈을 내어 고향에 돌아갔다. 살곶이 다리 주막에 이르러 잠시 쉬고 있는데, 먼저 온 휘장 친 가마 안에서 한 미인이 발을 걷고 밖으로 나왔다. 그 여인이 눈물을 가리며 말하였다.

"저는 지금 고향으로 돌아갑니다. 당신은 지금 어디로 가십니까?"

이 여인은 다른 사람이 아니라, 진주 기생 경패였다. 그가 약방의 1행수로 운현궁에 드나들 때에 나와 친하게 지냈는데, 지금 이곳에서 만나게 되니 반가웠다. 그러니 이별의 회포를 어찌 억제할 수 있었겠는가?

— 『금옥총부』 135

驚人之色態藹隱然中自有無限趣味言語動止都是天然純態矣

我雖病中一見此人翫不動心然半身不收一病漢其何能生意乎但

以溫井沐浴後敀路相見為期與崔同到金海府訪方士文達周

止宿翌朝同到東萊溫井仍畓沐浴二十日病至差可食飲之節

行動居止一如前日強壯我矣其喜何量自溫井仍作遊覽之行而

名山大川無不遍踏還到昌原穩見家多日留延以敀前日未盡之情而

同到益原三十里宋奐祿家則孟烈亦在家見我欣然四五日連留

而別此時果知別難之難也

靑春豪華日에, 雜別끗이 너럿드시 어늬덧 디머리의셜리를 늣기치리 오놀예 半나

마검운틸이마 ᄌ셰 여허노라

余在晉州時以水土不服風症閒罪半身不收廣詢醫家百般施藥而不得寸
效至於死境矣有一醫来言此病秘重若非東萊溫井三七沐浴則無可差復云
故即向東萊到昌原馬山浦止宿而雖病中曾聞馬山浦居善伽倻琴編時調名
唱崔學及昌原妓瓊貝之善歌善舞解唱夫神餘音之高名矣使人請崔相見
後請伽倻琴神方曲聽之次請編時調聽之果是透妙名琴名唱也大抵嶺南有編時調
三名唱一是馬山浦崔致學也一是梁山李光希也一是密陽孝希文也問瓊貝今
在何處荅云今在府中矣翌朝與崔同入府中徃瓊貝家則果在家出迎而雖無

二七七

[19]

임인년(1842) 가을에 우진원禹鎭元과 함께 호남 순창에 내려갔다가, 주덕기朱德基의 손을 잡고 운봉의 송흥록을 찾아갔다. 신만엽申萬燁·김계철金啓哲·송계학宋啓學 등 일대의 명창들이 마침 그 집에 있다가, 나를 보고 반갑게 맞아주었다. 함께 머물며 수십 일을 질탕하게 보낸 뒤에 다시 남원으로 향했는데, 전주 기생 명월(자는 농선弄仙)이 관찰사에게 죄를 지어 남원에 유배와 있었다. 그의 자색을 보니 매우 아름다웠지만 음률에는 서툴렀다. 그러나 행동과 제반 언어를 갖추지 못한 게 없었다. 이에 서로 따르니 정이 차츰 깊어져, 시일이 흘러가는 것을 깨닫지 못하였다. 헤어질 때가 되자 서글픈 마음을 말로 나타내기 어려웠다. 서울로 올라온 뒤에 '그가 유배에서 풀려나 고향으로 돌아갔다'는 말을 듣고 곧 편지 한 통을 부쳤지만, 아직 그 답장을 보지 못했다. 아마도 영락한 듯하다.

— 『금옥총부』 141

■ 가객들의 일생을 자세하게 기록한 글이 별로 없는데, 안민영(1816~85 이후)의 경우에는 개인가집 『금옥총부』金玉叢部에 자세하게 실려 있다. 전이나 행장의 형태는 아니지만, 시조 181수에 그 창작 배경을 덧붙인 것이다. 수많은 명창과 기생 들의 이야기를 소개하다 보니 인용문이 길어졌다. 서울대학교 가람문고본을 대본으로 하여 번역했으며, 김신중 교수의 『역주 금옥총부』를 참조하였다.

---

1) 흥선대원군의 장남 이재면 이재면(1845~1912)의 호가 우석이고, 자는 무경武卿이다.
2) 판소리 명창이며, 동편제 소리의 시조이다.

김운란 金雲鸞 ┃ 아쟁

[1]

김운란은 성균관 진사進士인데, 진사에 합격한 뒤에 눈병을 앓아 두 눈을 모두 잃었다. 눈먼 봉사들이 대개 점치는 것을 업으로 하였지만, 그는 선비로서 음양陰陽 복서卜筮를 배워 점쟁이 노릇하는 것을 부끄럽게 생각하였다. 그래서 아쟁 켜는 법을 배워 자신을 달랬는데, 그 수법이 입신入神의 경지에 이르렀다.

폐질廢疾 때문에 하늘의 해도 볼 수 없고, 다시는 대과大科를 치를 수도 없었으며, 조상이 뛰어나지 못해 음직蔭職을 얻을 수도 없고, 여느 정상인들같이 선비들과 어울리며 사귈 수도 없었다. 그는 어느 날 밤에 그러한 자신을 스스로 슬퍼하면서, 그 끝없는 슬픔을 아쟁에 부쳤다.

남쪽 산기슭에 낡은 사당이 있었는데, 그 담장에 기대어 서너 곡조를 연주하였다. 그 소리가 몹시 씩씩하면서도 애달팠다. 그러자 갑자기 사당 안에서 뭇 귀신들이 일제히 소리내어 대성통곡하는데, 그 처량한 소리가 물 끓듯했다. 운란은 깜짝 놀라 아

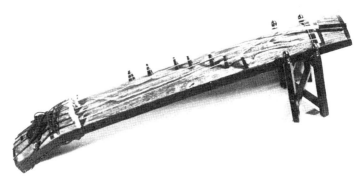

대아쟁

쟁을 가지고 달아났다. 이는 성조聲調가 조화롭고 기묘하여 귀신을 감동시켰으므로 그렇게 된 것이다.

운란은 두 아들을 두었는데, 극성克成과 극명克明 모두 무과에 합격하였다.

— 유몽인 『어우야담』

[2]

빈 누각에서 쟁 소리가 나자
깜짝 놀라서 말소리도 끊어졌네.
줄마다 손에 따라 소리 나는데
시냇물이 깊은 곳에서 흐느끼는 듯해라.
가을 매미가 이슬잎을 안고 우는 듯
바위틈에서 흘러나오는 옹달샘 소리인 듯,
하늘 향해 귀를 기울이자

여음이 오래도록 그치지 않네.

내가 젊고 그대도 장부였던 시절

정겨운 마을에서 서로 친하게 지냈었건만,

슬픔과 기쁨이 엇갈린 30년 동안

동서로 헤어져 만나지 못했었네.

오늘 밤에야 우연히 만나게 되니

옛생각에 가슴이 뭉클하구나.

술잔을 멈추고 물끄러미 바라보니

푸른 하늘엔 개인 달만 높이 걸렸네.

■ 율곡 이이가 1574년에 지은 시인데, 제목이 길다. 「황해도 연안부에서 달밤에 김운란이 쟁을 켜는 소리를 들었다. 김은 옛날에 같은 마을 사람이었는데, 쟁을 켜는 소리가 당대에 절묘하였다.」

김도치 金都致 ┃ 아쟁

지금 김도치란 사람이 있는데, 나이가 여든이 넘었는데도 소리가 약하지 않아 거벽巨擘 아쟁牙箏으로 추대하였다. 옛날에 김소재金小材란 사람도 아쟁을 잘하였는데, 역시 일본에서 죽었다. 그 뒤로는 오랫동안 끊어졌는데, 금상今上(연산군)께서 풍류에 뜻을 두어 이를 가르치시므로 잘하는 사람들이 잇달아 나오고 있다.

— 성현 『용재총화』

538

정옥경 鄭玉京 │ 북

[1]

전악 김복金福과 악공 정옥경이 더욱 북을 잘 쳐서, 당시 으뜸 솜씨였다. 기생 상림춘上林春이 또한 거의 이에 가까웠다.

— 성현 『용재총화』

[2]

의금부에서 아뢰었다.

"국상 중에 중흥동에서 놀며 잔치한 자는 주부主簿 윤채尹琛 와 생원 정진鄭溱, 악공 정옥경입니다."

왕이 전교하였다.

"어찌 이 세 사람뿐이겠는가? 반드시 연루된 자가 많을 것이니, 끝까지 심문하여 죄를 주게 하라."

— 『연산군일기』 10년 5월 30일

『기사계첩』「어첩봉안도」의 고취악대에서 북 치는 악공

[3]

왕이 전교하였다.

"조정의 관원인 정진과 윤채는 중전重典에 처하여야 하거니와, 악공 정옥경은 법률을 참조하여 아뢰라."

도승지 박열이 아뢰었다.

"참형斬刑에 처하리까? 교수형에 처하리까?"

왕이 전교하였다.

"정진 등은 관을 쪼개고 시신을 여러 토막으로 자르라. 옥경은 목을 베는 것이 어떤지, 정승에게 물으라."

영의정 유순이 아뢰었다.

"상의 분부가 참으로 마땅하십니다."

— 『연산군일기』10년 6월 1일

[4]

한성부 우윤 이손李蓀 등이 아뢰었다.

"신 등에게 명하여 죄인의 집을 헐어서 못을 만들고, 죄악을 적어서 돌을 세우는 것을 감시하라고 하셨습니다. 모든 공문에는 반드시 관할 관청의 이름을 써야 하는데, 입석청立石廳이라 부르기를 청합니다."

왕이 전교하였다.

"아뢴 대로 하되, 관청 이름은 척흉滌兇이라 부르라. 윤채·정진·정옥경은 이극균의 예에 따라 그 집을 파서 못으로 만들고, 돌을 세우라. 또 친척들 이름까지 써서 아뢰라."

— 『연산군일기』10년 7월 1일

[5]

척흉청滌兇廳 당상관 이손 등이 아뢰었다.

"정옥경은 서울에도 지방에도 집이 없으므로, 그의 죄를 기록할 돌을 세울 곳이 없습니다. 돌을 새길 적에 연월일을 써야 하는데, 어느 달과 어느 날로 쓰리이까?"

왕이 전교하였다.

"그 집을 허물고 못을 파는 것은 후세 사람들로 하여금 죄인의 악한 이름을 알게 하려는 것이니, 어찌 반드시 물을 깊게 괴어야 하겠느냐? 몸 하나 깊이로 파도록 하라. 연월일은 반드시 낱낱이 쓸 것 없이, 해와 계절과 달만 쓰라. '아무해 여름달 또는 가을달'某年夏月秋月이라 하여 돌을 세우면 될 것이다."

— 『연산군일기』 10년 7월 9일

[6]

왕이 전교하였다.

"정옥경의 뼈를 부순 가루를 강 건너에 날려버리라."

— 『연산군일기』 11년 1월 26일

▧ 국상國喪 중에 불려가 풍악을 연주했던 한 악공의 비참한 최후를 보여준다.

장생蔣生 ▌각설이

    장생은 어떠한 사람인지 잘 알 수 없다. 그는 기축년(1589) 무렵에 서울을 왔다갔다하며 비렁뱅이 노릇을 했다. 누가 그의 이름을 물으면,

    "나도 역시 모르겠소."

하였다. 그의 아버지와 할아버지가 살고 있는 곳을 물으면 그는,

    "우리 아버지는 밀양 고을의 좌수座首였다오. 나를 낳은 지 겨우 세 해 만에 어머니가 돌아가셨답니다. 아버지가 종첩의 고자질에 혹하여, 농장을 맡긴 종의 집으로 나를 쫓아냈지요. 나이 열다섯이 되자 그 종이 나를 민가에 장가들였는데, 몇 해가 안 되어 아내가 죽고 말았답니다. 그래서 호서·호남 수십 고을을 떠돌아다니다가, 지금 서울까지 온 거지요."

라고 대답했다. 그의 얼굴은 뛰어나게 아름다웠으며, 눈매가 그림 같았다. 우스갯소리를 잘했으며, 특히 노래를 잘 불렀다. 노래를 하면 그 소리가 애처로워서, 사람들의 마음을 움직였다.

그는 늘 붉은 비단으로 지은 겹옷을 입었는데, 춥거나 덥거나 바꿔 입지 않았다. 술집이나 기생방치고 그가 드나들며 익숙하게 놀지 않은 곳이 없었다. 술을 보면 곧 스스로 가득히 부어들고 노래를 불러, 기쁨이 극도에 이른 뒤에야 자리를 떠났다.

그는 술이 반쯤 취하면 눈먼 점쟁이·술 취한 무당·게으른 선비·소박맞은 여편네·거렁뱅이·늙은 젖어미 등의 시늉을 했는데, 종종 실물에 가까웠다. 또 가명을 써서 18나한을 흉내 내었는데, 비슷하지 않은 얼굴이 없었다. 또 입을 쪼그리며 호드기·퉁소·쟁·비파와 기러기·고니·두루미·따오기·갈가마귀·학 따위의 소리를 내었는데, 참인지 거짓인지를 가려내기 어려웠다. 밤중에 닭의 울음이나 개 짖는 소리를 흉내내면, 이웃집 개와 닭 들이 모두 따라서 울고 짖었다.

아침이면 들이나 저자에 나가서 동냥을 얻었는데, 하루에 얻어온 것이 거의 서너 말이나 되었다. 그는 두어 되쯤 밥을 지어 먹고, 나머지는 다른 비렁뱅이들에게 나눠주었다. 그러므로 그가 나서면 많은 비렁뱅이들이 그의 뒤를 따르곤 했다. 그 이튿날도 또한 그렇게 했다. 남들은 그가 하는 짓을 헤아리지 못했다.

그는 일찍이 악공樂工 이한李漢[1]의 집에 머물렀었다. 머리를 두 갈래로 땋은 계집종 하나가 그에게 호금胡琴을 배웠는데, 아침저녁으로 만나게 되어 서로 가까워졌다. 하루는 계집종이 자줏빛 꽃이 놓인 머리꽂이를 잃어버리고, 어디에 있는지를 알지 못했다. 계집종이

"아침에 네거리에서 오다가 한 준수한 젊은이를 만났답니다. 웃으며 농을 걸고는 몸이 닿았다가 스쳤는데, 이내 머리꽂이가 보이지 않았어요."

라고 하면서 울기를 그치지 않았다. 장생이

"에이! 어린놈들이 감히 이런 짓을 하다니. 낭자. 울지 마오. 저녁 나절이면 내 소매 속에 넣고오리다."

라고 달랬다. 그러고는 나는 듯이 어디론가 가버렸다. 저녁이 되자, 그는 계집종을 불러내었다. 서편 네거리 곁 경복궁 서쪽 담을 주욱 돌아서 신호문神虎門 모퉁이에 이르렀다. 그는 큰 띠로 계집종의 허리를 매어서 왼편 팔에다 걸고, 한 번 몸을 솟구쳐 몇 겹이나 둘린 문을 나는 듯이 뛰어들었다. 때마침 날이 저물어서 길을 분간치 못했다.

그들은 갑자기 경회루 지붕 위에 닿았다. 젊은이 둘이 촛불을 잡고 나와서 맞아주었다. 그들은 서로 쳐다보며 크게 한바탕 웃고는, 이내 들보 위 컴컴한 구멍 속에서 금·구슬·비단·견직 따위를 매우 많이 끄집어내었다. 계집종이 잃어버린 머리꽂이도 또한 그 가운데 있었다. 그 젊은이가 스스로 이것을 돌려주자, 장생이 말했다.

"두 아우님은 행동을 삼가시오. 세상 사람들로 하여금 우리의 자취를 알게 하지 말구려."

그러고는 곧 돌아왔다. 날아서 북편 성에 이르자, 계집종을 그의 집으로 돌려보냈다. 그 이튿날이 되자. 날이 채 밝기도 전에 계집종이 이한의 집에 찾아가서 감사드리려 했다. 그러나 그는 취해 누웠는데, 코고는 소리만 높았다. 장생이 밤중에 문 밖을 나간 것은 아무도 알지 못했다.

임진년(1592) 4월 초하룻날, 그는 술 몇 말을 마신 뒤에 크게 취했다. 네거리를 가로막은 채 춤을 추며 노래를 쉬지 않고 불렀다. 밤이 되자, 그는 수표교 위에 거꾸러졌다.

그 이튿날에 사람들이 그를 보니, 벌써 죽은 지 오래되었다. 그의 주검은 썩어서 벌레가 되었는데, 모두 날개가 돋쳐 어디론가 날아가버렸다. 그리하여 하룻밤 사이에 다 없어져버리고, 다만 옷과 버선만 남아 있을 뿐이었다.

무인武人 홍세희洪世熹는 연화방蓮花坊에 살고 있었는데, 장생과 가장 가깝게 지냈다. 그해 4월에 이일李鎰[2]을 따라 왜적을 막으러 가다가, 새재에 이르러서 장생을 만났다. 그는 짚신에다 지팡이를 끌고 있었다. 홍세희의 손을 잡고 몹시 기뻐하며,

"난 사실 죽은 게 아닐세. 저 동해바다 가운데 한 섬나라를 찾으러 가는 길이라네."

하더니, 이내 말을 이었다.

"자네 올해엔 죽지 않을걸세. 싸움이 시작되거든 높은 숲으로 들어가고, 물가로는 가질 말게. 그리고 정유년(1597)엔 결코 남쪽으로 오지 말게나. 어쩌다 공무가 생겨서 남쪽으로 오더라도, 산성엔 오르지 말게."

그는 말을 끝내자, 나는 듯이 어디론가 가버렸다. 그 뒤로는 그가 있는 곳을 알지 못했다. 그 뒤 홍세희는 과연 탄금대 싸움에서 그의 말을 기억하였다. 달음박질하며 산으로 올라가, 죽기

를 면하였다.

정유년 7월에 그는 금군禁軍으로 입직했다가, 임금의 명을 받들어 오리梧里[3] 상공에게 교지敎旨를 전달하게 되었다. 그는 장생이 경계한 말을 모두 잊어버렸다. 돌아오는 길에 성주에 이르렀다가, 놈들에게 쫓김을 당하였다.

"황석성에 준비가 갖추어져 있다."

마침 이 말을 듣고는, 재빨리 달려 성 안으로 들어갔다. 그랬다가 성이 함락되자, 목숨도 빼앗겼다.

나는 젊었을 때에 협사俠邪[4]들과 가깝게 사귄 적이 있었다. 역시 장생과도 우스갯소리를 나눌 정도로 가까워졌으므로, 그의 기예를 모두 구경했다. 아아! 그야말로 신기하였다. 옛 사람들이 말한 검선劍仙이란 게 곧 그를 두고 이른 것이 아니었겠는가.

— 허균 『성소부부고』 권8 「장생전」

---

1) 이한은 비파를 잘 탔는데, 그의 제자 이야기는 허균의 「성옹지소록」에도 나온다.
2) 선조 때의 장군. 1538~1601. 1583년에 오랑캐 니탕개가 난을 일으켜 경원을 함락시키자, 경원부사로 임명되어 적을 몰아내었다. 임진왜란 때에 상주에서 고니시를 맞아 싸우다가 패해 달아났지만, 평양을 수복할 땐 선봉장이었다.
3) 이원익 李元翼(1547~1634)의 호이다. 임진왜란 중에 사도도체찰사四道都體察使를 겸하며 좌의정이 되어 나라 일을 보살폈다. 광해군 때에 영의정까지 올랐다.
4) 호협한 기상이 있는 사람. 의리 있는 사나이. 협객.

함북간咸北間 · 대모지大毛知 · 불만佛萬 │ 소리 흉내

[1]

　우리 이웃에 동계東界에서 온 함북간咸北間이라는 사람이 있는데, 피리도 좀 불 줄 알고, 농담과 광대놀이를 잘했다. 어떤 사람의 행동거지를 보면 문득 그가 하는 짓을 흉내냈는데, 진짜와 가짜를 분간하기 어려웠다. 비파와 거문고 소리 같은 것도 쟁쟁하게 냈으며, 연주에도 능해서 늘 궁궐에 들어가 상을 많이 받았다.

[2]

　또 대모지大毛知란 사람은 거위 · 오리 · 닭 · 꿩 등의 소리를 흉내냈는데, 소리를 내기만 하면 이웃집 닭들이 날개를 치며 몰려 들어왔다.

[3]

　또 기지耆之[1]에게 불만佛萬이라는 종이 있었는데, 개 짖는 소리를 잘 냈다. 영동嶺東 지방에 놀러 갔을 때에 어느 마을에서 밤중에 소리를 내자, 이웃집 개들이 모두 모여들었다.

— 성현『용재총화』

---

1) 채수蔡壽(1449~1515)의 자이다.

임현석任玄石 ▎ 북

　임현석은 금산군 사람이다. 요고腰鼓를 잘 쳐서, 젊을 때부터
악공이 되어 궁중 잔치에 자주 불려 들어갔다. 늙은 뒤에 향리鄕
里로 돌아왔는데, 지금 나이가 일흔세 살이다.

　흰머리 악공이 병으로 고향에 돌아와
　선왕 때부터 상양궁에 불려 들어갔다고 말하네.
　승평 「여민락」1)을 한 곡 부르니
　금계에 꽃이 지고 달빛만 푸르구나.

　白頭伶叟病還鄕　自說先朝入上陽
　一曲昇平與民樂　錦溪花落月蒼蒼

　10년 동안 남북 다니며 동어를 다섯 번 받았네.
　봄바람에 갈고를 치니 눈물이 옷자락을 적시네.2)
　이원의 노제자에 미치지는 못하지만

젊은 시절 일찍이 난여[3]를 모셨네.

十年南北五銅魚　羯鼓春風淚濕裾

不及梨園老弟子　少時曾得侍鑾輿

—「戲示任玄石絕句 二首」

■ 1611년부터 2년 동안 전라도 금산군수를 지냈던 동악東岳 이안눌李安訥 (1571~1637)이 고을 백성 임현석을 불러 요고腰鼓 연주를 들으며 지어준 시이다. 시골 악공이 10년 동안 다섯 차례 궁중에 불려 올라가 악공으로 복무하다가, 나이가 들자 고향에 돌아와 지냈음을 알 수 있다.

---

1) 「여민락」與民樂은 어전御前에서 부르는 별곡別曲이다. (원주)
「여민락」은 「용비어천가」龍飛御天歌 가운데 1·2·3·4장과 125장을 따로 악곡에 올려 부르는 제목이다.

2) 당나라 현종이 갈고羯鼓 치는 것을 몹시 좋아하였다. 2월 초순 어느 날 이른 아침에 간밤부터 오던 비가 개자, 후원에 버들꽃이 살구꽃이 막 피려고 했다. 현종이 이 모습을 보고 탄식하며,
"이러한 경치를 보고 어찌 좋은 생각을 하지 않을 수 있겠느냐?"
하더니, 역사力士를 보내어 갈고를 가져오게 하였다. 현종이 누각에 앉아 갈고를 치면서 스스로 한 곡을 지었는데, 이름을 「춘광호」春光好라고 하였다. 그런 뒤에 버들과 살구나무를 돌아보자, 모두 꽃봉오리가 터져 있었다. — 남탁 『갈고록』羯鼓錄
갈고羯鼓는 장고처럼 생긴 작은 북이다.

3) 난여鑾輿는 임금이 타던 수레이다. 예전에는 여덟 개의 방울이 달려 난여라고 하였다.

홍석해洪碩海 | 관현맹인

관현맹인管絃盲人[1] 홍석해 등이 녹봉을 복구해달라고 상소하자, 그에 따라 예조에서 첨부한 계목啓目에 이렇게 아뢰었다.

"관현맹인 홍석해는 기한 안에 관청에 나와서 호구戶口의 현납現納으로 직접 소장訴狀을 올린 바가 확실하옵니다. 이번 상소의 사연을 읽어보니, 재주를 시험한 관현맹인에게 급료를 지급하도록 한 사항이 법전에 분명히 기록되어 있었습니다. 그런데 병자호란(1636) 이후 여러 관청의 인원을 줄일 때에 관현맹인과 명과맹인命課盲人[2]을 함께 줄일 것을 상의했었습니다.

지난 정유년(1657) 진연進宴 때에 기예를 이룬 자 13명을 뽑아서 단료單料를 주고서 음악을 연습하도록 하다가, 기유년(1669)에 다시 정원을 줄여 지금은 단료를 받는 체아직 5명만 남아 있습니다.

그 뒤에 명과맹인에게 급료를 지급하는 것은 복구했지만, 관현맹인만은 복구되지 않아 먹고살 길이 없었습니다. 그러다가 특별히 해당 관아에 명하여 법전대로 녹봉을 주어서 굶주릴 염

『악장등록』에 기록된 관현맹인 홍석해의 상소에 따른 예조의 계목

려가 없도록 조치한 바가 있었습니다. 재주를 시험한 관현맹인에게 급료를 지급하도록 한 사항이 비록 법전에 있다고 하지만, 병자호란 이후에 줄여서 오직 단료單料로 부치게 된 것은 경상 비용이 넉넉지 못했기 때문입니다.

그런데 지금은 나라 살림이 어려우니 나라 살림이 다 없어진

때에 이미 감한 녹봉을 다시 복구하면 그 형편이 쉽지 않을 것입니다. 홍석해 등이 상소한 내용이 비록 절실하다고는 하지만, 지금 시행하기가 어려운 점이 있습니다. 이제 그냥 놓아두는 것이 어떻겠습니까?"

강희康熙 19년(1680) 11월 24일 우승지 신 박순朴純이 차지次知로 이 일을 임금께 아뢰고 윤허를 받았다.

―『악장등록』 1680년 11월 24일.

---

1) 궁중의 잔치 때에 음악을 연주하기 위해 장악원에 두었던 소경 음악인이다. 영조 20년 (1744)의 『진연의궤』進宴儀軌에 의하면, 피리잽이 5명(김진성·갑찬휘·전득추·윤덕상·백봉익), 젓대잽이 2명(이덕윤·최덕항), 해금잽이 2명(최영찬·박지형), 거문고잽이 이필강, 비파잽이 2명(주세근·함세중), 초적잽이 강상문, 이상 13명의 관현맹인이 연주하였다.

2) 운명과 길흉을 판단하기 위해 관상감에 두었던 맹인인데, 정원은 2명이다. 무반武班 체아직으로 1년에 네 도목都目에 개임改任하며, 재직 400일이 되면 승급陞級하였다. 천인賤人인 명과맹인은 종6품에 그쳤다.

김억 金檍 ▌양금

  김억(1746~?)은 영조 때 사람이다. 집안이 넉넉한데다 성품
이 사치스러워서 노래와 여색을 즐겼다.

  우리나라 사람들은 흰옷을 입었는데, 그만은 찬란한 비단옷
을 입었다. 칼을 모으는 버릇도 있어서, 모두 진주로 장식하여
자기 방 창문에 주욱 걸어놓았다. 날마다 하나씩 찼지만, 한 해
가 되도록 다 차보지 못했다.

  악원樂院엔 음악을 익히는 12가지 방식이 있어서, 여러 기생
들이 구름같이 모여들었다. 억이 마음대로 그들을 구경하자 불
량배들이 서로 말했다.

  "김억은 집 밖에 나오지 않고 우리들과는 어울리지도 않으면
서, 온 나라의 시비를 기생과 노래에만 둘러싸여 지낸다네. 가
증스러우니 봉변을 줘보세."

  시비를 걸었지만 억은 대꾸가 없었다. 그래서 때리고 옷을 찢
기도 했지만, 억은 조용한 곳에서 옷을 갈아입고 와서 여전히
노래하는 기생들을 구경했다.

양금 합주 모습

앞서 입었던 옷과, 모양이나 빛깔이 조금도 다르지 않았다. 불량배들이 노하여 또 옷을 찢었다. 이와 같이 세 번이나 했지만, 김억도 또한 세 번이나 옷을 갈아입었다. 먼젓번처럼 구경하면서 끝내 한마디도 대꾸하지 않았다. 불량배들이 드디어 부끄러워하며 사과했다.

그가 사랑하던 기생이 여덟이나 있었는데, 서로 알지 못하게 했다. 하루는 저녁에 여덟 기생을 불러다 술을 마셨는데, 모두들 김억이 사랑하는 여자는 자기 하나뿐이라고 생각했다. 사랑하는 여자가 여덟이나 한자리에 앉아서도 질투를 하지 않았으니, 그 권모술수가 대개 이와 같았다.

우리나라에 양금洋琴이 들어왔지만 소리가 빨라서 노래에 맞추는 사람이 없었다. 억이 처음으로 곡조에 맞게 켜니, 그 소리

556

가 맑고도 가벼워서 들을 만했다. 지금 양금을 켜는 사람들은 억에게서 시작된 것을 알지 못한다.

그는 공령문功令文[1]도 또한 잘 지어서, 성균관 진사에 급제하였다.

— 조희룡 『호산외기』

■ 김억은 절충장군 첨지중추부사 김종택金宗澤의 아들인데, 청양 김씨이고, 자는 효직孝直이다. 영조 50년(1774) 생원시에 3등 61인으로 합격하였다.

---

1) 과거를 볼 때만 쓰는 문체인데, 과문科文이라고도 부른다. 이 문체만 연습해서 과거에 급제하고도 정작 문장을 못 쓰는 사람들이 많았다.

김몽술 金夢述 ┃ 악생

악생 김몽술이 재난을 당한 봉족奉足[1]에게 복호復戶[2]를 변통해달라고 상소하자, 그에 따라 예조에서 첨부한 계목啓目에 이렇게 아뢰었다.

"악생 김몽술이 기한 안에 관청에 나와서 직접 소장을 올린 바가 확실하옵니다. 이번 상소한 사연을 보니, 그들은 다른 요포料布도 없이 오직 한 달에 한 필疋씩 주는 무명으로 근근히 연명하고 있습니다. 윤달에는 따로 베가 지급되지 않으므로, 1년에 받는 보포保布는 모두 합해봐야 12필입니다.

혹시 보포를 내야 할 봉족이 재난을 당하게 되면 진휼청賑恤廳에서 요포를 마련할 때 올리거나 낮춰주었으니, 그 전이나 후에 재난을 당했을 때에 처리해주지 못한 보포를 모두 올리거나 낮춰주었으며, 복호도 조종조祖宗朝의 전례대로 내려주신 적이 있었습니다.

악공과 악생의 복호는 비록 나라의 법전에 기록되어 있지만 이미 없어진 지가 오래 되었으며, 대동법大同法을 마련할 때에도 들어가지 않았으니, 지금 가볍게 의론하기가 곤란합니다. 재난을 당한 고을의 보포 가운데 응당 급여할 것과 급여치 않아도 될 것을 진휼청으로 하여금 연조年條를 살펴서 낱낱이 적절하게 조처하여, 악공이나 악생 들이 원통함을 호소하는 폐단이 없도록 하면 어떻겠습니까."

— 『악장등록』 1680년 11월 24일

---

1) 양반계급을 제외한 16세 이상 60세까지의 백성들에게 군역軍役의 의무를 부과했는데, 세조 10년(1464)에 봉족제奉足制가 개편되어 2정丁을 1보保로 삼았다. 한 사람이 현역으로 뽑혀 번상番上하게 되면, 직접 군역을 지지 않는 나머지 장정이 봉족이 되어 그 비용을 조달하였다. 봉족 또는 보인保人들이 바치는 보포保布나 보미保米를 현역 장정에게 지급했던 것이다.
조선초기에 악생과 양인良人 악공은 두 사람의 보인을 가졌으며, 중기에는 악생과 악공이 봉족 두 명을 거느렸는데, 악생의 봉족은 양인 가운데 뽑혔고, 악공의 봉족은 공천公賤 가운데 선발했다. 서울에서 음악을 배우는 악공이나 악생들은 봉족이 바치는 가포價布를 받아서 생활했다.
2) 특정한 대상자에게 요역徭役과 전세田稅 이외의 잡부금을 면제하는 것.

김중립 金中立 ┃ 악공

    장악원 악공 김중립 등 67명이 상소하여, 임금에게 삼가 아뢰었다.

    "신臣인 저희들에게 공로가 있으며, 반드시 그 보수를 받는다는 나라의 법전이 있지만, 저희들은 사정이 있으면서도 아뢰지 못했습니다. 신들이 자기 스스로를 속였기 때문에 대강 그 줄거리를 아뢰고저 하오니, 예람睿覽[1]의 바탕으로 삼도록 하옵소서.

    이원梨園의 악공 400여 명은 모두 외방外方의 백성들인데 일가 친척과 이별하고 고향을 떠나 서울에 올라온 이래, 궁·상·각·치·우의 오음五音과 육률六律을 어려서부터 배웠습니다. 장악원은 한 달에 여섯 차례나 악공들의 재주를 시험하여 하늘과 땅을 위한 제사 및 종묘宗廟와 사직社稷 이하 여러 가지 의례儀禮 때마다 12율의 육률과 육려六呂[2]로 된 음악을 연주하지 않은 적이 없었으며, 그 절차를 어긴 적도 없었습니다. 그러나 신들의 급료는 한 달에 겨우 베 한 필뿐입니다.

    신들은 적은 급료에 대해 감히 탄식하지 못하지만, 굶주림을 참아가면서 지내는 형편을 특별히 조정에서 통찰하실 뿐 아니라, 신령께서도 또한 살펴보십니다. 이것은 이미 규칙으로 정해진 것이어서, 감히 다시 논의할 바가 아닙니다.

신들은 선왕의 신주를 종묘에 모실 때마다 음악을 연주하기 위해 종묘에 들어가는 숫자가 있으며, 대례大禮는 지극히 성대한 일이므로 반드시 양가良加의 은전이 종묘에 연주하러 들어간 악공들에게 미치게 하였습니다. 그 수고를 보답케 해서 그들을 흥감케 한 자취가 문서에 밝혀져 있사오니, 예부禮部에서 살펴볼 수 있습니다.

신묘년(1651)에 인조대왕, 신축년(1661)에 효종대왕, 병진년(1676)에 현종대왕, 병인년(1686)에 명성왕후의 신주를 종묘에 모실 적에 종묘에 들어가 연주한 악공들은 모두 양가良加의 은전을 받았습니다. 이번 성대한 의식에서도 신들 67명은 전례대로 마음을 다하여 공경스럽게 연주하였으니, 특별히 해당 관아에 명하여 전례에 따라 은전을 베풀게 하여 신들을 흥감케 하는 방법이 있어야 할 것이옵니다.

저희 악공들의 신역身役은 본래 공천 가운데 뽑아서 결정되며, 이미 결정된 뒤에는 겸해서 높은 지위의 녹봉을 부치는 법이니, 양인良人과 다를 것이 없습니다. 양가良加의 은전을 내리는 것도 법도가 있어서 결코 공천이라고 침범할 수가 없습니다. 그러나 노비를 관장하는 장예원掌隸院에서는 이러한 법식을 무시하고 신들의 이름을 천안賤案[3]에서 빼지 않았습니다. 공천을 점고點考할 때마다 추쇄推刷[4]하니, 이 어찌 심히 원통한 일이

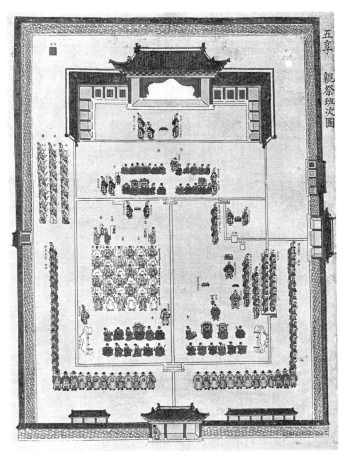

「오향친제반차도」五享親祭班次圖. 종묘에 제사지낼 때 음악을 연주하는 모습

아니겠습니까?

공천의 몸으로 액정서掖庭署에 소속되기도 하고, 중대한 일을 맡기도 하는데, 천적賤籍으로 추쇄하여 침범하는 것은 정한 법규가 있습니다. 지금 세상은 전하의 덕화가 새로워지고 모든 만

물이 봄을 만났으니, 해당 관아에 명하시어 예전과 같이 악공들의 점고를 추궁치 말도록 하시옵소서. 한편으로는 양가의 은전을 베풀어 격려하는 길을 열어주시옵고, 다른 한편으로는 장악원을 잘 보존하시어 음악을 열심히 연습할 수 있도록 해 주시옵소서. 이러한 일에 대하여 전하의 특별한 은혜를 입고자 바라오니, 잘 의논하셔서 선처하여 주시옵소서."

— 『악장등록』 1723년 3월 25일

■ 선왕先王의 신주를 종묘에 모시는 부태묘祔太廟에 입정入定한 악공들은 공천公賤의 명부에서 벗어나거나 양가良加의 은전을 받았는데, 악공 김중립 등 67명이 이번 종묘에 입정하여 음악을 연주했지만 아직 은전을 받지 못했다. 그래서 전례대로 은전을 베풀어달라고 상소했는데, 임금이 이를 윤허하였다.

---

1) 왕세자가 열람한다는 뜻인데, 경종 1년(1721) 8월에 아우 연잉군(영조)을 왕세제王世弟로 책봉한 이래 자주 대리청정케 했다.

2) 12율 가운데 음陰을 상징하는 여섯 음, 즉 대려·협종·중려·임종·남려·응종이다.

3) 장예원에서 기록한 문서인데, 공천公賤의 이름과 생년월일, 내력 등을 기록하였다. 노비안奴婢案이라고도 한다.

4) 부역을 피해 다른 지방으로 달아난 노비를 찾아내어 본 고장으로 돌려보내는 것.

심용 沈鏞 ┃ 풍류

합천陜川[1] 심용(1711~88)은 재물에 대범하고 의義를 좋아하며, 풍류를 스스로 즐겼다. 당대의 가희歌姬·금객과 술꾼·시인 들이 몰려들어 문전성시를 이루고, 날마다 집 안이 가득 찼다. 장안의 잔치와 놀이에 심공을 청하지 않고는 자리를 마련할 수가 없었다.

당시 한 부마[2]가 압구정狎鷗亭에서 노는데, 심공과 의논하지 않고 금객과 가객을 다 불러 손님을 크게 모으고 질탕하게 논 적이 있었다. 이름난 정자의 가을 밤, 달빛이 물결에 비쳐 흥이 넘쳤다. 그때 문득 강 위에서 퉁소 소리가 청아하게 들려왔다. 멀리 바라보니 조각배가 물 위에 둥실 떠오고 있었다. 한 늙은 이가 머리에 화양건華陽巾을 쓰고, 몸에 학창의鶴氅衣를 걸쳤으며, 손에는 백우선白羽扇을 쥐었는데, 흰머리를 바람에 흩날리며 오롯이 앉아 있었다. 푸른 옷을 입은 두 아이가 좌우에서 모셨는데, 옥퉁소를 비껴 불고 있었다. 배에는 한 쌍의 학이 실려 있었는데, 너울너울 춤을 추었다. 신선세계의 사람이 분명했다.

정자 위에서는 풍악과 노래가 저절로 그치고, 여러 사람들이 난간에 기대 늘어섰다. 혀들을 차고 칭찬하며, 모두들 부러운 눈빛으로 강 속을 뚫어지게 바라보았다. 자리는 텅 비어, 한 사람도 없었다. 부마는 흥이 깨진 것이 분해서 작은 배를 타고 나아갔다. 그랬더니 바로 심공이었다. 두 사람은 서로 한바탕 웃었다. 부마가 말했다.

"심공이 나의 좋은 놀이를 압도하셨구려."

그러고는 실컷 즐겁게 놀고 잔치를 끝냈다.

그때 한 재상이 평양감사를 제수받고 떠나게 되었다. 감사의 중형이 영의정이었는데, 홍제교弘濟橋[3] 다리 위에서 전별 잔치를 베풀었다. 성문 밖에는 수십 대의 수레와 인마가 길을 메웠다. 구경꾼들이 모두 입을 모아 그 형제의 복력福力을 칭송했다.

"당체지화棠棣之華여. 악불위위鄂不韡韡아."[4]

그때 솔숲 사이로 말 한 마리가 달려나왔다. 어떤 사람이 몸에는 누빈 자줏빛 갖옷을 입고, 머리에는 검정 촉묘피蜀猫皮로 만든 남바위를 썼는데, 손에 채찍을 쥐고 안장에 버티고 앉아 좌우를 돌아보는 풍채가 사람들을 감탄케 했다. 아름다운 여인 서너 명이 머리에 벙거지를 쓰고, 몸에는 짧은 소매의 전복戰服을 걸쳤는데, 허리에 푸른 띠를 띠고 발에는 꽃무늬 수놓은 운혜雲鞋를 신은 차림으로 쌍쌍이 줄을 지어 그 뒤를 따르고 있었다. 그 뒤에는 또 동자 여섯 명이 푸른 적삼에 자줏빛 띠 차림으로 저마다 악기를 들고 말 위에서 연주했다. 사냥꾼이 보라매를 팔목에 받치고 사냥개를 부르며 숲 사이에서 달려나왔다. 구경꾼

심용이 풍류를 즐겼던 압구정

「평양감사향연도」. 평양 감사와 악사들

들이 담같이 둘러서서 함께 소리쳤다.

"저 양반이 심합천일 거야."

보니 과연 그였다. 구경꾼들이 다시 한숨을 쉬며 말했다.

"인생이 세상에 사는 것은 흰 망아지가 문틈으로 지나가는 것 같으니, 마음껏 즐거움이나 누리는 게 마땅하지. 앞서 전별 잔치도 어찌 성사가 아니랴만, 예부터 공명功名은 실패가 많고 성공은 적다고 했지. 게다가 참소를 근심하고 시기를 두려워해 가슴을 좋여야 하니, 어찌 유쾌하게 마음껏 호탕하게 즐기면서 몸밖의 근심이 없는 것만 하겠는가?"

장안의 여러 사람들이 서로 우스갯소리 하기를,

"전별이냐? 사냥이냐? 차라리 사냥을 나갈지언정 전별은 받지 않겠다."

하였으니, 심공을 얼마나 부러워했는지 알 만하다.

어느 날 심공이 가객 이세춘李世春, 금객 김철석金哲石, 기생 추월秋月·매월梅月·계섬桂蟾 등과 초당에 앉아서 거문고와 노래로 밤이 깊었는데, 공이 여러 사람에게 말했다.

"너희들 평양에 가보고 싶으냐?"

그러자 모두 말했다.

"가보고 싶었지만 아직 못 가보았습니다."

"평양은 단군檀君·기자箕子 이래로 오천 년 문물이 번화한 곳이다. 그림 속의 강산이요, 거울 속의 누대樓臺라. 국중제일國中第一이라고 하건만, 나 역시 아직 가보지 못했다. 내가 들으니 평양감사가 대동강 위에서 회갑 잔치를 벌인다는구나. 평안도 여러 수령들이 다 모이고, 이름난 기생과 가객 들이 뽑혀오는데다, 고기가 산을 이루고 술이 바다를 이룬다고 벌써부터 소문이 크게 퍼졌다. 아무날에 잔치를 연다던데, 한 번 걸음에 심회를 크게 풀어볼 뿐 아니라, 전두纏頭[5]로 돈과 비단을 많이 받아올 테니, 이 어찌 양주학楊州鶴이 아니겠느냐?"

여러 사람이 기뻐 뛰며 치하하고는, 곧 길채비를 해서 떠났다. 금강산에 간다고 소문내고는 종적을 감추었다. 그러고는 다른 길로 해서 평양성에 몰래 들어가, 외성外城[6]의 조용한 곳에다 머물 곳을 정했다.

이튿날이 바로 잔칫날이었다. 심공은 작은 배 한 척을 세내어 푸른 포장을 치고, 좌우에는 누르스름한 주렴을 드리웠다. 배 안에는 기생과 가객, 악기 들을 싣고서, 능라도와 부벽정 사이

에 숨겨두었다.

이윽고 풍악이 하늘에 울리고, 돛배가 강을 뒤덮었다. 감사는 누선樓船에 높이 앉고, 여러 수령들도 다 모여들어 잔치가 크게 벌어졌다. 맑은 노래와 아름다운 춤에 그림자는 물결 위에 너울 거리고, 성머리와 강언덕은 사람으로 산과 바다를 이루었다.

심공이 노를 저어 나아가서 누선이 보이는 곳에 배를 멈추었 다. 저쪽 배에서 검무劍舞를 추면 이쪽 배에서도 검무를 추고, 저쪽 배에서 노래를 부르면 이쪽 배에서도 노래를 불렀다. 마치 흉내를 내는 것같이 하자, 저쪽 배 사람들이 모두들 괴이하게

『평양감사향연도』의 「월야선유도」月夜船遊圖.

여겼다. 즉시 비선飛船을 내어 잡아오게 하자, 심공이 노를 빨리 저어 달아났다. 간 곳을 모르게 되자, 비선도 쫓아올 수가 없어 돌아갔다. 그러자 심공의 배가 다시 노를 저어 나아왔다. 이렇게 서너 번 거듭하자, 감사가 몹시 괴이하게 생각했다.

"저 배를 바라보니 칼빛이 번쩍이고, 노랫소리가 구름을 가로막는구나. 결코 시골내기가 아닌 듯하다. 저 수놓은 주렴 가운데 학창의를 입고 화양건을 쓰고 백우선을 든 저 늙은이가 의젓하게 앉아서 태연자약하게 담소하는 모습이 이인異人이 아닐까?"

감사가 몰래 선장에게 명령을 내려, 작은 배 열댓 척이 일제히 나아가 에워싸게 하였다. 잡아서 끌고와 누선 머리에 대자, 심공이 주렴을 걷고 껄껄 웃었다. 감사도 평소에 심공과 친분이 있던 터라, 넘어질 듯 놀라며 반가워했다. 그리고는 서로 얼마나 즐겁게 놀았는지 물어보았다.

배 안에 있던 여러 수령과 비장神將이나 감사의 자제·사위·조카 들은 모두 서울 사람이었는데, 서울의 기생과 풍악을 보고는 기뻐하지 않는 사람이 없었다. 서로 얼굴을 아는 사람도 많아, 손을 잡고 회포를 풀었다. 가기歌妓와 금객琴客 들이 평생의 솜씨를 다해 하루가 다하도록 놀았다. 서도西道에서 노래하고 춤추는 기생들이 아주 무색하게 되었다.

그날 그 자리에서 감사가 천금을 서울 기생들에게 주었으며, 여러 수령들도 또한 힘에 따라 주었다. 거의 만금이나 되었다. 심공은 질탕하게 열흘쯤 놀다가 돌아왔는데, 지금까지도 풍류 미담으로 전해온다.

심공이 세상을 떠나자 파주 시곡柴谷에 장사지냈는데, 노래와 거문고의 벗들이 모여서 눈물을 흘리며 말했다.

"우리들은 평생 심공의 풍류 가운데 사람이었고, 지기知己며 지음知音이었다. 이제 노래는 그치고 거문고 줄은 끊어졌으니, 우리들은 장차 어디로 가야 하나."

시곡에 모여 장사지내고 한바탕 노래와 한바탕 거문고로 무덤 앞에서 통곡한 뒤에, 각기 자기 집으로 흩어졌다.

오직 계섬桂蟾만이 무덤을 지키며 떠나지 않았다. 가늘게 시든 흰머리에 서글픈 눈동자로 만나는 사람마다 이 이야기를 들려주었다.

　—『청구야담』 권1 「유패영풍류성사」遊浿營風流盛事」

---

1) 합천군수를 역임했다는 뜻인데, 『청송심씨대동보』青松沈氏 大同譜에는 합천군수가 아니라 예천군수로 되어 있다.

2) 원문의 도위都尉는 임금의 딸에게 장가든 자에게 내렸던 칭호 부마도위駙馬都尉의 준말이다. 공주에게 장가든 자에게는 종1품의 위尉를 주고, 옹주에게 장가든 자에게는 종2품의 위를 주었다. 왕세자의 딸인 군주郡主에게 장가든 자에게는 정3품의 부위副尉를, 현주縣主에게 장가든 자에게는 종3품의 첨위僉尉를 주었다.

3) 무악재 너머 홍제원(지금의 서대문구 홍제동)에 있던 다리이다.

4) 아가위꽃이 활짝

　환하게 피었네.

　세상 사람 가운데

　형제보다 좋은 이 없다네.

　죽을 고비 당해서도

　형제만은 염려해주고,

　벌판 진펄 잡혀가도

　형제만은 찾아다니네.

　常棣之華여 鄂不韡韡아

　凡今之人은 莫如兄弟니라

　死喪之威에 兄弟孔懷요

　原隰裒矣에 兄弟求矣니라. —『시경 』 소아 「상체」常棣

　본문에서 당체棠棣라고 했는데, 『시경』의 원래 제목은 「상체」常棣이다. 산앵도나무, 또는 아가위나무라는 뜻인데, 이 시는 형제 간의 우애를 노래했다.

5) 비단을 머리에 감아준다는 말인데, 상을 준다는 뜻이다.

6) 평양성은 내성·북성·중성·외성의 네 성으로 이루어졌다. 대동문 아래에서 서북쪽으로 남산고개를 지나 만수대 끝까지가 내성이고, 그 북쪽으로 가장 높은 모란봉을 중심으로 북성이 있다. 내성 남쪽으로 대동교에서 안산까지 중성이 이어졌고, 평지에 대동강과 보통강으로 둘러싸인 외성이 있는데, 외성을 나성이라고도 한다. 평지인 외성(나성)은 일정한 구획을 갖춰 시가지를 계획한 지역인데, 기자箕子 시대의 정전井田이라고 한다.

홍대용洪大容 ▎양금·풍금

[1] 양금洋琴

이 악기가 우리나라에 들어온 연대가 언제인지 알 수는 없고,
토조土調로 해곡解曲한 것은 홍덕보洪德保(홍대용)로부터 비롯
되었으니 건륭 임진년(1772) 6월 18일이다. 나는 덕보의 서재인
담헌湛軒에 앉아서 유시酉時(오후 5~7시)에 해곡하는 것을 보았
다. 덕보가 얼마나 심음審音에 예민한지 그때 보았으니, 해곡이
비록 조그만 기예技藝지만 창시創始에 해당되기 때문에 내가 굳
이 그 일시를 상세히 기억하는 것이다. 양금을 연주하는 법이
그로부터 널리 전해져서, 지금까지 9년 사이에 금사琴師들은 누
구나 그것을 연주할 수 있게 되었다.

— 박지원 「동란섭필」

[2] 슬瑟

22일 국옹麴翁과 함께 걸어서 담헌湛軒 (홍대용)을 찾아갔다.
풍무風舞(김억)도 밤에 왔다. 담헌이 슬瑟을 타자 풍무는 금琴으

로 화답했다. 국옹은 갓까지 벗어던지고 노래했다. 밤이 깊어지자 구름장이 사방에서 몰려들고, 더위도 조금 가시고, 줄풍류 소리가 더욱 맑아졌다.

좌우에 있는 사람들은 모두 고요히 묵묵해졌다. 마치 내단內丹을 수련하는 이가 내관장신內觀臟神하는 것 같았고, 입정入定에 든 스님이 돈오전생頓悟前生하는 듯했다. 스스로를 돌아보아 떳떳하기에, 삼군이 막아선다 해도 반드시 나아갈 기세였다. 국옹이 노래할 때에 보면 옷을 죄 벗어부치고 곁에 사람이 없는 듯 방약무인했다.

매탕梅宕 이덕무李德懋가 처마 사이에서 늙은 거미가 거미줄 치는 것을 보다가 기뻐하며 내게 말한 적이 있었다.

"묘하네요. 이따금 머뭇거릴 때는 생각에 잠긴 것만 같다가, 재빨리 움직일 때에는 득의양양한 것 같군요. 발뒤꿈치로 질끈 밟아 보리를 모종하는 것도 같다가, 거문고 줄을 고르는 손가락 같기도 하네요."

이제 담헌과 풍무가 금과 슬로 화답하는 것을 보며, 나도 거미에 대해 깨닫게 되었다.

지난해 여름에 내가 담헌에게 갔더니, 담헌은 마침 악사 연익성延益成과 더불어 거문고에 대해 논하고 있었다. 그때 하늘은 비를 잔뜩 머금어, 동녘 하늘가엔 구름장이 먹빛이었다. 우레가 한바탕 치기만 하면 비가 쏟아질 판이었다. 잠시 뒤에 긴 우레가 하늘로 지나가자, 담헌이 연延에게 말했다.

"이 우레 소리는 어느 성聲에 속할까?"

그러고는 마침내 거문고를 당겨 소리를 맞춰보았다. 나도 그 자리에서 「천뢰조」天雷操를 지었다.

— 박지원 「하야연기」夏夜讌記

[3] 풍금風琴

내 친구 홍덕보(홍대용)가 예전에 서양 사람들의 기교를 논하다가 이렇게 말했다.

"우리나라의 선배들 가운데 김가재金稼齋(김창업)와 이일암李一菴(이기지) 같은 이들은 모두 견식이 탁월하여 후세 사람들이 따를 수 없는 분들이다. 더구나 중국을 옳게 본 데에 대해서는 쳐줄 점들이 없지 않다. 그러나 북경의 천주당天主堂에 대한 그들의 기록에 대해서는 약간의 유감이 없지 않다. 이는 다름이 아니라, 사람의 생각으로는 잘 미칠 수 없는 부분이요, 또 갑자기 언뜻 보아서는 알아낼 수도 없는 문제이기 때문이다. 뒷날 이어서 찾아간 사람들 가운데도 역시 천주당을 먼저 구경한 자가 있었지만, 황홀난측하여 도리어 괴물같이만 알고 이를 배척했으니, 그들의 안중에 아무것도 보이지 않았기 때문이다.

가재는 건물이나 그림만 상세히 보았고, 일암은 더욱 그림과 천문 관측의 기계를 자세히 설명했지만, 풍금風琴 이야기에는 미치지 못했다. 이 두 분이 음률에 대해서는 그리 밝지 못했으므로, 제대로 분별하지 못했던 것이다. 나도 귀로 소리를 밝게 들었고, 눈으로 그 만든 솜씨를 살폈지만, 그 오묘한 부분들을 글로 다시 옮길 수 없으니 정말 유감스럽다."

청나라 친구 엄성이 그려준 홍대용 초상

그러면서 가재의 기록(노가재연행록)을 끄집어내어, 나와 함께 보았다.

"방 안 동편 벽에는 두 층계의 붉은 문이 달렸는데, 위는 두 짝이고, 아래는 네 짝이다. 차례대로 열리면서 그 속에는 기둥이나 서까래처럼 생긴 통筒이 총총하게 섰는데, 크기가 같지 않았다. 모두 금은빛으로 섞어 칠을 발랐고, 그 위에는 철판을 가로놓았으며, 그 한쪽 가에는 수없이 구멍을 뚫었다. 다른 한쪽은 부채 모양으로 생겼는데, 방위와 12시의 이름을 새겼다.

잠시 보았더니, 해 그림자가 그 방 안에 이르자 대 위에 놓인 크고 작은 종들이 각각 네 번씩 울리고, 복판에 있는 커다란 종은 여섯 번을 쳤다. 종소리가 잠시 그치자 동쪽 가에 있는 홍예

문 속에서 갑자기 바람 소리가 솨 하면서 여러 개의 바퀴를 돌리는 것 같았는데, 계속해서 관管·현絃·사絲·죽竹 등의 별별 음악 소리가 들렸다. 어디에서 이 소리가 나는지 알 수가 없다. 통관이 말했다.

‘이것은 중국 음악입니다.’

얼마 뒤에 그 소리가 그치고 또 다른 소리가 나는데, 조회 때에 들은 음악 소리같이 들렸다. 그러자 또 말했다.

‘이것이 만주 음악입니다.’

음악 소리가 뚝 그치고는 여섯 짝의 문이 저절로 닫혔다. 이 풍금風琴은 서양 사신 서일승徐日昇이 만든 것이라고 한다.”[1]

덕보가 다 읽고나더니 한바탕 크게 웃으면서 말했다.

“이야말로 이야기는 하면서도 자세하진 못하다는 격일세. 속에 기둥이나 서까래같이 생겼다는 통은 유기로 만들었고, 제일 커다란 통은 기둥이나 서까래만한데, 크고 작은 통들이 총총하게 섰네. 이는 생황 소리를 내기 위해서 크게 한 것일세. 크기가 같지 않은 것은 다음 틀을 취하여 곱절로 더 보태고, 8율律씩 띄어 곧장 상생相生케 하니, 8괘卦가 변해 64괘가 되는 것과 같다네.

금은빛을 섞어 바른 것은 거죽을 곱게 보이기 위한 것이고, 갑자기 한줄기 바람 소리가 여러 개 바퀴를 돌리는 소리같이 난다는 것은 땅골로부터 구불구불 서로 마주 통한 데서 풀무질하여 입으로 바람을 불 듯이 바람 기운을 보내는 것일세. ‘연방 음악 소리가 났다’는 것은 바람이 땅골을 통하여 들면 바퀴들이 핑핑

재빨리 돌아 생황 앞이 저절로 열리면서 여러 구멍에서 소리가 나게 되는 거라네.

풀무가 바람을 내는 법식은 이렇다네. 다섯 마리의 쇠가죽을 마주붙여서, 부드럽기는 비단 전대같이 만들고, 굵은 밧줄로 들보 위에 커다란 종처럼 달아매네. 두 사람이 바를 붙잡고 몸을 치솟게 하여 배에 돛을 달듯 몸뚱이가 매달려 발로 풀무 전대를 밟으면, 풀무가 점차 내려앉으면서 바람 주머니를 팽창시켜 공기가 꽉 들어차게 한다네. 이게 땅골로 치밀려 들면, 이때 틀에 맞추어 구멍이 가려진다네. 바람은 어디로도 새지 않고 있다가, 쇠 호드기 혀가 닫히면 차례로 혀가 떨려 열리면서 여러 소리를 내게 되는 것일세. 이렇게 내가 대강 말하긴 했지만, 역시 그 오묘한 점을 다 말할 수는 없네. 만약 나라에서 돈을 내어 풍금을 만들라고 명령한다면, 만들어볼 수도 있지."[2]

이제 내가 중국에 들어와서 풍금風琴 만드는 법식을 생각할 때마다 이 말이 마음속에서 잊히지 않았다. 열하熱河에서 북경으로 돌아오자마자, 선무문 안으로 가서 천주당부터 찾았다. 동쪽을 바라보니, 지붕 머리가 종처럼 생겨 여염 위로 우뚝 솟아 보이는 것이 바로 천주당이었다. 성내 사방으로 천주당이 다 한 집씩 있는데, 이 집은 서편 천주당이다. 천주天主라는 말은 천황씨天皇氏니 반고씨盤古氏니 하는 말과 같다.

이 사람들은 달력도 잘 만들고, 자기 나라의 건축 방법으로 집을 지어서 산다. 그들의 학설은 부화浮華함과 거짓됨을 버리고 성실함을 귀하게 여기니, 하느님을 밝게 섬기는 것을 으뜸으로

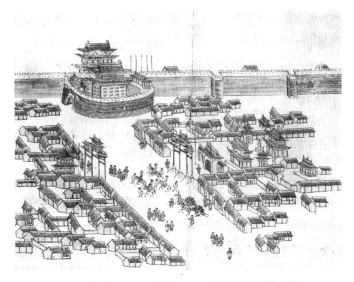

1760년의 「연행도」燕行圖. 북경성으로 우리 연행사가 들어가고 있다.
홍대용은 1766년에 북경에 갔다.

삼고, 충효와 자애를 의무로 여긴다. 허물을 고치고 선을 닦는
것을 입문入門으로 삼고, 사람이 죽고 사는 큰 일에 준비를 갖추
어 걱정이 없는 것을 궁극의 목적으로 삼고 있다. 그래서 저들
이 근본되는 학문의 이치를 찾아내었다고 자칭하고 있다. 그러
나 뜻을 세우는 것이 너무 고답적이고 이론이 교묘한 데만 쏠려
서, 도리어 하늘을 빙자하여 사람을 속이는 죄를 범하였다. 제
자신이 저절로 의리를 배반하고 윤상倫常을 해치는 구렁으로 빠
지고 있음을 모르는 것이다.

천주당의 높이는 일곱 길이 되고 무려 수백 칸인데, 쇠로 부어
만들거나 흙으로 구워놓은 것만 같다. 명나라 만력 29년(1601)
2월에 천진감세天津監稅 마당馬堂이 서양 사람 이마두利瑪竇의

방물과 천주 여상女像을 바쳤더니, 예부에서 이르기를,

"대서양은 회전會典3)에 실려 있지 않으므로, 참인지 거짓인지 알 길이 없다. 적당히 참작해서 의관을 내려주어, 본국으로 돌아가게 하라. 북경에 몰래 숨어 있지 못하도록 하라."

하고는 황제에게 보고하지도 않았다. 서양이 중국과 서로 통한 것은 대체로 이마두부터 시작되었다. 건륭 기축년(1769)에 천주당이 헐렸으므로, 풍금風琴은 남은 것이 없었다. 다락 위의 망원경과 또 여러 가지 표본기들은 창졸간에 연구할 수 없으므로, 여기에 기록하지 않는다. 이제 덕보가 풍금 제도에 관해 들려준 이야기를 생각하면서, 서글픈 심정으로 이 글을 쓴다.

—— 박지원「천주당」

[4] 악회樂會

담헌 홍대용은 가야금을 펼쳐놓고, 성경聖景 홍경성洪景性은 거문고를 잡았다. 경산京山 이한진李漢鎭은 소매에서 퉁소를 꺼냈고, 김억金檍은 서양금西洋琴을 끌어당겼다. 장악원 악공 보안普安도 또한 국수國手로 생황을 불었는데, 담헌의 유춘오留春塢에 모였다. 성습聲習 유학중俞學中은 노래로 흥을 돋우었다. 효효재嘐嘐齋 김용겸金用謙(1702~89)은 연장자라 상석에 앉았다.

맛있는 술로 약간 취하자 여러 악기들이 어우러져 연주되었다. 동산이 깊어 한낮에도 고요하고, 떨어진 꽃잎이 계단에 가득했다. 궁성과 우성이 번갈아 연주되자, 곡조가 그윽한 경지에 들어섰다. 김용겸이 갑자기 자리에서 내려와 절하자, 모두들 깜

다시 세운 남천주당

북당

짝 놀라 일어나 피했다. 김공이 말했다.

"그대들은 괴이하게 여기지 말라. 우임금은 옳은 말을 들으면 절했다네. 이것은 균천광악鈞天廣樂이니, 늙은이가 어찌 한번 절하는 것을 아끼겠는가?"

태화太和 홍원섭洪元燮도 그 모임에 참석했다가, 내게 이같이 말해주었다.

담헌이 세상을 떠난 이듬해(1784)에 쓰다.

― 성대중「기유춘오악회記留春塢樂會」

---

1) 가재의 기록이 여기에 이르러서 그쳤다. (원주)

2) 덕보(홍대용)의 이야기는 여기에서 끝났다. (원주)

3) 명나라 때에 유신儒臣들이 칙명을 받들어 엮은 『대명회전』大明會典을 가리킨다.

박지원 朴趾源 | 철현금

　아버님께서는 소리를 아는 데 정통하셨으며, 담헌도 악률樂律을 잘 이해하였다. 하루는 아버님께서 담헌의 방에 계시다가 들보에 걸려 있는 구라파의 철현금鐵絃琴을 보셨다. 아마도 중국 사신이 해마다 우리나라에 오기 때문에 그 편에 들어온 것 같았다. 그렇지만 당시에는 그 악기를 탈 줄 아는 사람이 없었다. 아버님께서 시자에게 명하여 그 금琴을 타보게 하셨다. 담헌이 웃으면서 말했다.

　"금을 타지 못하면 무슨 소용이 있겠는가?"

　아버님께서 작은 판자로 만지면서 말씀하셨다.

　"그대는 가야금이나 가져와서 줄을 따라 튕겨보게나. 철현금이 제대로 골라졌는지 시험해보세나."

　아버님께서 두어 번 어루만지니 곡조가 과연 들어맞아 틀리지 않았다. 이때부터 철현금이 비로소 세상에 널리 퍼지게 되었다.

　— 박종채 『과정록』過庭錄

손자 박주수가 그린 박지원 초상

■ 『과정록』은 연암燕巖 박지원朴趾源(1737~1805)의 둘째 아들인 박종채朴宗
采(1780~1835)가 아버지의 일생을 기록한 책이다. 공자가 어느 날 뜰을 지나
가는過庭 아들 리鯉를 불러서 시詩의 중요성을 일깨워주었으므로, 박종채도
아버지에 대해 보고들은 이야기들을 '과정'過庭이라는 제목으로 기록하였다.
연암이 세상을 떠난 지 17년 뒤인 1822년 봄부터 자료를 수집해서 1826년에
탈고하였다.

허억봉許億鳳·이용수李龍壽·이한李漢·임환林桓 기타

나는 젊었을 때에 태평한 문물을 볼 수 있었다.

악공樂工 가운데 허억봉이란 사람이 있었는데 피리를 잘 불었다. 늘그막에는 현금玄琴으로 옮겼는데, 또한 잘했다.

박소로朴召老는 금琴을 잘 탔는데, 고조古調를 잘했다. 홍장근洪長根은 속조俗調를 잘해, 함께 일류로 불렸다.

이용수의 가야금과 이한의 비파, 박막동朴莫同의 아쟁牙箏도 모두 일류라고 불렸다. 노래로는 기생 영주선瀛洲仙과 송여성宋礪城[1]의 계집종 석개石介가 모두 제일이라고 했다.

그 뒤에는 이한의 조카 전한수全漢守와 용수의 제자 임환[2]이 스승의 재주를 전해 받았다.

그 밖에 종실宗室 죽장감竹長監은 쟁과 비파를 잘했고, 김운란金雲蘭[3]은 아쟁을 잘 탔다. 마치 사람이 말하는 듯해서, 그가 타는 계면조界面調를 듣는 사람들은 모두 눈물을 흘렸다.

또 서자 김연金鋋이 가야금을 잘 탔다.

지금은 이런 사람들이 모두 죽고, 용수는 이미 늙었으며, 오직 임환 한 사람이 있을 뿐이다. 노래는 대를 이을 만한 사람이 하나도 없다. 이것도 세대가 내려오면서 인재가 모자르게 되어 그렇게 된 것인지, 또한 개탄할 뿐이다.

　— 허균 「성옹지소록」

---

1) 여성위驪城尉 송인宋寅(1516~84)을 가리킨다. 자는 명중明仲이고, 호는 이암頤庵인데, 10세에 중종의 딸인 정순옹주와 혼인하여 여성위가 되었다. 시문에 능하고 당대 석학들과 교유하였으며, 글씨도 잘 쓰고 풍류에도 밝았다.

2) 광해군 시절의 전악典樂으로 『악학궤범』 출판을 감독했으며, 필사筆寫의 공을 세워 가자加資되었다.

3) 김운란 이야기는 앞에 나온다.

곽린郭璘의 어머니 ┃기타

곽린의 어미 아무개는 일찍이 과부가 되었는데, 풍류를 좋아하여 여종들에게 가곡歌曲을 가르쳤다. 날마다 관악기를 불고 현악기를 타게 하였으며, 여종들을 시켜 자리 위에서 춤추게 하였다. 자신은 앉아서 노래하며 어울렸다. 이웃에 사는 현감 황사형黃事兄의 첩은 음부淫婦였는데, 곽린의 어미가 날마다 그 집에 가서 손을 잡고 실컷 마시며 젓가락을 두들기고 번갈아 노래하였다. 서로 찾아가 잠을 자며 절도가 없었다.

하루는 술에 취해 마을 안의 무뢰배를 끌어들여 뜰 아래에 앉히고 비파를 타게 하면서,

"자네 비파 소리가 가장 미묘하네. 날 위해 두어 곡을 타주게."

라고 말하기도 했다. 또 마을 안의 상스러운 아낙네 몇을 데리고 장의문 밖으로 걸어나가 산속에서 술을 마시며 즐겁게 놀았는데, 하늘에서 비가 내리자 날이 이미 어두워진 것도 모르고 돌아오다가 장의문이 이미 닫혔으므로 성문 밑에서 노숙을 했다.

— 『성종실록』 22년 11월 4일조

■ 곽린은 낮은 벼슬에 있다가 그 딸이 동궁빈으로 간택되는 바람에 실록에 오르게 된 인물이다. 곽린의 딸은 양원良媛(종3품)에 책봉되어 1492년 정월에 동궁에 들어갔는데, 그 과정에서 곽린과 그 어머니의 비행이 드러났다. 동궁이 바로 연산군인데, 즉위한 뒤에 양원을 숙의淑儀(종2품)로 올렸으며, 곽린도 당상관으로 올렸다. 그러나 중종반정 뒤에 쫓겨났다. 이 자료는 사대부 집안에서 여종들에게 가곡과 관현악을 가르치며 가무와 풍류를 즐겼던 실상을 잘 보여준다.

세월을 건너 살아오는 악인樂人의 향기

• 해설 | 박애경 (동국대 연구교수 · 고전시가 전공)

노래 삼긴 사람 시름도 하도 할샤

아침에 들은 음악이 하루종일 귓가에 맴돌던 기억, 그 선율을 끊임없이 흥얼거렸던 기억, 누구나 이런 경험을 한번은 가지고 있을 것이다. 혹은 음악의 결에 따라 가만히 몸을 맡기고 있던 순간 느꼈던 자유로움도 그리 낯선 경험은 아니다. 음악의 여운은 깊고 강하다. 그 힘은 우선 본연의 '정서적 울림'에서 찾아야 할 듯하다. 사람의 마음을 움직임으로써 손쉽게 동조와 공감을 이끌어내고, 이것이 한 사람에게는 쉽사리 잊혀지지 않는 정서적 경험으로, 다수의 사람들에게는 일종의 집단 무의식으로 자리잡게 되는 것이다. 음악이 민족과 세대와 지역을 가르고, 때로는 이들을 분별하는 정체성을 형성할 수 있는 것도 바로 이러한 정서적 감응력 때문이다. 동일한 노래를 불렀다는 것, 특정한 음악을 함께 즐겼다는 것은 동시대를 호흡했다는 말의 다른 표현이기도 하다. 그 점 때문에 노래와 음악은 시대의 공기를 가늠할 수 있는 유력한 징후가 되기도 한다.

음악에는 인간의 마음에 직접적으로 호소할 뿐 아니라, 그 파장을 신체 감각에까지 미치게끔 만드는 힘이 있다. 그래서인지

절제를 미덕으로 알았던 선인들도 수무족도手舞足蹈라 하여, 음악이 제공하는 감각적 즐거움에 대해서 비교적 너그럽게 대했던 듯하다. 그러나 움직이는 것이 어디 수족뿐이겠는가. 우리의 옛노래를 모은 『동가선』東歌選의 서문에는 "분개하는 자는 이로써 이를 풀게 하고, 울적한 이는 이로써 이를 퍼지게 하며, 즐거운 자는 이로써 흥을 일으키고, 한가한 자는 이로써 소요한다."라는 구절이 보인다. 슬픈 사람 더 슬프게, 기쁜 사람 더 기쁘게 하여 마침내 마음을 움직이는 노래의 힘을 몇 마디 말로 드러내 보인 것이다.

노래 삼긴 사람 시름도 하도 할샤

닐러다 못 닐러 불러나 푸돗던가

진실로 풀릴 거시면 나도 불러보리라

조선 중기의 문인이자 시인인 신흠申欽(1566~1628)은 노래의 힘, 음악의 힘을 간결한 한 편의 시조로 읊어내었다. 말로는 풀지 못한 번다한 생각과 시름을 풀기 위해 노래를 한다는 독백은 고문古文의 순정함을 지켜 문학과 도학道學의 거리를 좁히려 했던 이상적인 문장가의 이면을 보여주고 있다. 위로가 공감을 부르고, 공감이 세상의 모든 소리로 반향되는 음악은 사람의 손발을 움직이게 하고, 그 안에서 자유롭게 노닐며 정신을 소요케 한다.

이 노래 속에는 또 시름 많은 이만이 노래를 만들어, 남의 시름을 풀어주고 위로할 수 있다는 역설을 담고 있다. 한 사람의 시름은 만 사람의 위로가 되고, 한 사람의 노래는 만 사람을 울린다. 공감과 위로는 이러한 역설 속에서 더욱 빛이 난다. 이것은 노래와 음악을 업으로 삼았던 악인樂人들이 묵묵히 수락했던 운명이기도 하다. 그들은 왜 노래하는가? 그들은 왜 음악을 하는가? 그들이 노래와 음악 속에서 보았던 것, 드러내려 했던 것은 무엇일까?

음악音樂으로 무엇을 이룰 수 있는가

음악이 마음의 직접적 표현이며, 시대의 징후라는 것을 일찍이 알아낸 동양의 선인들은 음악이 마음에서 비롯되었다는 점을 역설하고, 이를 다스림에 도입하고자 하였다. 이는 곧 유가적 음악관의 근간을 이루게 된다. 예악禮樂의 다스림을 이상으로 삼았던 공자孔子는 음악이 음의 파장이나 소리의 물리적 현상에 국한되는 것이 아니라, 그 이상의 의미를 담고 있다는 것을 설명하였다.

공자의 생각은 춘추전국시대부터 한漢나라 초기에 걸친 음악 사상을 집대성한 『예기』禮記의 「악기」樂記에 집결되어 있다. 「악기」에서는 음악이 사람의 마음, 특히 마음의 움직임에서 생겨났다는 것을 설명하고 있다. 이에 따르면, 인간의 마음이 외계의 사물과 교감하여 소리聲가 생겨나고, 이것이 서로 어울려 일정한 방향에 따라 배열되면 음音이 되며, 음이 악기로 연주되고 춤과 만나 몸놀림으로 나타나게 되며 것을 악樂이라 이른다고 한다. 단순한 사람의 소리聲에서 음音, 악樂으로 상승하는 과정은 문채와 절주가 더해지고, 연주와 춤이 더해지면서 마침내 그 안에서 자족적인 질서를 완성해간다.

사람이 마음에서 빚어낸 소리는 인간의 몸을 움직이고, 마침내 다시 마음으로 돌아온다. 소리나 음악이 사람의 마음에서 비롯되고, 또 그것이 마음을 움직이는 것이니 만큼 그 안에는 희노애락喜怒哀樂 등 인간의 감정과 선악 판단 등의 도덕·윤리적 감성이 그대로 담긴다는 논의로 이어진다.

슬픔이 마음에 느껴지면 그 소리는 미미해지며, 즐거움이 마음에 느껴지면 그 소리는 완만하고 유장해진다. 기쁨이 마음에 느껴지면 그 소리는 뿜어지듯 퍼져가며, 분노가 마음에 느껴지면 그 소리는 거칠고 포악해진다. 공경이 마음에 느껴지면 그 소리는 곧고 부드러워지며, 자애로움이 마음에 느껴지면 그 소리는 온화하고 부드러워진다.

마음이 곧 음악에 나타난다는 '악기'의 생각은 음악을 통해 인간의 성정性情을 올바른 방향으로 이끌고, 조화로운 세상을 일구는 교화론적 음악관으로 이어진다. 교화론적 음악관에 의하면 음악은 성인聖人에 의해 만들어졌으므로, 그 안에는 성인의 덕, 성인의 윤리, 성인의 이상이 고스란히 담겨 있다는 것이다. 음과 악은 도덕적 올바름을 실현하기 위한 성인의 가르침이므로, 그 감화력을 빌려 백성의 윤리의식을 고양하고, 풍속을 좋은 방향으로 바꾸어나간다는 것이 교화론적 음악관의 핵심이라 할 수 있다.

소리와 소리가 조화롭게 모여 교감하고, 광범위한 공감을 바탕으로 바람직한 질서를 구축한다는 음악관에 의하면 음악을 통해 세상을 진단하고, 시대의 운명을 예감하는 것은 지극히 당연한 귀결이었다.

잘 다스려지는 시대의 음악은 편안하면서도 즐거우니 그 정치가 화평하기 때문이고, 어지러운 세상의 음악은 원망하면서도 노여워하니 그 정치가 어긋나 있기 때문이며, 망한 나라의 음악은 슬프고도 음울하니 그 백성이 곤궁하기 때문이다. 음악의 이치는 정치와 통한다.

이 때문에 공자는 인간의 감성을 적나라하게 드러낸 정鄭나라와 위衛나라의 음악을 풍속을 어지럽히는 망국의 음악으로 비난했고, '아' 雅와 '송' 頌이야말로 천지 귀신과 사람을 화합케 하는 최고의 음악이라고 칭송했다. '정치적으로 올바른' 음악과 그렇지 않은 음악에 대한 고민은 유가적 이상을 구현하는 통치자가 늘 안고 있는 고민이기도 했다. 이들에게 음악은 심미적 쾌락을 동반하는 감각의 대상이라기보다는 시대를 고민하는 지식인의 문제인 동시에 정치가 포섭해야 할 영역이었다.

음악과 정치의 유사성에 대한 통찰은 '음악은 그 자체로 음양과 천지의 조화'라는 강력한 믿음에 기반하고 있다. 음악 안에서 인간과 인간이, 교감하고 인간과 세상이 교감하며, 인간과 세상이 우주만물과 상응·교감하여 조화롭게 존재한다는 것이다. 조화의 경지를 최고조로 실현한 음악에는 신묘하다는 최상의 찬사를 보낸다. 『동가선』東歌選 서문에는 인간의 소리가 절주를 얻어, 만물과 우주와 교감하는 순간을 포착하고 있다.

목구멍을 굴려서 기氣를 토하고, 입술을 떨어서 소리를 낸다. 노래를 할 때에는 고저高低·청탁淸濁·만삭慢數·수촉緩促하여 그 묘가 절주함에 합하게 되어서, 혹은 들보의 먼지를 둘러싸게 하고 혹은 하얀 구름을 머물게도 하며, 그 곡이 끝난 후에는 흔적도 없이 다만 태공太空에 귀착될 뿐이다.

음악의 정신이 동양 통치 질서의 근간을 이루는 예악禮樂의 정신과 맞닿아 있다 보니, 음악은 심미적 대상 이전에 철학적 사색의 대상이 되고, 그 영향은 정치와 제도에까지 미친다. 예악이라는 동양 정치의 이상은 이렇듯 음과 악에 대한 사색에서 비롯되었다고 할 수 있다. 예禮가 인간 사이의 질서의 구축에 치중하는 반면, 악樂은 완고한 질서와 본성 사이의 간극을 조화로 메워주는 역할을 한다. 왜냐하면 예는 차별의 원리를 본받고, 악은 천지 화합의 원리를 본받아 서로 친애하도록 만들기 때문이다.

악인樂人은 어떻게 존재했는가

악인은 사람과 사람, 사람과 만물, 사람과 만물과 우주의 조화를 실현하는 이들이라 부를 수 있다. 음악으로 사람의 마음을 움직임으로써, 조화의 정신이 정치와 제도에 스며들도록 조율하는 역을 담당하고 있기 때문이다. 그러므로 악인은 전문적 기량과 식견을 가진 예인인 동시에, 다스림의 이상을 전달하는 사도이며, 한 나라의 문화 정책을 최일선에서 구현하는 일꾼이기도 하다. 당연히 악인들의 지위와 그들이 활동하던 방식은 당대의 제도, 지배 담론과 무관하지 않다.

우리 역사에 명멸했던 음악인들의 삶과 예술적 자취, 그들을 둘러싼 문화적 동향을 한 자리에 소개한 『악인열전』은 다양한 분야에서 활동했던 악인들이 세상과 교감하고, 예술적 이상을 실현하는 방식을 보여주고 있다. 중학 시절 이후, 거의 신화처럼 기억하는 「공무도하가」의 여옥에서 시작되는 악인들의 전기는 조선 후기 시정의 음악인, 여기女妓들까지 포괄하고 있다. 이들이 우리 음악사를 풍요롭게 일궈왔던 면면들임은 두말할 나위가 없다. 전기라고 했지만, 각편은 한 인간의 일생을 차례로 배열하는 대신 음악과 관련된 일화를 집중적으로 소개하는 방식을 취하고 있다. 이를테면 『악인열전』은 음악인에 대한 탐구인 동시에 음악에 대한 사색의 흔적인 셈이다.

이 책에는 거문고, 해금, 비파에서부터 피리와 퉁소, 생황에 이르는 연주의 달인, 당대를 대표하는 명창과 가무의 명인들, 악론에 의거하여 음악을 정비한 이론가들이 영역에 따라 소개되고 있다. 악인들은 악기를 통해 음과 악의 경지를 실현하지만, 때로는 음악에 대한 해석과 평가를 통해 그 경지에 동참하기도 한다. 이들이 다루던 악기, 이들이 부르던 노래의 조와 가락, 이들이 고민하던 음률의 문제는 곧 그 시대의 문화적 동향과 무관하지 않다. 따라서 입전立傳의 대상이 된 이들이 존재하던 방식은 우리 음악사, 나아가 문화사의 주요한 국면을 반영하는 것이라 보아도 무방할 것이다.

악인은 한민족이 형성되어 이 땅에 자리를 잡으면서부터 자연스럽게 나타났겠지만 유감스럽게도 초창기 악인에 대한 기록은 거의 남아 있지 않다. 이는 음악이 독자적인 예술로 부상하지 못하고, 제의祭儀의 일부로 존재했던 사정과 관련하여 생각해볼 수 있다. 독립된 음악문화는 왕족 중심의 국가 형태를 갖추면서 싹이 트기 시작하였다고 볼 수 있다. 시간이 흐름에 따라 왕권이 강화되고 귀족사회가 난숙해지면서, 음악문화는 일층 발전하게 된다.

초창기 음악문화 발전을 주도한 것은 신라의 음성서音聲署와 같은 왕립 음악기관이었다. 악기의 개발, 외래 악기의 도입과 정착, 음악을 관장하는 관청의 등장은 전문 악인이 성장할 수 있는 토양이 되었다. 삼국시대에 이미 관官을 통로로 서역, 중국, 일본에 걸치는 광범위한 음악의 교류가 진행되어, 한반도에 당악과 당의 악기가 보급되었다. 신라가 삼국을 통일한 7세기 이후에는 고구려의 거문고, 가야의 가야금, 서역 악기였던 향비파의 '삼현'三絃과 대금, 중금, 소금의 '삼죽'三竹이 뿌리내리면서 기악이 발전하였다. 여기에 향가鄕歌가 널리 유행하면서, 기악과 성악에 걸쳐 향악의 근간이 마련되었다.

국가가 음악을 관장하는 전통은 고려에도 이어졌다. 고려시대에는 향악과 당악을 담당한 대악서(후에 전악서로 개편)와 아악을 맡은 아악서를 두어 음악행정, 음악교육과 실습을 담당토록 하였다. 특히 예종 대인 1116년 송나라의 대성아악大晟雅樂이 수입되어 제례를 위한 음악으로 확고하게 자리잡으면서, 예악의 이상은 좀더 구체화되기에 이른다.

조선은 음악제도와 정책에 관한 한, 고려조의 계승과 단절이라는 절묘한 경계선상에 위치하고 있다. 전대에 유지되어왔던 왕립 음악기관의 전통과 직제는 따르면서도, 고려조에 광범위하게 확산되었던 속악俗樂에 대해서는 대대적인 개편 작업을 진행하였다. 고려시대 왕립 음악기관의 직제를 참조한 장악서와 악학도감이 계승의 일면이라고 한다면, 성종조에서 중종조에 걸쳐 진행된 고려 속악의 개찬과 탈락 그리고 이 과정에서 불거진 소위 '음사淫辭논쟁'은 단절의 일면이라 할 수 있다.

조선의 왕립 음악기관은 세종대의 음악 정비사업, 세조대의 악제 개혁을 거친 후, 성종대에 이르러 장악원으로 통합되었다. 장악원에서는 아악, 당악, 향악의 교육과 연습, 음악행정 등을 담당하였다. 음악행정을 담당하는 관리, 음악교육과 실습을 담당하는 녹관이 실무를 맡고, 악공과 악생, 관현 맹인, 무동, 여기 등에게 실기를 맡긴 것은 고려조의 체제와 거의 흡사하다.

음악을 이렇듯 주로 관에서 맡다보니, 악인의 삶과 예술 역시 관의 간섭에서 크게 벗어나지 않는 것이 순리일 것이다. 그러나 음악적 완성을 향한 그들의 집념, 최선의 소리를 찾기 위한 그들의 노고, 그리고 상상력까지 관에 가둘 수는 없는 법이다. 이 책은 제도와 정책이 포섭할 수 없는 악인들의 행적, 음악이 제공하는 감각적 즐거움까지 아울러 다루고 있다. '다양하고 자유로운 음악문화의 조성'이라는 측면에서 볼 때, 임ㆍ병 양란 이후 조선에 불어닥친 변화는 악인 입장에서는 위기이자 기회였다. 왕실이 전쟁 후의 재정적 어려움 때문에 음악의 규모를 줄이기 시작하면서, 음악에 대한 관의 구속력이 현격하게 줄어들었기 때문이다. 여기에 전쟁 이후 역동적인 사회 분위기를 틈타 성장한 중ㆍ서민들에 의해 시정 예술이 개화하면서, 민간 영역에서 다양한 음악이 발달하게 되었다. 시정에서 활동하는 악인의 전기에서는 음악적 기호의 변화를 위시하여, 달라진 시정의 세태와 풍속도까지도 보여주고 있다. 사회 전반의 활기와 변화는 결과적으로 음악문화의 저변을 넓히고, 악인들의 활동에 자율성과 영감을 불어넣는 계기가 되었던 것이다.

악인樂人은 무엇을 꿈꾸었을까

『악인열전』이 원전으로 삼고 있는 자료는 사서, 왕조실록에서 개인 문집과 잡기류, 야담에 이르기까지 참으로 다양하다. 그 안에는 음률을 정비하고 음악 관련 정책을 입안하는 역사적 사실事實과 천재적 예인의 행적을 낭만적으로 재현한 일화逸話가 공존하고 있다. 그뿐 아니라 여기에 수록된 악인들의 배경과 신분도 다양하다. 위로는 왕과 사대부에서 아래로는 천민에 이르기까지 이들은 오직 음악이라는 공통점 하나로 한 자리에 모인 것이다.

그런데 조금만 자세히 살펴보아도 이 책에서 주로 조명하고 발굴하려 한 대상이 누구인지 알아내는 것은 그리 어렵지 않다. 수록된 인물 중에서 음악을 업으로 삼는 소위 전문 음악가는 대개 평민이나 천민 출신의 예인들이다. 반면 사대부는 주로 음률을 정비하고, 음악 관련 정책을 제안하는 일에 주도적으로 등장하고 있다. 이는 조선조 최고의 음악기관이었던 장악원의 직제만 떠올려도 쉽게 이해할 수 있다. 음악 관련 행정과 교육을 담당한 체아직 녹관과 직접 연주를 담당한 악생, 악공, 여기女妓 간에는 엄연히 신분의 격차가 존재했다. 양인 신분의 악생과 천민 신분이었던 악공과 여기들은 직접 연주와 노래 혹은 가무를 담당하면서, 음악을 실천하고 궁극적으로는 이를 구현하였다.

이들은 자신의 분야에서 전문성을 지녔고, 그 대가로 최소한의 생계를 보장받았지만, 사회적 승인까지 얻지는 못했다. 미천한 몸으로 고귀한 예악의 이상을 일선에서 수행했던 악생과 악공, 여기들이 자신의 일에 보람을 느끼고 음악적 자존심을 지켜 나갔는지, 아닌지는 일일이 확인할 길이 없다. 그러나 적어도 전기로 자신의 행적을 남긴 음악가들은 탁월한 재능을 지녔고, 때로는 혹독한 수련을 마다하지 않았으며, 이를 충분히 이겨낼 음악적 자존심을 지녔다.

전문성과 직업, 신분이 어긋나는 지점에서부터 남달리 명민한 감성과 의식을 지녔던 음악가의 내면은 동요하기 시작한다.

그래서인지, 『악인열전』에서 만나는 음악가들은 탁월한 재능에도 불구하고, 세상과는 조금씩 불화하는 모습을 보여주고 있다. 그러나 그들이 태생적 한계에 순응하여 시름만 하지는 않았던 듯하다. 기생 출신의 명창 계섬桂纖은 자신의 재능을 단순히 소모만 하려는 자에게 의연히 맞섰고, 거문고의 명인 김성기金聖基는 생계를 위해 음악을 하는 것을 부끄러워한 나머지, 가난한 은사의 삶을 자처했다.

김천택이 하루는 『청구영언』 한 책을 가져와서 나에게 보이면서 말했다. "이 책은 본래 국조의 선배·명공·거인의 작품이 많이 수록되어 있으나, 이를 넓게 수집했기 때문에 항간·시정에서의 음란한 이야기와 상스러운 말 또한 왕왕 있습니다. 노래는 본시 적은 예술이나 또 이것을 더럽혔으니 군자가 이것을 보기에도 병폐가 없다고 하겠는지요? 선생께서는 어떻게 생각하십니까?" 그래서 내가 이렇게 말했다. "상함이 없다. 공자가 시경을 편찬하면서 정풍이나 위풍시를 버리지 않은 것은 선악을 구비하고, 권계를 드러내려 했기 때문이다. 시가 어찌 주남周南의 관저편關雎篇[1]이어야 하고, 노래가 반드시 순임금의 갱재[2]여야 하는가? 오로지 성정에 벗어나지 않으면 그만이다."

권문세가 출신의 사대부 마악노초磨嶽老樵가 직접 쓴 『청구영언』 발문에는 이 가집이 세상에 나오게 된 뒷이야기를 소개하고 있다. 가객의 치열한 음악적 열정으로 완성한 가집 『청구영언』의 편찬을 둘러싼 비화는, 재능 있는 음악가가 사회적 승인을 얻기까지 해왔던 고민을 느끼게 해준다. 새로운 곡조와 창법을 개발할 만큼 재능있는 가객이었고, 가객과 연주자를 발굴할 만큼 뛰어난 감식안의 소유자였으며, 악론에도 밝았던 전방위 음악가 김천택 역시 당대의 관례와 전통이라는 관문을 끝내 통과하기 어려웠던 모양이다. 그가 애정을 가지고 모았던 작품을 가장 안전한 방식으로 세상에 내놓기 위해, 그는 사대부의 권위와 성정의 올바름에 기대려 하였다. 중세를 넘어서는 일탈의 언어를 중세적 방식으로 전달해야만 했던 그의 고민은 시대를 앞선 예인이 감당해야 했던 몫이었다.

시대의 관행, 신분의 굴레를 뚫고 자신의 전문성을 인정받으려 했던 김천택의 고민은 모순된 지위를 감당해야 했던 음악가들이 공통적으로 지니고 있던 운명이라 할 수 있다. 그들은 자신 앞에 놓인 커다란 한계에 굴복하여 미천함에 스스로 몸을 맡기기도 하고, 그것을 넘어서려 세상과 불화하기도 하였다. 그러나 어떤 이들은 존재적 모순을 창작의 모태로 삼고, 시대가 부과하는 제약을 예술로 넘어서려 했다. 낮은 곳에서 고귀한 임무를 수행했던 이들을 우리는 악인樂人이라는 이름으로 기억하고, 기린다.

---

1) 『시경』 국풍장 주남편에 실린 작품으로 남녀간의 조화로운 모습을 표현한 시.
2) 순임금이 조정에서 신하들과 함께 부른 노래.

찾아보기

가객 184, 203, 205, 486, 564

가곡 588

가기 212, 425, 572

가대 180

가련 199, 420

가무 160, 205, 402, 492

가사 144, 472

가실왕 49

가야국 49

가야금 48, 341, 517, 526, 528, 586

「가야금수법록」 510

「가자 손원달전」 425

「가자 왕석중전」 211

「가자송실솔전」 187

가향 523

가호 162

가흥청 128

가희 564

가희아 395

각설이 543

각성 186

각승 58

간의대 442

감조전악 482

강 503

강경인 516

「강남곡」 244

강냉이 525

강사호 217

강세황 335

강씨 173

강약산 386

강옥 112

강장손 231

「강천성곡」 67

「강호곡」 382

강혼 128, 232, 466

「개수전」 493

개운포 78

거문고 40, 218, 306, 307, 325, 326, 335, 361, 420, 491, 497, 498, 500, 511, 514, 521, 524, 548, 581

거벽 538

「거열」50

거울 335

검무 422, 570

검선 547

「격고」416

경 404

『경국대전』455

경덕왕 67

경산 321

경석 438

경석 434

경태황제 113

경패 528, 529

경화 518, 521

경회루 118

계 404

계고 50

계면조 182, 187, 190, 212, 267, 301, 405, 504, 586

계생 244, 248

계섬 194, 205, 569, 572

「계섬전」201

계월 517

계찰 438, 450

계함장 203

고 404

「고금영병서」254

『고금주』31

『고려사』87, 91, 93, 95, 97, 98, 101, 105

고점리 283

고조 379, 586

고효성 399

『곡례』176

곡보 518

공백 173

공영 65

공예태후 97

공자 124

공후인 31

과정 98

『과정록』584

곽리자고 31

곽린 588

관비 99

「관서악부」163

관습도감 88

관습취재 464

관현 231

관현맹인 483, 552

관현방 대악 99

광릉산 259

광한선 341

『광해군일기』 145

교방 85, 140, 280, 516

교서관 118

구공금 250

「구공금명」 251

구년촌 146

구수영 232

구수훈 155, 485

「구장기 별기」 85

구종직 118

구포동인 520, 522

국선 69

국수 581

국태공 518, 520

「국풍」 239

국향 236

군악 405

굴씨 384

궁상 387

궁성 186, 332, 581

권균 343

권미 224

권반금 260

권치경 437

권해 260

「귀거래사」 231

귀금선생 65

귀엽 190

균천광악 583

극명 536

극성 536

극종 217

금 217, 402, 404, 405, 511, 514, 586

「금가명」 222

금객 192, 205, 288, 486, 508, 517, 564, 572

금난 405

금대거사 349

금도 500

금랑 239, 243

「금명」 263

금보 503

「금보서」 498

『금보신증가령』 505

금사 272

「금사이원영전」 295

금성대군 이유 300

금송정 67

금심 413

금오산 67

『금옥총부』 213, 521~527, 529, 532

금조 379

『금조』 34, 40

금천군 453

금학 503

『금합자보』 498

금향선 212

기보법 497

기부 459

기부안 367

기생 205, 517, 518, 521~524, 526~529, 532

기악 489

기악무 46

기영회 104

「기유춘오악회」 583

기장 434, 438

기적 197

기훼제서율 127

김감 343, 466

김경 395

김경남 517

김계천 516

김계철 532

김광우 108

김군식 212

김군중 524, 525

「김금사」 284

김낙진 516

김대정 224

김도치 538

김두남 502

김득우 88

김려 287

김몽술 558

김무 466

김방경 104

김보 112

김복 539

김새 232

「김생천택가보서」 507

김석필 368

김선지 405

김선행 314

김성기 280, 284

김소재 538

김수동 466

김순간 191

김승경 450

김시경 191

김신번 362

김안국 237

김억 555, 581

김여영 88

김연 586

김용겸 581

김우 395

김운란 535, 586

김운재 517

김원상 94, 99

김윤석 516

김윤손 115

김윤식 295

김응기 450

김익명 265

김일손 217, 226

김자려 224

김조순 487

김존중 97

김종남 517

김종륜 517

김종직 310

김중립 560

김창업 576

김천택 506

김철석 205, 569

김치안 523

김택영 211, 425

김효손 120

김흥석 516

나원경 399

낙시조 186

낙창군 490

난계선생 437

『난계유고』 440

난초 335

날음 36

남곡 343, 413

남려 405, 434

남원군 484

남유용 283

남장대 99

「남풍가」 222

「남풍시」 488

남학 188

「남해곡」 67

남효온 307, 369

내말 54

내연 398

내의녀 525

내한매 342

내해왕 36

노가재연행록 577

노래 521~524, 526, 528

노섭 369

노인계 516

「노인곡」 67

「녹명」 144

『논어』 152, 176

농가 111

농선 532

뇌씨원 146

『뇌연집』 283

뇌영원 467

뇌해청 283

눈죽조 50

능준대사 74

다방골 189

단구자 164

단료 552

단산수 이수 308

단오 62

단종 276

「달이」 50

『담정총서』 176

담헌 321

「답사행」 85

당금 314

당비파 361

당월의 율 450

대금 517

대나무 335

대녕후 왕경 97

대모지 548

대악 438

「대제학 이공 시장」 487

도 404

도선길 361

「도솔가」 69, 71

도연명 337, 512, 514

동구리 111

동기 140

동도리 474

「동란섭필」 574

동방삭 372

동요 223

동주소선 426

동지발 408

「등남산곡」 113

마노 오비토데시 46

마단림 438

마당 580

마성린 192

막수촌 188

만대엽 503

만덕 50, 200

「만록」 156

만악 290

망해사 81

매 404

매월 187, 205, 517, 569

매창 244

『매창집』 248

「매화사」 521

매화점 179

「맹감사현」 303

맹렬 529

맹사성 302
면구 140
명과맹인 552
명금 528
명양정 370
명양정 현손 369
명옥 524
명월 532
명종 140
명창 153, 528, 532,
모시 144
모홍갑 212
목기 474
목호룡 281
목후무 306
무동 405
무성왕의 묘악 405
무승 424
무심자 374
무악 405
무애 57
무애인 57
무역 434
무오사화 230, 372
「무우장」 152
「무인기문」 302
무풍정 이총 223, 226, 305, 369, 372
무현금 512

문달주 521, 528
「문무자문초」 176
문선왕묘 85
문왕 217
문종 276
문희연 155
물계자 36
「물혜」 50
미루 413
미륵좌주 70
미마지 46
민기문 243
민보 464
민응수 332
민정중 160
민효증 466
민희안 139
밀성대군 431

박곤 451, 453
박남 152
박동수 399
박막동 586
박사준 526
박세첨 186
박소로 586
박순 554
박숭질 466

박안성 454
박연 431, 442, 449, 504
박열 466
박윤재 94
박종채 584
박종현 257
박지원 574, 576, 581, 584
박팽년 278
박한영 516
박효관 516, 520, 521
반고 179
반구정 263
반우형 466
「반인금명」 270
방순손 437
「방아타령」 45
배와 321
백결선생 44
「백두음」 295
백성휘 390, 391
백원규 516
「백주」 144
「백주시」 173
백초정 304
범진 438
범패 69
벼루 335
벽강 524, 525

벽도 123
벽오동 거문고 488
벽옥소 188
변조 188
「보기」 50
보안 581
「보허자」 504
복희 40
봉래금 257
「봉래금사적」 259
봉선루 468
부 497
부적 335
부현 48
북 539, 550
「북관기야곡록」 423
「북전곡」 305
북창선생 470
불만 548
「비목곡」 67
비사비죽 354
비파 280, 300, 306, 377, 500,
   544, 548, 586, 588
「비풍」 388

사계 439
사광 390, 438, 514
사랑 233

「사물」 50

「사미인곡」 139

사빈 438

「사수선유록」 264

사십팔성도 450

「사유악부」 287

사육신 275

「사자기」 50

사직단 85

사직악 332

사천왕사 74

사키타노 오비토 46

「사팔혜」 50

삭대엽 504

「산유화곡」 164, 165

「산화가」 71

살곶이다리 529

삼계동 522

『삼국사기』 42, 51, 59, 67

『삼국유사』 39, 64, 74, 77, 81

『삼매경소』 58

삼월 402

삼절 134

삼중 525, 527

삼행수 525

삼현 405

「상가라도」 50

상기 398

「상기물」 51

상랑 174

상림춘 236, 345, 539

상방 205

상부 236

『상서』 404

「상원곡」 67

상음 290

색예 522, 523

생 404, 335

생황 185, 314, 333, 480, 517, 578, 581

「서」 51

「서금배」 265

서기공 348

서당 55

서벽정 180

서산신서 438

『서상기』 408

서양금 581

서여심 517

「서육현배」 221

서익성 444

서일승 578

「서죽하애이금사후」 279

서평군 185, 490

서호 188

「서홍금사사」 274

석개 142, 586

석경 474

『석명』 48, 386

석을산 304

석천경 99

석천보 99

석파대노야 518

석파대로 520, 522, 524, 525

선농단 85

선사 453

선수 464

설괘 361

설도 247

설의 413

설중선 526

설총 56

설향 523

성경온 344

성녕대군 402

성대중 204, 274, 275, 493, 583

성률 119, 450, 451, 486

성무 518, 520

성세명 455

성세순 343

『성소부부고』 135, 141, 547

「성수시화」 245

성습 581

「성옹지소록」 135, 141, 587

성윤문 112

성음 113, 322, 437, 443

성제원 426

성조 203, 536

『성종실록』 117, 449~458, 463, 588

성준 343

성중온 344

성해응 251, 276, 279, 324

성현 225, 362, 444, 447, 453, 464, 504, 538, 539, 549

세검정 207

세류앵 468

세악 348

세악수 405

세조 299, 341, 436, 447

『세조실록』 111, 113, 301, 363, 364, 445~449

세종 224, 299, 449

소 332, 405, 480

소강절 218

소리 흉내 548

소성거사 57

소세양 136

소소 247, 405

「소오현배」 221

소춘풍 114

소홍립 124

속명득 65
속악 231, 348, 405, 480
속요 115
속조 586
손덕중 516
손등 471
손봉사 182
손오여 525
손원달 424
손종희 516
「송경록」 307
송경운 374
「송경운전」 382
송계학 532
송금화 439
송담거사 250
송실솔 184
송원석 516
송전수 361
송천수 363
송태평 361
송회녕 304
송흥록 212, 529, 532
수명정 511
수옥정 273
수월도인 335
수천정 369, 370
「수촌만록」 138

『수호지』 523
숙정 160
『숙종실록』 161
「순」 51
순의군 이훤 314
순임금 217, 450
순희 521
스이코 천황 46
슬 48, 402, 404, 574
「승정궁인굴씨 비파가」 388
승평계 517
승평곡 518
『시경』 173
시조 212
시통 420
「시한재청유설문」 192
신가 520
신곡 506
신광수 162
신녕옹주 402
신당 55
『신라고기』 41, 49
신만엽 532
신말평 451
「신방곡」 212, 528
신번 518, 506
신성 188, 424, 503, 506
신수근 233

신여음 528

신위 388

「신조 태평곡」 94

신종호 236

신준 466

『신증동국여지승람』 51, 67

『신증금보』 505

「실솔곡」 184

심노승 201

심노정 517

심수경 234

심안의 459

심용 197, 564

심음 574

10현 56

12율 332, 447, 560

쌍절금 276

「쌍절금기」 276

아곡 470

아난 130

아악 88, 332, 348, 451, 480

「아양곡」 266

아쟁 341, 535, 538, 586, 404

악 322, 345, 438, 447, 453

악공 88, 108, 231, 283, 314, 333,
    451, 491, 497, 517, 518, 524,
    539, 540, 544, 550, 559, 560,

563, 581, 586

악관 506

악률 442, 584

악보 88, 449, 480

악부 40, 104, 107, 472

악사 315, 453, 500

악생 558, 559

악서 449

악수 453

악원 555

악인 464

『악장등록』 554, 559, 563

악제 442

악지 449

악학 제조 448

『악학궤범』 404, 503

악학도감 448

악회 581

안경지 516

안규 104

안길 61

안민영 213, 518, 520

안상 497

안성여 517

안윤량 466

안장 65

안좌윤 464

안평대군 이용 299

안회의 금 380

압구정 564

「애계랑」 248

애애 126

「애이금사문」 278

「야심사」 238

약 317

약방 529

양금 517, 555, 556, 574

양덕수 500, 514

양두산 438

「양보신금」 502

양사언 257

양웅 179

양재 104

「양주곡」 391

양춘무 395

어 404

어석정 269

어숙권 231, 238

『어우야담』 133, 136, 143, 234,
    309, 313, 471, 473, 536

여기 424

여담심 413

「여민락」 504, 550

여사장 132

여성위 송인 142

여악 113, 114, 365

여옥 31

여용 31

『여유당전서』 328

여회 464

역신 79

엮음시조 528

연등회 85

『연산군일기』 121, 122, 125, 126,
    129, 223, 226, 233, 342, 367,
    368, 370, 371, 373, 467~469,
    539, 541, 542

연연 524

연융대 208

연익성 575

연향 456

연호 526

연홍 517

『열녀전』 176

「열악」 405

열하 579

영계기 44

영관 450

영산옥 286

「영산회상」 357, 504

영선악 85

영인 224, 300, 361, 453, 456

영재 75

『영재집』 358

영조 349
『영조실록』 314, 316, 334
영주선 586
영천군 이정 115
예 438
『예기』 450
예부운 472
「예성강」 90, 91
예악 433, 449
예연 344
「오」 51
오기 99
오기여 516
「오사식곡」 67
『오산설림초고』 115, 119, 243
오선 99
오선생 기여 521
오성 450
5음 252, 447, 450, 470, 560
오잠 99
오치노 오비토 46
오현금 381
「오현금명」 222
옥금 310
「옥금야취소금」 310
옥동선 402
옥보고 65
옥생 143

옥생향 113
옥소선 525
옥수수 525
「옥수후정화」 301
옥적 308, 312
옥절 522
옥지화 466
옥천수 243
옥피리 317, 321
완산월 345
완우 48
완적 471
「왕모대가무」 87
왕박 439
왕산악 40, 217
왕석중 210
왕세기 284
요고 409, 550
요석궁 56
「요취곡」 357
용 404
용재총화 225, 362, 444, 447, 453,
    464, 538, 539, 549
우 480
우대 516
우륵 48
우상정 197
우석상공 520

우석상서 521

우선언 369

우성 581

우악 509

우암 439

우음 290

우인 155

우조 66, 182, 206, 212, 217, 267,
504, 521

우진원 532

우평숙 157

『운곡시사』 106

운몽거사 515

운애 516, 518

운애옹 520

운평 467

운평악 126

운현궁 525, 529

원구단 85

원성대왕 77

「원앙곡」 67

원의손 194

원천석 106, 318

원풍 88

「원호곡」 67

원효 54

월금 404

월명사 69

월하매 128

「유곡청성곡」 67

유기 236

유득공 358

유록 517

유몽인 133, 143, 144, 234, 309,
313, 471, 473, 536

유방 369

유본예 303

유빈 434

유사눌 450

유소 474

유송년 202

「유송년전」 204

유순 466

유우춘 348, 349

「유우춘전」 358

유운경 274, 349

유음 500

「유이원청악기」 413

유인유 454

유장수 457

유종 474

유종선 372

유지 459

유천수 192

유춘오 581

유학중 581

육려 560

육률 252, 450, 470, 560

육보 497

윤각 210

윤동형 508

윤사흔 459

윤선도 252, 260

윤숙관 192

윤순길 517

윤신동 317

윤자신 239

윤자운 112, 459

윤장원 239

윤채 539

윤춘년 472

윤필상 112

윤흥 65

율 332

율려 433, 437

『율려신서』 449

은개 144

음률 449

응방 93

응종 434

응천후인 512

의녀 356

「의란조」 237

「의암곡」 67

의양자 283

의종 96

의춘도 345

이계남 466

이계맹 343

이과 343

이광정 172

이광희 528

이구년 516

이귀 156, 244

이극균 343

이근생 453

이금사 278

이기발 382

이기지 576

이기풍 212

이노원 165

이덕무 575

이동진 146

이마두 580

이마지 224

이마키노아야 히토사이몬 46

이맥 343

이무금 497

이문 51

이백 472

이보만 250

「이사」 50

이사성 217
이사종 132
이상좌 237
이성교 517
이세걸 366
이세좌 451
이세춘 162, 186, 205, 569
「이소」 239
이손 541
이수원 366
이수의 367
이수정 367
이수형 367
「이순록」 155, 485
이숭경 311
이승건 457
이승련 444
이승형 145
이양배 269
이언방 140
이연덕 332
이옥 176, 187, 190, 413, 423
이용수 586
이원 348, 404, 560
이원보 147
이원영 288
이원형 245
이육회 404

이윤손 448
이의준 325
이이명 156
이일 546
이자건 342
이자성 384
이장곤 231, 442
이정보 194, 486
이제영 516
이제현 96
이조 439
이종악 262
이집 454
이창신 343
이칙 329, 434
이탕종 248
이파 116
이패두 489
이평자 164
이학규 418
이한 544, 545, 586
이한진 278, 321, 581
이항 124
이효원 191
이후원 476
이휘선 192
이희문 528
이희보 343

익종 290

인조반정 160

인종 96

일계산방 291

일벌 36

『일본서기』 46

『일사유사』 427, 159

일장금 487

일지 509

1행수 529

임꺽정 308

임방 138

임사홍 233

임숭재 341

임씨 484

임영대군 이구 299, 446

임제 133

임종 329, 434

임종궁 332

임천석 108

임천석대 108

임청각 263

임현석 550

임환 586

임희지 335

「입실상곡」 67

잉피공 54

「자하곡」 305

「자하동 신곡」 104

「자허부」 294

잡가 212

잡사 206

장갑복 516

장고 491

장구보 497

장녹수 120

장렬왕비 384

장백상 103

장생 543

「장생전」 547

『장악등록』 475, 476, 481, 483

장악원 231, 341, 345, 365, 385, 443, 451, 475, 476, 482, 497, 500, 514, 560, 581

장악원 제조 459

장영실 442

장옥 442

장옥견 240

장우벽 179

장지연 427

「장진주사」 139

장천용 325

「장천용전」 328

장천주 314

장춘 224

장횡거 437

장희재 160

재인 99

재자 520

쟁 48, 185, 544, 586

저 300, 317

적 497

적대공 54

적보 497

적선 94

적선아 345, 365

전단원 104

전비 121

전악 224, 361, 363, 405, 446,
447, 448, 457, 474, 480, 482,
539

전악령 453, 457

전응양 385

전한수 586

절주 447

점필재 439

젓대 491

정과정 96

정괄 116

정광세 466

정내교 391, 507

정려 433

정렴 470

정명공주 160

정사룡 237, 472

정서 96

정석환 516

정악 88

정약대 517

정약용 328

정업원 342

정옥경 539

정운 451

정윤박 482

정자지 443

정재 398

『정조실록』 108

정지연 159

정진 539

정창손 449, 450

정회 144

정희왕후 449, 457

「제단실민공옥소시후」 324

제안대군 120

제향악 480

조계형 468

「조고시」 306

「조관기행」 244

조문숙 462

조수삼 183, 284, 347

조욱자 186

조윤통 92
조은 280
조음 504
조자지 369
조주 437
조희룡 337, 557
졸옹 510
『졸장만록』 510
종 404, 474
종률 433, 438
종묘악 332
종자기 258
주덕기 532
『주례』 449
주영창 269
주옹 518, 520
주자가례 433
주지 50
주현소월 322
죽림칠현 369
「죽암곡」 67
죽장감 586
「죽지사」 147
중암거사 102
「중원곡」 67
『중종실록』 233, 345, 442, 443
중화당 104
「증가자이응태」 162

「증별권반금」 260
증점의 슬 380
지 404
지대원 192
「지락가」 257
지법 224, 362
지봉서 186
지음 252, 511, 572
지족선사 134
지주비 165
진경 85
진률 482
『진서』 337
진연 483, 552, 524
진이 130
진청 140
진춘 384
진평대군 299
진평왕 55
집사 456
집사전악 482

차득공 61
차천로 115, 243
창 181, 506
창부 526, 528
창오산붕상수절 212
채수 225, 449

채옹 34
채하로 105
채하중 103
채홍철 102
채희 517
처용 78
천과홍청 345
「천뢰조」 576
천용자 328
「천용자가」 330
천주당 576, 579, 580
「천주당」 581
천향 248
천흥손 517
철현금 584
『청구야담』 208, 573
「청남학가소기」 190
청옥 521
청원군 234
청음 155
청장 65
「청평조」 472
청허루 319
청화외사 174
초개사 55
초금 121
초미금 219
초영 85

초월 522, 523
총률 126
「최득비여자가」 140
최보비 232
최수복 516
최윤창 191
최자청 437
최진태 516
최치원 252
최치학 521, 522, 528
최표 31
「추기임로설고사」 208
「추석곡」 67
추수루 521
추월 205, 569
『추재집』 183, 284, 347
축 283, 404
춘절 426
「춘조곡」 67
「출사표」 420
춤 522, 523, 526, 528, 492
충렬왕 88, 102
충선왕 102
충숙왕 88, 102
「취승곡」 185
취적도 313
취홍원 232, 467
칠현금 41, 217

침기 356

칼 335

탁문군 247
탁신 398
「탄금」 245
탄금대 51
태묘 85
태종무열왕 56
『태종실록』 88, 402, 403
통례관 179
통소 212, 280, 321, 322, 325~
  327, 422, 544, 581
「통소인답탁지」 268

『판교잡기』 413
팔관회 85
팔음 438
「패관잡기」 231, 238
패두 489
패풍 173
편경 434, 474
편종 474
평우조 187
평조 66, 217
「포구락」 85
포정사 527

표 185
표암 335
「표풍」 66
『풍고집』 487
풍금 574
풍류 564
풍무 574
『풍속통』 40, 48
풍악 524
피리 491, 586
필운산방 520, 521

「하가라도」 50
하구 398
「하기물」 50
하두강 90
하림조 50
「하야연기」 576
「하원곡」 67
하윤침 312
하준곤 516
「하천」 388
한경기 369
『한경지략』 303
『한금신보』 512
「한림별곡」 113, 306
한립 511, 514
한명회 449, 459

한사문 466
한상찬 195
한수 304
한한 462
한형윤 343
함덕형 259
함북간 548
함평월 126
합자보 497
합자주해 498
해금 349
해금수 346, 347
해동의 기 438
행 404
행화 517
향가 69
향금 299
향랑 164
「향랑요」 172
향비파 361
향악 85, 412
향춘 521
허균 135, 139, 141, 244, 405,
　　408, 547, 587
허억봉 497, 586
허엽 257
허오 299, 300, 444
허의 476

허종 457
「허주부군산수유첩」 264
허집 343
헌강대왕 78
헐성루 322
현금 42, 586
현도 386
현령 520
현악금 41, 218
「현합곡」 67
형보 520
혜란 526
혜선옹주 403
호궁기 349, 357
호금 544
호드기 544
『호산외기』 337, 557
호삼랑 523
홍경성 581
홍계희 440
홍국영 196
홍대용 259, 574
홍란 409
홍봉원 514
홍석해 552
홍선종 497
홍세희 546
홍순석 272

홍억 314

홍용경 516

홍원섭 320, 583

홍유손 369

홍인산 464

홍장근 586

홍진원 517

화 480

화담 선생 134

화류춘 126

화모 405

화산 525

『화엄경』 57

『화엄경소』 58

화일타 336

활인당 104

「황계곡」 186

「황룡도」 158

황사랑 236

황사형 588

황상 395

황상근 474

황세대 332

황윤석 269, 270

황윤헌 232

황자안 516

황종 405, 434, 438

황종궁 332

황진이 130

황효성 447, 453, 483

황효원 459

『효경』 176

효령대군 402

효종 384

효효재 322, 581

「후생옥약명병서」 320

「후전곡」 223, 226

「후정화」 185, 190

훈 404

흥청 127, 129, 232, 345, 467